Le maître du donjon

*

Un époux en héritage

JULIET LANDON

Le maître du donjon

LES HISTORIQUES

éditions Harlequin

Titre original : THE WIDOW'S BARGAIN

Traduction française de JACQUES CEZANNE

Ce roman a déjà été publié sous le même titre
en juin 2005

Photos de couverture

Sceau : © ROYALTY FREE / FOTOLIA
Ciel : © ROYALTY FREE / UNLIMITED 2009 / JUPITER IMAGES
Château : © ROYALTY FREE / UNLIMITED 2009 / JUPITER IMAGES
Blé : © ROYALTY FREE / PURESTOCK / JUPITER IMAGES
Feuillage : © ROYALTY FREE / V. ROCH

83/85 boulevard Vincent-Auriol 75646 PARIS CEDEX 13.

Service Lectrices — Tél. : 01 45 82 47 47
www.harlequin.fr

ISBN 978-2-2808-1241-2 —I SSN 1159-5981

1

Galloway, Ecosse, l'an 1319

La troupe avançait, silencieuse, à travers la forêt, en direction du château de Kells. Depuis l'autre rive du lac, sir Alex Somers et ses hommes avaient aperçu le donjon dont la muraille sombre se reflétait, par-dessus la falaise, dans les eaux argentées du loch, et avaient piqué des deux pour l'atteindre avant l'aube. Bâti sur un éperon rocheux, il était bien protégé sur ses deux flancs par un précipice, tandis qu'une colline abrupte et couverte d'arbres touffus lui faisait un bouclier sur l'arrière. Au sortir de la gorge sur laquelle il s'ouvrait s'étendait une vaste prairie où paissaient des chevaux et au bord de laquelle un nuage de fumée bleutée s'élevait d'un groupe de chaumières. De là où ils se trouvaient, le château leur était encore caché par la forêt, et ils n'entendaient que la rumeur du ruisseau qui tombait en cascade non loin de là, par-dessus le bruit du vent dans la cime des arbres.

— Nous pouvons stopper ici un moment, dit sir Alex à l'homme qui chevauchait à ses côtés. A condition de rester bien cachés. Je doute qu'il tarde encore longtemps.

Avec son accent des lowlands, on ne remarquait quasiment pas la menace qui planait dans ses paroles.

Son compagnon de route, Hugh de Leyland, qui lui rendait une bonne tête et n'avait pas sa stature mais possédait l'agilité d'un singe, épousseta son doublet délavé et tira une gourde de sa ceinture. Il voulait bien suivre ce plan, mais préférait régler certains détails avant que les choses sérieuses ne commencent.

Il but une lampée d'eau et s'essuya la bouche du revers de la main.

— Il a un fils, dis-tu ?

— Il en avait un, répondit sir Alex. Tué dans une embuscade, voici quelques années. Mais il a un petit-fils.

— Qui habite ici, avec sir Joseph, c'est bien cela ?

— Je crois, oui, dit sir Alex, l'œil aux aguets.

A eux deux, ils formaient un duo impressionnant, comme deux lions habitués l'un à l'autre depuis le sein de leur mère et prêts à se défendre mutuellement jusqu'à la mort contre un ennemi commun, tout comme les hommes qui se tenaient derrière eux, sombres et silencieux. A trente et un ans, sir Alex avait la robustesse d'un guerrier doublée d'une prestance et d'une beauté qui faisaient rêver les femmes, y compris celles qui n'auraient pas dû. Ses cheveux avaient la couleur sombre des fruits du noisetier dont on faisait les meilleurs arcs et formaient des ondulations indomptables. Ses yeux, surtout, faisaient se pâmer les dames, car ils semblaient tout aussi bleus qu'un ciel d'été, mais bien moins innocents.

— Cela pourrait nous être utile, dit Hugh. Nous prendrons le petiot et l'utiliserons comme appât, ou demanderons rançon pour lui, nous verrons bien. Les grands-pères ne résistent pas souvent aux pleurs d'un enfant. Il a une mère ?

— Sans doute.

— Je m'en informerai. Laisse-moi faire.

Sir Alex lui faisait confiance pour cela. Trouver une femme n'était pas une tâche bien ardue, et ils y excellaient tous les deux, mais un homme de la trempe de Joseph Moffat de Galloway n'hésiterait pas un seul instant à sacrifier la chair de sa chair si la nécessité s'en faisait sentir. Ils en savaient assez sur lui pour en être persuadés. Juge de paix, seigneur de vastes domaines, éleveur de chevaux, tels étaient les mots qu'ils avaient entendus à son propos. Et aussi voleur, pillard, et brigand, et pis encore. Il ne semblait pas du genre à être tourmenté par sa conscience.

— A ta place, Hugh, je ne m'y fierais pas, prévint sir Alex. Il en faudra plus que cela pour faire céder un Joseph de Moffat. Il est plus aguerri que la plupart des seigneurs de cette contrée.

Hugh s'appuya contre un arbre et regarda son compagnon s'avancer nonchalamment au milieu du bois, comme un félin. Cet homme-là semblait aussi à l'aise dans la forêt que dans les plus belles demeures d'Ecosse. Cela faisait neuf ans qu'il était au service d'Alex Somers, tout comme chacun des soldats de la troupe, qui en comptait une petite centaine. Il avait deux ans de moins que lui, et, s'il paraissait moins grand et plus sombre de peau, son œil pétillant et sa vigueur séduisaient également les femmes.

Sir Alex s'accroupit au bord de la falaise et fit signe à son comparse de s'approcher furtivement en gardant le silence.

Hugh rampa jusqu'à lui, intrigué.

— Qu'y a-t-il ?

Le ruisseau tombait sur les rochers en contrebas et se déversait ensuite dans un bassin couvert d'écume blanche. Sur une grande pierre plate au bord de l'eau, une pile de vêtements avait été soigneusement posée et l'on entendait des rires par-dessus le bruit de la cascade, ce qui fit s'épanouir sur le visage des deux hommes un sourire carnassier.

— Ecoute, c'est une fille ! chuchota Alex.

— Deux filles ! corrigea Hugh. Regarde ! Nous sommes en veine.

Deux têtes casquées de cheveux sombres venaient en effet d'émerger de l'eau claire, suivies, sur les rochers plats, de deux corps de sirènes d'une blancheur resplendissante. Ignorantes du danger, les deux femmes s'étaient hissées hors du bassin et tordaient à présent leur longue chevelure tout en agitant leurs pieds dans le courant comme des enfants insouciants, offrant à la vue des deux hommes leurs poitrines charmantes sur lesquelles le soleil dardait déjà ses premiers rayons.

— Voilà qui valait la peine de faire tout ce voyage, murmura sir Alex. Crois-tu que ces jouvencelles vivent au château ?

— Pour sûr ! Par l'enfer, Alex, crois-tu que nous ayons le temps de…

— Bien sûr que non, maraud ! Tu le sais bien. Nous ne pouvons nous permettre de nous faire repérer. Quand même, ajouta-t-il avec un air de regret, regarde un peu la plus brune ! C'est une splendeur, Hugh, par le ciel, quel corps, quel visage !

— Je m'intéresse plutôt à la petite, qui me paraît plus gironde, répondit Hugh. Elles semblent trop belles pour être des villageoises et trop heureuses pour être lavandières. M'est avis que ce sont plutôt des couturières.

Ils épièrent longuement, en silence, les deux femmes, derrière l'abri complaisant d'un buisson de fougères, sans perdre la moindre miette du spectacle ravissant qui s'offrait à leurs yeux. Ils ne se rendirent compte qu'en entendant un bruit derrière eux qu'un grand nombre des hommes de la troupe les avaient rejoints et contemplaient la scène en ouvrant de grands yeux ébahis.

Les deux femmes se levèrent et ramassèrent leurs vêtements. Le risque semblait grand qu'elles ne vissent les hommes tapis dans les fourrés, aussi ceux-ci s'éloignèrent-ils sans bruit du bord de la falaise et rejoignirent-ils leurs chevaux, déconfits de n'avoir pu profiter plus longtemps du spectacle.

— Eh bien, s'exclama sir Alex, voilà une manière fort intéressante d'entamer cette journée, morbleu ! Crois-tu que tu auras l'esprit à la tâche après cela ?

— Peut-être pourrons-nous les retrouver, une fois dans la place, et nous occuper d'elles, répondit Hugh de Leyland avec un sourire entendu.

— Nous n'aurons pas le temps. Les hommes sont chargés de faire en sorte que les femmes ne viennent pas se mettre en travers de notre chemin. Cela dit, j'aimerais quand même bien revoir cette brune, avec ou sans ses vêtements. Nous verrons bien. Allons, dis-leur de se mettre à l'abri à présent ; qu'ils se cachent. Et garde un homme en faction pour surveiller la route et les portes. Les autres, à cheval, cela vaudra mieux. Chacun sait ce qu'il a à faire, n'est-ce pas ?

— Absolument, répondit Hugh en mettant le pied à l'étrier. C'est une journée idéale pour attaquer un château !

Depuis la chambre de lady Ebony Moffat, dans la plus haute tour du château de Kells, la vue s'étendait par-dessus les eaux noires du loch vers le sud et l'est. Les fenêtres avaient la taille d'une meurtrière et traversaient des murs épais de granit scintillant au soleil en s'évasant largement vers l'intérieur de la pièce, si bien qu'on y avait placé des bancs de pierre généreusement pourvus de coussins moelleux. L'une des ouvertures avait été close par un rideau, afin de constituer une sorte de penderie, et, dans un autre angle de la chambre, une porte donnait sur un escalier en colimaçon qui descendait vers les niveaux inférieurs.

Les coussins bien sûr n'avaient pas été placés là pour l'amusement du jeune Sam Moffat, pas plus que les fenêtres n'avaient été percées dans la muraille pour qu'il y passe la tête afin de regarder ce qui advenait sur le chemin qui donnait dans les bois. Mais lorsqu'on entendit un valet crier que le grand-père du garçon arrivait, Sam se rendit compte de la difficulté qu'il y avait à rentrer la tête à l'intérieur une fois qu'on l'avait sortie. La peur envahit sa jeune poitrine et il ne put s'empêcher de crier :

— Maman ! Je suis encore coincé.

Lady Ebony fut tentée de lui apprendre une bonne leçon en le laissant patienter un peu, et prit sur le lit son surcot de laine au bleu fané qu'elle enfila rapidement. Sept ans après sa confection, il lui allait encore très bien.

Meg, sa belle-sœur, se dirigeait déjà vers la porte.

— Descends, Meg, je te rejoindrai dès que je l'aurai sorti de là, lui dit Ebony.

— Vraiment ? s'assura celle-ci.

Ebony lui rendit son sourire et ajusta le surcot sur ses épaules.

— Tu es sa fille, Meg. Sir Joseph va se demander où tu es passée. Va ! Montre-toi bonne fille. Je descendrai avec Sam dès que possible.

Il ne lui fallut pas longtemps pour délivrer l'enfant, et celui-ci ne voulut pas non plus perdre de temps en cajoleries inutiles, d'autant qu'il savait son grand-père à peine rentré d'un de ses raids de nuit. Il lui aurait sûrement rapporté quelque chose. Pour le garçon, ces expéditions nocturnes n'avaient rien d'inhabituel. Du haut de ses six ans, il contemplait la vie avec la rudesse et l'énergie primitive d'un vrai guerrier. Et depuis ses trois ans, il n'avait jamais posé la moindre question sur ce père auquel il ressemblait tant.

Il ne servait à rien que sa mère protestât contre tous les présents dont le couvrait son aïeul, car celui-ci n'avait de descendance que ce garçonnet, sur qui il reportait toute son affection. L'enfant avait reçu un cheval, que personne ne s'était soucié de lui apprendre à monter, quelques pièces d'argent, avec interdiction expresse de les dépenser, des vêtements sans doute arrachés au corps d'un infortuné bambin, ainsi que divers jouets et babioles de même provenance. Sa mère n'avait pas eu le courage d'apprendre à son fils que tout cela provenait de pillages, son grand-père faisant profession d'attaquer nuitamment les villages isolés par-delà la frontière qui séparait l'Ecosse de l'Angleterre. Lui et ses hommes massacraient les villageois, brûlaient les maisons et emportaient avec eux le bétail. De toute façon, à son âge, il semblait inutile de lui en apprendre trop, et, tant qu'ils devraient, lui et sa mère, vivre sous le toit de sir Joseph, autant valait lui enseigner à respecter ses aînés.

Ses cris de joie retentissaient à travers les couloirs, jusqu'aux chambres et aux escaliers qui constituaient désormais tout l'univers des deux femmes et du petit Sam. Il valait mieux ne point trop s'aventurer au-dehors, car les pillards écumaient la région dans les deux sens, et l'animosité entre les deux pays n'avait pas diminué, bien au contraire, surtout depuis que les Ecossais avaient, cinq ans plus tôt, remporté la victoire de Bannockburn. Pas une âme qui ne craignît la nuit dans la contrée, quoique les jours, en rallongeant, n'eussent éloigné quelque peu la menace. Peut-être sir Joseph avait-il mené là son dernier raid d'ici à l'automne ? Peut-être aussi vivraient-ils un peu plus normalement après l'été ?

Ebony s'assit sur l'un des coussins disposés sur le banc près de la fenêtre et appuya sa tête contre le volet de bois. Elle regardait sans les voir les poutres hautes du plafond, et les lourdes tentures de laine qui tapissaient les murs. La pièce possédait tout ce dont une femme pouvait rêver pour son confort : quelques sièges de bois, une table, des coffres et un lit à baldaquin fermé en constituaient le mobilier, et une cheminée en ornait le fond, surmontée d'un tablier sur lequel étaient gravées les armoiries des Moffat. Luxe bienvenu, car il faisait frais tout au long de l'année dans ce château. L'isolation relative de ces appartements leur conférait un charme supplémentaire, vu la promiscuité dans laquelle vivaient le reste de ses occupants. Elle n'avait pas à se plaindre, et restait pour l'essentiel confinée chez elle, ce qui lui évitait de sembler approuver le comportement de hors-la-loi de son beau-père.

Ne voulant pas laisser Sam tout seul trop longtemps, elle se décida à descendre enfin. Elle arrangea prestement sa chevelure encore humide en un chignon qu'elle enferma dans une résille d'or d'une façon assez inhabituelle. Au château de Kells, quelle femme se serait souciée de se faire belle ? Il n'y avait que les gens de la Cour, et encore, pour se préoccuper de la mode. Par ces temps troublés, on avait d'autres chats à fouetter. Elle descendit l'escalier en prenant tout son temps, les pans de sa robe relevés sur les chevilles pour s'éviter une chute. A cette allure, il lui faudrait du temps pour rejoindre la grande salle.

Elle s'étonna qu'aucun homme ne fût visible nulle part

et se demanda, en pressant le pas, si le retour de sir Joseph avait pris un tour inaccoutumé.

Certes, ce dernier avait pris une trentaine d'hommes avec lui, mais elle aurait dû quand même rencontrer quelques-uns des gens de sa maisonnée au détour d'un couloir, comme ç'avait été le cas le matin même.

Le garde qui se tenait toujours en faction dans la niche surplombant la cour avait disparu lui aussi. Elle jeta un coup d'œil à travers la meurtrière et vit, de l'autre côté, au-dessus de la poterne, un archer bander son arc en direction du pied des remparts. Mais avant qu'il pût tirer, une flèche lui transperça la gorge et il s'effondra en arrière sans même pousser un cri.

— Des reivers ! murmura Ebony, affolée. Seigneur, ayez pitié de nous !

Comment ces pillards assoiffés de sang, ces assassins, ces voleurs avaient-ils pu pénétrer dans le château ? Où se trouvait Sam ? C'étaient déjà des reivers qui lui avaient tué son Robbie, trois ans plus tôt. Elle ne pouvait les laisser s'approcher de son fils.

Elle courut à perdre haleine, dévalant les escaliers, traversant en trombe les couloirs qui menaient à la grande salle. Hors d'haleine, le cœur dans la gorge à l'idée de ce qu'elle allait trouver, elle ouvrit la porte à la volée et découvrit la grande table déjà dressée pour le souper. Vide. De l'autre côté de la salle, des groupes avaient été rassemblés çà et là, que des hommes armés jusqu'aux dents tenaient en respect, effrayants, l'air farouche.

Elle ne pensait qu'à une seule chose, et s'avança droit sur eux.

— Laissez-moi passer ! hurla-t-elle. Où est mon fils, maudits chiens ! Sam, où es-tu ?

Elle appela son fils, affolée, et ses cris résonnèrent à

travers le château rempli d'effroi. Elle traversa une muraille humaine en repoussant du coude tout ce qui venait en travers de son chemin, cherchant des yeux Biddie, la nourrice de Sam, parmi les visages inconnus ou familiers de la petite foule qui se pressait autour d'elle, et dans laquelle elle reconnaissait là un page, ici une cuisinière ou une femme de chambre.

De l'autre côté de la salle, près de l'immense cheminée, se tenait un autre groupe, dont les membres s'étaient retournés comme un seul homme lorsqu'elle avait fait son entrée tonitruante. Au milieu d'eux, Biddie ne pouvait passer inaperçue. Sous sa guimpe blanche, son visage convulsé d'horreur semblait comme une torche au milieu des ténèbres, et, dans les cris qu'elle poussait, Ebony pouvait entendre toute l'angoisse de celle qui a failli à son devoir.

— Maîtresse !

Ebony se précipita vers elle, mais n'était pas de taille à résister à l'homme qui vint s'interposer et la plaqua violemment contre lui en lui saisissant le poignet. Mais avant qu'il puisse prendre l'autre dans sa main puissante, elle lui porta un coup terrible de son poing libre, dont le bruit résonna dans la grande salle comme un fouet claquant sur la croupe d'un cheval.

— Lâchez-moi, maudit butor ! hurla-t-elle. Mon fils, où est mon fils ?

Les hommes s'écartèrent pour laisser passer Biddie, suivie d'un colosse qui la regardait avec des yeux ébahis, en les plissant si fort qu'on pouvait à peine en distinguer le bleu profond.

— Ce n'est pas exactement l'accueil que nous avions espéré, n'est-ce pas, Hugh ? dit-il doucement à son complice dont la joue s'empourprait un peu plus à chaque seconde. Cela dit, pour une entrée en matière, c'est assez intéressant.

Ebony n'entendit rien de ces paroles, occupée qu'elle était à secouer Biddie pour la faire parler.

— Où est-il ? supplia-t-elle d'une voix qui se brisait. Qu'ont-ils fait de lui ? Et où est Meg ?

— Rien, maîtresse, ils ne lui ont rien fait, je crois, murmura la nourrice, qui n'avait pas vingt ans.

Puis, en désignant une porte, non loin de là :

— Ils l'ont emmené dans la cour. Ils ne lui feront rien, maîtresse.

Ebony ne pouvait se contenter de ces belles paroles et se jeta au milieu du groupe d'hommes qui la séparait de la fameuse porte, résolue à faire tout ce qu'elle pourrait pour secourir son fils avant qu'il lui soit fait aucun mal.

Intrigués de trouver devant leurs yeux — mais habillée cette fois — la sirène aux cheveux noirs dont l'image radieuse n'avait pas quitté leur esprit depuis l'aube, les hommes s'écartèrent devant elle pour lui laisser atteindre la porte, mais celle-ci se trouvait puissamment gardée. Elle se tourna vers eux, comme une biche aux abois, les yeux pleins de larmes et de fureur, prête à arracher les yeux du pillard qui lui faisait face.

— Je veux mon fils, fit-elle d'une voix rauque. Laissez-moi le rejoindre.

— Ce garçonnet blond est… votre fils ? s'étonna le colosse. Et vous êtes…

— Je suis la bru de sir Joseph Moffat, coupa-t-elle. Qui êtes-vous, messire ? Les reivers osent-ils dire leur nom de nos jours, ou bien continuent-ils de terroriser les femmes et les enfants à la faveur de l'obscurité comme les couards qu'ils sont ?

— Mais… vous n'êtes pas écossaise d'après votre

accent, s'exclama-t-il sans prêter attention à la question. Voilà qui devient de plus en plus intéressant. Que fait une Anglaise dans ce repaire de voleurs ?

— Je vous fais grâce de vos gracieusetés, messire. Rendez-moi mon fils tout de suite, je vous prie. Qu'avez-vous fait de lui ?

— Rien. Pour l'instant.

La porte s'ouvrit et, devant l'assistance éberluée, un être étrange apparut, à deux têtes, la plus haute juvénile et rieuse, et l'autre moins jeune, et presque déjà grise. Sam se tenait sur les épaules d'un homme en tunique et baudrier, ses petites mains s'accrochant à la barbe de celui-ci.

Il vit sa mère tout de suite et cria :

— Maman ! Regardez ! Josh est mon cheval, et je vais lui montrer le mien.

Elle voulut se précipiter pour prendre l'enfant dans ses bras, mais la main du colosse la retenait fermement, et le petit semblait si excité par son aventure qu'il ne s'intéressait déjà plus à elle. Brisée par l'angoisse, elle n'aurait su dire ce que l'homme lui avait chuchoté à l'oreille, mais elle savait confusément qu'il lui avait enjoint de ne rien laisser paraître de sa terreur.

— C'est bien, mon fils. Ne tarde pas trop.

L'enfant fut emmené rapidement et sortit en saluant la foule de la main tandis que sa mère cachait les larmes qu'elle avait du mal à contenir.

— Ne me l'enlevez pas, supplia-t-elle. Laissez-moi le rejoindre.

Mais l'homme ne relâcha pas son étreinte sur le poignet gracile d'Ebony et Sam disparut après s'être penché une dernière fois derrière la porte avec un petit rire clair.

— Eh bien, milady, vous avez eu votre réponse. A mon tour, maintenant.

Le colosse ne l'avait pas quittée des yeux un instant et avait fait un pas en arrière pour l'évaluer plus à son aise.

— Dites-moi qui vous êtes, ordonna-t-il.

— Je suis lady Ebony Moffat, messire, répondit-elle en essuyant une larme sur sa joue. Les reivers, d'ordinaire, ne…

— Et où est votre époux ?

— Il a été tué par vos semblables.

— Quand cela ?

— Il y a trois ans, murmura-t-elle en baissant ses grands yeux en amande tout gonflés d'avoir pleuré, les lèvres tremblantes. Mon beau-père nous a hébergés depuis. Où est-il, et où est ma belle-sœur, Meg ?

Elle vit les yeux d'acier de l'homme qui la retenait se tourner vers celui qu'elle avait frappé puis revenir à elle. Il semblait être le chef de cette bande, et pourtant son allure était celle d'un soldat, et ses hommes se comportaient avec ordre et discipline, à la différence de la horde sauvage qui avait brûlé sa maison après l'avoir pillée. Simple différence de méthode, pensa-t-elle. Leurs buts ne différaient en rien.

— Sir Joseph est blessé, annonça l'inconnu sans montrer la moindre émotion. Votre belle-sœur est à son chevet. Non ! s'exclama-t-il en lui barrant le chemin et en serrant le poignet d'Ebony. Vous ne le trouverez pas ici. Et ne vous faites aucun souci pour elle, rien ne lui arrivera.

Elle tenta de le repousser comme on écarte un enfant importun.

— Vous l'avez blessé ? A qui le tour, maintenant ? Prenez ce que vous cherchez, maudits pillards, et partez. Laissez-nous tranquilles. Que voulez-vous ? De la nourriture, du bétail ?

— Rien ne presse, répondit-il en la tenant à distance. Personne ne partira chercher du secours et personne n'est de taille à nous résister ; quant à sir Joseph, il ne pourra défendre personne pendant un moment… Nous allons emmener les hommes et les otages loin d'ici, et occuperons ce château tant qu'il nous plaira. Nous partirons lorsque nous serons prêts.

— Ne prenez pas mon fils, par pitié ! supplia-t-elle.

— C'est le petit-fils du vieux, dit avec un sourire torve celui qu'elle avait frappé. En général, cela fait d'excellents otages. Il sera plus enclin à coopérer quand il saura que nous tenons son seul rejeton, n'est-ce pas ?

Elle se jeta sur lui à ces mots, hurlant de toutes ses forces :

— Assassin ! Maudit pillard !

Mais avant que ses ongles ne puissent atteindre leur but, le colosse la saisit de nouveau et la plaqua sans ménagement contre sa poitrine avant de la soulever et de la jeter sur son épaule comme un sac d'avoine, pour l'emporter, écumant de rage et crachant comme un chat enragé, par une porte au fond de la salle que l'un de ses soldats ouvrit devant lui en souriant de toutes ses quelques dents pourries. Quand elle entendit la porte claquer derrière elle, elle sut qu'elle allait bientôt revivre le cauchemar qui la hantait depuis tant d'années.

Instinctivement, elle voulut se mettre à hurler, à frapper, à mordre pour chasser l'horrible peur. Son enfant ! Ils allaient lui prendre son enfant ! Comme une folle, elle donnait des coups furieux mais inutiles. Il la tenait fermement plaquée contre le mur, et la pierre froide lui déchirait le dos.

Il laissa passer l'orage en évitant soigneusement d'exposer son visage à sa morsure et elle comprit qu'il lui faudrait sans doute recourir à d'autres arguments que la prière avec ces pillards, car ils semblaient clairement ne pas être enclins à négocier quoi que ce fût. De longues mèches poisseuses de larmes zébraient son visage et elle dodelinait de la tête, hagarde, en répétant :

— Mon fils, mon fils…

En sentant le corps massif de l'inconnu pressé contre le sien, elle se rendit compte qu'elle ne lui avait même pas accordé un regard et n'aurait pu le reconnaître si d'aventure ils s'étaient fait face de nouveau. Levant les yeux vers lui, elle remarqua son visage rasé de près, son regard impassible, sa bouche finement ourlée et ses lèvres pincées. Quant à l'impression de force virile qui se dégageait de son visage, elle se demanda si elle venait de l'éclat de ses dents, inhabituel chez un homme de son âge.

— Calmez-vous, ordonna-t-il. Votre fils ne risque rien, mais j'ai besoin d'un otage. Il ne le restera pas très longtemps, si tout va bien.

— Non ! Pas lui ! cria-t-elle en secouant la tête comme si elle avait voulu chasser ce cauchemar de son esprit. Je n'ai que lui !

— Est-il l'unique petit-fils de Joseph ?

— Oui, gémit-elle, c'est mon seul enfant. Si vous devez le prendre en otage, prenez-moi avec lui. Il ne peut vivre sans moi, ni moi sans lui.

— Je ne prends pas les femmes en otage, répondit-il d'un ton qui n'admettait pas de réplique.

S'il ne voulait pas d'elle, qu'accepterait-il de prendre en échange de son fils ? De l'argent ? Pourrait-elle lui faire entrevoir l'horreur de son geste, et le convaincre d'y renoncer ? Son maître d'armes lui avait montré comment se servir d'un poignard, mais elle n'avait pas jugé utile d'en porter un ce jour-là. C'était une erreur qu'elle ne renouvellerait pas. Il avait ajouté, après cette leçon, que, si elle venait à tomber entre les mains des reivers, il lui faudrait leur offrir tout ce qu'elle possédait pour gagner un peu de temps, ou simplement sauver sa vie. Absolument tout, avait-il ajouté en appuyant sur ces mots. « Négociez, la vie vaut plus que tout le reste », avait-il insisté.

Il n'avait pas eu besoin de préciser à quoi il faisait allusion. Sur le coup, cela avait semblé à Ebony une façon typiquement masculine d'envisager les choses, avec une légèreté révoltante, mais à cette heure, elle mesurait que ce sacrifice n'était rien en comparaison de ce qu'il servirait à payer.

— Je vous en supplie, par pitié, je ferai tout pour le sauver, murmura-t-elle en regardant l'inconnu droit dans les yeux.

— Que voulez-vous dire, au juste ?

— Vous pourrez…

— Je pourrai… quoi ?

— … faire de moi ce que vous voudrez, pourvu que vous me laissiez venir avec vous, ou le laissiez rester ici avec moi. Je vous conjure de ne pas nous séparer, souffla-t-elle en baissant la tête comme un agneau qu'on immole.

Elle avait prononcé ces paroles comme dans un cauchemar, au point que, devant son long silence, elle se demanda sincèrement si elle les avait vraiment dites. Elle trouva cependant difficile de le regarder dans les yeux de nouveau.

— A moins que…

Mais les mots se figèrent sur ses lèvres. Elle mesurait toute l'absurdité de la situation. Qu'avait-elle donc à offrir d'autre maintenant qu'elle s'était offerte de la sorte ?

Elle sentit autour de ses poignets se desserrer l'étau des mains du colosse, et le sang se ruer de nouveau dans sa chair longtemps comprimée. Il avait fait un pas en arrière et posé ses mains contre le mur de chaque côté de la tête de la jeune femme, l'enfermant entre ses bras puissants comme derrière les barreaux d'une cellule. De toute façon, après l'offre qu'elle venait de lui faire, pouvait-elle encore s'échapper ?

Elle nota la peau hâlée de son visage, les stries minuscules de sa bouche, et l'air grave qu'il avait pris désormais. Sans doute un homme tel que lui devait-il débattre en lui-même de sa proposition, et elle sentait bien que les yeux qui musardaient sur elle l'évaluaient en détail. Mais il semblait hésiter, et, sans qu'elle sût vraiment comment interpréter ce sentiment, elle s'en trouva humiliée.

— Je vois, fit-il. Vous voulez négocier, n'est-ce pas ?

— Oui, répondit-elle, en se promettant, si elle survivait, d'avoir une explication franche avec son maître d'armes. Je n'ai que cela à vous proposer. C'est peu en regard de la vie d'un enfant, mais je vous l'offre si vous en voulez. J'ai déjà perdu mon honneur, de toute façon.

C'était un mensonge, mais comment aurait-il pu le savoir ?

— La vie de votre fils n'est pas en jeu, milady. Je ne me sers de lui que pour me prémunir contre une attaque. Cela dit, l'offre est tentante. L'avez-vous déjà faite à d'autres… reivers ?

Sa main arrêta celle d'Ebony au moment précis où celle-ci allait lui arracher les yeux.

— Non, messire ! siffla-t-elle en le fusillant du regard. Ce que j'ai réservé à mon défunt mari restera son privilège pour toujours, quelque pourceau qu'il me faille encore satisfaire pour sauver la vie de mon enfant. Vous auriez pu vous vanter d'avoir été le premier d'entre eux, mais je retire mon offre, si c'est pour vous voir mettre en doute sa valeur. Vous êtes un reiver, un pillard sans foi ni loi, et ne valez même pas la salive que j'ai dépensée à essayer de vous convaincre de vous montrer humain. Vous ne saurez jamais à quel point il m'a été pénible de m'offrir en sacrifice aux appétits d'un porc de votre espèce. N'en parlons plus. J'ai fait cela pour mon fils, pas pour votre plaisir.

— Ne venez-vous pas de me dire à l'instant que cela vous coûterait peu puisque vous aviez depuis longtemps perdu votre honneur, ou bien ai-je rêvé ? répliqua-t-il en la serrant contre lui.

— Pour une femme, la valeur et le coût sont choses dissemblables, mais je doute qu'un butor de votre espèce soit capable de faire la différence.

— C'est bien possible, mais, en attendant, je suis assez tenté par votre proposition. Etes-vous certaine de vouloir la retirer ?

Elle hésitait à son tour, affolée par l'énormité de ce qu'elle lui avait offert. Elle allait devoir à présent le suivre dans son lit ou — pis encore — le laisser abuser d'elle sur place, dans cette alcôve infâme, avec les conséquences horribles qu'un tel malheur pouvait entraîner. Elle préférait ne pas y penser. Elle n'avait connu que Robbie et, depuis trois ans que la mort l'avait arraché à elle, elle avait rarement éprouvé le besoin de se retrouver dans les bras d'un homme, sauf peut-être certaines nuits, quand les larmes l'avaient laissée désemparée, incapable de se remettre de ce deuil atroce et de cette solitude insupportable. Cet homme-ci ne risquait pas de se soucier de ses sentiments, de sa réputation, et encore moins des conséquences toujours possibles.

— Eh bien ?

Elle inspira profondément, oubliant délibérément toute autre préoccupation que le salut de son fils.

— Vous promettez de nous garder ensemble, Sam et moi, où que vous vous rendiez ?

— Le salut de votre enfant et votre présence à ses côtés dépendront désormais entièrement de l'accueil que vous me réserverez, milady. Chaque fois que j'en éprouverai le désir, sommes-nous bien d'accord ?

Elle leva les yeux vers lui. Il plaisantait, bien entendu. Le moment était mal choisi, mais il plaisantait. Mais là où elle croyait voir une lueur amusée, elle ne trouva que deux billes d'acier bleu et froid.

— Chaque fois que… ?

— Oui, milady, Aussi souvent que l'envie m'en viendra. La vie de votre fils vaut-elle cela ?

Elle resta muette de stupeur, incapable de respirer. Avait-elle le choix ?

— Oui, messire, et plus que cela encore, répondit-elle en le défiant du regard. Vous êtes pire que le diable en personne !

— Très bien. Marché conclu, alors.

Elle serra les dents et tenta de s'arracher à lui. Dans son esprit tourmenté, elle voyait Robbie qui la regardait comme un reproche venu de l'enfer pour la hanter.

— Et maintenant, me direz-vous votre nom ?

Le moment était mal choisi, car il l'avait prise dans ses bras de telle manière qu'elle se trouvait maintenant nichée au creux de son épaule et que sa tête reposait contre le doublet de sa tunique. Sans préavis, il prit sa bouche avec l'avidité d'un mort de faim et elle se prépara à l'inévitable violence que semblait engendrer chez la plupart des hommes le désir dont elle avait vu souvent, dans leurs yeux, briller l'étrange lueur. Elle s'attendait à souffrir et retint son souffle pendant qu'il s'abouchait à elle, mais il lui sembla bientôt qu'il l'embrassait avec tant de douceur qu'il ne pouvait pas avoir l'intention, ce faisant, de la blesser ou de lui faire du mal, bien au contraire. Elle avait pensé également que cette étreinte serait brève, puisque ses hommes l'attendaient de l'autre côté de la porte, mais elle dut reconnaître qu'il ne se hâtait pas d'en finir, ni n'accomplissait cet acte avec le moindre soupçon de nonchalance. Elle se dit même, horrifiée, que jamais Robbie ne l'avait embrassée de cette façon, et, lorsqu'il la lâcha enfin, force lui fut de constater qu'elle avait gardé les yeux fermés pendant tout le temps qu'avait duré leur étreinte, et que des larmes nouvelles perlaient à ses cils palpitants.

— Mon nom est Somers, dit-il enfin. Alex Somers, milady, pour vous servir.

— Messire Somers, s'étrangla Ebony, vous êtes…

— Lord Alex, corrigea-t-il.

— Je vois. Ceci, je suppose, n'était qu'un prélude, n'est-ce pas ? Allez-vous me prendre debout contre ce mur, milord, ou bien…

— Contre ce mur ? s'esclaffa-t-il en l'attirant contre lui. Est-ce cela que vous voulez, milady ?

— Maraud ! Maudit butor ! Je ne veux point de vous. Rendez-moi mon fils, souffla-t-elle comme une furie.

— Je préférerais que nous nous retrouvions dans un endroit plus douillet pour poursuivre cette… conversation, souffla-t-il en pressant son front contre celui d'Ebony. Votre chambre me semble idéale pour cela. Nous nous y retrouverons, quand les choses se seront un peu calmées.

— Comme c'est chevaleresque et noble de votre part, messire. J'aurais dû m'en douter, venant d'un homme tel que vous, railla-t-elle.

— Je ne prends pas la moitié de ce que l'on me donne, milady, en effet, et vous avez raison d'attendre de moi une telle attitude. Quand vous me connaîtrez mieux, cela vous semblera une évidence. Pour l'heure, je suggère d'aller voir comment se porte votre beau-père, ajouta sir Alex en la lâchant soudain et en désignant un couloir de la tête. Prenez à droite, la deuxième porte.

— C'est le bureau de l'intendant, s'étonna-t-elle en essuyant une larme.

— Exact. C'est là que se trouve sir Joseph. Si nous l'avions transporté dans sa chambre, il serait mort avant d'arriver.

— Mais bien sûr, vous n'aviez aucune intention de lui faire du mal…

— Pas particulièrement, non. Il possède des informations dont j'ai le plus grand besoin.

— Pourquoi l'avoir blessé dans ce cas ?

— Il est rentré dans cet état de son raid, milady.

— Mensonge !

— Si fait. Allez le trouver et demandez-le lui vous-même. Ses blessures lui ont été infligées voici déjà des heures.

Elle l'observa un moment avant de répondre.

— Et mon fils ?

— Il s'amuse follement. Il ne court aucun danger.

— Comment puis-je en être certaine ?

Pour toute réponse, il la saisit de nouveau, et sa main vint délacer d'un coup la résille qui retenait sa chevelure. Celle-ci s'étala en volutes vaporeuses sur ses épaules et il y enfouit sa main pour l'attirer contre lui. Devant ce geste impérieux, elle sentit ses jambes faiblir et s'accrocha à son cou pour éviter de défaillir.

C'est alors seulement qu'il répondit à sa question :

— Tant que notre marché n'est pas pleinement conclu, milady, vous ne pouvez jurer de rien. Aussi je vous conseille de ne pas vous éloigner. Assurez-vous que je puisse toujours vous trouver s'il me prenait l'idée de venir vous chercher.

2

La porte se referma sur lui, mais le soulagement qu'elle éprouvait à savoir qu'elle ne serait pas séparée de son fils se teintait de graves incertitudes : n'avait-elle pas perdu la raison pour avoir conclu ce genre de marché avec un tel homme ?

Ç'avait été la conversation la plus humiliante, la plus dégradante qu'elle ait jamais eue, mais, tout le temps que celle-ci avait duré, elle n'avait pas douté un instant du bien-fondé de sa décision. La vie de l'enfant valait tous les sacrifices. Mais une peur insidieuse l'envahissait à présent comme un brouillard sur les crêtes des highlands. A moins de se décider à passer à l'action, elle pouvait bien se retrouver attachée aux basques de ce pillard jusqu'à la fin des temps. Mais que faire ? S'échapper ? Il y avait en effet d'autres moyens de quitter le château que la grande porte. Elle n'avait pas échappé aux griffes d'une horde de reivers pour se retrouver prisonnière de cette bande de voleurs. Et depuis neuf ans qu'elle les avait quittées, elle n'avait pas oublié le chemin qui menait aux terres de sa famille.

A quatorze ans, Ebony avait accepté avec joie la promesse d'une vie nouvelle en Ecosse. Le voyage depuis Carlisle, du côté anglais de la frontière, jusqu'à Galloway, ce joyau alangui au milieu des montagnes et des lochs, avait constitué une rupture complète dans sa vie. Sa mère, lady Jeanne Nevillestowe, avait accepté le rameau d'olivier qu'un Ecossais lui avait proposé pour sceller l'union de leurs deux familles. Sir Joseph ne voyait aucun inconvénient à ce qu'une veuve anglaise de haute noblesse lui donne sa fille pour la marier à son fils unique, Robert, qui venait à peine d'être fait chevalier. Et bien que les deux pays n'aient pas été dans les meilleurs termes à cette époque, il n'était pas inhabituel que des familles anglaises et écossaises ne s'unissent de la sorte, malgré les insultes de ceux qui trouvaient la chose inadmissible, et dont sir Joseph se souciait comme d'une guigne.

Elle avait donc vécu chez les Moffat, au château de Kells, en attendant d'être en âge d'épouser son promis, et, lorsqu'elle avait atteint ses dix-sept ans, on l'avait décrétée apte à convoler et à lui donner un fils sur-le-champ. Malheureusement, leur idylle n'avait duré que trois ans, car leur manoir, pour leur malheur, se trouvait sur le passage d'une bande de reivers venant de l'autre côté de l'estuaire de la Solway, qui l'avaient brutalement détruit lors de l'un de leurs raids.

La dernière fois qu'elle avait vu son cher époux, il les avait, elle, Sam et Biddie, fait passer par une fenêtre pour fuir leur demeure en flammes. La maison s'était effondrée sur lui l'instant d'après sans qu'elle pût rien faire pour le sauver, et les trois survivants désespérés avaient couru jusqu'aux bois pour se protéger des assaillants en se cachant dans la broussaille épaisse des fougères. A l'aube, tremblant de peur et de froid, les deux femmes et l'enfant avaient rejoint le château, à moitié nus, en longeant les bords du loch. C'était sir Joseph qui les avait trouvés, à moitié morts et transis jusqu'aux os, et les avait ramenés au château. C'était le même homme qui avait infligé le même sort à d'autres malheureux pas plus tard que la veille, tandis qu'Ebony et Sam dormaient paisiblement. Avait-il trouvé les assassins de son fils ? Avait-il été blessé en se faisant justice ?

Depuis cette nuit tragique, elle avait fait tout son possible pour éviter à son fils de nouvelles souffrances et pour apaiser la douleur d'avoir si tôt perdu le père qu'il adorait. Il avait, ces derniers temps, cessé de réclamer son retour, mais avait continué d'être hanté par d'affreux cauchemars. Son grand-père ne voyait aucun mal à le menacer, s'il refusait de s'endormir assez tôt à son goût, d'envoyer chercher les reivers, qui se feraient un plaisir, disait-il, d'emporter l'enfant avec eux, ce qui n'aidait pas à sa guérison, bien au contraire. Et à présent, Sam se trouvait précisément aux mains des brutes qu'il redoutait tant, quoique, pour l'heure, ils prétendissent être ses amis. Quelque marché qu'elle ait conclu avec sir Alex, elle ne trouvait rien à redire à essayer de s'y soustraire, et tant pis s'il appelait cela manquer à sa parole.

Autant qu'elle sache, c'était la première fois que le château de Kells avait subi une attaque de reivers. Elle avait pensé, à force de vivre en paix dans ces murs, à l'abri des montagnes et du loch, que cela n'arriverait jamais, d'autant que sir Joseph était reiver lui-même, et largement capable de protéger les siens. Maintenant qu'elle le savait blessé, jamais elle ne s'était sentie aussi vulnérable depuis trois ans qu'elle vivait au château.

Elle fourra la résille dans la poche de sa large ceinture et s'avança en direction de la pièce où reposait le maître des lieux. Elle croyait que sir Alex avait dressé un tableau quelque peu exagéré de la situation en lui décrivant l'état de sir Joseph, aussi lui fut-ce un choc terrible de le voir immobile et grotesque, gisant sur une planche grossière soutenue par deux tréteaux de fortune, au milieu du fatras des parchemins de l'intendant sur lesquels on avait jeté pêle-mêle les vêtements du blessé, que le feu semblait avoir ravagés.

— Meg… oh, Meg ! murmura sir Joseph en s'adressant à sa fille. Ma chérie, pardonne-moi.

Le visage de la jeune femme semblait aussi pâle que celui de son père, et ses grands yeux bleus inondés de larmes contemplaient le grand corps meurtri comme s'il avait déjà quitté ce monde.

— Nous sommes le premier jour de mai, Ebbie, dit-elle doucement à l'adresse d'Ebony. Qui aurait pensé ce matin que nous…

Sa voix se cassa sur ces paroles, et ses bras retombèrent le long de son corps, comme les branches brisées d'un arbre. A vingt-quatre ans, toujours gaie et vive, Meg n'était pas du genre à s'effondrer facilement. L'exigence jamais satisfaite de son père et la rudesse du lieu où elle vivait l'avaient aguerrie au-delà de toute espérance, et elle avait en horreur tout ce qui pouvait ressembler à des pleurnicheries. Ebony ne l'avait jamais vue dans cet état.

Elle tendit les bras et serra Meg contre elle en la berçant doucement.

— Ne pleure plus, ma chérie, nous allons nous en sortir. Calme-toi.

Par-dessus l'épaule de sa belle-sœur, Ebony aperçut le visage contrit du frère Walter, austère et triste comme à son habitude. En tant que confesseur et médecin de sir Joseph, il venait pour la première fois sans doute de soigner son patient, d'ordinaire furieusement récalcitrant, sans que celui-ci ne l'envoie au diable. Apparemment, il ne donnait pas cher des chances de survie de son maître, et ce pessimisme avait gravement affecté Meg.

— Nous peut-être, répondit Meg entre deux sanglots, mais pas lui. Regarde-le. Il est perdu.

Les blessures qu'il avait reçues semblaient bien plus graves qu'Ebony ne l'avait imaginé. Elle comprenait à présent l'allusion de sir Alex au fait qu'on n'avait pas osé le transporter dans sa chambre. Son corps avait subi de terribles brûlures, et il gisait, à demi-inconscient, à peine agité de quelques mouvements convulsifs.

Le frère Walter examina de nouveau le corps allongé.

— Je n'ai jamais rien vu de tel, milady. Et son dos est dans un plus triste état encore. Des poutres enflammées lui sont tombées dessus.

Ebony avait souvent souhaité voir le feu de l'enfer s'abattre sur son beau-père.

— Mais ce que je ne comprends pas, poursuivit le clerc, c'est la raison pour laquelle cette bande est venue jusqu'ici. Je sais bien que les Ecossais pillent les châteaux des deux côtés de la frontière, mais personne ne vient jamais dans ce coin sans un bon motif. En tout cas, s'ils voulaient le tuer, ils doivent être satisfaits à cette heure.

Dans un coin de la pièce, on entendit un sanglot. C'était dame Janet, la femme de chambre de Meg, qui tenait à la main un flacon de verre, osant à peine, malgré l'état de sir Joseph, s'approcher de lui de trop près. Il ne supportait pas d'avoir trop de femmes autour de lui.

Meg vit, sur le visage d'Ebony, la trace des larmes qui y avaient coulé, ainsi que le désordre de ses cheveux et le frémissement involontaire de ses lèvres.

— Ebbie ! Mais tu as pleuré, ma mie. Oh mon Dieu,

que t'est-il arrivé ? T'ont-ils fait du mal ? Dis-moi, supplia-t-elle en lui prenant les mains.

— Non, rassure-toi, répondit Ebony. J'ai eu peur pour Sam, c'est tout.

— L'as-tu trouvé ? Comment va-t-il ? Et qu'ont-ils fait de Biddie ?

— Ils vont bien, Meg, affirma Ebony, dont les yeux disaient exactement le contraire.

— Tu veux dire pour l'instant, n'est-ce pas ? Ebbie, dis-moi la vérité. Ils veulent l'emmener, c'est cela ?

— Ils veulent nous emmener tous les deux, Sam et moi. Je leur ai fait promettre de ne pas nous séparer. Je crois qu'ils ont l'intention de rester céans jusqu'à demain, pour soutirer des renseignements à ton père. Dieu sait où ils nous mèneront ensuite, ajouta-t-elle en regardant de nouveau le corps déchiré de sir Joseph.

— En ce cas, il faut t'enfuir et emmener le petit avec toi, sans attendre, s'exclama Meg.

— Comment faire ? Je ne puis t'abandonner ainsi au moment où tu as le plus besoin de moi. Que crois-tu qu'ils feront de toi quand ils s'apercevront que je me suis enfuie avec Sam ? Ils te tueront.

— Ils n'en feront rien, affirma sa belle-sœur d'une voix ferme et décidée, en lui secouant les mains comme pour la faire émerger d'un rêve. Bien sûr que non ! S'ils avaient voulu piller ce château et occire ses habitants, ils l'auraient fait depuis longtemps. Tu dois partir, Ebbie, et prendre Sam avec toi, tu sais que c'est ce que dirait mon père, s'il pouvait nous entendre.

Ni l'une ni l'autre ne s'attendaient à ce que la main de ce dernier ne vienne toucher la robe de Meg, et chercher ses doigts d'une main tremblante.

— Père ! Que…

Le mourant agita ses lèvres couvertes de sang séché.

— Emmène... Sam !

— Oui, père, elle va l'emmener, je vous le promets. Comment al... ?

Mais l'effort avait été trop intense pour le blessé, qui venait de retomber dans sa léthargie, abandonnant sa fille folle de douleur et d'angoisse à son triste sort.

— Il nous a entendues, tu as vu ! parvint-elle à dire, suffoquée de stupeur. Il faut que tu t'en ailles, Ebony, je le lui ai promis.

— Dès qu'il fera nuit, répondit celle-ci, nous partirons. Dame Janet, avons-nous encore de ce baume de racines de fougère qui fait des miracles contre les brûlures ? Qu'y a-t-il dans ce flacon ?

La servante le lui tendit et ôta la gaze qui en obstruait le col.

— Des racines de fougère justement, et du beurre, milady. Mais nous avons besoin de bandages, précisa-t-elle en secouant la tête tristement.

— Je vais en chercher, dit Meg.

— Non, protesta Ebony. Je sais où en trouver. Reste ici, près de ton père.

Ici au moins, elle ne risquait rien, ou moins qu'ailleurs, pensa Ebony.

Quelle pitié que la mère de Meg ne fût plus là pour soutenir sa fille. En 1317, elle avait rejoint au ciel son fils adoré, dont la mort l'avait brisée irrémédiablement. Qui aurait pu la blâmer d'être morte de chagrin alors que sa vie désormais se résumait à subir les avanies que lui infligeait son goujat de mari sans la consolation d'avoir Robert à ses côtés ? Le jeune Moffat n'avait jamais approuvé le brigandage auquel se livrait son père, mais n'avait pu l'en dissuader, d'autant que tous ceux qui dans la contrée étaient censés représenter l'ordre et la loi se laissaient acheter et circonvenir sans l'ombre d'un remords. Depuis la victoire de Bannockburn, tout n'avait été qu'une longue litanie d'années calamiteuses, avec leur cortège de mauvaises récoltes, d'inondations, de famine et d'épidémies, et le pillage était devenu au fil des ans un mode de vie acceptable pour beaucoup, d'autant qu'il se trouvait la plupart du temps être le seul qui assurât la subsistance de ceux qui s'y livraient. Robert, lui, n'aurait jamais enlevé un enfant, ni marchandé l'honneur d'une femme.

Ebony et Robert avaient été, tout autant que mari et femme, des amis entre lesquels jamais le ton ne montait, et Biddie et Meg savaient fort bien qu'elle inondait son lit de ses larmes amères, chaque nuit. Ce matin-là, elle avait suivi avec Meg le chemin de la rivière et pris un bain sous la cascade. Meg avait d'ailleurs insisté pour qu'elles se baignent là car elle voulait, comme l'affirmait la légende, se mirer dans une onde calme pour y voir le visage de son futur époux. Mais jamais elles n'avaient vu autre chose que leurs propres reflets agités par les vagues, ce qui les avait fait rire de bon cœur. Tant mieux, avait pensé Ebony. Elle n'aurait pas aimé risquer de voir dans l'eau le visage du cousin de Meg, David Moffat.

Ebony se rendit aux écuries en prenant soin d'éviter sir Alex, faisant un long détour à travers les couloirs du château et le jardin qu'elles avaient traversé le matin même pour se rendre à la cascade. Au passage, elle ramassa un panier de betteraves qu'un des jardiniers avait laissé par terre dans la panique qui avait succédé à l'arrivée de la bande de pillards. Arrivée à l'endroit où l'on pansait les chevaux, elle avisa son fils sur les épaules de Joshua, qui s'efforçait d'être aussi paternel que possible, flanqué de Biddie. L'enfant l'embrassa tendrement, mais décida bien vite de retourner à son apprentissage. Il voulait absolument savoir comment l'on curait les pieds des chevaux et brûlait d'impatience d'exercer ses nouvelles connaissances sur son petit Galloway.

Biddie s'approcha de sa maîtresse pour lui confier qu'elle avait fait croire au petit que les inconnus se trouvaient être des envoyés du roi venus demander à sir Joseph de les aider à repousser les Anglais de l'autre côté de la frontière.

— Voyez-vous ça ! railla Ebony. Et il t'a crue ? ajouta-t-elle en prenant la servante par le bras pour l'entraîner sur le côté, afin d'éviter que Joshua ne les entende.

— Oui, bien sûr, milady. Ils viennent d'emmener les hommes, tous ou presque, même ceux qui revenaient à peine de leur expédition avec sir Joseph. Sam les a regardés partir. Vous savez, ajouta-t-elle, il vaut mieux qu'il croie cela plutôt qu'il ne sache la vérité. Cela lui évitera de nouveaux cauchemars. Regardez-le. Personne ne s'est préoccupé de lui enseigner de telles choses jusqu'à présent.

Elles regardèrent attendries celui qu'on appelait Josh, ou Joshua, tordu comme un chêne et coiffé d'une longue chevelure blanche, s'occuper de l'enfant avec un sérieux admirable. Il devait être le plus âgé des hommes de la troupe, mais se montrait pourtant le plus vif d'entre tous. Ses yeux malins pétillaient d'intelligence au milieu de son visage ridé et un sourire flottait en permanence sur ses lèvres.

Ebony tourna le dos à ce duo émouvant.

— Il faut que nous l'emmenions loin d'ici, chuchota-t-elle.

— Vous voulez… vous enfuir ? demanda Biddie, interloquée, en ouvrant de grands yeux. Avant qu'ils ne prennent Sam avec eux ? Croyez-vous vraiment qu'ils le feront ?

— Oui, répondit fermement Ebony, qui n'envisageait pas une seconde de parler de son marché avec Biddie ou Meg. Dès qu'il fera nuit, nous descendrons à la cascade et prendrons le petit bateau qui s'y trouve, je l'ai vu ce matin, en me baignant avec Meg.

— Qu'en pensent sir Joseph et sa fille ?

— Ils disent qu'il faut l'emmener, eux aussi. Si nous partons avant la nuit, nous risquons d'être vus, et, si nous tardons trop, ils pourraient bien trouver le bateau et le lâcher au fil de l'eau, ou le détruire. Il faut partir cette nuit, Biddie. Pour l'heure, je dois aller soigner sir Joseph. Monte chez moi, s'ils te laissent faire, et tâche de rassembler de quoi tenir chaud à Sam, ainsi que de quoi manger. Cache tout cela dans l'escalier, de sorte que je puisse le récupérer en partant.

Biddie avait toujours été d'une loyauté totale et n'aurait pour rien au monde mis en doute les décisions de sa maîtresse. Jamais encore elle n'avait vu Ebony ne pas se préoccuper du sort de Meg, mais elle comprenait que la vie de Sam lui semblât plus précieuse que tout au monde. De toute façon, l'heure était mal choisie pour jouer les héroïnes.

— S'ils prennent Sam, annonça-t-elle résolument, il faudra qu'ils m'emmènent aussi. Mais je pourrais également aller chercher de l'aide, seule, dans la vallée, et revenir avec des renforts dès demain, à l'aube.

— Tu ne peux risquer de partir de jour, Biddie. Tu n'aurais aucune chance.

Biddie ôta sa guimpe blanche, qu'elle noua autour de son cou.

— Pas même comme ceci ?

— Non, ma bonne, répondit Ebony en souriant. De toute façon, nous ne pouvons nous passer de toi.

*
* *

Les bandelettes de lin qui entouraient ses plaies ne servaient en fait qu'à rendre sir Joseph plus présentable, rien de plus. Ebony se rendait compte au fur et à mesure que les heures passaient qu'elle ne devait pas quitter Meg un instant avant de devoir partir. Celle-ci avait perdu son frère, puis sa mère en l'espace d'une seule année, et son père, bien qu'il fût robuste, ne serait sans doute plus que l'ombre de lui-même si par miracle il survivait. Elle allait se retrouver seule à Kells avec un tout petit nombre de serviteurs et aucun moyen de se défendre contre les attaques toujours possibles. Tous les hommes valides avaient été emmenés par les pillards et, quoique Meg eût insisté, et son père avec elle, pour qu'Ebony parte, et qu'elle ait même promis à sir Joseph de tout faire pour qu'elle emporte le petit Sam loin d'ici, la pauvre jeune veuve savait bien qu'il serait inhumain de quitter le château en abandonnant sa belle-sœur.

Elle s'en fut s'occuper de ce qu'elle avait à faire sans s'ouvrir de ses doutes à quiconque et Meg resta silencieuse, le cœur lourd à l'idée de ce qui l'attendait.

D'autres avaient besoin de l'aide d'Ebony, en particulier des hommes que leurs blessures avaient rendus intransportables. Au cours de la matinée, elle croisa sir Alex à plusieurs reprises, mais évita de prendre place à ses côtés au cours du repas, mangeant seule avec Sam et Biddie. Elle repensait sans cesse à l'affreux marché qu'elle avait conclu pour garder son fils auprès d'elle, en se disant que d'autres avant elle avaient sûrement fait bien pis.

***

Le château, dans lequel avaient résonné toute la matinée les cris et les rires des pillards, les aboiements frénétiques des chiens et les claquements de portes, semblait étonnamment silencieux à présent que la troupe des assaillants en avait pris le commandement. Derrière leurs visages effrayants se cachait une compétence à toute épreuve. Ebony ne laissait pas de s'étonner qu'ils se fussent comportés avec tant de réserve et visita le château des combles aux caves pour se faire une idée de ce qu'ils comptaient emporter avec eux en partant le lendemain, mais ne put que constater qu'ils avaient fait un inventaire complet des lieux et des biens, mais n'avaient ni pillé ni détruit quoi que ce fût. Comme l'avait dit sir Alex, ils prenaient leur temps.

Lorsque Sam rentra d'avoir passé la journée avec Joshua, la situation n'avait en rien changé. Il leur raconta, essoufflé d'avoir tant joué, que l'homme qui fabriquait les armes de la troupe lui avait confectionné un petit arc et quelques flèches, et l'avait laissé l'assister dans son travail. Joshua l'avait ensuite installé sur son grand cheval tandis qu'il le pansait et lui avait donné une épée de bois pour jouer au chevalier. Sa mère ne trouva rien d'exceptionnellement exaltant dans tout cela.

— Sont-ils stupides au point de ne pas mesurer combien tout cela est dangereux, par le ciel ? Sont-ce là jeux appropriés pour un enfant de six ans ? Oncques je n'aurais dû le laisser entre leurs mains ! s'exclama-t-elle, rouge de colère, ce qui fit se retourner tous ceux qui vaquaient dans les cuisines. Que dirait ton grand-père de tout cela ? poursuivit-elle tout en préparant un brouet de poule et de pain pour Meg et le frère Walter.

— Il dirait qu'ils sont marauds sans cervelle, mère, gloussa l'enfant en chipant quelques croûtes de pain sur la table. Mais Josh n'est point ainsi. Il est gentil, affirma-t-il.

— Je n'aime point entendre ces mots dans ta bouche, mon fils, gronda sa mère en lançant au petit un regard plein de reproche voilé.

— Puis-je aller voir grand-père et tante Meg à présent ? demanda Sam sans se démonter, en fourrant un morceau de pain dans sa bouche.

— Il dort pour l'instant. Biddie va porter ceci à ta tante, répondit Ebony en emmenant l'enfant, qui protesta quelque peu, mais se calma vite, ravi d'avoir pu partager avec les nouveaux venus et Josh toutes les activités auxquelles il n'avait pas le droit de se livrer en temps ordinaire.

Sa mère se fit la réflexion qu'il n'avait jamais montré autant d'enthousiasme lorsqu'il passait du temps avec son grand-père. Pour autant, il était épuisé d'avoir tant joué et s'effondra sur son lit.

Sa mère resta assise à ses côtés un instant, résistant à l'envie de le déshabiller et de le border dans le grand lit qu'il partageait avec elle et sa nourrice. Autant ne pas devoir l'habiller de nouveau si nous partons en pleine nuit, se dit-elle.

Elle lui caressa la tête doucement, en murmurant son nom, et il se blottit contre elle, toujours somnolent. Elle hésita longuement, tandis que le soir tombait, sur la meilleure façon de lui présenter les choses, se demandant toujours si elle aurait le courage d'abandonner Meg dans une telle situation.

Quand Biddie réapparut pour allumer les bougies, elle avait pris sa décision.

— Nous ne partons plus, annonça-t-elle.

— Nous ne…, s'exclama la jeune femme en regardant sa maîtresse d'un air incrédule.

— En effet, répondit Ebony. Je ne puis abandonner Meg. Ce serait un péché. Elle a besoin de nous.

Biddie vint s'asseoir près du coffre dans lequel elles avaient pris les vêtements.

— Mais ils vont vous emmener quoi qu'il advienne, dès demain, n'est-ce pas ? Votre belle-sœur ne vous a-t-elle pas elle-même encouragée à vous enfuir ? Pensez-vous que le danger soit trop grand que vous ayez décidé de ne pas partir ?

— Il ne s'agit pas de danger, Biddie, mais surtout de Meg.

— Surtout ? releva la servante, intriguée par cette hésitation. Et Sam ?

— Tu t'imagines bien qu'après la journée qu'il vient de passer, nous n'arriverons plus à le remuer. Il s'est endormi sans même que j'aie besoin de lui raconter une histoire. Il n'a pas bougé depuis. Regarde, il ne suce même pas son pouce.

— Mais le sac de nourriture et de vêtements se trouve déjà dans l'escalier, près de la porte qui mène au jardin, répliqua Biddie. Je l'ai caché derrière les paniers vides. Si vous êtes certaine que nous ne partons plus, je ferais mieux d'aller le récupérer avant que quelqu'un ne le trouve. Nous en aurons besoin demain.

— Je crois que c'est le mieux. Dès que Sam sera dans son lit, j'irai prévenir Meg que nous restons. Elle est aussi épuisée que nous, la pauvre, ajouta Ebony en regardant son fils endormi.

Si elle semblait certaine d'avoir pris la bonne décision, il n'en allait pas de même des explications qu'elle avait données à Biddie pour se justifier. Peut-être n'avait-elle pas tout dit… Aurait-elle pu jurer que ses motivations n'avaient pas été très égoïstes, finalement ?

« Qu'importe ? » pensa-t-elle.

A la lumière vacillante des bougies que Biddie venait d'allumer, la pièce avait changé d'aspect, les murs semblant s'animer soudain d'ombres furtives tandis que les fenêtres s'assombrissaient rapidement. Les rideaux bleus du baldaquin avaient pris la teinte d'une eau profonde et les poutres du plafond se fondaient un une seule masse sombre. Elle contempla longuement ce lieu où elle avait passé tant de bons moments avec son fils. Demain, il faudrait l'abandonner pour partir sur les routes avec une bande de voleurs. Autant dormir en paix cette nuit, se dit-elle.

Quelqu'un frappa et la porte s'ouvrit brusquement, ce qui fit violemment sursauter les deux femmes.

— Vous ? s'écria Ebony, qui enrageait de sentir son cœur s'affoler, d'autant que la peur n'était pas seule en cause…

Sir Alex entra et referma le lourd battant. Ebony trembla et serra son fils dans ses bras. Elle le voyait pour la première fois à distance respectable et remarqua ses longues jambes dont les muscles saillaient sous le cuir de ses chausses, ses épaules larges, son port de tête altier et fier. Une force impressionnante émanait de lui, et, malgré la distance qui les séparait, elle devait lever la tête pour le regarder.

— Que signifie… ? dit-elle, courroucée, quoique sa voix eût tout à coup frémi en le voyant approcher du lit où reposait l'enfant avec, à la main, le sac que Biddie avait caché dans l'escalier.

— En effet, madame, que signifie… ceci ? s'amusa-t-il en s'asseyant à son côté sur le lit.

D'un air bonasse, il posa le paquet entre eux deux, défit

le nœud qui le fermait et l'ouvrit largement, révélant aux regards quelques vêtements pour Sam, une couverture de laine, un long châle, deux miches de pain, un demi-poulet, un morceau de fromage et trois pommes.

— Vous n'irez pas très loin avec cela, dit-il. Surtout pas avec l'appétit dont semble disposer votre petit gredin, ajouta-t-il en regardant le garçonnet qui dormait tranquillement. Et vous allez vous rompre le cou si vous essayez de descendre ces escaliers dans le noir, avec un enfant endormi dans les bras !

Les vêtements et la nourriture n'auraient jamais suffi, elle le savait fort bien, mais elles n'auraient pas pu emporter plus, de toute façon. A présent, jamais elle n'arriverait à le convaincre qu'elle avait renoncé à son projet insensé, surtout que Sam dormait tout habillé.

— Nous avions décidé de ne point nous enfuir, plaida-t-elle.

Mais elle vit dans ses yeux qu'il n'en croyait pas un mot.

— Bien sûr, milady, bien sûr, ironisa-t-il sur un ton qui rappelait à Ebony l'un de ses oncles, toujours prompt à vous faire la leçon. De toute façon, je vous le répète, vous ne seriez pas allée bien loin. Mes hommes sont tels des faucons, ils ne manquent jamais de repérer la proie qui s'enfuit. Vous ne m'avez point abusé avec votre marché, croyez-le bien. Vous n'êtes sans doute pas du genre à tenir parole, surtout si une occasion meilleure se présente, n'est-ce pas ?

Elle faillit lui répondre que, à la guerre comme en amour, tous les moyens étaient bons, mais se retint, car elle ne voulait pas prêter le flanc à son mépris ; et puis, elle savait d'expérience que ce dicton ne voulait rien dire.

— Quand la vie de mon fils est en jeu, messire, je ne

me soucie point d'honneur. C'est un luxe que je ne puis me permettre. Il convient aux hommes, mais les mères en ont peu l'usage, et comme vous semblez vous en passer fort bien vous-même, souffrez que j'en fasse autant à mon tour. Ainsi, nous serons à égalité.

Il la regardait, impassible. Elle n'aurait su dire l'effet qu'avaient eu ses paroles, quoi qu'elle eût pu jurer qu'elles l'avaient fort peu amusé.

— La vie de ce garçon n'est pas en danger, milady, je vous l'ai déjà dit. Ce sur quoi nous nous étions mis d'accord concerne la possibilité pour moi de vous approcher à ma guise, comme vous le savez très bien. Avouez qu'il était un peu stupide de votre part de prendre des risques avec cela, surtout après notre petite... confrontation de tout à l'heure.

— Je ne m'étonne point qu'un homme tel que vous voie les choses ainsi. Vous pensiez sans doute que j'allais payer le prix de notre marché sans chercher un moyen d'y échapper, n'est-ce pas ?

— A un certain moment, il m'a semblé, en effet, que...

— Sortez ! cria-t-elle devant cette allusion et son sourire narquois. Et éloignez-vous de mon lit. Inutile de vous poser des questions, messire. Jamais je n'aurai envie de vous voir de plus près qu'à une portée d'arbalète, croyez-le bien. Et dites à votre Joshua de ne plus faire prendre de risques à mon fils à l'avenir. Il n'a pas le droit de toucher aux arcs, ni aux flèches, ni de monter seul sur un cheval. Il aurait pu se rompre le cou !

— Vous pourrez le lui dire vous-même demain. Il a quatorze enfants et neuf petits-enfants. Je suis sûr que vos idées sur ce qu'il convient de laisser faire aux petits l'intéresseront au plus haut point. Votre fils est comme un chapon de concours, milady. Vous ne l'autorisez jamais à courir librement comme ceux de son âge; il est grand temps de lui lâcher la bride. D'ailleurs, regardez-le : il suffit de voir le sourire qui illumine son visage pour savoir à quoi s'en tenir.

— La cause en est qu'il est avec moi, messire.

La lueur qu'elle aperçut dans ses yeux à cet instant précis lui fit immédiatement regretter ces paroles. Elle chercha désespérément un moyen de se tirer de ce mauvais pas en lui décochant quelque remarque acerbe, mais il se pencha vers elle comme un soldat voyant soudain l'ouverture dans la garde de son adversaire.

— On le comprend, milady. Bien fol celui qui dirait le contraire. Un conseil, cependant : ne cherchez pas à me fausser compagnie, sans quoi il se pourrait que vous ne voyiez ce sourire avant longtemps. Moquez-vous tant que vous voudrez du sens de l'honneur et de la parole donnée, mais n'oubliez pas notre marché. C'est le seul que vous m'ayez proposé, et j'entends bien vous contraindre à l'honorer, quelque stratagème que vous mettiez en place pour vous y soustraire. Et maintenant, dit-il en se levant, je vais vous faire escorter jusqu'au chevet de sir Joseph. Quand vous en aurez terminé avec lui, on vous raccompagnera jusqu'ici. Je vais donner des ordres pour qu'on ferme cette porte à clé, et qu'on me remette celle-ci ensuite. Je suis désolé de voir votre liberté ainsi amoindrie, mais vous me comprendrez.

Là-dessus, il s'approcha de la cheminée où le feu se mourait et saisit une bûche dans le tas de bois, qu'il posa sur les braises. Une gerbe d'étincelles salua ce geste.

— Voilà qui réchauffera un peu cette chambre. Il fait froid ici.

Cette arrogance monstrueuse mit Ebony en rage et elle

prit l'une des miches de pain épandues sur le lit et la jeta sur lui de toutes ses forces.

Il l'attrapa comme si elle venait de lui faire un cadeau, avec une nonchalance superbe, y mordit à pleines dents et la lui retourna exactement de la même manière.

— Au revoir, milady, dit-il en mâchant ostensiblement. En n'oubliez pas de fermer les volets, Biddie. C'est une nuit sans lune.

Dans le silence qui suivit la sortie de sir Alex, Ebony put entendre son cœur cogner dans sa poitrine comme si elle avait grimpé un escalier interminable, et, lorsque Biddie lui demanda si elle devait effectivement fermer les volets, elle hocha la tête, vaincue, en regardant la miche de pain entamée d'un œil incrédule avant de la replacer dans le sac. Elle allait en avoir besoin, quand ils prendraient la route le lendemain.

— Il est bel homme, déclara Biddie, il faut le reconnaître. A quoi faisait-il allusion en parlant de marché et d'honneur ? s'enquit-elle en s'affairant pour préparer le lit pour tous les trois.

— Rien. Je n'y ai rien compris, moi non plus, mentit Ebony en se levant.

Elle posa doucement Sam sur la couverture et lui ôta ses chaussures couvertes de boue.

— Occupe-toi de le coucher pendant que je monte voir comment se porte sir Joseph, ordonna-t-elle. Je doute que nous ayons besoin de ceci, là où nous allons, ajouta-t-elle en décrochant du nœud qui retenait les rideaux du lit une branche d'aubépine en fleur que Meg avait placée là en revenant de la cascade.

Plutôt que de la jeter par la fenêtre, elle la posa délicatement sur le tabouret que Biddie venait de quitter. Ces traditions semblaient bien inutiles, décidément. Si l'idée de se remarier lui était venue pour de bon, elle n'aurait eu nul besoin de s'en remettre aux branches d'aubépine et aux reflets dans l'eau.

— Que fais-tu ? demanda-t-elle à la nourrice en la voyant installer un petit lit près de la cheminée. Sam dort avec nous ce soir.

— Très bien, milady, mais pas moi, répondit-elle en déployant le matelas sur le sol. J'ai failli tomber de là-haut la nuit dernière.

Tandis qu'il regardait ses hommes se préparer pour la nuit, sir Alex Somers accueillit les félicitations que lui prodiguait son ami et fidèle lieutenant avec réticence.

— Garde tes compliments pour plus tard, Hugh. Jusqu'ici, nous nous en sommes bien tirés, mais la deuxième phase de l'opération risque d'être autrement plus risquée.

— Et la femme ? demanda Hugh, comme il fallait s'y attendre. Elle ne semble pas facile, Alex. En tout cas pas autant que nous l'avions pensé tout d'abord, n'est-ce pas ? As-tu obtenu d'elle ce que tu voulais ?

Alex connaissait sa curiosité.

— Ai-je l'air d'un homme qui vient de se faire griffer par un chat sauvage ?

— Ah ! Donc, tu penses pouvoir la soumettre à tes désirs ?

Somers ne se vanta pas bruyamment, comme les soudards en ont l'habitude. Son rire étouffé et le sourire qui éclairait son visage constituaient une réponse suffisante, et il passa ses pouces dans sa ceinture d'un air satisfait.

— Je vois, dit Hugh. Mais n'oublie pas qu'elle est veuve. C'est un élément à prendre en considération. Tu devrais faire attention et user de beaucoup de doigté avec elle, conseilla-t-il en tournant les yeux vers le chat gris qui venait de s'installer sur le rebord d'une fenêtre et dont les yeux verts luisaient dans la pénombre.

— C'est une idée fausse, mon ami.

— Quoi donc ? demanda Hugh.

— De croire qu'il faut du doigté avec les veuves. Tu confonds avec les pucelles.

— Crois-moi, je m'y connais bien en ces choses, et je puis t'affirmer que les veuves ne sont point comme les autres femmes. Tu as beau connaître bien le sujet, je te dis moi qu'elles sont expérimentées, certes, et savent à quoi s'attendre, mais que, si elles ont aimé leur mari, elles ne laissent pas aisément s'envoler son souvenir et se comportent comme s'il était encore en vie. Ce sont d'étranges créatures, fidèles au-delà de la mort. Ce qui ne les empêche pas, poursuivit-il comme Alex restait silencieux, de sentir le désir fouailler leur chair, note bien, mais elles refusent de l'admettre, et il faut un temps infini pour les convaincre d'être de nouveau des femmes.

— Merci de ces conseils, Hugh, mais je n'ai pas tout mon temps, et de plus, je sais tout cela. A présent, occupe-toi de ce qui te regarde, veux-tu, et laisse-moi faire ce que j'ai à faire.

— A ton aise. Mais tu auras bientôt besoin que je vienne à ton secours.

— C'est possible, et c'est pour cela que le roi te paye. Tiens-toi prêt.

— C'est à ce point, vraiment ? s'étonna Hugh en ouvrant de grands yeux.

— Absolument. Allons, je t'autorise à rire quand tu verras le sang jaillir.

— Et qui saignera, je te prie ? s'enquit Hugh avec un sourire narquois.

— Va savoir !

Une fois seul, Alex repensa à leur conversation. Il comprenait l'inquiétude de son compagnon, car ni l'un ni l'autre n'avaient prévu de trouver sir Joseph Moffat dans un tel état. Et qui aurait pu se douter que les deux naïades époustouflantes qu'ils avaient épiées le matin au bord de la cascade se révéleraient être précisément la mère et la tante de l'enfant qu'ils comptaient prendre en otage ?

Ils avaient escompté trouver en ce garçonnet un moyen de pression susceptible de briser la volonté du vieux Moffat, qui leur aurait permis de lui arracher les informations qu'ils recherchaient, mais à présent la situation avait changé radicalement, et il semblait que les choses ne pouvaient qu'empirer. Quoi qu'ils tentent, il serait sans doute difficile de ne pas affronter ces deux furies, l'une défendant son fils et l'autre son père, bec et ongles.

Quoi qu'il en fût, les conseils de Hugh n'étaient pas tombés dans l'oreille d'un sourd. Il semblait inconcevable que le vieil homme n'ait pas déjà prévu de donner sa bru et sa fille à quelque seigneur des alentours. Alex se demandait même si Ebony n'avait pas déjà été promise à l'un d'eux. Non point tant que cela changeât considérablement la situation, d'ailleurs : elle lui avait fait une offre qu'il aurait été bien fol de rejeter pour de telles considérations. Elle avait beau être veuve, et sans doute fort triste, et loyale, et chaste aussi, il n'allait pas lui refuser la satisfaction de subir le martyre pour sauver son fils, puisqu'elle semblait déterminée à s'offrir à lui coûte que coûte. Quand elle s'apercevrait que cela n'était absolument pas nécessaire, il y aurait certainement de quoi s'amuser.

*
* *

Le clic-clac de la clé dans la serrure fut pour elle comme une ultime humiliation au terme d'une journée qui lui en avait apporté bien d'autres. Ebony avait demandé qu'on la laissât seule avec Meg dans cette pièce qui commençait à empester. Le corps meurtri de sir Joseph, ainsi que les onguents dont on avait couvert ses plaies répandaient dans cet espace confiné des exhalaisons qui soulevaient le cœur. Malheureusement, l'homme au visage maussade qui l'avait escortée jusque-là ne s'était pas laissé attendrir, et encore moins acheter, et elle avait dû se retirer sans avoir eu le temps d'expliquer pleinement à sa belle-sœur pourquoi elle avait renoncé à ses plans d'évasion. Meg avait fait semblant de comprendre ses raisons — comment aurait-elle pu, d'ailleurs ? — mais Ebony savait qu'elle tentait seulement de donner le change.

Arrivée devant sa porte, en larmes, elle poussa le battant doucement, pour ne pas réveiller Sam et Biddie.

Celle-ci avait souhaité dormir seule, mais l'enfant était venu se blottir contre elle et sa tête reposait, blonde et paisible, tout contre le casque de boucles noires de la nourrice, leurs deux visages se faisant face à se toucher. Elle n'avait pas dû protester bien longtemps avant de le prendre contre elle.

Ebony alla sur la pointe des pieds jusqu'à la fenêtre et contempla les ténèbres qui s'étendaient au-dehors. Seuls étaient visibles la surface du lac et la crête des montagnes. L'une luisait vaguement à la lueur des étoiles tandis que l'autre se découpait sur le fond incertain du ciel. Sir Alex avait apparemment fait erreur, car la lune, pâle et fine comme la faucille d'un moissonneur, veillait sur la campagne silencieuse et noire.

Elle trouvait affreusement difficile de devoir quitter ce lieu où elle avait vécu trois ans en attendant d'épouser

Robbie, et trois autres après sa mort. Sir Joseph les avait protégés, elle et son fils, des famines et des exactions sanglantes dont pâtissait toute l'Europe en ces temps troublés. Elle avait souvent entendu, sans leur prêter attention, les voyageurs parler des récoltes qui pourrissaient sur pied, des inondations qui emportaient le bétail, des villageois affamés mangeant les rats et les chiens ou, pis encore, du sel qui se vendait à prix d'or, des maladies qui tuaient les veaux dans le ventre de leurs mères, de la gale qui abîmait la laine, des marchés fermés, et des routes encombrées de cadavres. Elle-même avait eu son lot de malheurs et de deuils. Qui aurait pu connaître sort plus cruel que le sien ?

Les greniers de lord Moffat n'avaient pas souffert ; il avait de l'argent et son château ne risquait pas les inondations. Ses champs se situaient au fond de vallées protégées par des forêts, bien drainées et assez sûres pour abriter sans encombre ses troupeaux de petits chevaux de Galloway. Il avait des amis dans tous les villages et tous les ports et, tout ce qui lui manquait, il le trouvait au cours des raids qu'il menait contre d'autres châteaux. Sa cave n'avait jamais manqué de vins délicieux.

Mais en fait, pour pouvoir organiser des pillages aussi souvent et aussi méticuleusement, il fallait sans doute avoir un cœur de pierre et faire preuve d'une sauvagerie sans pareille. Et de ce point de vue, sir Joseph Moffat n'avait rien à envier à personne. Son nom partout répandait la terreur, sa cruauté était légendaire, et Ebony s'inquiétait de l'influence qu'il avait sur son petit-fils. Les seuls qui n'avaient jamais eu peur de lui avaient été son fils, Robbie, sa fille, Meg, et peut-être son neveu, mais à présent qu'il gisait sur son châlit, quasiment mort, la peur qui serrait le cœur d'Ebony avait changé de nature.

Sa vie à Kells aurait pu être bien différente si elle n'avait dû passer toutes ces années sous le toit d'un tyran qui ne vivait que pour ses rapines, se conduisant exactement à l'inverse du modèle qu'elle avait souhaité pour Sam. Mais comment empêcher un grand-père de s'occuper de son petit-fils, même dans un château immense comme celui-ci ? L'enfant avait commencé à écouter avec ravissement les histoires abominables que sir Joseph lui racontait dans le but affirmé d'en faire un homme. On ne pouvait jamais trouver sir Joseph en revanche pour calmer le petit quand il se mettait à hurler en pleine nuit, ou lui porter des potions pour calmer sa toux ou l'aider à s'endormir, ni pour l'initier à des activités plus raffinées. Il y avait les femmes pour cela, disait-il.

Souvent, elle avait voulu s'enfuir de Galloway, s'épargner enfin la muflerie et la grossièreté de lord Moffat, et celle de ses amis. Elle avait demandé à de nombreuses reprises qu'on lui permît de s'en aller, mais on le lui avait refusé. Et pour aller où ? lui avait-il demandé, en hurlant comme à son habitude. Chez qui ? Sa mère, lady Jeanne Nevillestowe, avait disparu la même année que l'épouse de sir Joseph, quoiqu'on n'ait jamais pu savoir exactement où elle avait été emmenée. Deux ans plus tôt, des reivers écossais avaient investi sa magnifique demeure de Carlisle, terrorisé ses domestiques, volé tout ce qu'ils avaient pu, et s'étaient enfuis en l'emmenant avec eux. On avait beaucoup jasé, certains arguant qu'elle les avait suivis de son plein gré tandis que d'autres affirmaient le contraire, mais, comme aucune rançon n'avait été demandée, on se doutait que celui qui la retenait prisonnière n'avait aucune intention de la relâcher. Sa beauté et sa fortune avaient sans doute séduit son geôlier.

Ebony avait voulu cent fois savoir, mais sir Joseph lui

avait cent fois refusé l'autorisation de se rendre à Carlisle avec Sam. Comme elle refusait de partir sans lui, elle n'avait eu aucune nouvelle de sa mère depuis 1317. Le poids du remords pesait sur son cœur plus lourdement que la mort elle-même.

Elle s'éloigna de la fenêtre et du courant d'air glacial qui la traversait, puis ferma les volets pour réfléchir calmement aux dangers qui la menaçaient. Elle avait passé la journée à enquêter discrètement sur les hommes qui avaient investi le château, mais personne ne savait exactement à quoi s'en tenir à leur sujet, hormis le fait qu'ils savaient apparemment très bien ce qu'ils faisaient et la raison de leur présence en ces lieux. Le sort de Meg la préoccupait tout particulièrement, car elle se trouvait seule dans ses appartements, avec seulement sa femme de chambre et son chapelain pour l'assister en cas de besoin.

Alors qu'elle se déshabillait, certains souvenirs de la journée écoulée lui revinrent à l'esprit, qu'elle avait voulu à toute force effacer. Elle glissa sa petite dague sous son oreiller et lança plusieurs fois la main pour l'attraper, les yeux fermés, afin de s'assurer qu'elle saurait la trouver dans le noir si le besoin s'en faisait sentir.

De se trouver sans Biddie ni Sam à ses côtés lui sembla incongru tout à coup, et elle resta longtemps immobile sur le lit sans pouvoir s'endormir, à écouter ronfler la nourrice, et hululer une chouette dans le jardin. Certaines nuits, elle rêvait encore de Robbie et se reprochait parfois de ne pas le faire plus souvent. Son deuil aurait dû être plus fort, plus permanent, plus intense. Ces derniers temps, elle avait commencé à s'interroger sur leur relation. Elle ne comprenait pas, en particulier, pourquoi elle ne parvenait plus à se souvenir de son corps, ni de ce qu'elle éprouvait lorsqu'ils faisaient l'amour.

Au début, son image caressante et douce l'avait poursuivie sans cesse, dans son sommeil aussi bien qu'en plein jour, mais, récemment, elle éprouvait si fort l'envie de sentir les bras d'un homme autour d'elle qu'elle n'aurait pas su dire si c'était encore de lui qu'elle avait envie, ou si son corps hurlait simplement sa frustration. Aucun homme ne l'avait tenue contre lui depuis la mort de son époux — hormis ce soudard aujourd'hui — et, jusqu'à présent, jamais elle ne s'était laissée aller à désirer un autre que Robbie, même si parfois, la nuit, elle se sentait submergée par un désir irrépressible qui ne manquait jamais de la laisser en larmes au matin, épuisée et honteuse.

Elle fut réveillée dans son premier sommeil par un cauchemar insidieux dont elle émergea assaillie par un faisceau de questions sans réponses, et dans lequel un homme grand et fier acceptait l'offre qu'elle lui faisait de se donner à lui avec une assurance époustouflante. Décidément, son esprit lui jouait des tours. Pour ce soldat sans attaches, elle ne serait qu'un trophée de plus à présenter à ses amis au retour de son raid.

Elle sentit une présence chaude et rassurante dans son dos. Sam ? Biddie ? Robbie peut-être ? Elle sentit des genoux peser contre le creux de ses jambes et un corps se serrer contre le sien, une tête venir se blottir contre son épaule et le frôlement de deux lèvres très douces sur son cou. Elle se tordit lascivement sur son lit, en proie à ces vagues de désir qui la laissaient d'ordinaire si désemparée lorsqu'elles l'abandonnaient au matin.

Mais cette fois-ci, elle s'endormit paisiblement.

3

Pour le frère Walter, il n'était jamais trop tard pour prier pour le salut de l'âme d'un pécheur. Il marmonnait doucement ses patenôtres lorsque Meg toussa discrètement, ce qui le fit se lever comme au signal, et s'approcher du lit où gisait sir Joseph Moffat en fermant son livre de prières.

— Il vaudrait mieux que je laisse les hommes entrer, dit la jeune femme d'une voix lugubre. Ils l'emporteront dans une pièce plus fraîche ; cela fait déjà un moment qu'ils patientent. Une longue journée nous attend.

— Bien sûr, milady. Faites-les entrer.

La mort de sir Joseph, juste après minuit, avait laissé Meg abasourdie, le cœur et l'esprit déchirés entre son deuil et l'horreur de se sentir soulagée par ce trépas, sans parler des affres dans lesquelles l'avait jetée la survenue inopinée de ces pillards qui avaient investi le château au moment où on lui ramenait le corps de son père mourant. Le chagrin ne l'avait pas encore assaillie, et les pleurs de Janet lui semblaient presque prématurés.

— Cesse de pleurer, Janet, je t'en prie, ordonna-t-elle. Je sais que tu n'en peux plus, mais sir Joseph n'avait aucune chance de survivre, tu le sais bien. Frère Walter nous avait mis en garde contre ce vain espoir. Il repose en paix maintenant. Tâchons de l'imiter.

Dame Janet renifla en battant des paupières. Son visage fripé sous sa guimpe immaculée portait une expression d'abattement qui lui donnait un air plus digne que réellement ému. Elle semblait fort timide, ce qui s'expliquait sans doute par le fait qu'elle n'était plus très jeune ni très belle et avait passé sa vie dans ce château peuplé de soudards, dont le maître avait fait d'elle son souffre-douleur.

Meg n'avait aucune envie de feindre le chagrin. Elle rejeta sa longue crinière châtaine en arrière et fit entrer l'un après l'autre l'intendant, le bailli, le chambellan et le plus vieux serviteur de sir Joseph. A eux quatre, ils semblaient assez forts pour porter la dépouille.

— Je suis désolé, maîtresse, dit le chambellan. Nous allons nous occuper de lui. Faites-nous confiance.

— Merci, maître Morner. Je ne sais ce qui va advenir de nous désormais. Ces gens doivent partir aujourd'hui. Savez-vous s'ils ont trouvé ce qu'ils cherchaient ?

— Eh bien, ils ont écumé la cave, pour ce que j'en sais. Je n'ai eu d'autre choix que de leur remettre la clé. Hier, ils ont fouillé les écuries de fond en comble. Sir Joseph aurait été bien triste de voir cela.

— C'est tant mieux qu'il ne le voie pas, maître Morner, cela au moins lui aura été épargné. Mais je ne sais toujours pas ce qu'ils font ici. Lady Ebony m'a dit qu'ils cherchaient des informations.

— Il y a dans les caves de quoi les occuper pendant plus d'un an, mais, pour ce qui est d'emporter tout cela, il leur faudra plus que les quelques chevaux de trait que nous avons. M'est avis qu'ils vont nous interroger sur le genre d'activités auxquelles se livrait sir Joseph.

— Croyez-vous qu'ils soient venus jusqu'ici pour cela ?

— Je n'en serais point surpris, maîtresse, répondit le chambellan en prenant un coin du brancard.

Dame Janet le regarda faire d'un œil torve.

— Voulez-vous que j'aille quérir lady Ebony ? proposa-t-elle.

— Je crois que sir Alex est allé la prévenir cette nuit, juste après le trépas de mon père, répondit Meg. Pauvre Ebony. Pour elle, tout semble aller de mal en pis.

— Comment cela ? s'étonna la vieille servante.

— S'ils s'en vont aujourd'hui, il est prévu qu'ils l'emmènent avec eux. Ils ont l'intention d'emmener Sam, vois-tu.

Personne ne prêta attention à l'expression de stupeur qui avait envahi le visage de la servante, car quelqu'un venait d'entrer et regardait la scène avec un air de dégoût.

— Ainsi c'est ici que vous vous terrez ? Vous avez toute ma sympathie, milady.

— Qui êtes-vous, messire ? répondit Meg en inspectant l'inconnu de la tête aux pieds, sur un ton qui laissait peu de doute sur l'antipathie qu'elle éprouvait à son égard.

Elle le trouvait imbuvable, avec son visage narquois et ses yeux effrontés qui la regardaient avec une insistance déplacée, comme si elle avait été quelque marchandise sur l'étal d'un marchand, qu'il aurait évaluée avant de proposer un prix.

— Nous ne nous sommes point encore rencontrés, s'exclama l'inconnu. Je suis Hugh de Leyland, le premier lieutenant de sir Alex Somers. Je viens vous offrir mon aide.

Meg ramassa les pans de sa robe et s'avança vers la porte.

— Viens, Janet. Je ne suis pas d'humeur à badiner ce matin, et nous avons beaucoup à faire. Depuis quand, grands dieux, les reivers offrent-ils leur aide à ceux qu'ils dépouillent ? Jamais je n'ai entendu quoi que ce soit de plus ridicule. Ils ont passé la journée à terroriser tout le monde dans ce château, ont emmené Dieu sait où la totalité de la garnison, ou presque, ont pillé tous les greniers et les voici qui nous offrent leur aide ?

Meg avait prononcé ses mots en s'exaltant peu à peu, au point qu'elle hurlait presque en terminant sa diatribe. Elle voulut passer près de Leyland sans un regard, mais il lui saisit le poignet et la retint près de lui. Elle le foudroya d'un regard si plein de haine, en levant la main sur lui, qu'il la lâcha et fit un pas en arrière en se demandant comment il allait pouvoir la retenir.

Dame Janet protesta avec véhémence.

— Vous avez fait assez de mal, messire !

— Tais-toi, Janet, ordonna sèchement Meg. Ce mufle serait capable de s'en prendre à un oiseau en cage. Sortez du bureau de mon intendant, maraud ! Il n'y a rien céans qui puisse vous être un butin. Pas un liard, rien du tout.

— As-tu des ennuis, Hugh ? intervint sir Alex en se tassant pour laisser passer Meg, furieuse, suivie de dame Janet, dont les yeux lançaient des éclairs à l'adresse des deux hommes.

— Eh bien, fit Hugh en s'épongeant le front, j'ai bien fait de m'écarter. Pourquoi ne t'a-t-elle pas attaqué, toi ? ajouta-t-il avec un rire vexé.

— Je ne saisis pas les femmes par les poignets, moi, répondit Somers avec un sourire. Elles détestent cela.

— Peut-être aurais-je dû la jeter sur mon épaule, alors ?

— En dernier recours, oui, assura sir Alex avec un

large sourire tout en jetant un regard sur le désordre qui régnait dans la chambre.

Des bandages rougis de sang traînaient sur le sol où on les avait jetés, ainsi que, pêle-mêle, des pots remplis d'onguents divers, une bassine pleine d'urine puante et noire et d'innombrables morceaux de tissu dont on avait fait la charpie des pansements, et qui formaient un tas informe, dont il tira une lanière de cuir au bout de laquelle pendait une petite clé d'argent.

— Tiens, tiens, dit-il en l'examinant. Qu'est-ce donc ? On dirait qu'on l'a prise à son cou. Il ne nous reste plus qu'à trouver ce qu'elle ouvre, qu'en dis-tu ? ajouta-t-il en glissant la lanière et la clé dans sa poche.

— Cela risque de nous prendre plusieurs jours, c'est bien ce que tu penses ? demanda Hugh de Leyland.

— La mort de Moffat change bien des choses, Hugh. Nous n'avons plus de raison de quitter ce château avant d'avoir trouvé ce que nous cherchons. Nous ne pouvons plus compter sur lui pour nous y aider, ni utiliser son petit-fils pour le forcer à parler. Quoique j'aie dans l'idée que cet otage pourrait nous être utile malgré tout, si tu vois ce à quoi je fais allusion.

— Quoi que tu décides, je te suivrai. Si tu veux t'en servir pour assurer notre protection, ne te prive pas de le faire. Je te soutiendrai. Avec ces deux-là, il me semble que nous ne serons jamais assez prudents.

— Bien. Il est quelque peu inhabituel de rester longtemps au même endroit, mais nous pourrons nous défendre ici, si besoin est.

— Il va falloir enterrer Moffat, Alex. Tous ses amis voudront assister à l'enterrement. J'ai peur que ces gens ne soient pas exactement les plus courtois de cette contrée.

— Raison de plus pour rester tranquillement ici.

Imagine un peu ces deux femmes obligées d'accueillir les congénères de Moffat. Pas besoin d'être grand clerc pour savoir ce qui se passerait.

— Mais tu connais les règles, Alex, insista Leyland. Aucune femme ne peut diriger un château sans son père, son frère ou son mari. Veuve ou orpheline, elle doit quitter les lieux sous deux jours.

— Exact. C'est une bonne loi, surtout en ces temps troublés où le monde grouille de pillards et d'assassins. Elle nous permettra de gagner du temps. J'ai dans l'idée que nous allons devoir servir notre roi sur deux fronts à la fois, en protégeant le château, et les deux beautés qu'il abrite, en même temps que nous chercherons les preuves de ce que notre souverain soupçonne.

— Très bien. Je vais aller prévenir les hommes avant qu'ils ne commencent à seller leurs chevaux.

— Parfait, Hugh. Ensuite, tu organiseras notre séjour ici. Je veux que nous soyons installés convenablement et capables de nous défendre, le cas échéant. Il n'est pas impossible que nous ayons à subir une attaque. Hâte-toi, moi, de mon côté, j'irai prévenir la mère du nouveau seigneur de ce château. Elle dormait lorsque je suis monté pour l'informer de la mort de Moffat.

Hugh leva un sourcil intéressé en entendant ces mots.

— Voilà qui est captivant ! Cet enfant est sous la tutelle de sa mère, n'est-ce pas ? Nous allons bientôt voir défiler les hommes désireux de prendre possession du château et de ses terres en épousant sa mère avant que le gamin soit en âge de diriger la place.

— C'est fort probable, en effet.

— Et que dis-tu de tout cela, mon ami ?

— Que je suis sur les rangs ! Et bien placé, ce me semble.

— Allons bon ! Voyez-vous ça, ricana Leyland. Est-ce à ce point, Alex ?

— Plus encore, répondit celui-ci en donnant à son lieutenant une bourrade amicale. Allez, ne traîne pas. Tu as de l'ouvrage.

Avant de sortir, Hugh s'arrêta sur le seuil et se retourna vers Somers.

— Encore un mot : quand allons-nous dire à ces gens ce que nous faisons ici ?

Alex s'appuya contre la table et croisa les bras en baissant la tête.

— Je doute que nous puissions le leur cacher encore longtemps. Ils ont déjà remarqué que nous ne faisions pas les choses comme à l'ordinaire, et, avant ce soir, ils noteront bien d'autres différences encore, au point qu'il deviendra impossible de jouer la comédie plus avant. Les reivers n'ont pas pour habitude d'organiser les funérailles de leurs victimes. Ni d'y assister. Il va me falloir informer lady Ebony très bientôt. Je te laisse le soin d'en parler à la fille de Moffat.

— Je t'en remercie ! Puis-je t'emprunter ta cotte de mailles ?

— Non, car je risque d'en avoir besoin moi-même, répondit Alex en souriant, après quoi les deux hommes se dirigèrent tous les deux vers la pièce principale.

Assise au bord de son lit, lady Ebony écoutait distraitement Sam et Biddie papoter, la main sous l'oreiller, caressant nerveusement la dague qu'elle y avait cachée. Elle avait la chair de poule, le souffle court, et l'esprit perturbé par des impressions qu'elle ne contrôlait plus et qui refusaient obstinément de la laisser en paix. Sa place dans le lit avait été, sans l'ombre d'un doute, plus chaude qu'à l'ordinaire, et son oreiller lui avait semblé présenter le dessin de deux têtes, et non d'une seule, et, quant à sa dague, elle était certaine de l'avoir placée dans le bon sens, la pointe vers le mur, or, en se réveillant, elle avait failli se couper sur la lame qui pointait vers elle. Et le rêve qu'elle avait fait lui avait semblé si réaliste, si incroyablement vrai qu'elle en avait des frissons par tout le corps. Elle regarda ses cuisses, sur lesquelles elle sentait encore la caresse de la peau de Robbie, au point qu'elle en était mal à l'aise.

— Dieu du ciel ! murmura-t-elle.

— Qu'y a-t-il, maman ? Priez-vous ? demanda Sam en sautant du lit pour se jeter dans ses bras, les jambes entravées par ses longues braies. Regardez ! La branche d'aubépine est toujours là. L'emporterons-nous avec nous ?

Elle leva vers le rideau des yeux incrédules et s'aperçut que l'enfant disait vrai.

— Est-ce toi, Biddie, qui as replacé ce bouquet ? s'écria-t-elle, désemparée.

Biddie remonta les braies de Sam et arrangea prestement ses vêtements en désordre avant de répondre à sa maîtresse.

— Il est temps d'apprendre à faire cela vous-même, jeune homme, dit-elle à l'adresse du petit. Que dites-vous, milady ? L'aubépine ? Nenni. Vous l'aviez posée sur le tabouret devant la cheminée hier soir. Vous avez dû la replacer sans vous en rendre compte.

Ebony savait qu'il n'en était rien. Elle avait la tête lourde, et son esprit battait la campagne, incapable d'admettre l'affreuse vérité, jetant un voile de silence glacial sur ce qui semblait n'avoir été qu'un rêve et avait pourtant bien eu lieu. Elle ne pouvait admettre que son corps l'eût trahie en désirant ce soudard, cet assassin, ce pillard. Elle ne le désirait pas, non. Elle ne voulait aucun autre homme que Robbie, son Robbie.

Elle essayait d'enrouler un ruban noir autour de ses nattes lorsque la porte s'ouvrit bruyamment. Comme précédemment, l'intrus avait frappé en même temps qu'il poussait le battant, sans attendre qu'on l'invite à entrer.

— Sir Alex, protesta Biddie, ma maîtresse n'a pas encore terminé sa toilette.

Sam n'avait pas cette pudeur, aussi accueillit-il le nouveau venu avec un sourire de bienvenue que tempérait le sentiment que Biddie rechignait à le laisser entrer.

— Elle ne fait que tresser ses cheveux, annonça-t-il, mais elle n'admet personne dans sa chambre, messire, hormis maître Morner, le chambellan. Puis-je vous demander ce qui vous amène céans ?

Sir Alex s'interdit de sourire, ce qui aurait sans doute gravement offensé l'enfant, et répondit aussi sérieusement que possible :

— Pardonnez-moi, milord de Kells. J'apporte des nouvelles urgentes, sans quoi je ne me serais pas permis d'interrompre la toilette de milady, votre mère. Puis-je lui parler ?

— Ce titre que vous employez est celui de mon grand-père, et non le mien, rectifia l'enfant, ravi d'en remontrer à une grande personne.

— C'est précisément le but de ma visite, milord. Puis-je la voir ? insista sir Alex.

Biddie prit Sam par la main pour l'éloigner avant qu'il ne prenne goût à cet affrontement.

— Venez avec moi, dit-elle en l'entraînant dans la penderie attenante.

— Milord de Kells, avez-vous dit ? s'enquit doucement Ebony. Et vous avez des…nouvelles, poursuivit-elle en cachant la dague dans sa main. S'agit-il de sir Joseph ?

Elle trouvait à l'étranger un drôle d'air, comme s'il avait été content de lui, mais qu'il était trop poli pour oser arborer un sourire dans ces circonstances qu'elle devinait pénibles.

— Je suis désolé, milady. Il est mort peu après minuit.

Elle avait eu beau s'y attendre, cette nouvelle la stupéfia quand même. Elle pressa ses mains blanches contre sa poitrine à moitié découverte.

— Peu après minuit ? murmura-t-elle. Et vous venez seulement me l'annoncer maintenant ? A l'aube ? Ne vous est-il pas venu à l'idée que sa fille avait besoin de moi, et que ma présence auprès d'elle l'aurait réconfortée ?

— Si fait, milady, répondit sir Alex en tournant les yeux vers le lit, avant de revenir au visage d'Ebony. Je suis venu vous l'annoncer, mais vous étiez endormie.

Ce que ces paroles — et ce regard — impliquaient ne pouvait être plus clair. Il y eut un long silence pendant lequel la jeune veuve repensa à tous les événements de la nuit sous un jour désormais bien différent, en se jurant de ne pas donner à ce goujat le plaisir de l'entendre évoquer devant lui ce qui avait eu lieu à la faveur des ténèbres. Ils savaient tous les deux à quoi s'en tenir, mais jamais elle ne l'admettrait. Certes, si l'urgence de la situation n'avait pas commandé qu'elle se préoccupe de choses autrement graves, elle se serait peut-être laissée aller à considérer avec plus d'attention cet homme beau et svelte aux muscles puissants et au torse hâlé, mais mieux valait pour l'instant nier qu'il se soit passé quoi que ce fût entre eux. Toute autre attitude aurait été calamiteuse.

— Vous m'aviez enfermée ! lança-t-elle. J'espère que dame Moffat voudra bien me pardonner de n'avoir point été là pour la réconforter. A l'avenir…

— A l'avenir, milady, coupa sir Alex, nous nous arrangerons autrement pour dormir. Ce genre de situation ne se renouvellera donc pas. A présent, si vous le voulez bien, je vais vous accompagner jusqu'à votre belle-sœur. Vous pourrez voir également la dépouille de sir Joseph, plus tard. Il a été installé dans la salle d'hiver. Peut-être désirez-vous que milord Sam le voie aussi.

— Un instant, messire, dit Ebony en le regardant d'un air à la fois inquiet et perplexe. Vous parlez de nous arranger différemment pour dormir. Je suppose que vous faites allusion au voyage que nous allons entreprendre.

— Pas exactement, non. Je parle bien d'ici, milady. Nous avons décidé de rester un peu dans ce château, à présent que sir Joseph n'est plus là pour le défendre. Faute de cela, ajouta-t-il promptement, car il sentait la colère monter en elle, il vous faudra quitter Kells dans les deux jours. Le roi interdit que ses places fortes restent sans défense plus d'une journée. Je suis sûr que vous êtes consciente de cela, et que dame Meg l'est aussi.

Elle n'avait jamais entendu parler d'une telle disposition. Jamais le sujet n'avait été ne fût-ce qu'effleuré à la table de sir Joseph. Il se croyait immortel, sans doute. Ainsi le choix se résumait à partir Dieu savait où, dans les plus brefs délais, ou à laisser ces brigands s'installer à Kells ?

— Non ! s'écria-t-elle à mi-voix en lançant un regard inquiet du côté de la penderie. Vous ne pouvez rester ici. C'est impossible !

— Pourquoi pas, milady ? demanda-t-il à voix basse lui aussi. Craignez-vous que vous finissiez par accepter notre présence en ces lieux ? Craignez-vous d'y prendre goût... qui sait ?

— Bien au contraire, répliqua Ebony. Je pense justement qu'il se pourrait fort que vous et votre bande d'assassins trouviez la compagnie de deux femmes et d'un enfant apparemment sans défense assez pénible au bout du compte. Je ne sais qui vous prétendez être, mais...

Elle aurait pleuré de joie en voyant Meg entrer dans la chambre. Les deux femmes se jetèrent dans les bras l'une de l'autre, comme si elles avaient été séparées depuis plusieurs mois, et non une seule nuit. Mais une nuit qui avait changé pour toujours le cours de leur vie...

Biddie et Sam les rejoignirent en un instant, et, devant ces retrouvailles émues, sir Alex décida que sa présence n'était ni souhaitable ni souhaitée et sortit. En franchissant le seuil, il entendit Meg s'écrier en sanglotant :

— Ebbie... Ebbie ! Que nous arrive-t-il ?

Quoi qu'il advînt, la règle voulait que certains hommes fussent chargés de veiller à ce que le domaine fonctionne, tant à l'intérieur du château qu'à l'extérieur, au village, et dans les champs. Pour autant, sir Joseph n'avait jamais employé plus de trente personnes pour ce faire ; sa pingrerie le lui interdisait. A cette heure, la plupart d'entre elles se trouvaient quelque part entre Kells et Dumfries, et les blessés qui n'avaient pu partir avaient été placés sous bonne garde dans les geôles du château. De son vivant, sir Joseph Moffat n'avait laissé à personne le soin de superviser directement la gestion des terres et du personnel à travers son intendant, son bailli et son chambellan, mais, à présent, cette responsabilité incombait à Meg et à sa belle-sœur, car elles seules savaient comment les choses fonctionnaient à Kells.

Ebony avait de prime abord rejeté l'idée que sir Alex et sa troupe puissent rester au château, mais, en y réfléchissant, elle commença à en mesurer les possibles avantages. Premièrement, le moindre délai apporté à leur départ, si court qu'il fût, ne pouvait que différer un peu le danger qu'une telle expédition ferait courir à Sam. C'était un répit toujours bon à prendre. En outre, s'il fallait partir, cela signifiait que Meg devait abandonner le château et aller s'installer, avec dame Janet et un ou deux serviteurs, dans quelque bâtisse inconfortable dont le cellier serait immanquablement presque vide en permanence, et où elle serait une proie facile pour les pillards qui infestaient la région. La nouvelle année apporterait peut-être à l'Ecosse — si Dieu le voulait — un peu de répit en repoussant la famine, mais il faudrait quand même du temps pour que le cours des choses redevienne normal. Ebony s'en voulut d'avoir pensé d'abord à elle-même alors que le sort de Meg risquait d'être autrement plus terrible. D'un seul coup, la nécessité d'avoir quelqu'un pour les protéger, elle, Meg et le petit Sam, lui apparut comme une évidence.

Comme elle l'avait prévu, Meg n'en savait pas plus qu'elle-même sur les règles qui régissaient la défense des châteaux. Elle n'y avait jamais pensé, et sir Joseph n'avait pris aucune disposition à cet effet, puisqu'il avait décidé que sa fille épouserait le premier homme qu'il jugerait digne d'être son gendre, et qui aurait le courage d'accepter de le devenir. Il n'avait pas trouvé pléthore de prétendants, et les rares téméraires qui avaient osé se présenter avaient tous été rejetés par Meg, qui avait sur le choix de son époux des idées aussi arrêtées que celles de son père.

— Dans ce cas, nous n'avons pas le choix, Ebbie,

constata Meg. Cette situation ne me plaît pas plus qu'à toi, mais je n'aime pas non plus l'idée de devoir faire mes malles et m'en aller dans je ne sais quelle chaumière sur la lande. Je sais que mon père possédait quelques manoirs disséminés ici et là, mais nous ne sommes pas comme les Anglais, nous, toujours à changer de résidence deux ou trois fois par an. Il trouvait sans doute plus sûr de rester ici, et je pense que nous ferions bien d'en faire autant, pour le bien de Sam, et pour le nôtre également. Que je sois damnée si je permets à ces ruffians de nous chasser d'ici ! s'énerva-t-elle. Qu'ils aillent au diable !

Ebony connaissait bien Meg, et savait qu'elle était plus forte qu'il ne semblait de prime abord. Elle trouva réconfortant que quelqu'un prenne la décision à sa place. Par le passé, Meg avait toujours été comme une sœur pour elle, sur qui elle savait pouvoir s'appuyer en cas de besoin. Sa fragilité apparente se révélait trompeuse quand on la connaissait. Sa peau fine et blanche, constellée de taches de rousseur, ses cheveux brun-roux, ses yeux d'émeraude avaient de quoi séduire les hommes, mais elle savait manier sa langue aussi bien que son poignard court et acéré, et sa main avait l'agilité de la truite. Jamais elle n'avait consacré beaucoup de temps aux hommes qu'elle avait vus passer dans sa vie, hormis son propre frère. La mort soudaine de son père lui semblait parfaitement typique du personnage. Comme d'habitude, il avait abandonné sa fille sans prévenir.

— Assure-toi que son sceau ne disparaîtra pas, Meggie, lui conseilla Ebony en caressant doucement la tête de Sam, qui était venu s'asseoir, grave et silencieux, entre les jambes de sa mère.

— Je l'ai, ne t'inquiète pas, la rassura Meg. Il est dans ma bourse. Tiens, le voici. Conserve-le précieusement, pour Sam. Il ne faudrait pas qu'un autre que lui ne vienne l'apposer sur un quelconque document.

Ebony prit l'anneau et le plaça dans la bougette accrochée à sa robe, tout contre sa peau.

— Il serait parti à la chasse, par une journée pareille, dit-elle tristement.

— En effet, acquiesça Meg, mais, ce soir, la grande salle aurait été pleine d'hommes avinés hurlant et chantant à tue-tête, Ebbie. La première chose que je vais faire, c'est — oh mon Dieu !

— Qu'arrive-t-il ?

— J'oubliais. La maîtresse des lieux, c'est toi désormais, Ebony, et non moi. Tu es la tutrice de notre jeune seigneur, et, en tant que telle, il te revient de prendre les décisions à Kells.

— Allons, nous les prendrons ensemble, Meg. Toutes. Descendons voir ce qu'il convient de faire pour l'instant, nous avons un enterrement à organiser.

Sam remua doucement et leva les yeux vers sa mère.

— J'entends votre cœur qui bat, mère. Cela veut-il dire que vous êtes vivante ?

— Oui, mon chéri. Va écouter celui de ta tante, tu verras qu'il bat aussi.

L'enfant s'exécuta, et constata que sa mère avait dit vrai.

Cette situation nouvelle faisait peser sur les deux femmes une pression énorme, particulièrement parce qu'elles ne savaient combien de temps elle durerait. Tous les plans qu'elles échafaudaient ne pouvaient être qu'à très court terme, et les ordres qu'elles donnaient devaient être changés constamment, car ils interféraient avec ceux déjà donnés par sir Alex ou maître Hugh ; les hommes à qui l'on disait de faire ceci avaient déjà été envoyés remplir quelque autre tâche. Tout allait ainsi à vau-l'eau, et, lorsqu'on chercha Sam pour le mettre au lit dans l'après-midi, on ne put le trouver nulle part, et Biddie non plus.

Furieuse, Ebony se mit à sa recherche.

Il existait, au bout du rempart sur lequel les hommes s'entraînaient à la joute et à l'épée, une vaste aire que l'on avait aplanie et entourée d'une barrière afin d'y faire évoluer les chevaux, et sur laquelle on avait vu plus souvent des écuyers adolescents que des enfants de six ans. La colère de la jeune femme ne fit que grandir lorsqu'elle vit son fils juché sur un animal trop grand pour lui, entouré de Joshua, de deux autres hommes, et surtout d'Alex, goguenard, qui contemplait le gamin avec les yeux d'un connaisseur. Quant à Biddie, elle n'était nulle part. Ebony prit pour une offense personnelle le fait qu'ils s'occupent de son fils sans son autorisation et faillit le leur dire vertement, mais se retint par peur d'effrayer le cheval.

Bien sûr, comme elle l'aurait prévu si on lui avait demandé son avis, l'enthousiasme de Sam et sa vaillance ne pouvaient rien contre l'accélération de sa monture, et il glissa sur le dos de l'animal quand celui-ci prit de la vitesse, et se retrouva par terre en moins de temps qu'il n'en fallait pour le dire. La réaction instinctive de sa mère fut de courir vers lui pour le relever, mais, au moment où elle plongeait sous la barrière, la main de sir Alex la retint fermement. Elle essaya d'échapper à son étreinte, mais Sam se releva et se remit en selle avant qu'elle ait pu se dégager.

— Lâchez-moi, siffla-t-elle comme une vipère en furie.

— Non ! Restez hors de cette aire ! ordonna l'envoyé

du roi avant de crier à l'adresse de Sam : les étriers, mon garçon, les étriers !

Ebony frémit de voir son fils chéri brinquebaler sur le dos du cheval, apparemment plus affectée que lui par l'exercice, car elle connaissait les limites de l'enfant, et voyait bien qu'ils lui en demandaient trop.

— Assez ! s'insurgea-t-elle. Il est fatigué. Arrêtez cela.

— Laissez-le. Ils savent ce qu'ils font.

— Non, justement !

— Mais enfin, regardez-le, regardez son sourire. Il est radieux !

Sam souriait en effet d'une oreille à l'autre, droit comme un i sur sa monture, écoutant les instructions de Joshua avec un sérieux étonnant.

— Les mains bien au milieu. Reste bien au fond de ta selle !

— C'est... ce que je... fais, répondit-il, hors d'haleine.

— Mais non. Au fond de la selle. Et ne tire pas sur les rênes, sinon il va s'arrêter.

— B... bien.

— Tais-toi ! Parle seulement avec tes mains et tes talons.

L'enfant poursuivit son exercice, ravi d'avoir réussi à se maintenir en selle, follement reconnaissant à Joshua et totalement inconscient de l'angoisse de sa mère.

— J'y suis arrivé ! cria-t-il en la voyant. N'est-ce pas, maître Joshua ?

— Avec un peu d'entraînement, cela devrait aller, répondit laconiquement ce dernier. Mais ne crois pas que tu en as terminé avec ce cheval, mon garçon. A présent, il te faut le panser. Allons, viens, suis-moi. Un bon cavalier doit savoir prendre soin de sa monture.

Et sur ces mots, il partit en direction des écuries avec l'enfant, en faisant au passage un petit clin d'œil à la mère médusée.

Ebony ne semblait pas totalement convaincue.

— Il se fatigue trop, objecta-t-elle en se tournant vers sir Alex. Et ne pensez-vous pas qu'il est un peu tôt pour se livrer à ce genre d'exercice alors que son grand-père vient de trépasser ? Est-ce une façon d'enseigner le respect aux enfants ?

Sur l'aire déserte, ils n'étaient plus que tous les deux désormais, à l'abri des regards. Sir Alex prit le bras d'Ebony sans répondre à sa question et l'attira contre lui d'abord, puis dans le coin obscur sous le rempart ensuite. Elle sentit la pierre froide dans son dos, et tenta de le tenir à distance de la main.

Elle n'était pas venue ici pour cela. Encore une fois, son fils avait été soustrait à sa surveillance, et elle ne pensait pas que le plaisir de l'enfant ait été le véritable but de la manœuvre.

Stupidement, elle lui avait donné l'occasion de se permettre avec elle de plus en plus de privautés en s'offrant à lui pour ne pas être séparée de son fils. Il allait falloir mettre un terme au plus tôt à cette situation ridicule, sous peine de perdre le peu de contrôle qui lui restait sur sa vie. Elle chercha à se dégager avec une vigueur décuplée par le peu d'espoir qu'elle avait de pouvoir lui échapper.

Sa main parvint presque à saisir la dague, mais il lui manqua la longueur d'un doigt. Elle mordit la main de sir Alex mais ne parvint qu'à l'égratigner, et, lorsqu'elle tenta de lui donner un coup de genou entre les jambes, il se détourna, car il avait prévu l'attaque. Rendue furieuse par cette esquive, elle se tendit comme un arc bandé en hurlant de toutes ses forces pour s'encourager. Elle lança la main toutes griffes dehors et sentit un instant la chair tendre du cou de sir Alex sous ses ongles, avant qu'il ne lui saisisse de nouveau le poignet. Son autre main déchira la joue du soldat avant d'être annihilée à son tour d'une violente torsion qui lui arracha un cri et mit fin à sa brève mais farouche résistance.

Avant qu'elle puisse l'éviter, il prit sa bouche, sans ménagement cette fois-ci, en forçant ses lèvres. Elle ne pouvait rien faire que subir, même si son esprit battait la campagne à la recherche d'un possible moyen de lui échapper, mais il la tenait fermement aux poignets et lui forçait la tête en avant pour l'embrasser encore.

Quand il la relâcha, elle en fut si surprise qu'elle manqua de tomber et se rattrapa à sa manche, les yeux pleins de larmes.

— Ceci, milady, était votre récompense, si vous voulez le savoir, dit-il d'une voix rauque.

— Une récom… et pourquoi je vous prie ?

— Pour avoir protégé votre enfant, bien qu'il n'ait en fait couru aucun danger.

— Je n'ai nul besoin de vos récompenses, maraud ! répondit-elle en lui lançant un regard brûlant de mépris. Je suis mère, voilà tout. Les animaux en font tout autant. Même une putain l'aurait fait à ma place ! Maintenant, laissez-moi en paix, allez-vous-en !

— Si fait, milady, je ne vous laisserai point en paix, vous le savez très bien, répliqua-t-il en s'éloignant, la main sur la joue, sans se retourner.

En tournant devant la forge où l'on fabriquait et réparait

les armes, il tomba nez à nez avec Hugh de Leyland, qui le prit par les épaules et examina longuement les zébrures qui ornaient sa joue et son cou.

— Elle t'a envoyé promener, n'est-ce pas ? gloussa-t-il.

Son rire se figea dans sa gorge et il se retrouva les quatre fers en l'air sur les pavés disjoints de la cour sans comprendre ce qui lui arrivait. Il se releva en se tenant la mâchoire, pas très assuré sur ses jambes.

— Quelle mouche te pique ? protesta-t-il. Tu m'as autorisé à me moquer de toi si elle te...

— J'ai changé d'avis, morbleu, cria sir Alex. Et pourquoi le souper n'est-il pas encore prêt ? Sommes-nous supposés jeûner tout le jour ?

Il n'était pas question que les deux groupes mangeassent ensemble, les cris d'une telle assemblée auraient semblé inconvenants dans un château où la dépouille du maître des lieux gisait à quelques pas à peine dans une salle glaciale.

Sans compter qu'ils étaient ennemis.

Ebony ne voulait en aucun cas laisser savoir à Meg qu'elle avait eu un affrontement violent avec le chef de la troupe et s'occupa de servir ses hommes avec aménité. Le repas se composait de lièvre, de champignons, de gibier rôti et de jeunes orties que l'on avait fait bouillir. Il y avait également des gâteaux et du miel, le plat favori de Sam. L'enfant tombait de sommeil et Biddie, que sa maîtresse avait copieusement tancée, dut lui faire avaler les dernières bouchées alors qu'il s'endormait déjà.

— Tu vois, dit Ebony, il est complètement épuisé. Je le savais. A présent, il dort alors que le soleil n'est même pas couché. Il va nous réveiller avant l'aube demain matin. S'il avait dormi un peu cet après-midi, il aurait pu se coucher plus tard et dormir jusqu'à une heure raisonnable demain. Je te garantis que cela ne se renouvellera pas.

— La solution, suggéra Meg en se léchant les doigts, c'est qu'il dorme avec Biddie dans une chambre séparée.

— Sûrement pas, objecta Ebony. Il a besoin que je sois près de lui, au cas où il ferait des cauchemars.

— En a-t-il eu un la nuit dernière ?

— Non.

— Eh bien, tu vois. Tu devrais essayer. Tu as besoin de sommeil tout autant que lui. Allons, ajouta-t-elle en posant sa main sur celle de sa belle-sœur, ne t'en fais pas pour lui. Il va grandir et devenir un beau jeune homme, crois-moi. Rien ne nous oblige à dormir à trois par lit dans un château qui comporte autant de pièces, surtout à présent que le beau temps est arrivé, et que nous n'avons plus besoin, ajouta-t-elle tristement, de demander à mon père la permission pour quoi que ce soit.

Biddie approuva de la tête. Sam l'avait fait tomber du lit la nuit précédente. Elle prit l'enfant dans ses bras et le plaça sur les genoux d'Ebony.

— Tenez-le un moment, maîtresse. Je vais aller faire le lit dans la petite pièce qui se trouve sous votre chambre. Ce sera plus confortable que celui où nous dormions jusqu'à maintenant, qui est devenu trop étroit. Il a toujours voulu dormir là-haut, car les fenêtres donnent sur la cour.

— Et s'il se réveille et me réclame ?

— En ce cas, il pourra monter vous retrouver ; il n'y a qu'un étage.

Elle semblait avoir déjà perdu la bataille. Sam grandissait, il fallait s'y résoudre.

— Bien, nous allons essayer, admit-elle.

Dès que Biddie se fut éloignée, Meg revint à la charge.

— Il y a un autre problème à régler avant demain, dit-elle en posant les bras sur la table. Ces gens-là ne sont pas des reivers, Ebbie, j'en suis persuadée. Leur présence ici n'a rien à voir avec un simple raid, et il faut absolument que nous découvrions pourquoi ils sont venus à Kells. Tout de suite.

Ebony cala son fils sur ses genoux et prit doucement la tête de l'enfant dans le creux de son bras.

— Je sais, répondit-elle. J'y ai pensé toute la journée. Les reivers n'apprennent pas à monter à cheval aux enfants de leurs victimes, et ils assistent encore moins à leurs funérailles. Ce serait bien trop risqué pour eux.

— Très juste. Et je ne connais, de surcroît, aucune famille du nom de Somers, ou Leyland.

— Leyland se trouve dans le Lancashire, mais cet homme-là vient des plaines, je pourrais en jurer.

— Il se passe quelque chose d'étrange, Ebbie. Il faut que nous découvrions ce qu'ils cherchent, et pour le service de quel maître. Ils ont fouillé les écuries, et certains de leurs hommes sont dans les pâtures et rassemblent les chevaux.

— Dans quel but ?

— Encore un mystère, répondit Meg.

Les chevaux de Galloway avaient été la fierté de sir Joseph. Ses pur-sang constituaient la monture idéale pour ces contrées désolées, et, comme chevaux de trait, on ne faisait pas mieux. Ils avaient le pied sûr et ne craignaient pas les chemins escarpés, couraient vite, et longtemps, se nourrissant simplement de bruyères et de l'herbe rase des highlands. Leur robe sombre se fondait dans le paysage et, la nuit, ils étaient pratiquement invisibles. Les seigneurs de Kells en avaient fait l'élevage depuis des générations, et possédaient le plus grand troupeau d'Ecosse. On avait souvent cherché à les leur voler plutôt qu'à les acheter.

— Des voleurs de chevaux, alors ? suggéra Ebony. Mais en ce cas, qu'est-ce que ces informations qu'ils prétendent être venus chercher ?

— C'est une ruse. Je n'y crois pas un instant. Mon père vendait ses chevaux au roi Robert, pour ses armées, mais, s'ils nous les prennent, nous n'aurons plus rien.

— Rien ne les empêche de nous raconter des mensonges pour expliquer leur présence ici. Ils peuvent admettre qu'ils ne sont pas des reivers, mais ensuite nous mentir, qu'en saurons-nous ? Ces deux-là, le chef et son lieutenant, sont assez beaux parleurs, et rusés comme des renards.

— Nous sommes deux également, Ebbie, ne l'oublie pas, et sans doute aussi rusées qu'eux, même s'ils ne s'en sont pas encore rendu compte. Si nous avons pu nous douter qu'ils se font passer pour ce qu'ils ne sont pas, nous pourrons peut-être déjouer le reste de leurs mensonges, qui sait ? Allons, voici Biddie. Préparons-nous à leur tirer les vers du nez.

Ce fut moins difficile qu'elles ne l'avaient imaginé, car elles trouvèrent Hugh de Leyland seul, et suffisamment près du bureau de l'intendant pour qu'elles puissent l'y forcer comme un étalon dans son enclos. Il fut tout d'abord flatté de voir deux jolies femmes s'intéresser à lui, mais, après un court instant, son sourire se figea sur ses lèvres.

— Que puis-je pour vous, gentes dames, demanda-t-il, circonspect.

— Nous dire la vérité, cela devrait suffire, répondit froidement Ebony. Mais ne prenez pas la peine de broder par trop, s'il vous plaît. Nous sommes nous-mêmes femmes d'aiguille, et savons découdre ce qui ne nous convient pas.

— La vérité ? Mais... à quel propos ?

On pouvait voir la cour en contrebas à travers les fenêtres. Une table couverte de dossiers et de rouleaux de parchemin s'appuyait contre le mur sous l'une d'elles et un grand boulier de bois pendait du plafond. Les deux femmes tournaient le dos à la porte, la main sur leur dague, l'air farouche.

— La vérité sur ce que vous faites ici, messire. Répondez, ordonna la jeune veuve d'un ton glacial.

A leur grande surprise, il ne tergiversa pas.

— Nous sommes au service du roi, dit-il. Nous avions l'intention de vous en informer très bientôt.

— Comme c'est aimable de votre part, persifla Ebony. Surtout après avoir mis à sac ce château et enlevé la quasi-totalité des hommes valides. De quel roi s'agit-il ?

Hugh secoua la tête, comme s'il n'arrivait pas à croire qu'il ait pu oublier de mentionner le nom de son maître.

— Eh bien, mais... le roi d'Ecosse, Robert Bruce. Vous ne pensiez tout de même pas que...

— Oh non, messire, rassurez-vous, rétorqua Meg. Nous ne pensons pas. Nous ne sommes que des femmes, voyez-vous, et laissons ces choses-là aux hommes. Maintenant, expliquez-moi pourquoi il vous a fallu absolument entrer de force céans au moment précis où mon père rentrait de son expédition. Ne nous racontez pas que vous avez choisi ce moment parce qu'il s'avérait le plus propice à le prendre par surprise, nous nous en doutons. Mais expliquez-moi quand même pourquoi vous ne pouviez simplement frapper à la porte et attendre que l'on vous ouvre, puisque vous êtes au service du roi s'il faut vous en croire.

La légère grimace qu'il fit à ce moment-là leur sembla être la preuve que le ton de cette question l'avait piqué au vif, mais comment auraient-elles pu se douter qu'il luttait avec acharnement contre lui-même pour ne pas dévorer Meg des yeux ?

— Parce que, milady, il était essentiel que la surprise soit de notre côté. Si sir Joseph avait été informé de notre venue, il aurait bien évidemment tenu à cacher ce que nous cherchons, et tenté de s'enfuir, ou de nous tuer.

— Et que cherchez-vous donc, qui justifie pareils desseins ? intervint Ebony. Ses chevaux de Galloway ? Tout un chacun peut les voir dans les champs, en entrant dans le village.

— Vous pensez que nous sommes des voleurs, n'est-ce pas ? Après tout, c'est naturel.

— Répondez-moi, messire ! insista Ebony.

Hugh se demanda un instant laquelle des deux était la plus farouche.

— Nous sommes ici pour découvrir comment sir Joseph s'y prenait pour vendre ses chevaux à la fois aux Ecossais et aux Anglais, et s'il est vrai, ajouta-t-il rapidement en les voyant pâlir brusquement, que ceux qu'il volait au cours de ses pillages se voyaient ensuite vendus au plus offrant, des deux côtés de la frontière. Ce sont des crimes très graves, mesdames, je ne vous le cache pas.

Comme il l'avait prévu, le silence qui suivit ses paroles se révéla bientôt n'être que le calme qui précédait la tempête. Ce fut la fille de Moffat qui vint prendre la défense de son père, comme une louve protège ses petits.

— Comment osez-vous ? cria Meg, indignée. Comment osez-vous entrer ici de force en ces heures tragiques, et accuser mon père de trahir son pays ? Allez-vous-en ! Et avant de quitter ces lieux une fois pour toutes, messire, mettez votre argent sur cette table et payez-moi la nourriture que vous et votre bande avez avalée pendant votre séjour. Vos allégations sont aussi insupportables que vous l'êtes vous-même, éructa-t-elle dans un dernier souffle, le visage empourpré de colère, la main sur sa dague, toute tremblante de rage contenue.

Ebony lui prit la main et la serra doucement.

— Calme-toi, l'exhorta-t-elle, car elle savait de quoi Meg était capable. Laisse-moi faire.

— Vous avez demandé que je vous dise la vérité, dit Hugh de Leyland pour se justifier.

— Avant que vous ne poursuiviez vos insultes, messire, il nous faut une preuve de ce que vous avancez. Montrez-nous le sceau du roi.

Leyland hocha la tête en tournant les yeux vers la porte.

— A toi de jouer, mon ami, lança-t-il calmement à l'adresse de Somers.

Sir Alex entra dans la pièce en fermant la porte derrière lui, une sacoche à la main. Il en tira un parchemin qu'il déplia devant les deux femmes.

Meg s'en saisit et le tendit à Ebony, qui lut le texte suivant, écrit en latin, comme de juste :

« A qui de droit

Nous, Robert Bruce, Roi d'Ecosse par la grâce de Dieu,

Mandons le chevalier Alex Somers et son lieutenant, Hugh de Leyland,

De rechercher, appréhender et amener devant ma justice tous ceux qui s'opposent à notre autorité et à nos lois.

Ordonnons à tous nos loyaux sujets d'assister pleinement nos envoyés dans la poursuite de leur mission.

Fait en l'an de grâce 1310, le septième jour du mois d'août. »

Quand elle releva les yeux, Ebony surprit une expression de stupeur sur le visage des deux hommes. Ils n'avaient à l'évidence pas imaginé qu'elle sût lire le latin, et encore moins le traduire sans hésitation, pas plus qu'elle n'avait pensé trouver un tel document entre les mains d'hommes qu'elle avait pris pour des reivers.

Elle sentit le regard de sir Alex fixé sur elle. Il avait forcément entendu leur conversation avec son compère, mais celui-ci n'avait pas cillé, bien qu'il sût certainement que Somers se trouvait derrière la porte.

Le sentiment d'avoir deviné juste ne tempérait pas la colère terrible qu'elle éprouvait en repensant au marché qu'elle lui avait proposé alors que rien ne l'y obligeait, et à tout le reste. Jamais elle ne leur pardonnerait.

— Si vous êtes bien les meilleurs serviteurs du roi d'Ecosse, dit-elle en s'adressant à eux comme s'ils eussent été des rats visqueux, alors fasse le ciel que jamais nous n'ayons affaire avec les pires. Je ne puis croire que notre souverain approuve votre sournoiserie et vos méthodes de ruffians.

— Nous utilisons celles que la situation exige, en général, répondit sir Alex. Et nous n'avons menti en rien. Simplement, comme maître Hugh vous l'a expliqué, nous nous attendions à ce qu'on nous résiste. Sir Joseph savait très bien que le roi avait des soupçons, et n'en a tenu aucun compte. Tôt ou tard, nous aurions…

— Vous osez affirmer que vous n'avez pas usé de sournoiserie contre nous ? Ne nous avez-vous pas affirmé être des reivers ? N'avez-vous pas emmené tous les hommes valides hors de ces murs, n'avez-vous pas mis ce château à feu et à sang alors même que son châtelain mourait de ses blessures ? Comment qualifiez-vous une telle attitude ?

— Personne ne vous a affirmé que nous étions des reivers, milady.

— Non, bien sûr ! Ces gens-là ne prennent pas la peine de se présenter, d'ordinaire, mais vous avez dit que…

— C'est faux ! Souvenez-vous. C'est vous qui avez tenu à toute force à nous appeler ainsi, et personne ne s'est amusé à vous contredire !

— Allons, messire, intervint Meg, volant au secours de sa belle-sœur. Vous savez très bien que vous teniez absolument à ce que nous vous croyions tels. Vos hommes sont armés jusqu'aux dents et vêtus comme des pillards. Certes, leurs montures ne sont pas celles que les reivers chevauchent d'habitude, mais ils n'arborent pas non plus les couleurs du roi, que je sache.

— Nous portons les insignes royaux, milady, mais les dissimulons quand il le faut. En fait, nous avons profité du retour de sir Joseph pour forcer l'entrée du château, et l'aurions fait de toute façon, quel qu'ait été son état. Parfois, nous ne pouvons nous offrir le luxe d'être trop regardants sur les détails. Que vous le vouliez ou non, ce que vous a dit maître Hugh semble être la stricte vérité. Les Galloway de sir Joseph étaient effectivement vendus aux Anglais, ainsi que des chevaux volés, également. C'est un crime dont il n'aura plus à répondre désormais, mais, dans ce genre d'entreprise, on travaille généralement à plusieurs, et nous tenons à savoir qui l'assistait dans ce commerce honteux. Nous sommes ici pour obtenir la réponse à cette question, coûte que coûte. Tous les moyens seront bons. Il nous faudra également déterminer quels sont les chevaux volés, et si possible les rendre à leurs propriétaires. Certains d'entre eux, voyez-vous, ajouta-t-il dans un silence de mort, appartiennent à des couvents situés des deux côtés de la frontière. Sir Joseph ne faisait pas la différence tant que les bêtes lui convenaient.

C'en était trop pour Meg.

— Non ! hurla-t-elle, les yeux remplis de larmes, je ne puis croire, je refuse de croire, que mon père ait été un traître. Vous n'avez aucune preuve.

Elle s'effondra en larmes dans les bras d'Ebony, incapable d'admettre que ces faits dont elle connaissait l'existence, et qu'elle désapprouvait si fort, aient constitué non seulement des crimes, ce qu'elle savait fort bien, mais en outre une trahison. Ses pillages lui semblaient haïssables, mais elle ne pouvait accepter qu'il eût aidé l'ennemi. Il devait y avoir un malentendu.

Ebony détestait ces rustres.

— Ma belle-sœur connaissait son père mieux que vous, dit-elle en soutenant celle-ci affectueusement. Vous aurez à répondre de votre intrusion en ces lieux à un pareil moment. Vous avez même menacé de prendre des otages ! Je suppose que, à présent, vous allez essayer de justifier ce comportement indigne en arguant que vous ne pouvez vous arrêter à de telles considérations ?

Ce fut Hugh de Leyland qui s'avança pour répondre, quoi qu'il ne sût rien du marché qu'Ebony avait conclu avec sir Alex.

— Nous n'avons pas proféré cette menace en l'air, milady. Il est assez commun que les émissaires du roi usent de ce moyen pour persuader les récalcitrants de coopérer. Que nous restions ici ou pas, le jeune lord Moffat n'a rien à craindre de nous, à condition bien sûr que vous acceptiez de nous aider à trouver ce que nous cherchons.

Un homme moins aguerri aurait sans doute frémi en voyant le feu qui brûlait dans les yeux d'Ebony.

— Sachez, messire, que si vous touchez ne serait-ce qu'un seul cheveu de la tête de mon fils, vous rejoindrez sir Joseph bien plus tôt que vous ne l'imaginez. Et je vous promets que cette menace n'est pas en l'air elle non plus. Quant à vous, siffla-t-elle en se tournant vers sir Alex, le visage déformé par la haine, vous êtes… l'être le plus méprisable qu'il m'ait jamais été donné de rencontrer. Faites ce que vous avez à faire et allez-vous-en. Nous pouvons enterrer nos morts sans votre aide, et défendre ce château de même. Allons, viens, Meggie. Je ne puis rester une minute de plus en si triste compagnie. Cela me donne envie de vomir.

— Eussiez-vous préféré que nous fussions des reivers, milady ? rétorqua Alex en leur ouvrant la porte.

— Je préférerais simplement ne plus jamais vous revoir, messire ! Le plus tôt sera le mieux, répliqua Ebony en sortant.

4

La pièce que sir Joseph Moffat avait occupée en haut de l'escalier de bois ressemblait à une ménagerie. Maître Morner, le chambellan de Kells, n'avait jamais réussi à dissuader son seigneur de garder ses faucons préférés avec lui et d'autoriser ses quatre chiens — qui avaient la taille d'une petite génisse — à coucher sur son lit avec lui.

— C'est… dégoûtant, dit Meg en fronçant le nez.

Elle n'avait pas mis les pieds dans cette chambre depuis la mort de sa mère.

Dans sa colère, ses larmes avaient séché, et elle préférait cela aux sanglots indécents qui l'avaient étouffée en entendant les révélations concernant son père, qui l'avaient choquée autant que sa mort. Elle était horriblement bouleversée, et se tourna vers Ebony pour trouver un peu de réconfort.

— Ils sont venus ici aussi, dit-elle en parlant des hommes de sir Alex. Ils sont venus fouiller ses coffres à l'heure même où il agonisait. Regarde, Ebbie, quel désordre !

Des parchemins, des jambières, des plastrons de fer, des cottes de mailles et des vêtements sales jonchaient en effet le sol, mais Ebony jugea qu'un tel chaos avait sans doute pris plus de deux jours pour se répandre dans ces lieux. Bien que les faucons et les chiens aient été emmenés ailleurs, il semblait qu'on ne pouvait rien faire d'autre avec les draps et les tentures que les brûler tous jusqu'au dernier.

En contemplant ce désastre, Ebony pensait à sa surprise en découvrant l'identité de sir Alex et de ses hommes. En un sens, elle se demandait si elle n'aurait pas préféré avoir affaire à des reivers.

Rien ne pouvait la surprendre venant de son beau-père, quoiqu'il fût étonnant qu'un homme qui proclamait sa fierté d'être écossais cent fois par jour en soit venu à trahir son pays.

— Ce ne peut être vrai, dit-elle doucement. Jamais il ne nous aurait exposés sciemment à un tel danger. Je le sais.

Main dans la main, les deux femmes s'approchèrent de la fenêtre qui donnait sur la cour et le loch, tout comme celle de Sam et Biddie.

— Ma chambre ne donne pas de ce côté-ci, remarqua Ebony. Il ne voulait sans doute pas que je voie ce qu'il rapportait de ses raids.

— Ainsi, déclara sombrement Meg, le résultat serait le même à l'heure qu'il est si mon père avait vécu ? On l'aurait arrêté, jeté en prison, et finalement exécuté pour avoir aidé l'ennemi, et on nous aurait remplacées ici en installant à notre place des hommes capables de défendre le château et de fournir des troupes au roi.

— En théorie, Meg, tu as raison, mais sir Joseph avait des amis influents, n'est-ce pas ? Ils viendraient sûrement à notre aide si nous les sollicitions, et plaideraient en sa faveur. Qu'en penses-tu ?

— Sans doute auraient-ils peur de le faire, s'ils étaient impliqués eux aussi dans son trafic. Crois-tu que le roi pardonne les traîtres ?

— Cela arrive. Ni Edouard d'Angleterre ni Robert d'Ecosse n'ont tant de loyaux sujets qu'ils puissent éliminer sans dommage celui qui s'éloigne du droit chemin de temps en temps. Ils les mettent à l'amende pour quelques mois, quelques années, en général, et les réinstallent dans leurs prérogatives sans tarder. Après qu'ils ont de nouveau fait allégeance, bien sûr.

— Comment sais-tu tout cela ? s'étonna Meg.

— Robbie m'en a parlé, parfois.

— Mais dans les circonstances présentes, notre situation n'est-elle point précaire ?

— Certes. A moins que nous ne parvenions à obtenir l'aide des amis de ton père, expliqua Ebony, que cette perspective n'enchantait guère, pas plus que Meg, d'ailleurs.

— Tu t'imagines le genre d'aide qu'ils ne manqueraient pas de nous proposer sur-le-champ ! Ils n'auraient de cesse de nous avoir mariées à l'un de leurs fils, surtout toi, qui es désormais la tutrice de l'héritier des Moffat.

— Il ne nous reste donc qu'une seule chose à faire : prouver la loyauté de ton père par nos propres moyens. Il a dû commettre bien des crimes, Meg, tu le sais, mais sûrement pas celui de trahir l'Ecosse. Il doit bien être possible de trouver quelqu'un qui acceptera de défendre sa mémoire.

— Davy le ferait, lui. Il a toujours eu la confiance de mon père, et ils ont travaillé ensemble pendant des années. Je suis sûre qu'il nous aiderait.

— Sauf s'il est impliqué lui-même.

— Voyons, Ebbie ! Davy n'est pas un reiver ! Il fait le commerce du vin, et ne saurait reconnaître un Galloway d'un âne !

— Tu exagères, Meg ! dit Ebony en souriant pour la première fois depuis longtemps.

Davy Moffat était l'unique neveu de sir Joseph. Il vivait dans le centre de Dumfries et connaissait toutes les familles nobles de cette partie de l'Ecosse, ainsi que les abbayes et les prieurés. Tous ceux qui pouvaient s'offrir des vins d'Anjou, de Gascogne, de Castille ou du Portugal utilisaient ses services pour s'approvisionner, sans se préoccuper des prix exorbitants qu'il pratiquait. Depuis la mort de Robbie, sir Joseph avait considéré comme acquis le fait que Davy épouserait un jour Ebony, sans prêter la moindre attention aux protestations de celle-ci. D'un point de vue purement pratique, ç'aurait été une solution parfaite, du moins selon les dires de son beau-père. Qui, répétait-il sans cesse, remplacerait mieux le père du petit Sam qu'un homme qu'il connaissait déjà ? Riche, de surcroît, et lié à l'une des plus nobles familles du royaume par le mariage, mais veuf, et désireux d'avoir un enfant. Il saurait lui redonner le goût de vivre, et d'aimer, lui qui dormait seul depuis si longtemps…

Combien de fois avait-elle entendu cette chanson ?

Sir Joseph n'avait pas eu besoin d'expliquer que Davy recevrait automatiquement toutes les propriétés des Moffat que possédait Ebony en tant que veuve de Robert, ainsi que l'usufruit et les loyers des possessions que Sam avait héritées de son père, jusqu'à la majorité de l'enfant. Si Davy semblait un parti intéressant, Ebony l'était encore plus.

— Cela vaut la peine d'essayer, suggéra Meg. Je préférerais lui demander son aide avant de faire appel à quelqu'un d'autre. Mais, dis-moi, comment allons-nous expliquer la présence de tous ces étrangers à ceux qui viendront assister aux funérailles ? Faudra-t-il les présenter comme des amis de sir Joseph ou bien partiront-ils se cacher dans les bois pour quelques jours ?

— A dire vrai, je ne sais, ma chère sœur. Je puis leur conseiller de se faire discrets, mais tu sais qu'il y aura foule, et que les gens resteront ici jusqu'au lendemain, au mieux. J'ai beau les détester, je pense qu'ils seront peut-être utiles pour prévenir les désordres, le cas échéant. Tu sais comment sont les amis de ton père lorsqu'ils ont bu plus que de raison. Si nous devons les accueillir tous, nous ne pourrons nous passer d'aide.

Meg ne répondit rien, ce qui pouvait se comprendre. Il lui semblait que faire appel à ces ruffians revenait à s'acoquiner avec le diable.

— Je n'aime pas cela, répondit-elle après réflexion. Il est vrai que nous aurons besoin d'aide à présent que tous les hommes ont été emmenés, mais il vaudrait sans doute mieux les interroger sur leurs intentions avant de leur demander assistance tout de go.

— Il nous a fallu deux jours pour comprendre ce que leur chef et son lieutenant avaient en tête, Meggie. Il nous en reste deux autres avant les funérailles. Nous pouvons essayer.

— Et demain, nous nettoierons cette pièce de fond en comble et y ferons installer des paillasses. Ils pourront dormir ici, au lieu d'occuper la grande salle. N'oublie pas de fermer ta porte, Ebony. As-tu récupéré ta clé ?

— Non, mais sois sans crainte. Je vais le faire.

Sam et Biddie dormaient paisiblement, sur un matelas de plume tout neuf, dans leur nouvelle chambre. Leur lit avait été entouré de rideaux de tous côtés pour conserver la chaleur, et d'épaisses peaux de mouton recouvraient les dalles de pierre du sol. Sur la pile de vêtements soigneusement pliés qui se trouvait sur l'immense coffre de chêne trônait l'épée de bois de Sam. Ebony se demanda avec un pincement au cœur s'il n'y avait pas quelque inconvenance à ce que son fils eût éprouvé si peu de chagrin à la mort de son grand-père, ou s'il fallait plutôt se réjouir que les gens de sir Alex aient détourné son jeune esprit de ce tragique événement.

En arrivant dans sa chambre, un étage plus haut, elle trouva les volets clos, les chandelles allumées et un feu pétillant dans la cheminée. Elle aurait pu se barricader en attendant de récupérer sa clé, mais, à l'idée que Sam ou Biddie ne pourraient venir la rejoindre, elle changea d'avis et laissa le battant entrouvert, non sans quelque appréhension toutefois.

— Que nous arrive-t-il ? soupira-t-elle.

Elle ouvrit l'un des volets, juste assez pour pouvoir contempler le ciel constellé de millions d'étoiles et s'enivrer de la brise délicieusement parfumée qui soufflait doucement, par-dessus les eaux noires du loch, dans l'espoir de trouver un peu de cette quiétude qui lui manquait tant. Au lieu de cela, son esprit battait la campagne, et la colère battait douloureusement à ses tempes. Il l'avait laissée s'offrir à lui et croire que c'était un geste magnifique, tout de générosité maternelle. Avant de mettre en doute ses motivations, ce qui n'avait fait que la couvrir de honte encore plus, et non sans avoir accepté une avance sur le paiement de sa dette alors qu'il aurait pu la rassurer et lui permettre de mettre fin à cette situation humiliante au lieu d'en profiter scandaleusement. Cet homme-là avait tout d'un butor, et d'un aventurier sans scrupule.

Elle regarda son lit et un rêve fugace traversa son esprit, aussi vite enfui qu'une chouette surgissant des ténèbres. Elle s'approcha du rideau et décrocha le rameau d'aubépine qui s'y trouvait accroché, puis retourna vers la fenêtre, à travers laquelle, sans réfléchir, elle le lança d'un geste rageur.

Elle dormit d'un sommeil agité, trop léger toutefois pour qu'elle pût échapper aux souvenirs qui venaient la hanter. Plus d'une fois elle se retrouva assise sur son lit, à observer la porte par l'interstice qui séparait les rideaux, presque certaine de l'avoir entendue s'ouvrir, et se persuadant ensuite qu'il avait dû s'agir de Sam ou de Biddie venus s'assurer de sa présence. L'aube pointa, décevante et banale, et elle s'aperçut avec une pointe d'agacement que pas une fois au cours de la nuit elle n'avait pensé à Robbie.

Meg et Ebony n'offrirent même pas l'ombre d'une trêve à leurs hôtes indésirables, et vaquèrent à leurs occupations quotidiennes exactement comme s'ils n'avaient pas été présents, pour bien marquer que l'hostilité qu'elles nourrissaient à leur égard n'avait diminué en aucune façon. Pendant que Meg s'occupait de faire nettoyer les appartements de son père, Ebony se rendit à la chapelle pour discuter avec le frère Walter des derniers détails pour les funérailles, mais, lorsqu'elle y arriva, ce fut pour constater que l'homme qu'elle cherchait à éviter plus que tout autre s'y trouvait déjà.

Elle aurait dû tourner les talons immédiatement et s'en aller en fermant la porte derrière elle, mais sir Alex se montra plus prompt qu'elle et la retint fermement en lui saisissant le poignet.

Le frère Walter ne perçut rien de son désarroi devant ce geste impudent, et s'adressa à elle comme si de rien n'était.

— Ah ! Lady Ebony, je suis bien aise de vous voir, après ce qui s'est dit ce matin. Sir Alex m'a appris que lui et ses hommes assisteront aux funérailles ce vendredi, et, puisqu'il semble que nous nous soyons gravement trompés sur les raisons de leur présence ici, je lui ai affirmé qu'ils seraient les bienvenus.

Ebony ne put s'empêcher de répondre sèchement :

— Je suis bien aise, moi, qu'il ait décidé d'en aviser quelqu'un dans ce château, mon frère. J'aurais été ravie de le voir faire preuve de plus de politesse en s'adressant d'abord à dame Meg, ou à moi-même, mais je vous en prie, souhaitez-lui toute la bienvenue que vous voudrez. Quant à moi et à ma belle-sœur, souffrez que nous ne joignions pas notre voix à la vôtre.

— Allons, mon enfant, bafouilla le moine en regardant sir Alex d'un air gêné, il ne faut point vous montrer trop sévère avec lui. Il ne fait que ce pour quoi notre roi l'a mandé céans, et à présent que nos hommes ne sont plus là, nous serons contents de trouver ses soldats pour nous défendre, en cas de besoin. Et pour les funérailles, il m'a promis qu'ils ne seront pas vêtus comme des reivers, et qu'on ne verra ni casque ni armure dans le château ce jour-là.

— Vraiment, mon frère ? Alors, rendons grâces à Dieu, car il ne nous est pas donné tous les jours d'entendre des paroles sensées de sa bouche. Et vous a-t-il précisé si ces hôtes inattendus sont supposés être des amis de sir Joseph, ou bien les nôtres ? Avec tous ces revirements de situation, je crains fort que nous ne parvenions plus à nous y retrouver. Nous ne sommes que des femmes, voyez-vous, et nos esprits n'ont pas la vigueur des vôtres.

Elle vit, sur le visage habituellement morose du frère Walter, l'ombre d'un sourire, et sut à cet instant que sir Alex riait dans son dos, et avait entraîné le moine dans son hilarité.

— Je vois que je perds mon temps ici, s'exclama-t-elle en serrant sa robe à pleines mains. Je vous enverrai bientôt l'intendant et le chambellan. Nous communiquerons désormais par leur entremise.

Sir Alex lui barra la route en appuyant son bras contre un pilier de pierre.

— Un instant, milady, je vous prie. Il semble qu'il y ait un malentendu entre nous…

— Si fait, messire ! coupa sèchement Ebony en se figeant sur place. Appelons les choses par leur nom, si vous le voulez bien ! Vous nous avez sciemment trompés, et abreuvés de mensonges depuis votre arrivée, voilà la vérité.

— Mon enfant, mon enfant ! la gronda doucement le vieux moine. Nous n'avons pas de temps à perdre en vaines querelles. Il faut admettre qu'il sera plus facile d'expliquer la présence de sir Alex si nous disons qu'il était de passage ici avec sa troupe, en route pour rejoindre le reste des armées à Newcastle. De cette façon, vous…

— Plus facile pour qui, mon frère ? dit Ebony. Pourquoi ne peuvent-ils dire simplement qui ils sont et ce qu'ils cherchent ? Pourquoi rendre les choses équivoques en ne proférant que des demi-vérités, et autant de mensonges ?

— Parce que, milady, ce ne sont pas des mensonges. Certes, je vous l'accorde, ce n'est pas non plus toute la vérité, mais il est vrai que nous allons franchir le mur d'Hadrien et nous rendre à Newcastle, où nous comptons rejoindre notre roi Robert. Il a l'intention d'attaquer les Anglais et de leur reprendre Berwick, aussi n'est-ce point mentir que de prétendre que nous sommes ici de passage.

Mais si nous disons aux amis de sir Joseph que nous enquêtons sur ses activités, alors nous risquons d'obtenir le contraire de ce que nous cherchons, car ils se défieront de nous s'ils sont en quoi que ce soit impliqués dans son trafic. Certes, cela nous évitera d'avoir à nous rendre chez chacun d'eux, mais, s'ils se ferment comme des huîtres, le résultat sera nul. En vérité, vous ne pouvez continuer à vivre avec ces accusations qui entachent le renom de votre famille, et avez tout intérêt à ce que nous tirions cette affaire au clair.

— Et je suppose que vous désirez, en vous installant ici pour quelques jours, profiter d'un repos bien mérité, n'est-ce pas ? C'est bien ainsi qu'il nous faudra présenter les choses ?

— Pour acheter des chevaux et soigner nos blessés, milady, et il n'y a là nul mensonge.

— Hormis le fait que les blessés sont dans notre camp, et non dans le vôtre.

— C'est un détail sans importance. Personne ne sera admis à leur rendre visite. Quant à mes hommes, ils remplaceront ceux des vôtres qui sont partis à Newcastle.

— Autre détail : c'est à Dumfries que vous les avez envoyés, et non à Newcastle.

— Non, milady. Ils sont bien en route pour Newcastle, où ils auront l'occasion de combattre loyalement pour leur roi, pour une fois, au lieu de suivre leur maître dans ses entreprises douteuses. Ils s'estimeront heureux de ne pas être en prison à Dumfries. Les temps sont durs. Ils pourront voir de leurs yeux la famine qui frappe le pays. C'est une chose dont ils avaient peu de chance de se rendre compte en restant par ici. Et ceci vaut pour vous, également. Si vous étiez un tant soit peu sortie de ces murs, vous auriez pu vous aviser de la misère qui règne en ce royaume.

— Si vous, messire, aviez vécu enfermé derrière ces remparts comme mon fils et moi depuis des années, rétorqua Ebony, piquée au vif, vous ne diriez pas de telles ignominies. Croyez-vous que j'aie demandé à être prisonnière ? Si ce n'était pour Sam et Meg, il y a long…

Elle avait réalisé soudain qu'elle parlait à un étranger et coupa court à cette confession indécente en saisissant les pans de sa robe et en sortant fièrement sans un regard pour sir Alex ni frère Walter.

Quand la lourde porte de chêne claqua, ce dernier soupira en secouant la tête.

— Ah ! Je comprends à présent pourquoi on vous a nommé capitaine de cette troupe, messire. Cette femme est vraiment une furie, et il vaut mieux pour l'approcher se vêtir d'une solide armure. Par le ciel, quelle paire étonnante que celle-ci et sa belle-sœur ! Elles sont comme une corneille et une louve.

— En effet, frère Walter, mais je ne doute pas qu'on puisse les apprivoiser toutes les deux.

— Et vos gens, messire, s'inquiéta le moine, peut-on leur en faire autant ?

Le grand Ecossais éclata de rire à ces mots. Chacun de ses hommes avait été trié sur le volet. Cuisinier, sellier, armurier, forgeron, médecin, traducteur ou scribe, dans chaque spécialité il avait choisi les meilleurs. Il y avait même un harpiste et un prêtre parmi eux, quoique personne n'eût pu les distinguer du reste de la troupe. Tous étaient des cavaliers émérites, loyaux envers leurs chefs et envers leurs compagnons, et fidèles à leur mission. Ils parcouraient le royaume dans leurs vêtements de cuir et de laine capitonnés de lin, harnachés de pied en cap et armés jusqu'aux dents, avec sur la tête leur casque de fer. Qu'on les prenne pour des reivers ne constituait en aucune façon un désavantage pour eux, puisque, aussi bien, ils faisaient profession de se faire passer pour qui ils n'étaient pas. En un instant, ils pouvaient se prétendre l'escorte d'un puissant seigneur, ou la suite d'un riche marchand, selon les circonstances. Forts et endurants, rompus aux marches forcées et aux batailles hasardeuses, ils avaient arpenté avec sir Alex toutes les contrées d'Europe au service du roi d'Ecosse et revenaient à peine d'une expédition en Irlande.

— Je crois que oui, mon frère. Ils sont capables de s'adapter selon les circonstances. A présent, dites-moi qui nous allons rencontrer vendredi. Des parents, je suppose ? Et aussi, Ebony m'a dit avoir été retenue prisonnière ici : qu'en est-il exactement ?

— Ah ! s'exclama le vieux moine avec des airs de chien battu, en s'asseyant péniblement sur les marches devant l'autel. Si vous voulez vous éviter bien des ennuis, mon fils, je crois qu'il serait bon que vous sachiez à qui vous avez affaire. Asseyez-vous un instant.

En marchant, Ebony sentit sous ses pas la paille dont on venait de joncher le sol et, baissant les yeux, remarqua juste à temps un tas de choux que le commis du jardinier venait de couper et qui encombraient le passage. En cette saison, il n'avait encore point d'autres légumes à récolter. Elle s'arrêta, consciente tout à coup qu'elle n'aurait pas dû se trouver là tant elle avait de choses à faire. Elle s'en voulait de s'être laissé affecter par les remarques d'un homme, et par sa présence. Son esprit vagabondait honteusement au lieu de s'occuper des tâches urgentes qui l'attendaient.

Elle entendait encore ses paroles acerbes, ses accusations d'indifférence envers la souffrance d'autrui. Avait-elle vraiment dit quoi que ce fût qui puisse donner à penser qu'elle avait un cœur de pierre ? Et pourquoi avait-elle dit que ce château était une prison ? N'y restait-elle pas de son plein gré, pour pouvoir garder son fils chéri à l'abri de ce monde injuste et dangereux ? Il avait critiqué le fait que l'enfant ne sache encore rien faire à son âge, et suggéré que la responsabilité de cet état de fait lui incombait, à elle, entièrement. Que savait-il des enfants après tout ? Et que savait-il des raisons qui la faisaient agir de la sorte ? Qu'il aille au diable !

Elle se retourna brusquement pour éviter la montagne de choux et poussa un petit cri de frayeur en tombant nez à nez avec sir Alex Somers. Ils se regardèrent un bref instant comme deux chiens prêts à en découdre.

— Alors, milady, vous n'avez toujours rien à me dire ? s'enquit sir Alex.

« Je vous hais, voilà tout ! » pensa-t-elle.

— Rien sinon que j'exige que vous me rendiez ma clé, messire. Je ne puis me sentir à l'abri dans ma chambre, avec tous ces inconnus qui rôdent dans le château, sans compter ceux qui vont arriver.

— Votre sécurité m'importe au premier chef, milady, et je vais faire placer des gardes à votre porte ainsi qu'à celle de dame Meg, pendant toute la durée des funérailles. La clé restera dans ma poche.

— Je n'ai que faire de votre protection. Je veux ma clé.

— Je suis seul juge de ce dont vous avez besoin, milady.

Leur précédente confrontation l'avait par trop affectée pour qu'elle puisse encore trouver l'énergie de répondre.

— J'ai à faire, dit-elle en détournant délibérément les yeux. Laissez-moi passer, je vous prie. Et puisque vous savez ce dont j'ai besoin, peut-être pourriez-vous porter tous ces choux aux cuisines, ensuite vous direz au capitaine que… Non ! Non ! Lâchez-moi !

Mais rien à faire, elle avait beau battre des poings et des pieds, il l'emportait, Dieu savait où, sans qu'elle puisse se dégager. Pire encore, sa dernière remarque prenait désormais des accents terrifiants. Allait-il lui réclamer tout de suite le prix de leur accord sans se préoccuper ni du lieu ni de l'heure ?

— Non ! Je vous en supplie. Pas encore ! Pas maintenant !

Il ouvrit la porte du jardin d'une bourrade et s'engagea sous la voûte de pierre au-delà de laquelle le chemin descendait vers la cascade. En contrebas, on pouvait voir les eaux sombres du lac luisant sous le ciel de plomb, dans un scintillement d'acier gris ourlé du brun profond des forêts qui en bordaient les rives. Ils arrivèrent près d'un banc de pierre sur lequel Ebony et Meg avaient l'habitude de s'asseoir pour coiffer longuement leurs cheveux encore humides de leur baignade, et ce fut là qu'il la déposa doucement, à cheval sur la pierre, en s'asseyant lui aussi derrière elle, la tenant embrassée contre lui, comme prisonnière. Mais cette captivité lui sembla étonnamment supportable. Cela faisait longtemps qu'elle n'avait ressenti une telle sensation, sauf peut-être deux jours plus tôt, au cours d'un rêve qui la laissait encore perplexe lorsqu'il lui arrivait d'y songer.

Ce qu'elle faisait cent fois par jour…

— Je vous en supplie, implora-t-elle, éberluée de sentir

sa bouche contre son oreille, et son souffle brûlant folâtrer sur sa chevelure. Meg m'attend. Elle a besoin de moi.

— Moi aussi, répondit-il. Et je prendrai moins de risques en m'adressant à vous de cette façon, harpie que vous êtes. Ainsi, vos griffes ne peuvent m'atteindre.

— Que voulez-vous savoir ? s'enquit-elle sèchement en regardant les jambes de son tourmenteur qui emprisonnaient les siennes.

« Elles sont plus puissantes, et plus musclées que celles de Robbie, plus longues aussi, pensa-t-elle sans pouvoir s'en empêcher. Et lovées qu'elles sont sous mes seins, ses mains doivent sentir la chaleur de ma peau à travers l'étoffe de laine de mon bliaud… »

— Parlez-moi des amis de votre beau-père. Ceux qui viendront assister à ses funérailles et avec qui il se livrait à son trafic.

— Nous n'avons aucun moyen de savoir qui viendra avant qu'ils n'arrivent, répondit-elle sèchement. Nous avons annoncé son trépas et ne pouvons qu'attendre désormais. Certains viendront des comtés de Stanraer, d'autres de Dumfries, et d'autres encore de l'Ayrshire. Je suis certaine que le shérif de Galloway sera présent, ainsi que ses aides, et tous les barons et les capitaines des garnisons alentour, mais ils n'arriveront que très tard, car le château de Kells n'est pas facile à atteindre, comme vous le savez sans doute.

— Et la famille, les parents ?

— Ils viendront, pour savoir ce qu'il leur a laissé.

— Et… que leur a-t-il laissé, justement ?

— Ce sont les affaires de Meg. Je n'en sais rien. Demandez-le-lui.

— Je n'y manquerai pas.

Elle sentait sa poitrine brûlante contre son dos, mais

elle se disait qu'elle le haïssait, qu'elle détestait ses bras, sa familiarité déplacée.

— Et qui est ce neveu… David Moffat, c'est bien cela ? Est-il bien placé sur la liste de vos prétendants ? risqua-t-il en s'amusant de la voir se contorsionner pour se libérer, ce qui n'aboutissait qu'à le faire la serrer encore plus fort contre lui. Allons, allons, très bien, j'ai compris ! Je me satisferai de cela pour toute réponse.

— Il n'y a ni prétendants ni liste, s'exclama-t-elle, rouge de colère. Je n'ai aucunement l'intention de me re…

— C'est bien possible, mais le vieux Moffat, lui, voulait vous voir remariée, n'est-ce pas ? Un neveu, cela ne sort pas de la famille. Et riche, de surcroît, ce qui ne gâte rien. Mais un marchand de vins ? Vraiment, je ne vous vois pas épouser un marchand, de vins ou de quoi que ce soit d'autre d'ailleurs, ajouta-t-il en riant de plus belle.

— Qui j'épouserai ne vous concerne en rien, rétorqua-t-elle. Menez votre enquête et allez-vous-en. Je doute de toute façon que vous trouviez ce que vous cherchez.

— Pourquoi dites-vous cela ?

— Parce que sir Joseph était peut-être bien des choses, mais il m'étonnerait fort qu'il ait trahi son pays. A vrai dire je ne l'aimais pas, si vous tenez absolument à le savoir, mais j'ai rarement connu homme plus patriote que lui. Quel que soit celui qui vendait des Galloway aux gens de mon pays, ce ne pouvait être lui. Il aurait préféré mourir plutôt que de fournir aux Anglais des chevaux avec lesquels ils auraient pu attaquer l'Ecosse.

— Mais ce sont les seuls capables d'affronter le climat et les collines escarpées de cette contrée !

— Bien sûr que non, voyons ! Il existe aussi des petits chevaux anglais parfaitement adaptés au relief abrupt de ces régions. Vous feriez bien de vous renseigner, messire, avant d'accuser les gens.

— Mmm, maugréa sir Alex. Et ce… neveu, ce prétendant, vient-il souvent par ici ?

— Si c'est de maître Moffat que vous parlez, il nous apporte du vin en effet, et…

— Ce n'est pas ce que je vous demande.

— De loin en loin, répondit-elle en haussant les épaules. Il vient passer quelques jours pour aller à la chasse, et il s'en retourne chez lui.

— En emportant du gibier à foison, j'imagine. Prend-il des chevaux également ?

— Eh bien, il en utilise pour porter son vin, bien sûr, et je suppose qu'il les remmène avec lui en repartant. Je ne m'intéresse pas à tout cela, voyez-vous.

— Parfait, se réjouit-il. Sam l'apprécie-t-il ?

— Il est très bon avec lui.

Sans lâcher ses poignets, il guida les mains d'Ebony vers ses genoux en un geste d'une douceur et d'une lenteur telles qu'un écureuil vint folâtrer à leurs pieds sans s'effrayer. Jamais elle n'avait vu un homme se mouvoir avec autant de grâce. Jamais non plus, à dire vrai, elle ne s'était interrogée sur les intentions de Davy Moffat. Il avait toujours fait preuve d'une grande courtoisie envers elle, et d'une grande bonté envers son fils. Peut-être avec le temps aurait-elle fini par céder devant l'insistance de sir Joseph et l'aurait-elle pris pour époux, afin, surtout, de soustraire son fils à l'influence pernicieuse de son grand-père. Mais elle ne se sentait en rien attirée par lui, et, hormis les quelques avantages matériels qu'elle aurait pu tirer d'une telle union, elle n'avait jamais imaginé celle-ci qu'à contrecœur.

La femme de Davy était morte quatre ans plus tôt, en

accouchant d'un enfant mort-né. Personne ne comprenait, pas même Meg, pourquoi elle refusait d'épouser l'un des citoyens les plus influents de Dumfries et de s'installer dans sa vaste et riche demeure. Sa belle-sœur voyait en lui un beau parti et Ebony avait dû insister pour la convaincre qu'elle ne désirait pas se remarier, du moins pas tout de suite, même si les nuits lui semblaient parfois bien longues.

— Allez-vous lui parler du marché que vous m'avez proposé, milady, ou bien préférez-vous que je lui en touche un mot moi-même ?

Elle regarda devant elle sans répondre, contemplant au loin la progression lente et silencieuse d'une embarcation sur les eaux noires du loch.

— Après tout, vous auriez dû être reiver, messire, car vous êtes aussi odieux que vous êtes menteur. Dites ce que vous voulez à maître Moffat. Je ne puis répondre de vos actions, ni de ses sentiments, mais je pense qu'il lui suffira de vous regarder un instant, et il comprendra que je n'avais d'autre choix que de m'offrir à vous pour sauver mon enfant.

Elle le sentit qui riait dans son dos, puis sentit ses mains caresser doucement ses bras, ses épaules. Elle aurait pu se lever, s'enfuir, mais n'en fit rien.

— J'ai une meilleure idée, suggéra-t-elle en se retournant légèrement. Vous n'auriez plus besoin de ce marché abject. En fait, tout a changé. Vous n'aurez plus besoin de vous servir de Sam comme otage.

— Pas question, murmura-t-il à son oreille. Notre marché tient toujours. Avez-vous autre chose à me dire ?

Devant son silence, il s'écarta d'elle doucement, et elle se sentit tout à coup étrangement glacée et seule. Elle contemplait toujours le petit bateau, au loin, et lui envia sa liberté, et la rectitude du sillon qu'il traçait sur les eaux.

Lorsqu'elle se retourna enfin pour s'adresser à lui, il avait disparu.

Elle avait trop à faire pour se préoccuper du passé ou de l'avenir et, finalement, elle trouvait cela très bien. Sam avait passé la journée à jouer avec les fils du bailli sous le regard vigilant de Biddie. Ils ne risquaient pas de se blesser sur leurs chevaux de bois, et leurs lances avaient été promptement transformées en cannes à pêche.

On avait réquisitionné une armée de villageoises pour aider aux préparatifs des funérailles et dans la cour du château on dépeçait et on plumait depuis des heures des bœufs, des veaux, des moutons, des sangliers, des lièvres et toutes sortes de volailles ainsi même que des hérons et des grues. Les fours tournaient à plein et chacun faisait sa part, apportant des bassines d'eau bouillante ou transportant des carcasses d'animaux. Des plumes volaient de toute part. On aurait de quoi fournir un oreiller de plume à chaque convive, pour sûr.

— Cinq cents harengs ? s'étonna Ebony. En êtes-vous sûre ?

— Oh oui, milady, répondit l'intendant en second en luttant pour retenir un éternuement importun. Et des anguilles aussi, des saumons, des truites, des brochets et des lamproies. Nous avons cuit trois cents miches de pain hier, et des pains de seigle et d'avoine, ainsi que des gâteaux d'orge. Les panetiers n'ont pas fermé l'œil. Il faut que j'envoie chercher trois caisses de dattes et de figues, et du gingembre que maître Davy nous avait apporté la dernière fois, et que je me débrouille pour trouver de la poudre d'amandes en quantité. Le cuisinier s'arrache les cheveux. Il vaut mieux ne pas vous rendre aux cuisines à cette heure, milady, ajouta-t-il en désignant du menton un jeune homme poussant une lourde brouette remplie de bûches de chêne. Ah ! j'oubliais ! Dame Meg vous cherche. Elle est auprès de la dépouille de son père.

Ebony trouva Meg sur le seuil de la salle d'hiver où l'on avait installé le catafalque, entouré de deux écuyers et d'un page.

— Tu devrais te reposer, conseilla Ebony. Allons, viens, il sera bientôt l'heure de dîner.

Meg secoua la tête.

— Il faut que j'aille vérifier la chambre de Davy. J'ai déjà envoyé Janet, cela ne prendra pas longtemps.

— Mais pourquoi tout de suite ? Ils ne seront pas là avant demain.

— Davy est déjà ici, répondit Meg, les yeux brillants de fatigue et d'émotion. Nous aurions dû nous douter qu'il serait là avant tout le monde.

— Il est… déjà ici ?

— Oui, dans la salle d'été, avec sir Alex. Peux-tu t'occuper de lui en attendant que sa chambre soit prête ?

— Je pourrais prendre soin de cela moi-même, Meggie, proposa Ebony.

Meg choisit apparemment d'ignorer cette prière à peine voilée.

— Tu sais bien que c'est toi qu'il veut voir avant tout. Et Sam aussi, bien sûr.

— Je t'en prie, évitons ce sujet, supplia Ebony en posant la main sur le bras de sa belle-sœur. Le moment est mal choisi pour parler d'avenir.

— Tu as raison, Ebbie, je t'approuve entièrement, mais je crains toutefois qu'il ne soit point de cet avis.

Elles n'avaient pas imaginé que Davy Moffat arriverait avant sa sœur et son mari, qui résidaient comme lui à Dumfries, car il valait toujours mieux voyager à plusieurs. Quand elle l'aperçut par-delà les rideaux entrebâillés qui masquaient le passage étroit entre le fond de la grande salle et les cuisines, elle sentit des picotements lui monter dans les bras et son cœur se mit à battre plus vite d'un seul coup. Pourtant, la cause de tout cela n'était nullement Davy, mais l'homme à qui il s'adressait.

Tenant son fils, qu'elle venait d'habiller rapidement, par la main, Ebony hésita quelques instants avant de pénétrer dans la grande salle. Le contraste entre les deux hommes était si flagrant qu'elle ne put s'empêcher de les comparer l'un à l'autre. Sur le fond blanc de la nappe de lin qu'on avait étendue sur l'immense table, la lumière orangée du soir faisait ressortir violemment le bleu éclatant de la tunique de Davy, tandis que les tons fauves des vêtements de cuir que portait sir Alex se fondaient dans la pénombre. De longues franges pendaient des manches de Davy, presque à toucher le sol, et il portait des chausses jaunes sous sa tunique, laquelle semblait avoir été taillée un peu courte afin de souligner le renflement de sa virilité, qu'un rabat tenu par deux cordons de brocart dérobait aux regards tout en attirant l'attention vers cet endroit de sa personne.

Les deux hommes devisaient comme de vieilles connaissances ; sir Alex semblait bien plus grand que son interlocuteur, et ses épaules larges et puissantes augmentaient d'autant l'impression de maigreur qui se dégageait de Davy. Ses cheveux blonds impeccablement coiffés en arrière entouraient un visage avenant, mais il n'avait pas les yeux époustouflants de sa cousine Meg, et sa bouche, trop grande, trop rouge, lui donnait l'air d'un damoiseau, ou d'une damoiselle. Il ressemblait, pensa

Ebony, à l'un de ces oiseaux qui se parent de couleurs éclatantes pour la parade nuptiale, et dansent en agitant leurs plumes pour impressionner les femelles. Il donnait l'impression d'être charmant, certes, mais superficiel, et, si elle détestait intensément sir Alex Somers, elle n'éprouvait pas le moindre sentiment ni dans un sens, ni dans l'autre pour maître Davy Moffat. Malgré cela, elle se sentit tout à coup mal fagotée, et bien peu élégante.

Maître Davy interrompit la conversation en voyant Ebony et vint à sa rencontre en tendant les bras vers elle, apparemment soulagé.

— Ma chère lady Ebony ! Quelle épreuve pour vous et ma pauvre cousine. Quel courage il a dû vous falloir pour endurer cela ! dit-il d'un air contrit en la prenant par les épaules et en l'embrassant, comme c'était la coutume, sur la bouche.

Ce geste n'avait aucune signification particulière, mais, avec Davy, cela semblait toujours un peu trop long et trop insistant.

Ebony nota que sir Alex n'avait pas manqué de remarquer ce baiser et se dit qu'elle allait devoir faire preuve de doigté. La moindre marque d'hostilité entre eux entraînerait inévitablement une réaction de la part de Davy. Il se sentirait obligé de voler à son secours et se mettrait à l'interroger sur ses relations avec cet intrus, ce dont elle n'avait franchement aucune envie.

— Bienvenue, maître Davy, répondit-elle. Vous êtes bien bon d'être venu si promptement. Sam, saluez, je vous prie, ajouta-t-elle en poussant son fils en avant d'une main douce et ferme.

L'enfant avait toujours — inexplicablement — gardé ses distances avec cet homme, alors que Joshua semblait l'avoir conquis en quelques jours à peine. Sam adressa au nouveau venu un salut courtois mais sans chaleur et, cherchant du regard l'approbation de sa mère, recula d'un pas pour revenir à ses côtés.

Dans les yeux de Davy, Ebony pouvait lire une expression satisfaite, comme s'il avait voulu lui signifier que, à présent qu'il avait rejoint Kells, elle n'avait plus rien à craindre.

— Dieu ! Que ce garçon a grandi depuis la dernière fois que je l'ai vu. A-t-il appris ces vers en latin que je lui avais donnés ?

— Non, mais il a enfin appris à monter à cheval !

Davy ouvrit de grands yeux horrifiés.

— A monter à... ? Grands dieux, milady, cela semble affreusement dangereux pour un garçon de cet âge. Quelle drôle d'idée !

Ebony nota le froncement de sourcil de sir Alex, mais répondit sans broncher :

— Je suppose que cela lui sera utile s'il veut voyager, après tout, si sir Joseph lui avait offert un cheval, c'est sans doute qu'il avait l'intention de le voir s'en servir un jour ou l'autre.

— Mmm..., fit maître Davy en se tournant vers Somers. Et vous, messire, que dites-vous de cela ?

— Ce que lady Moffat décide pour son fils ne requiert ni notre avis ni notre approbation, maître Moffat. Sa mère sait ce qui lui convient ou non.

Surpris de ne pas trouver d'appui chez cet homme qu'il venait de rencontrer, Davy changea de sujet et posa quelques questions sur Meg et la façon dont elle prenait la mort de son père, ainsi que sur l'avancement des préparatifs. Hugh de Leyland se joignit à eux, ce qui une nouvelle fois força Ebony à reconnaître que le contraste était grand entre le marchand de vins et les intrus qui avaient envahi le château, quoique l'avantage ne fût pas du côté qu'elle aurait escompté. Elle leur servit du vin à tous les trois, et Davy ne put s'empêcher de dire qu'il provenait de ses celliers et coûtait une fortune parce qu'on en trouvait peu de meilleurs. Il ajouta même qu'ils pouvaient s'estimer privilégiés de goûter à un tel nectar, sans s'apercevoir que, dans son dos, les deux soldats échangeaient des clins d'œil complices.

Il n'était pas question pour Ebony et Meg de manger seules, car elles avaient décidé qu'il valait mieux cacher à ceux qui viendraient pour les funérailles le profond ressentiment qu'elles éprouvaient à l'égard de sir Alex et de ses hommes, sans quoi ils refuseraient de parler à ces derniers. Malheureusement, ni l'une ni l'autre ne savaient jouer la comédie. Elles n'avaient pour l'essentiel côtoyé dans ce château que des Ecossais brutaux et grossiers, et leurs talents de diplomates n'avaient jamais eu de quoi s'exercer réellement. En fait, elles avaient simplement appris à cacher leur dégoût et à éviter ces rustauds, mais, à l'occasion de l'enterrement de sir Joseph, une telle tactique risquait de se révéler insuffisante, et il allait bien falloir faire semblant.

Le dîner avait beau n'être pas le repas principal, il n'en constituait pas moins un événement domestique au cours duquel l'attention des deux femmes ne pouvait se relâcher un instant pour assurer le confort de leurs hôtes. Elles avaient imaginé que la troupe de sir Alex se comporterait à table comme une horde de ruffians, mais elles furent surprises de constater que, au contraire, ils faisaient preuve d'une politesse et d'une retenue exemplaires, comme s'ils avaient tous grandi dans quelque famille noble. Ils ne firent pas non plus de démonstrations d'amitié excessives et maître Davy sembla impressionné par l'atmosphère bon enfant qui régnait autour de la table. Il s'étonna cependant de voir que ces soldats connaissaient très bien le vin, ce qui piqua quelque peu sa vanité.

Il prit Meg à part après que la table eut été débarrassée et lui demanda à brûle-pourpoint :

— D'où m'as-tu dit que venaient ces gens ?

Elle avait dû passer tout le dîner à côté de maître Leyland et avait eu bien du mal à se montrer civile envers lui, ce qui l'avait épuisée.

— Ils ne sont de nulle part en particulier. Si tu me promets de rester calme, je te dirai la raison de leur présence ici.

— Ainsi, ils ne font pas que passer, en d'autres termes ?

— Pas vraiment en effet. Mais il ne faut pas que tu fasses part de tout cela à qui que ce soit, car sinon les amis de mon père refuseront de leur parler, et nous perdrons toute chance de laver son nom des accusations qui pèsent sur lui.

— De quoi parles-tu, au nom du ciel ? Quelles accusations ?

— Je t'ai dit de rester calme, Davy ! Le roi leur a donné l'ordre d'enquêter sur les ventes de Galloway aux Anglais.

— Les ventes de… ? Mais c'est illégal !

— Je le sais bien, c'est justement pourquoi il faut qu'ils sachent qui d'autre était impliqué dans ce trafic avec mon père. Tu devrais pouvoir nous aider à ce sujet.

Davy avait pâli, soudain.

— Ma foi, Meg, je ne suis pas sûr de savoir qui travaillait avec lui.

— De toute façon, il est innocent, Davy, tu m'entends ? Il n'aurait pas trahi, pas lui. Tu sais dans quel mépris il tenait les traîtres, et tu connais parfaitement ceux avec qui il trafiquait. Tu en sais plus sur ses affaires que quiconque. Quand tu venais ici, vous passiez des heures à parler de cela.

— C'est une affaire grave, Meg. Très grave.

— Tu ne m'apprends rien, Davy. Mais nous avons besoin de ton aide. S'ils parviennent à prouver que leurs accusations sont fondées, Ebony et moi perdrons ce château.

— Ils t'ont parlé de cela ? s'enquit Davy, inquiet.

— Brièvement, oui, hier au soir, à moi et à Ebony également. Ils ont fouillé tous ses papiers, absolument tous.

— Dieu du ciel ! Et ses magasins aussi ?

— Aussi, oui, quoique je me demande bien ce qu'ils comptaient y trouver !

Davy ne tenait plus en place et regardait d'un œil inquiet sir Alex et Hugh de Leyland qui devisaient avec frère Walter.

— Où est la clé, Meg ? demanda-t-il. Celle qu'il avait autour du cou. L'as-tu prise ?

— Une clé, autour du cou ? s'étonna Meg. De quoi parles-tu ? Je… attends ! Etait-elle attachée à une lanière de cuir ?

— Oui.

— J'ai dû la lui ôter pour pouvoir le soigner, s'exclama-t-elle en se frappant le front. Et j'ai fait brûler toutes ses affaires ! Je…

— Tant pis, oublions cela. Je pourrai sûrement forcer la serrure de cette boîte.

— Quelle boîte, Davy ? s'inquiéta Meg.

— Oh… Celle dans laquelle il rangeait ses documents les plus secrets. Mais ne t'alarme pas, ils ne l'ont sûrement pas trouvée. Sais-tu où est la bague qui porte son sceau ?

— C'est Ebony qui l'a en sa possession.

— Il vaudrait mieux qu'elle me la confie. Je saurai la garder en lieu sûr.

— Elle est en sécurité, ne crains rien. Personne ne peut l'utiliser à présent, hormis Sam.

— Et Ebony, également, en tant que tutrice du petit.

— Ecoute, les notaires viennent la semaine prochaine. Nous allons faire un inventaire complet une fois les funérailles achevées, et nous nous occuperons de tout cela.

Davy ne répondit rien. Mais son souffle était soudain devenu très court, et son cœur battait la chamade.

Il reporta son attention sur Ebony. Celle-ci n'avait jamais jugé intéressant d'encourager l'intérêt que Davy lui portait et ne voyait pas de raison de changer d'attitude, mais elle trouva émouvant qu'il s'inquiète pour elle.

— C'est très aimable à vous de vous préoccuper de mon sort. Meg vous a informé de la situation, n'est-ce pas ?

— En effet, oui, répondit-il en rassemblant les franges de ses manches, qu'il posa délicatement sur ses genoux. La situation est grave, milady, vraiment très grave.

— Meg et moi espérions un peu que vous pourriez nous aider à nous tirer de ce mauvais pas.

— Il n'est pas impossible que je puisse faire quelque chose pour vous, laissa-t-il tomber d'un ton évasif, avec une moue suffisante.

Elle avait imaginé qu'il réagirait autrement, car il ne cessait jamais de se vanter de l'admiration qu'il vouait à sir Joseph, et de ses accointances avec les amis de celui-ci.

— Pas impossible ? répéta Ebony, interloquée. Vous

ne croyez tout de même pas qu'il aurait pu commettre le crime dont on l'accuse ?

— Non… je… bien sûr que non ! Mais les temps sont durs, milady, et si ces gens ont des preuves solides pour étayer leurs dires, il sera difficile de prouver le contraire.

C'était la seconde fois en peu de temps que quelqu'un lui rappelait le triste état dans lequel se trouvait le royaume.

— J'aurais cru qu'un homme tel que vous chercherait à effacer l'opprobre qui ternit le nom de son oncle, se risqua-t-elle à dire. Je pense que, dans ces circonstances, il aurait attendu de vous que vous preniez les choses en main à Kells.

Elle se rendit compte un peu tard que ses paroles pouvaient être aisément interprétées comme un encouragement à s'enhardir. Après tout, l'oncle et son neveu avaient partagé les mêmes visions d'avenir la concernant, et il n'en fallait sans doute pas plus pour que l'esprit de Davy se mît à battre la campagne.

Il se redressa d'un seul coup et posa sa main sur celle de la jeune femme sans lui laisser le temps de réagir.

— Vous avez entièrement raison, milady ! Que je suis heureux de vous voir enfin adopter mes vues à ce sujet. Peut-être pourrions-nous, vous et moi, ajouta-t-il avec un regard insistant, discuter de tout cela seul à seul, demain ?

Ebony retira sa main.

— Maître Davy, il me semble que vous avez…

A cet instant, le son d'une cornemuse vint perturber le silence et Ebony leva les yeux, cherchant désespérément un moyen de se tirer de cette situation embarrassante. Son regard rencontra celui de sir Alex, qui la fixait comme un aigle observe sa proie depuis l'autre côté de la grande salle.

En un instant il fondit sur eux.

— Puis-je vous parler un instant, maître Davy ? fit-il, en feignant de ne pas voir le soulagement intense qui se lisait sur le visage d'Ebony. Je viens de débattre avec mon lieutenant de l'origine du vin de malvoisie, et il se trouve que nos points de vue divergent entièrement. Il semble que vous seul puissiez nous départager.

Davy n'avait jamais pu résister à ce genre de défi. Sa vanité n'avait pas de limites.

A l'heure du coucher, Sam s'endormit, épuisé, sans que sa mère ait besoin de lui raconter une histoire.

— Allons-nous profiter d'une nouvelle nuit sans cauchemars ? demanda Ebony à Biddie avec un sourire.

— On dirait bien, répondit celle-ci en pliant les vêtements de son jeune maître. Je ne comprends pas vraiment pourquoi le trépas de son grand-père a cet effet sur lui, mais cela fait deux nuits qu'il dort comme un loir, sans se réveiller. Et vous ? Comment dormez-vous, là-haut ?

— Assez bien. Et encore mieux que cela ce soir, Biddie, j'en suis sûre.

Elle était si recrue de fatigue que sa prédiction avait toutes les chances d'être parfaitement exacte. Le feu rougeoyait doucement dans la cheminée, sans projeter sur les murs la moindre ombre susceptible d'inciter son esprit à vagabonder inutilement. Avant de sombrer dans le sommeil, elle se remémora les sensations étranges, qu'elle cherchait à oublier à toute force et qui hantaient son corps et son cœur depuis deux jours. S'y mêlaient la chaleur d'une poitrine d'homme pressée contre elle et la fraîcheur de l'eau de la cascade sur sa peau nue, à l'aube. Et aussi sa rage de s'être laissée aller à parler stupidement à Davy. Nul doute qu'il allait la serrer de près désormais ! Il fallait trouver un moyen de se dépêtrer de cela. Sir Alex viendrait-il à sa rescousse encore une fois ?

A moitié endormie, elle sentit les bras de Robbie l'entourer et la chaleur de son corps se diffuser en elle, comme s'ils avaient été rivés l'un à l'autre. Sa main s'aventura sur ses seins au moment même où elle plongeait dans les ténèbres du sommeil. Longtemps après, dans les profondeurs de son esprit embrumé, se fit jour la certitude qu'elle ne rêvait pas entièrement, car elle entendait des bruits aussi clairement qu'en plein jour. Elle écouta sans bouger le souffle régulier qu'elle percevait contre son oreille. Aucun doute, ce ne pouvait être le sien. Et lorsqu'elle tâtonna du bout des doigts la main doucement lovée contre son sein droit, elle sut immédiatement que ce n'était pas celle de Robbie. Pour autant, son esprit se refusait à savoir à qui elle appartenait.

Son souffle s'affola quelque peu lorsque la main se mit à caresser lentement sa poitrine, puis son ventre, sans chercher à se libérer du poids de la sienne. Elle suivit sur son corps l'étonnante caresse de ces doigts inconnus et aurait fermé les yeux pour replonger dans ses rêves si elle n'avait distinctement senti les muscles jouer sous la peau duveteuse des bras qui l'enserraient comme un vêtement vivant et divinement indiscret. Etait-ce cela qu'elle avait attendu en vain, la nuit précédente, après avoir laissé sa porte ouverte ?

Doucement, lentement, la main glissa sur sa hanche de satin, son ventre plat et frémissant. Haletante, Ebony suivait les ondulations du corps musclé qu'elle sentait derrière elle, tendue comme la corde d'un arc et en même temps délicieusement calme et abandonnée, comme si elle avait su à l'avance ce qu'il allait faire à chaque instant. Sans un mot qui eût pu perturber son rêve, elle vibrait sous les caresses en s'offrant à ces mains mystérieuses avec une impudeur affolante, miraculeuse.

Son corps sevré de tendresse réclamait ce qui lui avait été refusé depuis si longtemps, comme si sous la cendre éteinte qui avait recouvert les trois années écoulées le feu avait soudain repris, non point aussi fort qu'auparavant, mais dix fois, cent fois plus intensément, pour effacer jusqu'au souvenir de cet hiver impitoyable que la vie avait imposé à ses sens. Elle s'abandonnait au plaisir en refusant toute question, toute incertitude, se livrant tout entière aux ténèbres propices et au bonheur d'être aimée. Sa bouche chercha avidement ses lèvres et elle attira contre elle ce visage sur lequel désormais elle pressait le sien, pour s'enivrer de ses baisers, et qu'elle avait tant souhaité gifler ces dernières heures. Cela n'avait plus d'importance, à présent.

Etrangement, elle ne pensait en aucune façon à ce qui se passerait ensuite. Le présent était d'une telle intensité qu'il ne laissait place à rien d'autre dans son esprit. Elle n'avait connu finalement, avec Robbie, que des étreintes rapides et routinières, parfaitement circonscrites aux deux parties de son corps qui le distinguaient de celui de son époux. Celui qui la tenait dans ses bras à présent lui faisait découvrir un monde si sublimement nouveau et voluptueux qu'elle ne pouvait retenir des larmes de bonheur, et de tristesse en pensant aux années gaspillées. Ces heures inouïes semblaient appartenir à un temps hors du temps, dans lequel le péché et la honte, ou la raison, n'avaient plus cours. Mais un temps, aussi, qui s'évanouirait dès que le soleil pointerait à l'horizon…

Ses mains se livraient sur elle à une danse sensuelle, et sa voix caressante la berçait doucement de ses accents profonds, comme un chant de sirènes au loin sur la mer démontée. Elle le laissa la serrer contre lui, son cœur apaisé s'affolant par instants avant de retomber dans une douce torpeur, jusqu'à ce qu'enfin, épuisée, elle s'endorme de nouveau, blottie contre sa poitrine puissante. Quand elle ouvrit les yeux aux premières lueurs de l'aube, elle vit devant elle prendre forme le visage de son fils à la place de celui qu'elle avait couvert de baisers pendant des heures.

— Maman ! s'écria l'enfant. J'ai bien dormi cette nuit, et n'ai point fait de cauchemar !

5

La chambre de sir Joseph Moffat, que Meg avait pris soin de faire nettoyer et aménager pour accueillir certains des hommes de sir Alex, n'avait finalement pas été utilisée comme elle l'entendait, ce qui n'avait pas manqué de l'irriter profondément. Elle claqua violemment la porte capitonnée, non point tant parce qu'elle venait de se trouver nez à nez avec quelques hommes quasiment nus, mais parce qu'on n'avait tenu aucun compte de son avis.

— Où se trouve sir Alex Somers ? cria-t-elle depuis le haut des escaliers.

En voyant dame Moffat dans cet état, la plupart des serviteurs qui se trouvaient dans la grande salle se figèrent sur place en espérant passer inaperçus, jusqu'à ce qu'une voix retentisse derrière les rideaux de l'office et qu'un homme apparaisse enfin, qui voulait bien parler à cette furie.

— Puis-je vous être utile, maîtresse ? lança Hugh de Leyland, sans sembler s'alarmer le moins du monde.

— Non, messire, répondit Meg sèchement en dévalant les escaliers. J'ai besoin que l'on évacue cette chambre au plus vite, et il ne me semble pas que vous soyez capable de m'aider en quoi que ce soit.

Hugh ravala son sourire.

— Je croyais que vous comptiez y loger des gens de notre troupe, justement, répliqua-t-il, mais sa pique manqua la cible.

— Laissez-moi m'occuper des problèmes domestiques, s'il vous plaît, messire, l'interpella-t-elle. Cette chambre était celle de mon père, et j'entends décider moi-même de qui l'utilisera désormais. Faites-la évacuer par vos gens tout de suite. Ils peuvent dormir dans la grande salle, ou dans les écuries, comme les autres.

Elle étouffait de colère, mais semblait animée d'une vitalité nouvelle, sans doute due au fait qu'après une bonne nuit de sommeil elle avait pris un bon bain et enfilé des vêtements propres. Son bliaut bleu et son surcot de lin blanc aux longues manches étroites rehaussaient harmonieusement les courbes voluptueuses de son corps et révélaient son cou de nacre juste assez pour attirer l'œil. Elle avait coiffé sa chevelure rutilante en enroulant sur ses tempes deux nattes aux reflets cuivrés qu'elle avait enfermées dans un filet de brocart orné de perles. Elle n'avait clairement aucune intention d'apparaître aux yeux des amis de son père comme une orpheline éplorée et dépassée par les événements.

— Vous avez sans doute raison, admit Hugh. Ils peuvent en effet dormir à peu près n'importe où, mais, comme la grande salle risque d'être pleine d'invités qui feront ripaille jusqu'à l'aube, il semblait raisonnable que nos gens fussent installés là où l'on pourra faire appel à eux rapidement, si le besoin s'en fait sentir.

Il la regarda s'approcher en se demandant pourquoi diable sir Alex avait insisté sur le fait que les deux femmes allaient avoir besoin d'aide. Il commençait à en douter sérieusement.

Elle s'arrêta à quelques pas de lui, rouge d'indignation.

— Croyez-le ou non, maître Leyland, s'exclama-t-elle, mais je suis parfaitement capable de comprendre le raisonnement qui vous mène à penser ainsi, cependant, lady Moffat et moi-même sommes encore les gardiennes de ce château, jusqu'à ce qu'on nous en chasse, du moins, et, en tant que telles, c'est nous qui prenons les décisions et donnons les ordres céans, ne vous déplaise. A l'avenir, soyez assez aimable de nous aviser s'il vous venait à l'idée de changer quoi que ce soit à la façon dont les choses se passent à Kells.

— Certainement, maîtresse, acquiesça de Leyland. Je vais prévenir sir Alex à ce propos. Au fait ! ajouta-t-il, comme si l'idée avait soudain germé dans son esprit, où désirez-vous que je dorme moi-même ?

Il suffisait de regarder ses yeux pour connaître la réponse qu'il aurait aimé obtenir, mais celle qu'il reçut de Meg n'avait rien d'hospitalier.

— Au fond du loch, messire, siffla-t-elle en s'éloignant.

Il s'élança derrière elle, sous les regards moqueurs des domestiques.

— Permettez-moi de vous expliquer…

— C'est déjà fait, messire. Il faut que je trouve un autre endroit pour loger tous ces gens, déclara-t-elle en s'avançant dans le passage qui conduisait aux cuisines, où elle rencontra son cousin qui venait de l'autre côté et cherchait apparemment sir Alex.

— Tu ne le trouveras pas, lança Meg. Tu vas devoir te contenter de Hugh de Leyland, comme tout le monde ici.

— Meg, attends ! s'écria maître Davy. Je ne puis entrer

dans la chambre de sir Joseph, car elle est occupée par ses gens. Que signifie ?

— Demande à celui-ci, fit-elle en désignant Hugh de Leyland du menton.

— Y a-t-il une difficulté, maître Moffat ? demanda ce dernier, que la soudaine rougeur des joues du marchand intriguait. Désirez-vous dormir dans cette chambre, vous aussi ?

— Non, messire, mais je sais que s'y trouvent certains documents de mon oncle, qu'il me faut consulter.

— En ce cas, il vous faudra vous adresser à sir Alex Somers. Nous en avons déjà emporté quelques-uns.

Davy accusa le coup et resta interdit, les lèvres tremblantes, incapable de dire un mot, quoique son visage ravagé d'inquiétude fût parfaitement éloquent.

— Voilà qui est extrêmement fâcheux, messire, bredouilla-t-il en regardant Meg et de Leyland alternativement. Il s'agit de documents privés, confidentiels.

— Je sais, répondit Hugh en observant discrètement le visage de Davy. C'est justement pourquoi nous les avons déplacés. Pour les mettre à l'abri. Nous ne voulons pas qu'un indélicat vienne fouiller dans les affaires de sir Joseph, n'est-ce pas ? Quant à ceux qui sont encore dans sa chambre, ils ne risquent rien, avec tous les soldats qui y dorment.

— Je… eh bien… non, bien sûr… mais…

— Que t'arrive-t-il, Davy, s'exclama Meg, soudain irritée par ces balbutiements. Il n'y avait là que des documents comptables. Cela ne me plaît pas plus qu'à toi qu'ils aient mis la main dessus, mais si cela peut servir à laver mon père de ces accusations, soit ! Il n'avait rien à cacher, tu le sais très bien.

— Qu'en dites-vous, maître Moffat ? s'amusa Hugh de Leyland.

— De quoi ? s'enquit ce dernier.

— De ce que vient de dire votre cousine. Sir Joseph n'avait rien à cacher, c'est bien votre avis ?

— Diantre, oui. Pour autant que je sache.

Cette défense timorée rendit Meg plus furieuse que jamais et elle se lança dans un plaidoyer comme elle n'en avait jamais prononcé.

— Pour autant que tu saches ? répéta-t-elle, indignée. Que dis-tu là, Davy ? Bien sûr que tu le sais. Comment pourrait-il en être autrement d'ailleurs, puisque c'est toi qui l'aidais à gérer ses affaires ? Tu sais exactement de quoi il retourne. Ce n'est un secret pour personne qu'il se livrait à des pillages, mais on l'accuse de trahison, c'est autrement plus grave. Mon père n'aurait jamais… écoute…, dit-elle en saisissant la manche de sa tunique. Dis-lui, veux-tu ?

Davy la repoussa, le visage empourpré de colère.

— Je le lui ai déjà dit ! Tu m'as entendu. Mais j'ai besoin de ces papiers. Absolument besoin !

Là-dessus, il tourna les talons, visiblement hors de lui, et s'éloigna en fulminant. Quand il claqua la porte qui donnait sur la cour, Meg et Hugh se regardèrent un instant, interloqués.

— Est-il d'ordinaire si irritable ? s'enquit Hugh de Leyland.

— Non, répondit Meg en secouant la tête, incrédule. Il ne l'est pas du tout, au contraire.

— Alors, que signifie tout cela ?

— J'aimerais bien le savoir. Peut-être pourrais-je vous en dire plus si ma belle-sœur et moi étions autorisées à voir les documents que vous avez emportés. Nous avons perdu la clé qui ouvre l'une des boîtes où il gardait ses parchemins.

— Tiens, tiens. Quelle boîte ?

— Je l'ignore. Davy m'a dit que…

— Oui ? Il a dit… quoi exactement ?

— Rien. Je dois m'en aller à présent. J'ai du travail, répondit Meg en relevant ses robes et en baissant les yeux. Mais dites-moi… où avez-vous dormi cette nuit ? Simple curiosité, se crut-elle obligée d'ajouter.

— Ici même, dans la grande salle, avec mes hommes, répondit-il d'un air enjoué.

— Eh bien… il y a une chambre, en haut de cet escalier, expliqua-t-elle en désignant du menton un colimaçon qui prenait au milieu du passage. C'est une pièce qui sert à héberger les visiteurs. Il y a deux lits et une armoire. Et une bonne clé. Cela conviendrait sans doute parfaitement pour vous et pour sir Alex. Je vais faire préparer les lits.

— Soyez remerciée pour cela, maîtresse, dit Hugh en s'inclinant. Puis-je vous demander où se trouve votre chambre ?

Mais il n'avait pas encore fini sa phrase qu'elle avait déjà disparu.

— Pas question, l'entendit-il lui lancer à travers le couloir.

— Il faut que je sache ! s'écria-t-il.

— Vous en savez déjà bien assez ! répondit la voix avant que le silence n'enveloppe de nouveau le passage.

Hugh regagna la grande salle avec un large sourire sur les lèvres.

— Qu'est-ce donc qui te rend hilare de la sorte ? l'interrogea sir Alex. As-tu rencontré l'une de ces furies ?

— Oui, la rousse. Quelle beauté, sainte Vierge ! Un de ces jours…

— Un de ces jours, Hugh, tu te feras attraper pour de bon. Et pour toujours. Allons, viens, suis-moi.

Sir Alex entraîna son compagnon vers un banc, tout près de l'âtre immense qui trônait au sommet d'une plate-forme de pierre, et autour duquel s'affairaient des domestiques en prévision du feu qu'il faudrait allumer bientôt, tandis que d'autres manœuvraient l'immense chandelier qui surplombait la pièce et remplaçaient les bougies hors d'usage.

— Tu as peut-être raison, répondit Hugh, et qui sait ? Peut-être trouverai-je la chose plaisante ? Je viens de rencontrer notre ami le marchand de vins, et l'ai trouvé fort marri que nous ayons mis la main sur les documents de son oncle. J'ai envisagé de révéler à la fille de Moffat que nous avions ouvert le coffret, mais me suis ravisé.

— Mieux vaut attendre et voir ce qui se passera. Pour autant que je sache, nous tenons les preuves contre sir Joseph, mais j'ai dans l'idée que nous n'avons pas tout découvert dans cette affaire.

— Tu parles de ceux qui l'aidaient ?

— Je parle précisément de maître Davy Moffat lui-même. Il nous joue la comédie, j'en suis certain, et il va bientôt chercher à conquérir la veuve, si je ne m'abuse.

— Elle ne se laissera pas faire, objecta Hugh.

— Les gens font parfois des choses étonnantes lorsqu'ils se sentent menacés, ne crois-tu pas ?

Hugh regarda son ami du coin de l'œil, comme s'il cherchait à deviner où il voulait en venir.

— Très bien, alors. En ce cas, nous allons le surveiller. Il est possible qu'il essaye quand même de récupérer le coffret malgré la présence de nos gens dans cette pièce. Ah ! j'oubliais. Il y a une bonne nouvelle : nous avons une chambre désormais, pour nous deux.

— Voilà qui est fort bien, Hugh. Bon travail.

— Alors, finalement, où as-tu dormi, la nuit dernière ?

Même venant de Hugh, la question valait qu'il change de sujet, aussi sir Alex annonça-t-il qu'il avait placé trois hommes en faction devant la porte de lady Ebony.

— Son fils et sa nourrice sont à l'étage en dessous. La garde change toutes les six heures, jour et nuit. Il faudra faire de même pour maîtresse Meg, Hugh. Occupe-t'en, je te prie.

— Entendu. Tu avances, finalement, n'est-ce pas ?

— Pas vraiment, non. Tu avais raison quand tu parlais des veuves, Hugh. Elles ne sont pas comme les autres femmes.

— Ah ! s'exclama son compagnon en hochant la tête. Je vois. Elle refuse d'oublier le passé et d'accepter le désir qui la tenaille ?

— Oui, c'est à peu près cela. Mais c'est un défi intéressant. Allons, viens, poursuivit-il en changeant de sujet une nouvelle fois. Nous avons du travail. Les gens vont commencer à arriver.

— Un dernier mot, risqua Hugh. Où se trouve la chambre de Meg, précisément ?

Alex lui lança un regard plein de reproche, comme un père devant un fils trop hardi pour son âge.

— Eh bien, fit-il avec un claquement de langue. Cela fait quatre jours que nous sommes ici et tu n'en sais toujours rien ? Par le ciel, compagnon, je me suis trompé sur ton compte. Tu ne séduiras jamais personne, à cette allure. Je retire tout ce que j'ai dit tout à l'heure ! s'esclaffa-t-il en donnant à son lieutenant une bourrade amicale sur l'épaule avant de s'éloigner sans lui laisser le temps de répliquer.

*
* *

Ils n'étaient pas restés inactifs depuis leur arrivée à Kells. Pour prouver la trahison de sir Joseph, ils avaient examiné méticuleusement tous les chevaux qu'ils avaient pu trouver, cherchant sur leur robe des marques permettant d'en déterminer l'origine. Leurs recherches avaient montré que les Galloway de feu Joseph Moffat avaient été marqués de la même façon que ceux qu'on avait capturés au cours de raids ou d'escarmouches impliquant ce dernier. Ils avaient, en outre, été surpris de trouver, cachées au fond des entrepôts, des caisses d'armes et d'armures provenant des meilleures armureries d'Espagne. Certes, aucune loi n'en interdisait l'achat, mais il y en avait tellement que la question se posait légitimement de savoir à qui elles étaient destinées, ou bien si sir Joseph les avait entreposées là en attendant de les vendre au plus offrant. Non moins essentielle était de découvrir qui l'avait aidé à se les procurer.

Plus étonnant encore, on avait découvert que les greniers de Kells regorgeaient de ce dont tout le royaume rêvait depuis les inondations de 1315 : du grain. Sir Joseph disposait de telles réserves qu'il aurait pu nourrir la population de toute l'Ecosse pendant plus d'un an, alors que le reste du pays passait le plus clair de son temps à chercher sa ration quotidienne, sans la trouver toujours, et que les prix avaient augmenté au-delà de toute raison, jusqu'à cent fois ce qu'on payait auparavant pour un muid d'orge de mauvaise qualité. Décidément, les interrogations ne manquaient pas dans ce château, et le rôle qu'avaient joué ce marchand de vins et les deux femmes qui ne cessaient de protester de leur bonne foi semblait largement sujet à caution.

*
* *

Biddie soupira en déployant de nouveau le bliaud de soie violette et le déposa sur le lit. Cela l'énervait qu'Ebony ne parvienne pas à se décider. Décidément, les bouleversements de ces derniers jours avaient perturbé sa maîtresse, ainsi que la fille de sir Joseph, et elle trouvait qu'elles passaient trop de temps à choisir leurs toilettes.

— Et avec cela, dit-elle, quel surcot allez-vous choisir ? Le rouge, le gris ou le bleu ?

— Le gris, répondit Ebony, dont l'esprit vagabondait dangereusement.

Elle aurait aimé voir sa vie retourner à sa grisaille quotidienne d'avant l'arrivée des intrus, car ce qui avait eu lieu dans son lit lui rendait la vie impossible. Elle qui s'était juré de ne jamais laisser ses rêves prendre pied dans son quotidien se sentait lentement céder, et cela la contrariait fort.

— Cela n'a aucun sens, murmura-t-elle en caressant une guimpe blanche que Biddie n'avait pas encore rangée.

— Mais vous venez de dire…

— Non, rassure-toi. Je ne parlais pas de ce surcot.

— Mais alors… de quoi parliez-vous ?, demanda la servante, perplexe.

— De mes pensées.

Elle se serait fait moins de reproches si elle n'avait eu sa part dans toute cette histoire. Mais elle ne pouvait nier qu'elle avait fait preuve avec sir Alex d'une légèreté coupable. En dépit de ses menaces, elle s'était comportée avec lui bien plus aimablement qu'elle n'aurait dû. Mais pourquoi ?

— Quelles pensées ? demanda gentiment Biddie en s'approchant de la fenêtre près de laquelle se tenait Ebony.

J'espère que vous ne faites pas de mauvais rêves, à présent que vous dormez seule. Nous pouvons toujours revenir dormir avec vous, milady, si vous voulez.

— Non, Biddie. Mes rêves ne sont point effrayants, ils sont trop… réalistes, voilà tout.

Il lui aurait été facile de dire oui, revenez dormir ici, mais elle se remémorait les caresses inouïes de la nuit passée et elle en avait encore le souffle coupé. Il avait disparu dès les premières lueurs de l'aube, avant même qu'elle se réveille, ce qui lui convenait parfaitement, car ils avaient un pacte secret et muet. Ni l'un ni l'autre ne pouvaient faire la moindre allusion à ce qui avait eu lieu. Mais elle savait qu'il ne cesserait plus de la poursuivre et, pourtant, elle ne pouvait permettre que les choses aillent plus loin. Il fallait trouver un moyen de sortir de cette situation.

— Coiffe-moi, ordonna-t-elle doucement en ajustant la guimpe blanche pour couvrir son cou et sa gorge. Je vais mettre ceci pour me dérober aux regards. Je n'ai pas envie de voir encore maître Davy me dévorer des yeux, ajouta-t-elle, en se demandant si Biddie se doutait que celui-ci la préoccupait bien moins que le beau sir Alex, dont le regard d'acier semblait ne jamais perdre le moindre détail.

Nul doute qu'il remarquerait la panique qui ne la quittait plus, et sa coiffure sage, sa guimpe pudique, tous ces signes qu'elle cherchait à lui envoyer pour l'implorer de la laisser en paix, et qui ne feraient sans doute que l'enhardir un peu plus. Il reviendrait à la charge, à n'en pas douter, et chercherait encore à lui prouver que, après trois ans, son cœur et son corps pouvaient toujours guérir et s'enflammer. Après quoi il l'abandonnerait sans même un regard à la solitude glacée de ce château perdu sous un ciel de plomb.

Elle avait tant de choses à faire que l'éviter ne pouvait plus être sa principale préoccupation, aussi vaqua-t-elle aux tâches que requéraient les préparatifs des funérailles avec toute l'efficacité et le sérieux qu'on lui connaissait.

Elle se rendit dans la lingerie avec Biddie et Sam, et posa sur les bras de la nourrice douze tuniques propres pour les pages, et une sur ceux de l'enfant, puis leur ordonna d'aller les livrer à qui de droit, dans le grand dortoir qui se trouvait au-dessus du four.

Maître Morner l'assistait dans sa tâche, la suivant partout muni d'une écritoire sur laquelle il consignait les ordres de sa maîtresse.

— Nous disons donc trois lits, milady ?

— Faites ajouter une paillasse supplémentaire, répondit Ebony, nous y mettrons le shérif, son adjoint, et deux de leurs hommes.

— Et le baron de Cardale ?

— Dans la tour est, avec sa troupe.

— Ses genoux le font souffrir, milady.

— Cela ne l'empêche pourtant pas de danser avec ses ribaudes, maître Morner, répliqua Ebony, avant de céder devant l'expression sévère du chambellan. Bien, maître, vous gagnez encore une fois. Donnez-lui celle qui se trouve à côté de la salle d'armes, et mettez dame Cairns et son époux dans la tour est.

Morner sembla soulagé et reprit :

— Très bien ! Il ne nous reste plus qu'à trouver de la place pour le capitaine Wishart et…

Les yeux d'Ebony s'étaient soudain détournés de lui et le chambellan resta interdit. Quelqu'un venait d'entrer, qu'il ne pouvait voir.

— Ne donnez ma chambre à personne, maître Morner !

Je détesterais que vous m'en priviez avant d'avoir eu l'occasion d'y dormir !

— N'ayez aucune crainte, messire, répondit le chambellan en se dirigeant vers la porte. Milady, avec votre permission…

Ebony n'avait aucune envie de voir sir Alex, ni de le laisser penser qu'elle puisse en quoi que ce soit se réjouir de sa présence. Mais elle ne pouvait non plus s'enfuir comme une biche apeurée.

— Que me voulez-vous, messire ? Mes hôtes vont arriver d'un instant à l'autre. J'ai à faire.

— Avant le dîner ? s'étonna sir Alex en regardant autour de lui les piles de draps, de couvertures, de fourrures, les rideaux, les coussins et tout le reste, soigneusement rangés sur leurs étagères.

— Parfaitement. Certains seront même là avant midi, s'ils sont partis hier et ont dormi en chemin. Excusez-moi, je vous prie.

D'un coup d'œil, elle avait remarqué que sir Alex avait troqué ses habits de soldat pour une tenue qui n'aurait pas déparé dans les plus nobles cours. Heureusement, au contraire de maître Davy, qui utilisait toujours des tons agressifs, il portait une tunique et des chausses dans des nuances de bleu discrètes et élégantes, et, bien qu'on puisse voir que le tissu n'avait pas coûté mille écus, la coupe en semblait assez habile pour que l'ensemble épouse parfaitement son corps musclé et lui donne une allure et une prestance impressionnantes. Son chainse de lin blanc faisait ressortir son teint hâlé, et il avait noué les franges de ses manches pour éviter qu'elles ne traînent sur le sol.

Avant qu'elle puisse sortir, il appuya sa main contre le mur, lui barrant le passage.

— Inutile de vous affoler, dit-il. J'ai simplement besoin de vous parler, voilà tout.

Ebony recula, en évitant soigneusement de lever les yeux vers lui, car elle savait très bien qu'il l'inspectait de la tête aux pieds, comme elle venait de le faire elle-même, quoique avec plus de retenue sans doute.

— Que me voulez-vous ? J'espère que vous serez bref, ajouta-t-elle avec impatience, tremblant à l'idée qu'il pourrait aborder un sujet scabreux.

— Vous avez parlé d'une dame Cairns, si je ne m'abuse, répondit calmement sir Alex. Qui est-elle ?

— C'est la sœur de maître Davy, dit Ebony. Elle vit à Dumfries, avec son époux, qui est notaire, précisa-t-elle en reculant d'un pas.

— Vous ne m'aviez pas dit qu'il avait une sœur.

— Vous ne me l'avez pas demandé.

— S'entendent-ils bien ?

— Bien sûr ! Ils sont frère et sœur.

— Maître Davy vit-il seul ?

— Pourquoi me posez-vous toutes ces questions ? Et pourquoi à moi, d'ailleurs ? s'écria-t-elle, excédée. Demandez-le-lui, il adore parler.

Cette remarque le fit sourire, comme si, en disant cela, Ebony avait révélé sur ses sentiments bien plus qu'elle n'aurait souhaité.

— C'est ce que j'entends faire, n'ayez crainte, mais laissez-moi vous confier quelque chose avant qu'il ne finisse de vous dire ce qu'il a failli vous avouer hier soir.

— Je ne sais à quoi vous faites allusion, messire. Maître Davy parle beaucoup et je…

— Vous le savez très bien, milady. Aussi, écoutez-moi. Quand il vous proposera de l'épouser, ce qui ne saurait tarder, vous refuserez. Je sais, ajouta-t-il promptement, pour éviter d'être interrompu, que vous avez juré de ne point vous remarier, mais les choses évoluent vite en ce moment, et je désire qu'il sache qu'il ne sera jamais seigneur de Kells, pas même par intérim. Et je veux surtout voir sa réaction lorsqu'il comprendra que ses espoirs sont vains.

— Il semble clair, messire, répliqua Ebony lentement, en dardant sur lui un regard aussi acéré qu'une lame de Tolède, que vous avez perdu la raison depuis notre dernière entrevue. Quand je déciderai de me remarier, je ne demanderai avis ni permission à quiconque, et le ferai à mon heure et selon ma volonté. Je suis veuve, messire, et non damoiselle. Personne, jamais, n'exercera plus de contrôle sur ma vie. Le dernier homme qui se permettait de le faire vient de nous quitter voici deux jours, et je saurai me garder de me plier désormais aux désirs d'un autre que moi-même.

— Je vois, répondit sir Alex d'un ton grave, sans pouvoir entièrement cacher son admiration. En tout cas, milady, n'oubliez pas ce que je vous ai dit. Je ferai mon possible pour vous secourir si jamais maître Davy venait à vous importuner, mais je ne puis être partout à la fois.

— Cela prouve à quel point vous connaissez peu les femmes, messire, car, sans cela, vous sauriez que nous savons nous occuper des importuns. Vous-même en avez fait l'expérience voici peu, n'est-il pas vrai ? A moins que vous n'ayez déjà oublié cette cuisante expérience ?

Elle avait cherché sur la peau de sir Alex les marques qu'elle y avait laissées, mais elle s'aperçut qu'elles avaient disparu, et la vacuité de ce qu'elle venait de dire lui apparut. Jamais elle n'aurait pu le frapper de nouveau. Elle avait même le vague souvenir d'avoir passé la nuit à embrasser son cou pour en effacer les traces. Elle en avait gardé le goût sur ses lèvres.

Comme s'il avait voulu la mettre au défi, il s'avança sur elle jusqu'à l'extrême limite.

— A qui cherchez-vous tant à résister, milady ? A moi, ou bien à vous-même ? Vous vous noyez dans les contradictions et la peur, et rejetez ce à quoi vous aspirez tout en vous imposant ce à quoi votre corps se refuse. Vous détestez tout ce qui vous rappelle ce que devrait être votre vie. Et tout cela pourquoi ? Parce que si vous écoutiez votre cœur, vous auriez l'impression de commettre une trahison, n'est-ce pas ?

Incapable d'affronter son regard, elle lui tourna le dos avec un sanglot angoissé. La flèche qu'il venait de lui décocher avait atteint sa cible. Ebony se couvrit le visage de ses mains pour ne plus le voir.

— Laissez-moi, s'écria-t-elle, encore toute tremblante du souvenir de leurs étreintes. Vous n'avez aucun droit de me traiter de la sorte. Menez votre enquête, messire, et allez-vous-en !

Elle appuya sa tête contre l'étagère et sentit la chaleur du corps de sir Alex se diffuser en elle presque aussitôt, puis sa main glisser sur son épaule et repousser doucement le lin diaphane pour laisser place à ses lèvres brûlantes. Pantelante, interdite, elle le laissa explorer sa peau longuement, renversant la tête en arrière pour lui offrir son cou, sa gorge, les yeux toujours clos, mais figée sur place, et incapable de lui échapper.

— Pas un mot, ma beauté, murmura-t-il en rajustant la guimpe sur les épaules d'Ebony. Vous êtes comme une chatte de salon qui aurait retrouvé le chemin des bois. Il faut vous apprivoiser de nouveau. M'est avis que vous commencez à vous habituer de nouveau à la présence de l'homme. Ce n'est pas une trahison. C'est la vie, tout simplement.

Il se trompait encore, pensa-t-elle, éperdue. Les années qu'elle avait passées avec Robbie ne lui avaient laissé aucun souvenir ou presque. Pas une caresse affolante, pas un baiser dans le cou. Jamais elle n'avait éprouvé avec lui la douleur du désir, ni l'extase. Elle l'avait aimé, certes, mais elle ressentait à présent pour un homme qu'elle savait sans pitié une attirance brute, impérieuse, démoniaque.

Elle se retourna pour répliquer vertement, mais ne vit que Biddie et Sam qui revenaient prendre de nouveaux ordres.

Sir Alex, lui, avait vidé les lieux.

— Eh bien… que se passe-t-il, milady ? s'inquiéta Biddie. Est-ce… cet homme, encore ? ajouta-t-elle en désignant la porte de la lingerie. Sam, dit-elle à l'enfant en lui prenant la main. Compte vingt draps pour moi, veux-tu ? Ensuite, tu les placeras sur ce coffre.

Elle se tourna de nouveau vers Ebony et la guida vers la fenêtre comme on aide un malade à se déplacer.

— Que se passe-t-il ? Je l'ai vu vous regarder. Vous importune-t-il, milady ?

— Il me dit que je dois refuser d'épouser maître Davy pour ne pas gêner son enquête, répondit Ebony. Jamais je n'ai rencontré pareil impertinent.

Biddie resta un instant bouche bée, les yeux exorbités.

— Ça alors ! Mais… Avez-vous l'intention d'épouser maître Davy ?

— Non.

— Ah ! fit la servante, de plus en plus perplexe, en clignant les yeux. M'est avis que sir… comment s'appelle-t-il déjà ? sir Alex ferait bien de jeter son dévolu sur quelqu'un d'autre que vous, milady, objecta-t-elle sans se douter à quel point elle avait vu juste. Que diriez-vous que nous lui présentions… certaine dame, vous voyez de qui je veux parler, sans doute ?

— Jennie ? Oh, Biddie, tu es une perle ! Si elle ne lui tourne pas la tête, alors aucune femme au monde ne le fera. Je vais m'arranger pour qu'ils se trouvent côte à côte pendant le dîner.

Dans son for intérieur, Biddie savait très bien que sa maîtresse avait déjà conquis sir Alex Somers, car l'expression souvent troublée du visage de ce dernier n'était pas passée inaperçue, et surtout pas d'elle. Dame Jennie Cairns se prenait certes pour la septième merveille du monde, mais elle ne pouvait en aucun cas se comparer à lady Ebony, dont la beauté luxuriante et sombre à la fois rendait les hommes fous. Bien peu d'ailleurs étaient ceux qui n'avaient pas parié sur les chances de sir Alex depuis qu'il était arrivé au château avec ses hommes. Ils risquaient de ne pas apprécier d'avoir perdu leur pari, mais le devoir de Biddie commandait qu'elle accédât aux désirs de sa maîtresse avant tout, quoi qu'il pût lui en coûter personnellement.

— Vous verrez, dit la servante. Une fois qu'elle aura posé les yeux sur tous ces hommes, il faudra la retenir. Il faut dire qu'ils sont plus galants que les rustauds de sir Joseph. Elle va se croire au paradis !

Comme à l'ordinaire, la prédiction de Biddie se révéla juste en tout point dès l'arrivée de maître Richard Cairns et de sa jolie femme Jennie, née Moffat, qui voyait dans chaque rassemblement une occasion de satisfaire son appétit sexuel insatiable. Pour elle, un enterrement valait un mariage, et, lorsqu'on l'aida à descendre de son palefroi, elle examina d'un œil gourmand la troupe des hommes de sir Alex qui, pour l'occasion, s'étaient changés eux aussi, et avaient revêtu leurs vêtements les plus présentables.

Quand Meg la rejoignit, elle battit des paupières avec suffisamment d'insistance pour exprimer sa sympathie à sa cousine qui venait de subir une séparation si cruelle et si inattendue. Leur baiser fut cordial, mais sans effusion hors de propos. Les deux femmes n'avaient jamais été très proches, car Meg n'éprouvait aucune attirance pour les minauderies de Jennie, qu'elle jugeait au mieux superficielle, et pour tout dire insupportable.

— Ma pauvre chère Meg ! s'exclama dame Cairns avec une insistance affectée. Quel malheur ! Cher, cher oncle Joseph ! Qu'est-il arrivé ?

— Plus tard, Jennie. Je te raconterai tout cela, mais d'abord, il faut…

— Et cette chère Ebony ! Pas encore remariée ? Comment fais-tu, ma chérie ?

— Je te remercie de ta sollicitude. Tout va bien, merci, répondit celle-ci en lui donnant une accolade polie. Tu as bonne mine, toi aussi.

Jennie reçut le compliment en minaudant outrageusement et en lançant une œillade méprisante à son mari. Celui-ci avait quarante-cinq ans, autrement dit deux fois l'âge de sa femme.

— Tu devrais t'en trouver un comme mon Richard, Ebony, il me laisse faire tout ce que je veux et ne me dit jamais non.

Meg fixa Ebony d'un air sévère, pour éviter que celle-ci ne réplique avec l'une des remarques cinglantes dont elle avait le secret.

— Dis bonjour à dame Jennie, Sam.

— Oh ! s'exclama celle-ci. Quel adorable bambin ! Comme il a grandi ! Par le ciel, on croirait voir son père, c'est étonnant. Et regardez-moi ces cheveux ! C'est bien un Moffat, ajouta-t-elle avec force mouvements de bras.

Puis, reportant son attention sur son frère :

— Davy ! Pourquoi ne nous as-tu point attendus ? s'écria-t-elle en haussant d'un ton sa voix déjà fort stridente, en faisant virevolter autour d'elle sa robe chamarrée, et scintiller dans le soleil le filet de brocart rehaussé de saphirs qui retenait ses cheveux en un chignon compliqué.

Ebony avait perdu Sam, car l'enfant s'était enfui devant les assauts de sa tante, et elle le cherchait des yeux, aveuglée par le soleil. Stupéfaite, elle l'aperçut de l'autre côté de la cour, vers le rempart, tranquillement juché sur les épaules de sir Alex, son héros, le visage rayonnant, et ravi de contempler la scène de si haut. Hugh de Leyland se tenait au côté de son chef et ami et les deux hommes observaient l'arrivée du nouvel équipage avec une attention goguenarde, au point qu'Ebony se persuada qu'ils trouvaient l'événement à leur goût.

Elle-même ne savait trop que penser de l'affection grandissante de son fils pour ce ruffian qu'elle détestait si fort, et qui lui faisait si peur, pour de multiples raisons. Elle allait détourner les yeux du trio lorsqu'il accrocha son regard. Elle le vit dire un mot à son fils et l'enfant se tourna vers elle et lui envoya un baiser à travers la cour. Instinctivement, elle répondit en l'imitant, mais se rendit compte, trop tard, que son geste semblait s'adresser autant à l'enfant qu'à l'homme qui le portait. Quand elle se tourna vers Meg pour lui parler, elle aperçut sur le visage de sir Alex un sourire vainqueur. Un de plus, pensa-t-elle, furieuse.

*
* *

Sir Joseph aurait été fort triste de manquer un banquet aussi somptueux que celui auquel Meg et Ebony avaient travaillé depuis plusieurs jours en son honneur. Le repas fut remarquable à plus d'un titre. D'abord parce que les convives semblaient peu affectés par le trépas de leur parent et ami, ensuite parce que la belle-fille du défunt semblait s'irriter fort que Jennie Cairns se comporte avec l'homme qu'on avait placé à côté d'elle comme une chatte en chaleur. Dans le même temps, son notaire de mari était accaparé totalement, et au-delà de la plus élémentaire bienséance, par maître Davy, qui l'avait entrepris sur quelque sujet privé, comme s'il avait absolument tenu à en discuter avec l'homme de loi toutes affaires cessantes.

En voyant s'approcher sa belle-sœur, Ebony crut un instant que celle-ci allait aborder ce problème avec elle, mais elle se trompait.

— Ebbie, il faut absolument que tu parles à Davy, déclara Meg en la prenant à part.

— Cela risque d'être compliqué, répondit la jeune veuve. Il n'a pas cessé de converser avec Richard depuis qu'ils sont à table. Regarde-les, ils ont à peine mangé, observa-t-elle, le visage sévère, les yeux rivés sur Jennie, qui minaudait de plus belle en lançant à son voisin des œillades renversantes.

— Il ne semble pas disposé à défendre la mémoire de mon père, commenta Meg. En fait, il se comporte exactement comme s'il pensait qu'il y a du vrai dans ces accusations. Il exige d'avoir accès à ce fameux coffret, et qu'on lui donne le sceau des Moffat, alors qu'il devrait plutôt parler franchement avec sir Alex et lui dire son fait. Je n'arrive pas à comprendre ce qu'il manigance.

Cherche-t-il à gagner du temps ou bien n'est-il point sûr de la tactique qu'il convient d'adopter ? Parle-lui, je te prie, Ebbie. Tu connais ses sentiments pour toi.

— Je le ferai, si tu penses que cela peut nous aider. Que veux-tu que je lui dise ? Que je vais lui donner le sceau ? Je doute que cela nous avance beaucoup, Meg.

— Promets-lui tout ce qu'il voudra. L'important est qu'il soit disposé à nous aider. Il n'a pas voulu me dire pourquoi il avait tant besoin d'ouvrir ce coffret, et du sceau, mais je suis persuadée que tu sauras le convaincre de nous prêter main-forte. Peut-être cela ne sera-t-il pas suffisant pour nous permettre de rester à Kells, mais cela pourrait influer sur la décision du roi concernant les droits de Sam, s'il croit ce que lui en diront sir Alex et de Leyland.

En disant ces mots, elle avait tourné les yeux vers les deux hommes en question, avec lesquels Jennie conversait gaiement en les dévorant des yeux.

— Regarde-la un peu ! Par le ciel, Ebony, a-t-on jamais vu chose pareille ? Ne croirait-on pas qu'elle est venue pour un mariage, et non des funérailles ? Quelle ribaude !

— Je vais parler à Davy, Meg, rassure-toi, annonça Ebony, aussi furieuse que sa belle-sœur, et pour les mêmes raisons inavouables. Il faut à tout prix laver le nom de sir Joseph des accusations qui le salissent. Fais-moi confiance.

Avec tout ce qu'il restait à faire dans le château, elle n'eut pas le temps d'entreprendre maître Davy avant l'heure du souper. Ce fut lui qui vint à elle après celui-ci, tandis qu'elle s'occupait de faire ranger les tables et les bancs dans la grande salle pendant que les musiciens s'apprêtaient à divertir les convives. Davy sollicitait un instant de son attention, pour l'entretenir d'une affaire importante, avait-il précisé. Elle avait failli lui répondre qu'elle était trop occupée, mais Meg lui avait adressé un signe impérieux de la tête pour lui remettre à l'esprit sa promesse, et Ebony avait acquiescé.

— Je vous écoute, dit-elle en grimaçant, car les musiciens avaient commencé à jouer et l'on ne s'entendait plus. Mais sortons d'ici, il y a trop de bruit.

Davy désigna une porte de la main et ils entrèrent tous deux dans le passage qui rappelait à Ebony de brûlants souvenirs.

— Chère lady Ebony, asseyez-vous, je vous prie, temporisa le marchand de vins. Près de cette fenêtre peut-être ? Vous semblez fatiguée, dit-il en s'asseyant à son côté, le bras négligemment appuyé au mur, en sorte que ses doigts frôlaient l'épaule de la jeune femme comme par inadvertance. Vous devez avoir du mal à dormir, avec tous ces événements ?

Elle trouva la question incongrue, mais s'abstint d'y répondre.

— C'est plus difficile encore pour cette pauvre Meg, remarqua-t-elle. Elle est fort marrie des accusations que l'on porte contre son père, mais ces gens semblent convaincus de sa culpabilité. Avez-vous trouvé quoi que ce soit qui pourrait le laver de ces accusations ? Des actes de vente, que sais-je ?

— Ah ! s'exclama-t-il en poussant un profond soupir. Si seulement ils n'étaient pas arrivés ici les premiers ! Ils ne me rendent pas la tâche facile, milady, croyez-moi. Ils ont emporté des documents de la plus haute importance, la clé qui ouvre l'un des coffrets de sir Joseph a disparu, et je ne puis mettre la main sur le coffret lui-même parce que les gens de ce sir Alex occupent la chambre dans laquelle il se trouve. Il n'est pas question que j'aille fouiller là-haut car ils s'en empareraient. En outre, le sceau des Moffat est entre vos mains, je crois. Si je dois honorer les promesses de votre beau-père, je vais en avoir besoin pour authentifier les actes de vente.

— Je ne vois pas comment on pourrait utiliser son sceau à présent qu'il est mort, objecta Ebony. Si les chevaux ne sont pas vendus à cette heure, la transaction devra attendre, il me semble. Vous n'aviez pas l'intention d'imiter sa signature, tout de même ?

— Bien sûr que non, susurra maître Davy avec un sourire qui se voulait rassurant. Je veux juste pouvoir, au cas où quelque transaction compromettante aurait effectivement eu lieu, remplacer les noms des clients anglais par des paronymes typiquement écossais.

Il lui parlait comme on s'adresse à un enfant, et cela l'irritait au plus haut point.

— Au cas où… ? Mais, maître Davy, que dites-vous là ? s'exclama Ebony. Insinuez-vous que ces accusations pourraient avoir quelque fondement ?

— Lady Ebony, dit l'autre, avec un hoquet qui sembla à la jeune femme un rire étouffé. Vous êtes-vous jamais demandé ce que ces gens doivent penser de vous voir, vous, une Anglaise, vivant ici dans ce château écossais, sous le toit d'un homme dont le commerce de chevaux est hautement suspect ? Ne pensez-vous pas qu'ils se doutent que vos accointances de l'autre côté de la frontière aient pu se révéler fort utiles à mon oncle dans l'exercice de son douteux trafic ? Sir Joseph n'était pas homme à se passer d'un tel avantage, n'est-ce pas ? Pourquoi donc pensez-vous qu'il ait tenu à voir sa fille épouser un Anglais plutôt qu'un de ses compatriotes ? D'ailleurs, vous-même avez tiré de cette situation de substantiels avantages, si je ne me trompe, alors que le reste du pays vivait dans le besoin.

— Si vous appelez ainsi le fait d'avoir vu mon mari assassiné, maître Davy, alors, en effet, j'ai outrageusement profité de la situation, rétorqua-t-elle froidement. Il est un autre avantage que vous n'avez pas mentionné : je n'ai aucune nouvelle de ma mère depuis des lustres, puisque je ne puis me rendre au-delà du mur d'Hadrien à cause de cette guerre maudite, et que sir Joseph prenait si grand soin de moi qu'il a toujours refusé de s'informer à son sujet, si bien qu'elle est peut-être morte sans que j'en sache rien. En vérité, je rougis de tirer un tel profit de ma situation ! Croyez-vous vraiment que mon beau-père se soit servi de mes accointances, maître Davy ? Par le ciel, détrompez-vous !

— En êtes-vous bien sûre, milady ?

— Et vous, pouvez-vous jurer que vos accusations sont véridiques ?

— Oui, je le puis. Je l'ai aidé dans ses transactions, et, si je pouvais mettre la main sur ses documents, je pourrais vous prouver ce que j'avance.

— Dois-je comprendre que vous êtes impliqué, vous aussi ?

— Si fait, milady. Je n'ai agi que comme intermédiaire en cette affaire, car j'avais sa confiance. Je ne posais pas de questions et, tout ce qui m'importe, c'est d'offrir à Meg des preuves de son innocence, ce que je parviendrai sans doute à faire si vous voulez bien m'aider. J'ajoute, si vous le permettez, que pour votre bien il vaudrait mieux qu'il en soit ainsi, car vous êtes anglaise, ne l'oubliez pas.

Se pouvait-il qu'il dise vrai, pensa Ebony. Sir Joseph avait-il utilisé ses liens avec la famille Nevillestowe pour obtenir la confiance de clients anglais ? Etait-il possible qu'il eût impliqué sa propre belle-fille dans des transactions illégales, et enrôlé son fils dans son trafic, en dépit des dénégations de celui-ci ? Son mariage avec Robbie n'avait-il été qu'un moyen pour lord Moffat de se jouer de la frontière et de la rivalité entre les deux royaumes ?

Elle avait du mal à respirer, comme si les murs autour d'elle l'avaient soudain étouffée.

— Que voulez-vous de moi ? dit-elle, abasourdie. Le sceau ? Le coffret ? Je crois que je puis vous les obtenir.

— Je vous remercie, milady. Mais… il y a autre chose. La nuit dernière, vous avez suggéré que je prenne les choses en main. Je puis vous assurer que j'y suis disposé. J'ai demandé son aide à mon beau-frère, et il a accepté. C'est un homme d'une grande compétence. Vous vous imaginez, ajouta-t-il en caressant doucement le tissu de la guimpe d'Ebony, juste assez pour dévoiler son cou palpitant sous l'étoffe diaphane, le plaisir que j'ai eu à vous entendre dire ces mots. Sir Joseph n'avait pas de vœu plus cher que de me voir prendre soin de vous et de votre jeune fils, et il me semble que jamais vous n'avez eu un tel besoin d'avoir auprès de vous un homme capable de vous protéger qu'en ce moment même. M'épouser vous apporterait toute la protection dont vous risquez d'avoir grand besoin si d'aventure on en vient à enquêter sérieusement sur le trafic auquel se livrait votre beau-père, que Dieu l'ait en sa sainte garde ! Bien sûr, je veillerai à ce que votre cousine Meg soit elle aussi assurée de ma protection jusqu'à ce qu'on lui trouve un époux, cela va sans dire. Pour l'heure, ce dont le jeune Sam a besoin, c'est d'un tuteur ferme et résolu, et de la sécurité d'un foyer, plutôt que de cet endroit perdu. Et vous, milady, avez besoin plus que tout d'un homme… dans votre lit, conclut-il, les yeux clos, en caressant le menton d'Ebony pour attirer son visage contre ses lèvres.

Ebony lutta désespérément pour s'échapper, mais Davy la retint d'une main ferme. Elle s'en voulait presque de lui avoir répondu si vertement, alors qu'il avait probablement raison quand il évaluait sa situation et les dangers qui pesaient sur elle. Encore ne savait-il pas tout. Quand elle aurait payé à sir Alex le prix de leur marché, elle pourrait fort bien avoir une autre vie que la sienne et celle de Sam à protéger, et se trouverait sans doute bien aise d'accepter l'offre de Davy, en dépit de tout. Si elle donnait naissance à un bâtard, elle aurait sans doute bien du mal à le convaincre qu'elle avait refusé ses offres de mariage par fidélité à son défunt époux, mais aurait-elle le front de lui faire endosser la paternité de cet enfant si elle finissait par accepter de l'épouser ? Certes, elle avait promis d'aider Meg, mais elle ne pouvait oublier les mises en garde de sir Alex.

Elle sentait le souffle brûlant de Davy sur son visage, et sa main qui serrait son genou. Elle se dégagea, prête à tout pour gagner du temps.

— Attendez, cria-t-elle. Vous vous trompez. Je n'ai nul besoin d'un homme dans mon lit ! hurla-t-elle en rajustant sa robe, outrée.

Elle se sentait avilie par cette agression.

— Comment ? s'indigna-t-il, comme s'il avait soudain émergé d'un rêve. Allons, milady ! Je ne me trompe point.

— Souffrez que je sache ce que je ressens, maître Davy ! protesta-t-elle, furieuse. Si vous vous abusez sur mes désirs, qu'y puis-je ? Je n'ai nullement parlé de mariage. Si vous m'aviez écoutée, vous n'auriez pas imaginé de telles choses.

Elle avait réussi à lui imposer le silence, pour une fois, et il resta interdit, comme si elle l'avait frappé violemment.

— Mais alors..., bredouilla-t-il comme un enfant pris en faute, qu'avez-vous dit ?

— J'ai seulement exprimé l'idée que vous pouviez prendre les choses en main pour aider Meg à dissiper les suspicions concernant son père. Vous avez une certaine audace de me dire que j'aurais avantage à vous épouser quand c'est vous qui profiteriez le plus d'une telle union, maître Davy ! Si vous parvenez à prouver l'innocence de sir Joseph, vous serez alors en meilleure position pour réclamer une récompense, mais sachez qu'il n'est pas élégant de réclamer celle-ci avant de l'avoir méritée. Un homme digne de ce nom n'oublie pas ces choses-là.

Davy se tapota le menton d'un air entendu.

— Vous avez quelqu'un en tête, milady, remarqua-t-il.

— Non, répondit-elle sans hésiter un instant. En dépit de ce que vous semblez croire, Sam et moi sommes très bien seuls. C'est Meg qui a besoin d'aide, et je n'ai pas le cœur à parler de mariage alors qu'elle est en butte aux accusations les plus basses. Je trouve écœurant que vous puissiez penser autrement. Vous devriez avoir honte, maître Davy.

La flèche avait atteint son but.

— Voulez-vous dire, répliqua-t-il en ployant sous l'insulte sans s'avouer vaincu pour autant, que vous étudierez ma proposition une fois que les choses se seront apaisées ? Vraiment ?

— Si en effet la situation évolue dans le sens que nous souhaitons tous les deux, je vous promets de reconsidérer la question. J'aurais mauvaise grâce à faire autrement, n'est-il pas vrai ? Mais je vous prie de ne pas prendre cette réponse pour ce qu'elle n'est pas.

— Il y a quelqu'un d'autre, n'est-ce pas ? insista-t-il.

Cette fois-ci, elle hésita un instant, l'esprit tout agité du rêve qui la poursuivait depuis quelques jours et perturbait ses nuits. Elle faillit lui mentir en évoquant Robbie, mais elle résolut de lui dire la vérité. Une partie du moins…

— En effet, le sort de ma mère me préoccupe fort. A présent que sir Joseph ne peut plus m'empêcher de me rendre à Carlisle, j'ai l'intention de savoir enfin ce qu'il est advenu d'elle. Et, tant que je n'aurai pas trouvé de réponse à mes alarmes, la question du mariage restera en suspens. Pardonnez-moi. Je lui suis très attachée. Il faut que je la retrouve.

— Je puis vous aider à le faire, si vous m'y autorisez, répondit maître Davy en se relevant et en ajustant ses vêtements à son tour. Je puis faire mon enquête. Mon commerce m'entraîne parfois au-delà de la frontière, savez-vous, expliqua-t-il en tirant sur sa manche, qu'il souffleta pour en chasser la poussière.

Ebony faillit lui demander pourquoi il ne lui avait pas offert son aide plus tôt, mais supposa que sir Joseph l'en avait dissuadé.

— Grand merci, apprécia-t-elle. A présent, je dois m'en aller. Mes hôtes m'attendent.

— Et le sceau ? Le coffret ? Pourriez-vous… ?

La porte de la grande salle s'ouvrit devant eux dans un grand fracas d'aboiements et de voix excitées, et Sam apparut soudain, porté par deux énormes lévriers aux longs poils gris qu'il tenait agrippés par leurs grands colliers de cuir, Biddie et dame Janet sur les talons, hors d'haleine.

Ebony tenta de saisir l'un des monstres par le col, mais

ils étaient trop forts pour elle, et trop excités par les cris des deux femmes, qu'ils prenaient pour des encouragements. Quant aux exhortations de Davy à lâcher prise, Sam ne put les entendre tant il s'amusait follement. Ce fut seulement lorsqu'un ordre tonitruant se fit entendre depuis le palier de la porte que les chiens se couchèrent d'un seul coup, entraînant avec eux l'enfant qui heurta le sol avec un bruit sourd, ses doigts fragiles ayant glissé sur le cuir des colliers, mais sans cesser de rire un instant. Sa mère le regarda, le cœur serré.

Sir Alex Somers apparut à la porte, tout près de la jeune femme.

— Ce garçon me semble n'avoir besoin de personne pour se débrouiller, maître Davy, qu'en dites-vous ? lança-t-il avec un regard qui en disait assez sur ce qu'il avait entendu de ce qui venait de se dire, avant de prendre le petit dans ses bras et de le lancer en l'air comme un pantin pour le poser ensuite dans les bras de Biddie en lui donnant une tape amicale sur la joue. Maître Moffat ! Veuillez, je vous prie, avoir l'obligeance de raccompagner tout ce joli monde dans la grande salle et de leur servir un peu de votre meilleur vin du Rhin, si vous pouvez en trouver un peu. Ah, Josh ! ajouta-t-il à l'adresse de maître Joshua, mène ces deux chiens à leur écuelle, ils l'ont bien mérité.

Davy se montra peu disposé à laisser Ebony en tête à tête avec sir Alex, car il n'avait pas réussi à la convaincre. Il n'avait pas envie d'affronter sir Alex, mais son déplaisir était flagrant.

— Lady Ebony, nous accompagnerez-vous à côté ? risqua-t-il.

Avant qu'elle pût ouvrir la bouche, la réponse de sir Alex fusa.

— Lady Ebony va rester un instant avec moi, annonça-t-il d'un ton péremptoire.

Et Davy n'eut d'autre choix que de sortir sans demander son reste.

— Vous avez entendu ce que nous disions ! s'insurgea Ebony dès que la porte fut fermée. Vous étiez là pendant tout ce temps et vous écoutiez, messire, n'est-ce pas ? Est-ce vous qui avez manigancé cette arrivée en fanfare ?

— Quelle précision, n'est-il pas vrai ? J'aimerais pouvoir vous dire que j'ai réglé cela moi-même, mais il n'en est rien. C'est pure coïncidence. Cela dit, je ne vous aurais pas laissée lui donner le sceau, milady. Ç'aurait été une grave erreur de votre part.

— Le sceau est entre mes mains pour l'instant, messire, et j'en userai comme bon me semblera. Vous trouvez honorable d'écouter aux portes, apparemment.

— C'était une conversation fort intéressante, répondit-il avec une légère grimace avant de se reprendre. Très intime. Très agréable également. Vous avez bien fait de le repousser, commenta-t-il en s'appuyant contre le mur. Mais avant de vous mettre en colère, songez un instant aux raisons pour lesquelles il peut bien vouloir ce sceau. Il ne peut s'en servir.

— Il dit qu'il pourra aider Meg. Pour moi, c'est tout ce qui compte, rétorqua Ebony en regardant sir Alex avec plus d'insistance qu'elle n'aurait voulu.

Elle savoura des yeux les lignes élégantes de son corps élancé, s'attardant sur ses cheveux bruns comme la fourrure d'un ours, son cou puissant, sa mâchoire carrée et le dessin délicat de ses lèvres. Ses grands yeux bleus luisaient dans la lumière du soir comme des fanaux dans le lointain et elle ne put s'empêcher de penser que cet homme-là lui semblait destiné de toute éternité tant il correspondait à tout ce dont elle rêvait. Jamais elle n'avait éprouvé ce sentiment, et cette certitude, pour étrange qu'elle fût, n'avait pourtant rien d'effrayant. Elle fit mine de s'en aller, mais il la retint d'une main ferme et souple comme la chaîne qui attache un bateau à son ancre.

— Allons, allons ! Vous agissez d'abord et réfléchissez ensuite, n'est-ce pas ? murmura-t-il. Que vous êtes impulsive ! Quelle impétuosité ! Vous vous seriez offerte à cet imbécile si je ne vous avais mise en garde, et encore lui avez-vous inutilement laissé quelque espoir. Décidément, vous êtes prête à tout pour sauver votre fils ou votre belle-sœur. Vous êtes trop généreuse, ma belle. Et ce que vous avez à offrir est bien trop attirant pour qu'un homme le refuse. Prenez garde qu'on ne profite de vous.

— C'est vous qui dites cela, messire ? protesta-t-elle, en fixant la main qui enserrait son poignet.

— Oui, milady. Je suis le seul qui soit assez honnête pour vous le dire.

— Alors, cessez, je vous prie, murmura-t-elle en détournant la tête.

— Une dernière chose, reprit sir Alex après un long, très long silence. Quoi que maître Moffat prétende avoir fait pour vous ou votre cousine, ne lui donnez ni le sceau ni le coffret, si d'aventure vous savez ou celui-ci se trouve. Faites-le patienter encore un peu, et n'ayez crainte : nous le tenons à l'œil. Il aimerait vous faire croire qu'il se contentait d'aider son oncle dans son commerce, mais il n'en est rien.

— Que voulez-vous dire ? Est-il impliqué dans ce trafic ?

— C'est plus que probable, mais il vaut mieux garder cela pour vous. Entendu ?

— Il m'a promis de m'aider à retrouver ma mère. Je

doute qu'il s'y attelle vraiment à moins que je ne lui offre quelque chose en retour.

— Fort bien. Offrez-lui ce que vous voulez à condition que ce ne soit point ce que vous m'avez proposé voici trois jours. Ce privilège-là, je compte bien le réclamer pour moi-même quand le temps sera venu, milady.

— Alors je vous suggère, lança-t-elle en dégageant sa main, de profiter de ce que maîtresse Cairns vous propose si généreusement, messire. Tout le monde sait qu'elle s'intéresse aux hommes pour ce que leurs braies ont à lui offrir !

— Calmez-vous, ma belle, s'esclaffa-t-il. Occupez-vous de tenir maître Moffat à distance, et je ferai de même avec sa charmante sœur. Qu'en dites-vous ?

— Faites-en ce que vous voudrez, répondit-elle sèchement en tournant les talons.

Quand elle disparut, le rire de sir Alex résonnait encore à ses oreilles.

6

La cérémonie des funérailles fut expédiée par la plupart des présents avec une solennité remarquable et une rapidité non moins étonnante. Le respect pour le défunt et la sympathie pour sa famille durèrent exactement le temps qu'il fallut pour descendre le cercueil dans le tombeau familial, après quoi chacun regagna la grande salle pour participer au banquet avec conviction. Les tonneaux furent mis en perce immédiatement et les effluves du vin et de la bière chassèrent rapidement les quelques larmes qu'on avait versées pour la circonstance. Meg et Ebony se dirent que sir Joseph lui-même se serait comporté de façon identique, ce qui ne les consola finalement que fort peu. Chez les hommes rudes du sud de l'Ecosse, la mort était une compagne exigeante et assidue, et l'on se devait de dire adieu au défunt sans tristesse excessive sous peine de passer sa vie à pleurer ceux qu'elle emportait par brassées entières.

Les repas qui suivaient les enterrements dégénéraient souvent en beuveries et en ripailles extravagantes, et celui-ci ne fit point exception. Les deux femmes avaient prévu que tous les habitants de Galloway profiteraient de l'occasion pour venir manger aux frais de sir Joseph, ou plutôt de ses héritiers, et leur prédiction se révéla exacte au-delà de toute mesure. Elles firent de leur mieux pour accueillir tout ce beau monde, mais constatèrent bientôt que nombre d'amis du seigneur défunt en prenaient à leur aise avec les serviteurs, réclamant plus de vin ici et plus de victuailles là, hurlant que l'on se presse et souffletant les pages qui traînaient en route. La situation sembla bientôt incontrôlable et Ebony jugea prudent d'envoyer Biddie et Sam dans leur chambre.

Le bruit et la fureur ne faisaient qu'augmenter dans la grande salle, et les tentatives de maître Davy pour calmer les choses furent moquées copieusement ou simplement ignorées. Il ne pouvait rien faire sans créer d'incident et jugea préférable de s'abstenir de toute nouvelle intervention. On évoqua les raids de sir Joseph, ce qui raviva de vieilles querelles, et mena inévitablement aux insultes, à quoi d'autres injures répondirent en retour. Certains se défièrent du regard d'abord, puis franchement ensuite, et la foule avide de violence exhorta les adversaires à en découdre. Ebony et Meg constatèrent que sir Alex et Hugh de Leyland suivaient les débats avec un vif intérêt, notant au passage qui invectivait qui et sur quoi, et allant même jusqu'à poser des questions sur les différends qui opposaient les rivaux, auxquelles ceux-ci se faisaient un plaisir de répondre avec force détails, malgré les exhortations discrètes de maître Davy, qui les suppliait de ne pas révéler ce qu'ils savaient des trafics de sir Joseph. Les enquêteurs du roi n'avaient sans doute jamais mené une enquête aussi aisée, ni rencontré des témoins aussi bruyants.

Il était déjà minuit passé lorsque les deux femmes se retirèrent dans un coin discret de la grande salle, convaincues que leurs hôtes ne quitteraient pas les lieux avant un bon moment.

— Laissons-les faire, dit Meg, épuisée. J'ai peur que les choses ne s'enveniment, mais je préférerais être damnée plutôt que de demander de l'aide à sir Alex !

— Ils vont en venir aux mains d'un instant à l'autre, Meg, répliqua Ebony. Regarde-les. Ils vont passer la nuit à boire si nous ne faisons rien, et vont ravager la grande salle. Frère Walter est déjà parti se mettre au lit, inutile d'attendre de l'aide de son côté. J'ai bien envie d'intervenir moi-même. J'en ai plus qu'assez de tout cela.

— Et moi, j'en ai assez de cette femme. C'est elle qui les excite !

— Qui cela ? Jennie ?

La question semblait inutile, car Ebony n'avait pas pu éviter de voir Jennie Cairns se comporter comme une gourgandine durant tout le repas, et chercher à attirer l'attention de tous les hommes présents, et en particulier celle de sir Alex et de maître Leyland. Son bliaud et sa cotte-hardie avaient été choisis soigneusement dans le seul but de révéler ses épaules et sa poitrine aussi généreusement que possible et elle avait passé son temps à se pencher en avant, ce qui avait passablement ulcéré Meg et sa belle-sœur, pour des raisons qu'elles n'auraient su — ou pu — expliquer.

— Je crois qu'il vaut mieux ne pas se fâcher avec elle tout de suite, Meg, conseilla Ebony. Du moins, pas avant que nous n'ayons obtenu de Davy et de maître Richard l'aide que nous attendons d'eux. Tu sais à quel point elle peut se montrer agressive, parfois.

Elles cessèrent de se préoccuper de Jennie Cairns d'un seul coup lorsqu'elles virent, dans un coin éloigné de la salle, la guimpe blanche de dame Janet apparaître puis disparaître derrière le corps massif du baron Cardale, et entendirent ses cris aigus par-dessus la rumeur épouvantable du banquet, comme ceux d'un enfant appelant sa mère au secours. Cachés par le dais qui trônait entre le mur et les tables, les deux belligérants avaient échappé aux regards des convives, d'autant que ceux-ci faisaient à peu près la même chose qu'eux au même moment, ou bien semblaient trop ivres pour s'apercevoir de quoi que ce soit. Sir Joseph n'avait jamais traité dame Janet avec le respect dû à son rang, et ses amis semblaient disposés à perpétuer fidèlement cette tradition en son absence. Elle avait dû sans doute passer trop près du baron en quittant la table et sa vertu semblait sur le point de succomber devant ses assauts.

Comme un couple de parents décidés à venger leur enfant, Ebony et Meg se précipitèrent au milieu des bancs et des tables enchevêtrés et parvinrent juste à temps à arracher la pauvre femme aux griffes de son agresseur. Elles le tirèrent en arrière avec une telle violence qu'il alla s'écraser sur les dalles couvertes de paille et de jonc, les braies sur les chevilles et à moitié nu, exhibant son gros ventre imberbe et pâle, ainsi que le reste de son anatomie.

Dame Janet, qui jusque-là n'avait encore jamais vu un homme nu d'aussi près, poussa un cri effaré et s'effondra sur le sol en entraînant dans sa chute une lourde tapisserie, ce qui éveilla l'attention des convives qui s'approchèrent tous pour profiter du spectacle.

Meg avait trouvé la journée passablement épuisante à plus d'un titre et jugea que les choses avaient assez duré, aussi se tourna-t-elle vers la petite foule, folle de colère.

— Allez-vous-en ! Tous, hurla-t-elle, ulcérée. Retournez dans vos chambres ! Est-ce ainsi que vous me remerciez de mon hospitalité, en vous en prenant à mes gens et en oubliant toute courtoisie à mon égard et envers ma belle-sœur ? Si c'est là toute l'aide et tout le réconfort que vous pouvez nous apporter, alors nous nous passerons de vous ! Vous étiez peut-être les amis de mon père, cria-t-elle en se saisissant d'un tabouret qu'elle lança dans la foule, mais vous n'êtes pas les nôtres. Quand je pense que vous vous prétendez civilisés ! Allons, partez, hors de ma vue !

Sans une intervention rapide, elle se serait sans doute jetée au milieu de ceux qu'elle invectivait de sa voix désormais brisée par des sanglots de colère, mais deux bras vigoureux la retinrent fermement.

Hugh de Leyland et sir Alex avaient surgi de nulle part, évitant le pire. Ils firent sortir les hôtes interloqués avec diligence, et tous vidèrent les lieux sans un mot, en piétinant les plats renversés et les corps ivres allongés sur la paille toute dégoûtante de bière et de vin. Ebony aida dame Janet à se rajuster avant de s'asseoir sur un banc auprès d'elle et de l'aider à boire un peu de vin pour se requinquer, mais elle nota au passage le regard haineux que les derniers invités avaient lancé à Meg en sortant de la salle en la voyant blottie dans les bras de Hugh de Leyland. La détermination des envoyés du roi à faire régner l'ordre dans ce château selon les directives des deux femmes ne pouvait qu'ulcérer les éternels rebelles que se vantaient d'être ces barons écossais.

Ebony se tourna vers sir Alex, la voix tremblant de rage contenue.

— Si vous étiez intervenu quelques instants plus tôt, messire, rien de tout cela ne serait arrivé. Je pensais que nous pourrions compter sur vous pour nous éviter ce genre de scène pénible, mais je suppose que vous étiez trop occupé à rassembler des preuves, bien sûr. Vous devez être satisfait de la façon dont les choses ont tourné pour vous. Quant à ce qu'il pouvait advenir de nous, peu vous chaut, évidemment. Vous ne vous intéressez à notre sort que dans la mesure où vous pouvez abuser de notre hospitalité, n'est-il pas vrai ?

Il avait écouté cette diatribe les mains sur les hanches, bien campé sur ses jambes, sans la moindre expression de remords ou de repentance.

— Nous contrôlions parfaitement la situation, répondit-il d'un ton sévère. Et nous n'abusons point de votre hospitalité, milady. Vous constaterez demain que nous avons limité les dégâts bien plus efficacement et bien plus vite que vous ne l'auriez fait, vous et votre belle-sœur, à notre place. Croyez-vous vraiment que ces gens vous auraient écoutées ? Allons donc ! Estimez-vous heureuse. Rien de grave n'est advenu.

— Allez donc dire cela à dame Janet, et à maîtresse Meg, rétorqua Ebony. Et regardez ce désastre ! Rien de grave ? Vous plaisantez.

— Je vais faire escorter dame Janet jusqu'à sa chambre. Elle a eu plus de peur que de mal, rassurez-vous. Elle se rétablira promptement ; quant à votre belle-sœur, eh bien… je crois qu'elle est en de bonnes mains, déclara-t-il en s'émerveillant des progrès foudroyants qu'avait fait son lieutenant, en voyant celui-ci emporter Meg à ses appartements en évitant soigneusement de croiser le regard de Davy Moffat.

Ce dernier s'offusqua fort de ce spectacle inattendu.

— Que signifie ? s'insurgea-t-il en s'approchant de sir Alex. Où cet impudent emmène-t-il ma cousine Meg ? Etes-vous tous devenus fous céans ? Dites-moi ce qui l'a tant émue, Ebony, je vous en prie. Est-ce que celui-ci va vous prendre dans ses bras comme maître Leyland vient de le faire avec Meg ? insista-t-il, du ton hésitant d'un homme qui a bu plus que de raison.

Ebony se sentait trop épuisée pour se disputer avec maître Davy, et plus encore pour panser son amour-propre.

— Allez vous coucher, Davy, dit-elle doucement. Il est tard, et je préfère dormir plutôt que débattre de ce que font les gens à cette heure.

— Dormir ? Avec… lui ? hoqueta Davy en repoussant une mèche de devant ses yeux.

Ebony faillit répliquer vertement, mais sir Alex fut le plus vif.

— En effet, maître. Avec qui d'autre ? A présent, regagnez votre chambre. Vous autres, aidez-moi à rendre cet endroit présentable, ce qu'il en reste en tout cas.

Davy tenta un instant d'affronter sir Alex du regard, mais jugea l'effort surhumain, surtout dans son état.

— Je vois, dit-il en gardant les yeux baissés. C'est bien ce que je pensais. Il y a bien quelqu'un d'autre. Au moins sais-je à quoi m'en tenir à présent. Je vous souhaite bonne nuit à tous deux, conclut-il en titubant vers la sortie en fredonnant un air indistinct.

Abasourdie par la vitesse à laquelle tous ses efforts avaient été réduits à néant, Ebony trouva un regain d'énergie pour tancer sir Alex derechef, autant en son nom personnel qu'en celui de sa cousine.

— Avez-vous la moindre idée des dégâts que vous venez de causer avec cette remarque stupide ? Peut-être avez-vous cru la chose plaisante et badine, messire, mais le moment ne pouvait être plus mal choisi, car il croit désormais que ma belle-sœur et moi conspirons avec vous, ou pire encore. Nous avions besoin de lui, et comptions fort sur son aide, vous le savez bien. Nous n'avions sûrement pas besoin de nous en faire un ennemi. Il va vous falloir le convaincre demain que vous plaisantiez. La tâche risque d'être ardue.

Sir Alex semblait ne s'être point calmé. En tout cas, il n'exprima aucun regret.

— Nous nous préoccuperons de maître Moffat et de ses aspirations brisées en temps et en heure, n'ayez crainte, milady, déclara-t-il en saisissant le poignet d'Ebony. Ce soir, je préfère consacrer mon énergie à ce qui compte vraiment. Je vais vous faire accompagner jusqu'à votre chambre pendant que nous discutons de choses sérieuses ici même. En route, milady, ordonna-t-il en remarquant son hésitation. La journée a été longue. Allez dormir.

Elle n'avait pas envisagé que le jour s'achèverait de cette manière. Tout semblait plus embrouillé qu'au matin en effet, mais la fatigue la gagnait et elle n'avait plus le courage de prolonger les choses inutilement en se lançant dans une nouvelle dispute. C'était pourtant sans compter avec Jennie Cairns, qui s'approcha en dodelinant de la tête. Elle venait de trop loin pour avoir entendu l'échange qui avait opposé Ebony à sir Alex, mais pas assez cependant pour n'avoir point aperçu Meg dans les bras de Hugh de Leyland. Elle s'approcha de la jeune veuve en fouillant des yeux le passage qui s'ouvrait derrière celle-ci et découvrit un peu plus ses épaules en ajustant le bliaud qu'elle portait.

— Eh bien, mazette ! murmura-t-elle. Ma cousine Meg n'a pas perdu de temps ! Ma chère Ebony, tu as l'air épuisée. Pourquoi ne montes-tu pas te coucher ? Je puis m'occuper des domestiques, tu sais. Laisse-moi faire, et cette salle sera propre en quelques heures, ajouta-t-elle en lançant à sir Alex une œillade qui en disait assez sur ses intentions.

Ebony ne doutait pas que l'intendant saurait remettre de l'ordre dans la grande salle sans son aide, sans quoi elle aurait décidé d'oublier sa fatigue et de rester. Cela dit, elle hésitait entre expliquer à Jennie ce qu'il en était des relations de Meg et de Hugh de Leyland et lui laisser découvrir qu'elle se trompait à leur sujet. Meg détestait cet homme, mais, avec sa tournure d'esprit, Jennie Cairns n'en aurait pas cru un mot. Il valait mieux en rester là.

— Fort bien, Jennie. A ta guise. Bonne nuit.

Ebony s'étonna que sa voix fût si claire à cette heure de la nuit, d'autant qu'elle avait une boule dans la gorge. Elle n'avait jamais éprouvé cette sorte de chagrin, mais savait bien que la cause en était l'attitude incroyable de cette ribaude de Jennie Cairns, et celle de cet homme qui osait parler de sa vertu devant tout le monde, sans oublier qu'elle n'aurait pas besoin de se barricader dans sa chambre ce soir-là, ce qui tout à coup lui apparaissait comme un avantage douteux. Elle n'allait sûrement pas rêver cette nuit…

Elle se rendit à la chambre où dormaient Sam et Biddie pour s'assurer que son fils reposait tranquillement et resta un moment agenouillée à son chevet, à contempler avec un mélange de tristesse et de fierté le doux visage de son chérubin. Il lui avait raconté qu'il avait passé quelque temps juché sur les épaules de sir Alex Somers pendant que les hôtes arrivaient, afin de lui dire les noms des nouveaux arrivants, ce qui l'avait rendue furieuse, car il semblait désormais patent que ce butor utilisait l'enfant à ses propres fins, en profitant de son innocence, tout comme il l'avait fait avec elle-même. Dans la cour, quelques heures plus tôt, elle avait été frappée par la ressemblance entre sir Alex et Sam, ainsi que par l'étonnante connivence qui s'était établie entre eux, au point, avait-elle pensé, qu'un observateur non averti aurait pu les croire père et fils. L'enfant allait avoir besoin de courage lorsque les envoyés du roi quitteraient le château.

Biddie n'hésita pas un instant à confirmer que leur idée de placer Jennie Cairns au côté de sir Alex avait fonctionné à merveille. Elle recousait encore un des vêtements de Sam lorsque sa maîtresse l'avait surprise en apparaissant sur le seuil de la chambre.

— Cela a marché ! s'exclama-t-elle. Il m'a semblé fort intéressé, dit-elle en suçant sur son doigt une goutte de sang. En fait, ils m'ont semblé l'être tous les deux, lui et son lieutenant. M'est avis que maître Richard va dormir seul jusqu'à l'aube. Etes-vous satisfaite ? s'enquit-elle en regardant une nouvelle tache rouge s'épanouir sur son doigt.

— Je suis ravie ! répondit Ebony.

— Voulez-vous que je monte vous aider à vous déshabiller ?

— Non, merci ma bonne Biddie. Je le ferai moi-même. Va te coucher. Bonne nuit.

— Bonne nuit, milady, répondit la servante en se disant que, pour une femme ravie, sa maîtresse avait décidément un air étrange.

Ebony avait beau être totalement épuisée, les images de la journée écoulée et le faisceau des problèmes qui l'assaillaient l'empêchèrent de trouver le sommeil. A plusieurs reprises elle avait souhaité que sir Joseph sorte de sa vie une bonne fois pour toutes, mais sa mort brutale et inattendue avait mis fin au sentiment de sécurité qui s'attachait à sa présence et sur lequel elle avait appris à compter. S'ajoutait à cela le désastre de ses sentiments, dont elle seule pouvait se blâmer. Certes, elle n'avait aucune part dans l'arrivée des envoyés du roi, ni dans les rêves matrimoniaux de Davy ou le trépas de son beau-père, mais elle trouvait atterrant qu'il lui faille subir toutes ces épreuves à la fois. Le ciel avait peut-être choisi d'éprouver son courage et sa résolution, mais elle aurait aimé pouvoir s'y préparer.

Elle tourna pour la vingtième fois sur elle-même, incapable de s'endormir tant son esprit battait la campagne, et posa machinalement la main sur sa hanche. C'est alors qu'elle prit conscience d'avoir malgré tout dormi quelques instants et d'avoir fait de nouveau son rêve familier, car elle sentait sur sa hanche la chaleur d'une autre main que la sienne, qui semblait s'être évaporée au moment précis où elle-même faisait ce geste. Elle eut aussi le sentiment que, si elle ne disait rien, ne posait aucune question, elle n'aurait rien à expliquer ni à comprendre une fois que son rêve se serait dissipé. Quelque part au fond de son âme épuisée, une partie d'elle-même exultait, et elle s'avança à la rencontre de la nuit et de son cortège de songes radieux.

Une fois encore, ce corps auquel elle avait si longtemps tenu la bride s'enflamma comme un buisson d'étoupe, frissonnant et tremblant rageusement pour chasser le vide de la douleur et l'impossible exigence du chagrin. Il était là, plein de vie et d'impatience, la pressant contre lui, l'engloutissant sous lui, et elle se sentait prête à s'offrir, à se donner, à se noyer dans ses caresses, à s'enivrer de lui et à chasser une fois pour toutes les multiples refus que son corps et son cœur forgeaient inlassablement pour la torturer jour après jour. Les remparts s'effondrèrent sur eux-mêmes et elle s'agrippa à lui comme un cavalier à son cheval emballé.

Comme s'il avait anticipé sa réaction, sa bouche vint à elle et prit ses lèvres comme une offrande sublime et ingénue. Lentement, elle imposa le rythme de ses hanches à leur étreinte, avant qu'il ne prenne les rênes lui-même en la soulevant pour approcher ses seins dressés de son visage. Comme un enfant affamé, il s'y aboucha avidement, engloutissant la pointe du téton et s'arrêtant toujours juste avant que le plaisir ne se transforme en douleur.

Ebony poussa un cri étouffé, comme pour l'avertir qu'elle était prête désormais à le recevoir, et il ne lui fallut qu'un instant pour s'ouvrir à lui et l'accueillir en son ventre comme s'ils avaient été amants de longue date, même si le frisson de la nouveauté passa sur elle comme un raz de marée interminable. C'était bien la première fois depuis trois ans, et elle se sentit tout à coup aussi innocente qu'une jeune vierge, et aussi délicieusement inquiète.

Il attendit patiemment que le tremblement qui l'avait saisie s'estompe.

— Je sais, je sais, n'ayez pas peur, murmura-t-il, brisant leur loi du silence tout en s'enfonçant doucement en elle, et le corps parfait d'Ebony se relâcha un peu plus à chaque seconde, comme s'il avait rapidement retrouvé le chemin de l'amour.

Il attendit encore, cherchant ses lèvres dans la nuit, sa bouche caressant sa bouche, son cou, le creux de son oreille en lui répétant des mots tendres, puis se mit à imprimer doucement à ses reins un rythme lent, irrésistible, qui l'emportait aussi sûrement qu'un courant puissant et invisible entraîne loin du rivage celui qui s'est laissé surprendre.

La jeune femme chercha en vain le souvenir des étreintes passées, et voulut se convaincre qu'elles étaient semblables à celles connues avec Robbie, mais chaque étreinte de son tourmenteur lui criait le contraire, comme si elle avait comparé un enfant à un homme, un apprenti à un magicien. Un gémissement sourd monta dans sa gorge sans qu'elle puisse rien faire pour le retenir et elle capitula enfin dans l'espérance de cette extase qu'elle avait toujours attendue sans jamais pouvoir ne fût-ce que l'approcher et qui lui sembla plus douce et vertigineuse que tout ce qu'elle avait imaginé jusque-là.

Elle aurait voulu faire durer ce moment indéfiniment, mais elle se débattait contre un raz de marée qui l'emportait contre son gré, et dont seul son bel amant connaissait la force irrépressible. Elle cria de nouveau chaque fois que la vague immense la submergeait, incapable de comprendre ce qui lui arrivait, sinon que son corps s'enflammait soudain et semblait se désintégrer, et qu'ensuite elle se retrouvait pantelante et incrédule, avant qu'une nouvelle lame ne vienne l'emporter.

Vaincue, rassasiée mais encore stupéfaite, elle reposait en travers du corps de son amant, refusant d'ouvrir les yeux et de voir son rêve se dissiper. Décidément, à chaque mouvement de sa main contre ce torse puissant, malgré la fatigue et le manque de sommeil, il lui semblait de plus en plus impossible de se convaincre encore que c'était Robbie qui partageait sa couche et lui avait appris ce que son corps et son âme venaient d'apprendre. Jamais ils n'avaient fait l'amour de cette façon. Jamais elle n'avait connu de félicité semblable à celle qui venait de la terrasser. Quelle ironie ! Ce qu'elle venait de découvrir semblait aussi enivrant que le plus puissant des élixirs, et celui qui lui avait ouvert les portes de ce paradis n'avait pas de nom lorsqu'il la visitait la nuit, et ne pouvait, le jour venu, être rien d'autre que son ennemi.

Ses doigts glissèrent sur la toison soyeuse de son torse viril, s'enhardissant soudain jusqu'à son ventre plat. Dieu qu'il était beau ! Il semblait déterminé à obtenir le prix de leur marché, mais, pour autant, c'était elle qui se servait de lui pour assouvir son désir d'être femme de nouveau. Elle avait été soulagée de constater qu'il ne l'avait pas prise tout de suite, de force et avec mépris, comme elle l'avait imaginé. Au contraire, il avait attendu patiemment qu'elle le guide pas à pas, en contrôlant les choses comme si elle avait été encore vierge.

En fait, elle s'était comportée comme une pucelle expérimentée. L'idée avait de quoi faire sourire.

— Encore, implora-t-elle. Par pitié, encore !

Elle fut aussitôt exaucée : le poids du corps de son amant pesant soudain sur le sien, le visage de celui-ci enfoui dans ses cheveux éployés sur le drap blanc pour étouffer un rire qu'il avait peine à retenir. Elle se rappela avec effroi, mais trop tard, le moment où, dans le passage, elle avait repoussé ses avances. A présent, c'était elle qui réclamait d'autres caresses à la faveur des ténèbres où les règles de l'honneur et de la bienséance fondaient comme neige au soleil.

La honte de se voir capituler si facilement la submergea, tendant son corps en un refus furieux, mais l'appel de ses sens l'emporta. Cette lutte brève et perdue d'avance sembla d'ailleurs aiguillonner son compagnon, qui prit ses lèvres comme par surprise. Il n'en fallut pas plus pour qu'Ebony fonde et s'abandonne au plaisir de ce baiser. Cette fois-ci, il prit les rênes et la guida rapidement au bord du plaisir, si bien qu'en quelques instants elle lui cria de la prendre là, sans attendre.

Le plaisir s'abattit sur eux, presque trop vite, comme une boule de feu rugissante qui les emporta à la vitesse de l'éclair, accrochés l'un à l'autre comme des naufragés, criant leur bonheur à l'unisson. La nuit glissa sur eux comme une soie…

*
* *

Debout près de la fenêtre, sir Alex regardait le loch scintiller dans l'aube naissante et le chant du coq fit passer un sourire sur ses lèvres. L'air frais embaumait et, par-delà les eaux argentées, on voyait sur les crêtes un liseré rose annonciateur de mauvais temps. Il posa ses mains croisées sur sa nuque et respira longuement, savourant la brise fraîche sur sa poitrine, le corps encore ravi des étreintes de la nuit. Son esprit s'attardait sur la femme qui dormait tout près, réticent encore à se préoccuper des affaires urgentes qui l'attendaient au-dehors. Qui aurait pu imaginer que les choses tourneraient si bien ? Il y avait eu d'abord la mort inespérée du vieux brigand, et le défilé de ses amis, prêts à lui révéler tout ce qu'il voulait sur ses coupables agissements, comme de vulgaires commères. Ensuite le neveu, qui s'était piégé lui-même en ne sachant pas tenir sa langue, et, pour finir, ces deux femmes superbes, et seules. Celle-ci, surtout.

Il contempla encore une fois ce corps souple et mince lové sous les fourrures. Se pouvait-il qu'une telle femme existât ? Non seulement elle était d'une beauté à couper le souffle, mais elle semblait farouche et loyale, intelligente, sensible, fière et impulsive. Combien de temps lui faudrait-il encore avant de reconnaître qu'elle le désirait ? Car elle avait envie de lui, c'était évident depuis le premier jour, sans quoi jamais elle ne se serait offerte à lui de la sorte. Inconsciemment ou non, il l'attirait. Il n'avait aucun doute là-dessus.

Il devait pourtant s'avouer que son opportunisme habituel — qui lui avait fait accepter ce marché sans barguigner un instant — avait cédé la place à quelque chose d'autre. Il aurait pu la prendre quand elle s'offrait à lui et s'en aller sans plus y penser, comme il l'avait fait si souvent, mais cette femme-ci semblait différente, unique, et valait sans doute la peine d'être préservée. Il s'appuya sur le parapet de pierre et se prit le menton, en se disant qu'il avait été bien avisé d'attendre patiemment son heure, car il n'aurait servi à rien de précipiter les choses avec elle. Même à présent, en dépit de ce qui avait eu lieu, il n'avait aucune raison de croire qu'elle lui rendrait la vie facile, car elle n'accepterait jamais de reconnaître que quoi que ce soit ait eu lieu entre eux. Et quand bien même elle l'admettrait, ce serait pour prétendre l'instant d'après qu'il l'avait forcée à lui céder. Ce qui constituerait bien sûr un mensonge éhonté, puisqu'il n'avait jamais rencontré une femme aussi avide de passion, aussi sensuelle, ni aussi inexpérimentée. Quoi que son mari lui eût appris, il avait oublié de lui enseigner l'art d'aimer, car, en dépit des dispositions naturelles remarquables dont elle faisait preuve, son talent semblait ne s'être éveillé que pendant cette folle nuit au cours de laquelle elle avait non seulement confirmé qu'elle le désirait passionnément, mais aussi qu'elle pouvait atteindre l'extase aussi aisément qu'un homme. Elle l'avait supplié de recommencer, pensa-t-il avec un sourire. Après leur étreinte inouïe, elle ne s'était pas sentie rassasiée et avait demandé qu'il la prenne de nouveau.

Il n'avait pas dit non.

Il se remémora les regards furibonds que les deux femmes n'avaient cessé de leur décocher toute la soirée, à lui et à Hugh de Leyland, devant les roucoulades éhontées de l'épouse du notaire. Cela aussi semblait un signe encourageant. Lady Ebony avait fait une remarque à propos de celle-ci, sans s'aviser qu'il pouvait l'entendre, et avait à cette occasion fait preuve d'une jalousie à son égard dont elle n'avait sans doute même pas conscience elle-même. Cette gourgandine serait certainement un peu moins démonstrative aujourd'hui, pensa-t-il, car, peu après que lady Ebony s'était retirée dans sa chambre, un jeune chevalier s'était offert pour la raccompagner auprès de son mari et ils avaient disparu tous les deux Dieu savait où.

En entendant un bruit léger, il lança la main vers sa dague, qu'il avait posée sur ses vêtements, au pied du lit. Il n'avait pas pris la peine de fermer la porte à clé, puisque ses hommes gardaient l'entrée, mais il se dit tout à coup qu'il aurait peut-être dû le faire.

Le battant s'ouvrit juste assez pour laisser passer le petit Sam, qui se précipita, tout nu, vers le lit de sa mère.

— Sam ! souffla sir Alex. Chut !

L'enfant vint à lui comme s'il avait été son père et se rua vers son héros sans plus se soucier de sa mère. Il passa ses petits bras autour du cou puissant du soldat, solidement juché sur la hanche de ce dernier, ravi de cette position si confortable et rassurante.

— Où est ma mère ? murmura-t-il doucement à l'oreille de sir Alex.

— Elle dort, sous les fourrures.

Sam jeta un rapide coup d'œil avant de s'enhardir.

— Avez-vous dormi céans, messire ?

— Oui, Sam. Il m'a semblé que tout ce bruit et tous ces événements l'avaient bouleversée.

— Elle est toujours comme cela, approuva l'enfant d'un ton docte. Et ç'aurait été bien pire si grand-père avait été là.

— Vraiment ?

— Oh oui ! répondit le petit en s'émerveillant de la taille de l'oreille de sir Alex. Moi, je suis content que vous soyez là, messire, même si ma mère ne l'est point, ajouta-t-il en caressant timidement la toison qui recouvrait la poitrine de son nouvel ami.

Celui-ci s'amusa de cette franchise, et de l'ingénuité de l'enfant.

— Tu sais, mon garçon, nous nous faisons souvent des idées sur nos mères. Elles ne sont pas toujours aussi en colère qu'on pourrait le croire. Souvent même, elles se servent de cela pour cacher ce qu'elles ressentent vraiment.

— Pourquoi font-elles cela ?

— Parce que, souvent, elles ne savent pas très bien ce qu'elles ressentent, justement, un peu comme toi, parfois. Cela doit t'arriver, de temps en temps.

— Elle dit parfois qu'il faut que je sache ce que je veux.

— Exactement ! Mais, tu sais, les grandes personnes ont des questions très difficiles à résoudre, et le choix n'est pas toujours facile. Vois-tu ce bateau là-bas, sur le loch ?

— Oui, répondit l'enfant. Ce doit être Geordie.

— Qui est ce… Geordie ?

— C'est l'un des forestiers de mon grand-père. Il traverse le loch une fois par semaine, pour transporter des choses sur l'autre rive. Il doit rentrer, à cette heure.

— Sais-tu qui il rencontre, de l'autre côté ?

— C'est trop loin, répondit Sam posément.

— Allons, fit sir Alex en tournant la tête vers le lit, il est temps que je m'habille et descende voir ce qui se passe, veux-tu… ?

Il s'interrompit. Ebony était assise sur le lit, les genoux repliés contre la poitrine, le dos calé contre les oreillers, les cheveux déployés sur les épaules comme un voile noir, avec, sur le visage, une expression de tristesse infinie.

Elle tendit les bras vers son fils, et sir Alex posa l'enfant sur le lit devant elle.

— Sam Moffat, gronda-t-elle en regardant son amant par-dessus l'épaule du garçon. Que fais-tu ici ?

— Nous parlions, mère, entre hommes, affirma l'enfant en se blottissant contre elle.

Tout comme Ebony, Meg avait cru que, une fois les funérailles achevées, les choses s'amélioreraient quelque peu. Force leur fut de constater qu'elles s'étaient trompées toutes les deux. Sans s'attarder en adieux superflus, Davy Moffat, sa sœur Jennie et son mari avaient quitté Kells au petit matin et piqué vers Dumfries, stupéfiant leurs hôtesses par tant d'impolitesse. Pis encore, le frère et la sœur avaient laissé se répandre la rumeur selon laquelle la fille du défunt avait feint la colère envers les envoyés du roi, pour mieux cacher qu'elle acceptait les avances de Hugh de Leyland, qu'on avait vu la porter jusqu'à sa chambre. Quant à sir Alex, il avait annoncé à la cantonade qu'il dormirait avec lady Ebony. Leur réputation était faite.

— Est-ce vrai, Ebbie ? s'enquit Meg. Sir Alex a-t-il dit une telle chose ?

— Je crains fort, répondit Ebony en donnant une pomme à son fils, qu'il ait perdu la raison, comme tout le monde ici. C'est bien ce qu'il a dit, en effet, mais pour l'amour du ciel, ne va pas…

— Oui, il a dormi avec maman ! gazouilla Sam ingénument, tout en essayant de couper la pomme avec son épée de bois.

— Allons, Sam ! On ne parle pas comme cela ! gronda Meg. Pose cette… chose pendant que tu manges.

— Ne va pas croire ce que l'on raconte, dit Ebony, gênée, pour conclure sa phrase.

Il devait y avoir un moyen, pensa-t-elle, de se tirer de ce mauvais pas, mais elle n'en trouvait aucun. Ce n'était sans doute ni le moment ni le meilleur endroit pour expliquer à Meg ce qui avait eu lieu la nuit passée. Pour autant, elle ne faisait que récolter ce qu'elle avait semé en ne disant pas la vérité à son fils. Lorsqu'on trahissait un enfant, il fallait s'attendre à ce qu'il vous trahisse à son tour. Sa mère lui avait souvent répété ce dicton, et, à cette heure, elle était prise à son propre piège.

Avec l'habileté d'un bonimenteur de foire, elle changea de sujet.

— Mais maître Leyland, lui, t'a bien portée dans ta chambre, n'est-ce pas ? dit-elle. Cela, au moins, est certain. Ils ont dû croire que...

— Que quoi, au juste, Ebbie ? Qu'ont-ils dû croire ?

— Que tu l'y avais invité ?

— Est-ce ce que tu penses ?

— Bien sûr que non, Meg. J'étais là, j'ai assisté à la scène. Ecoute, il ne faut pas nous disputer. Nous ne pouvons laisser ces putois nous monter l'une contre l'autre alors que nous savons fort bien toutes les deux qu'il n'y a rien à justifier. Viens, allons manger.

Meg s'assit sur un banc en poussant un soupir. Les tables avait été rangées, mais l'odeur écœurante de la bière et du vin flottait encore dans la grande salle.

— Pourquoi sont-ils partis comme des voleurs ? fit-elle, toujours perplexe. Je ne vois pas en quoi mon comportement a pu sembler plus scandaleux que celui de Jennie. Peut-être s'est-elle querellée avec Davy et Richard. Le problème à présent, c'est que nous avons perdu toute possibilité qu'ils nous apportent leur aide. Cela dit, ce n'est pas une grande perte, car ils n'ont pas cessé de gémir et de se plaindre. Nous n'avons pas avancé d'un pouce pour prouver l'innocence de mon père.

Ebony fut choquée par le mot « innocence », qu'elle jugeait inapproprié concernant sir Joseph. Sir Alex et Hugh de Leyland avaient tendu un filet dans lequel les Moffat se débattaient désespérément comme des poissons pris au piège, elle-même tout particulièrement. Et sir Alex avait déjà remonté à la surface plus qu'elle ne lui avait offert au début, et cela par sa propre faute.

Sa situation lui apparut soudain dans toute sa complexité, infiniment pire que celle de Meg, et elle se prit la tête dans les mains, désespérée. Elle n'était pas couarde, et trouverait un moyen de chasser le rêve qui la hantait chaque nuit, mais elle ne pouvait supporter l'idée de trahir Meg, Sam et Biddie. Elle n'avait pas l'habitude de tromper ceux qu'elle aimait et n'avait jamais su mentir.

— Pardonne-moi, supplia-t-elle. Je suis désolée.

Et cette prière lui sembla s'adresser également à Robbie.

— Que t'arrive-t-il, Ebbie ? s'inquiéta Meg. As-tu mal dormi la nuit dernière ?

« Si seulement tu savais ! », pensa Ebony en se forçant à sourire.

— Tout va bien, rassure-toi. Ce n'est rien. C'est seulement l'odeur épouvantable de cette paille souillée, sur le sol.

— Monte donc te reposer un peu, suggéra Meg. Je vais faire nettoyer tout cela. Tu as raison, cela empeste affreusement. Nous nous occuperons des affaires de mon père plus tard.

Ebony se dirigea vers sa chambre, mais s'esquiva discrètement par le jardin et prit le chemin qui menait à la cascade. Arrivée au bord de l'eau, elle trouva le petit bateau accroché à une racine. Le bassin naturel lui sembla un refuge inespéré et elle profita du silence et de la paix de l'endroit pour calmer ses nerfs épuisés. Pour la première fois depuis des années, Meg ne l'accompagnait pas.

Elle se déshabilla lentement, cherchant sur son corps les marques que sa nuit avait pu y laisser. Elle savait avec certitude que celle-ci avait changé sa vie à jamais, et se l'avouer lui était une peine insupportable, comme si les bras de cet homme autour de son corps avaient étouffé Robbie dans le même geste. Chaque frisson sur sa peau, chaque cri de plaisir qui lui revenait en songe semblaient repousser un peu plus loin dans les ténèbres de la mort l'homme qui lui avait donné un fils.

Elle se frotta vigoureusement, arrachant çà et là des feuilles de saponaire pour s'enduire le corps de leur mousse revigorante et s'asperger d'eau ensuite, dans un grand éclaboussement de bulles opalescentes qui filaient vers le loch en retombant dans le courant. Elle voyait dans chacune d'elles le visage de Sam, ses grands yeux pleins de fierté et ses petits bras accrochés à l'homme auquel elle s'était vendue avec tant de ferveur en faisant fi de ses scrupules. Quoi qu'elle fasse pour troubler l'eau, elle ne pouvait empêcher cette image de venir la hanter, et lui crier de ne pas laisser Sam prendre pour idole celui dont il devait au contraire se méfier à tout prix.

Elle sortit de l'onde et tordit ses cheveux, incapable de chasser de sa mémoire le souvenir radieux et ineffaçable des heures passionnées qu'elle avait vécues. Il s'était rhabillé sans se presser, comme s'il avait su que Sam et sa mère ne pouvaient détacher leur regard de son corps souple et puissant. Elle avait lutté pour ne pas regarder, mais en vain. Quel contraste avec le chétif Robbie ! Ses étreintes semblaient amicales, tout au plus, comparées à celles, impérieuses et bouleversantes, que cet homme-là lui avait prodiguées toute la nuit. Ni elle ni l'enfant n'avaient dit le moindre mot avant qu'il sorte, et seul Sam lui avait lancé un « au revoir » quand il avait franchi le seuil. Mais il avait dardé sur Ebony un regard qui en disait bien plus que mille paroles, et qui restait gravé en elle.

Les choses ne pouvaient pas en rester là, elle le savait.

7

Maître Davy Moffat et sa sœur ne furent pas les seuls, ce matin-là, à quitter précipitamment le château de Kells. Quand Ebony rentra de son bain à la cascade, elle trouva la cour pleine de carrioles auxquelles on avait attelé des chevaux et des mules, et dont les propriétaires expliquaient à qui voulait entendre que, avec le temps qui menaçait et les affaires urgentes qui les attendaient chez eux, il était temps de reprendre la route.

Meg saluait ses invités avant qu'ils ne s'en aillent, cherchant en vain des yeux sir Alex ou Hugh de Leyland. Le frère Walter se tenait à côté d'elle, un mouchoir sur le nez. La paille qu'on venait de répandre sur le sol dans la grande salle semblait trop fraîche à son goût et avait affecté sa santé fragile. Quant à dame Janet, elle faisait grise mine, car le baron Cardale n'avait montré aucune intention de partir.

— Je ne comprends pas, s'indigna Meg en s'adressant à Ebony tout en saluant les équipages qui franchissaient les portes du château. Surtout quand je pense à la façon dont ils se sont comportés, l'autre nuit, tous autant qu'ils sont.

Ebony se joignit à elle pour saluer ceux qui partaient

et donna à Biddie le linge qu'elle avait utilisé pour se sécher.

— Ne grommelle pas comme cela, dit-elle à voix basse en nouant ses cheveux derrière sa tête. Nous voulions qu'ils partent, c'est fait. A quoi bon nous plaindre ? Qui reste encore ?

— Une dizaine d'hommes, tout au plus. Ils ont l'intention d'aller à la chasse.

— Ah ! Je constate que rien, pas même la présence des envoyés du roi, ni les mises en garde de Davy, n'est parvenu à les détourner de leur passe-temps favori.

Il semblait évident que cet exode massif correspondait exactement aux vues de sir Alex, mais Ebony aurait de loin préféré voir partir les hommes du roi, quand bien même cela aurait rendu le château plus vulnérable, car le prix de leur protection se révélait plus exorbitant chaque jour.

— Il est temps de nous débarrasser d'eux, si tu veux mon avis, murmura-t-elle d'un ton sans équivoque.

Meg se tourna vers elle après que la dernière charrette eut franchi les portes.

— C'est bien ce que nous voulions, en effet, mais j'aurais préféré voir tous ces gens partir avec des sourires plutôt qu'avec ces mines renfrognées. Tu aurais dû voir les regards que certains m'ont lancés en partant ! On aurait cru que je les avais molestés.

— Tu leur as lancé un tabouret, ma chérie, gloussa Ebony.

— Vraiment ? s'écria Meg en mettant sa main sur sa bouche, sidérée. J'ai vraiment fait cela ? Oh mon Dieu ! J'espère que j'ai bien visé.

— Pour ça, oui. Peut-être devrions-nous user de la même méthode avec nos deux compères. Ils nous ont mises dans une situation impossible la nuit dernière, et

Dieu sait que nous n'avions pas l'intention de voir les choses évoluer de cette façon. A présent, il va nous falloir, en plus, défendre notre réputation. Au fait, ajouta-t-elle en quittant le perron à la suite du frère Walter, de Biddie et de dame Janet, que transporte donc Geordie Boyd de l'autre côté du loch, chaque semaine ?

— Rien du tout. Pourquoi ? demanda Meg en marquant le pas.

— Pourquoi traverse-t-il, alors ?

— Il se rend sur l'autre rive pour collecter l'argent dû à mon père par ses débiteurs. Il dit que c'est plus sûr que de prendre la route, car on ne risque pas une embuscade.

— Où collecte-t-il cet argent ?

— Chez l'un des métayers. Mais pourquoi toutes ces questions à son propos ?

— Qui l'a envoyé ce matin ?

— Mais… personne ! Que veux-tu dire, Ebbie ?

— Je l'ai vu sur le loch ce matin, qui revenait de l'autre rive.

— Ce n'est pas moi qui l'ai envoyé là-bas, Ebony, affirma Meg, de plus en plus intriguée.

— Qui, alors ?

Le regard de Meg se perdit dans le vague et elle répondit en se mordant la lèvre :

— Où crois-tu qu'il est, à cette heure ? Occupé à couper du bois dans la cour de derrière ?

Elles le trouvèrent torse nu, une énorme hache à la main, fendant des bûches à grands coups secs et précis qui faisaient jouer ses muscles impressionnants sous sa peau tannée par l'air et le soleil. Mal rasé, couvert de poussière, il avait tout de même la beauté des jeunes hommes à peine sortis de l'adolescence. Incapable de cacher l'admiration qu'il vouait à sa jeune maîtresse, il posa sa hache délicatement et sourit gauchement.

— Milady, m… maîtresse, salua-t-il en bredouillant.

Meg s'avança et parla franchement :

— Geordie, qui t'a envoyé sur l'autre rive ce matin ?

— Ça alors, maîtresse, dit-il avec une lueur amusée dans les yeux, vous êtes la deuxième personne à me poser cette question aujourd'hui. Que se passe-t-il donc ?

— Qui d'autre te l'a demandé ? s'enquit Ebony.

— Maître Leyland. Je lui ai dit que j'avais passé la nuit avec ma bonne amie, et que je rentrais, voilà tout.

— Etait-ce la vérité ?

— Pas exactement, sourit le forestier. Maître Moffat ne voulait pas qu'on sache où j'allais.

— Mais à nous, risqua Meg d'une voix suave, tu peux le dire, n'est-ce pas, Geordie, par fidélité envers mon père. C'est maître Davy Moffat qui t'a envoyé collecter l'argent de sir Joseph ?

— Non, maîtresse. Il m'a dit qu'il irait le chercher lui-même en rentrant à Dumfries. Ce n'était pas pour collecter de l'argent qu'il m'a envoyé sur l'autre rive, mais pour y porter quelque chose.

— Quoi donc ?

— Tout un chargement, maîtresse. Des armes, des sacs de grain. J'ai failli chavirer tellement j'avais rempli le bateau.

— Des armes ? Tu en es sûr ?

— Certain. C'était enveloppé, bien sûr, mais je sais reconnaître le bruit du métal, même entouré de chiffons. Et je sais qu'il y en a plein dans les greniers à grain. Je dois en emporter un autre chargement demain.

— Et du grain aussi ?

— Oui. Maître Moffat en obtiendra un bon prix. Le

prix a décuplé en quelques mois, vous savez. J'en ai gardé un sac pour ma mère, elle va cuire quelques pains ce soir, ajouta-t-il ingénument avec un clin d'œil.

— Qui a les clés du grenier à grain, Geordie ? demanda Ebony.

— C'est l'intendant, milady. Il a ordre de l'ouvrir pour moi avant l'aube afin que je puisse charger ma barque de nouveau.

— Je vois. Quelqu'un t'aide-t-il, hormis l'intendant lui-même ?

— Non, milady, répondit Geordie fièrement. Je n'ai besoin de personne. Je peux charger la barque et ramer à travers le loch tout seul. De toute façon, c'est moi qui ai apporté le tout dans le grenier.

— Un instant, fit Ebony en plissant les yeux, surprise. Je ne te suis plus. Tu dis que tu as apporté tout cela toi-même ? Où as-tu pris ces armes ?

— Bah, je crois que je peux vous le dire, à présent que notre sir Joseph est trépassé. Ce sont des armes — et des armures aussi — que maître Davy a ramenées d'Espagne et d'Italie, voyez-vous. Il les fait transporter jusqu'à l'autre bout du loch, chez Ray, le charpentier qui fabrique nos barques, et, ensuite, je traverse et je ramène le tout ici, et je l'entrepose dans le grenier, discrètement. Après quoi sir Joseph les vend, et maître Moffat les livre, parfois, en utilisant sa carriole, quand il rentre à Dumfries.

Ebony lança un regard inquiet à sa belle-sœur.

— Donc, si je comprends bien, les armes arrivent de Dumfries, restent ici un moment, et repartent ensuite dans l'autre sens, c'est bien cela ? Pourquoi donc maître Davy ne les garde-t-il pas dans ses propres caves, en ville ?

— Ma foi, je pense qu'il ne doit pas avoir assez de place, entre ses tonneaux et tout le reste, milady. Et puis, il a dit qu'il valait mieux que ce soit ici, parce que, après tout, c'est, ou plutôt c'était, remarqua le forestier avec un sourire gêné, sir Joseph qui s'occupait de vendre le matériel.

— Sais-tu à qui il le vend... je veux dire, le vendait, se reprit Meg.

Geordie pâlit soudain.

— Non, s'écria-t-il en secouant la tête. Moi, je collectais l'argent, c'est tout. Maître Moffat apportait du vin et du grain, que je transportais également.

— Le grain est devenu aussi rare que l'or ces derniers temps, observa Meg. Où trouvait-il le sien ?

— Il le faisait venir de là où ils ne craignent pas les inondations, maîtresse. Et il le gardait dans ses greniers en attendant que les prix montent, après quoi il le vendait à ceux qui pouvaient encore se l'offrir. Il était madré, votre père, ajouta-t-il avec un large sourire.

— Et moi, s'exclama Meg, je ne me suis même pas préoccupée de savoir quelles réserves nous avions, ni d'où venait le grain que nous mangions. J'aurais dû !

— C'est le travail de l'intendant, maîtresse, et non le vôtre. C'est lui qui est chargé de cela.

— Et il le faisait avec maître Moffat, je suppose ?

— Eh bien, répondit Geordie, que l'atmosphère tendue mettait mal à l'aise, je crois que votre père n'aimait pas trop les chiffres, hein ? Il ne savait ni lire ni écrire, de toute façon, comme vous et moi. C'est pour cela qu'il laissait faire maître Moffat.

— Ai-je bien entendu ? souffla Ebony.

Meg avait réussi jusqu'à présent à garder ce secret, mais ne voulait pas discuter des qualités ou des défauts de son père devant un forestier.

— Merci, Geordie, coupa-t-elle. J'espère que tu as

eu du bon temps avec ta bonne amie, et que ta mère appréciera son pain. Je veillerai à ce qu'elle ne manque pas de grain.

— Merci, maîtresse, remercia le bûcheron avec déférence en saisissant sa hache et en se remettant au travail aussitôt, sans adresser un autre regard aux deux femmes.

Elles s'arrêtèrent un instant près du mur de la cuisine. La conversation avec Geordie les avait laissées perplexes.

— Bien, écoute, dit Meg en rajustant le nœud qui retenait sa longue natte. Je sais que cela a dû te surprendre, mais il ne voulait pas que quiconque sache qu'il ne savait ni lire ni écrire. C'est pour cela qu'il n'a jamais voulu de précepteur pour Sam, tout comme il avait refusé que Robbie ou moi en ayons un nous-mêmes. Il disait que cela ne servait à rien, mais je suis certaine qu'il aurait aimé être instruit.

— C'est sans importance, Meg. Beaucoup d'hommes sont dans le même cas. Ce qui importe, en revanche, c'est la lumière nouvelle que ces révélations jettent sur le rôle de Davy dans cette affaire, parce c'est sans doute lui qui a rédigé les ordres de vente. Je suis choquée d'apprendre que ton père devait apposer son sceau sur des documents dont il ne connaissait pas la teneur exacte, et qui pouvaient tout aussi bien servir à le duper complètement. Il est vraisemblable que Davy l'a impliqué dans toutes sortes de transactions douteuses. Où dis-tu que se trouve ce fameux coffret ?

— Il est toujours dans sa chambre, mais les gens de sir Alex y dorment, tu le sais, affirma Meg.

— Eh bien, il ne nous reste plus qu'à les en faire sortir, et à aller y jeter un coup d'œil.

*
* *

Facile à dire, pensa Ebony, mais les vingt-quatre hommes qui se partageaient les gardes de nuit dormaient dans cette pièce pendant la journée et ni elle ni Meg n'avaient envie d'aller les réveiller et de leur demander d'attendre dehors qu'elles aient fini de fouiller les lieux. D'autant qu'ils dormaient tous nus comme des vers.

Résolue à se racheter aux yeux de sa belle-sœur après son misérable échec auprès de Davy, Ebony décida de prendre le taureau par les cornes et partit à la recherche de Hugh de Leyland, mais ne le trouva nulle part.

Elle prit un escalier qui donnait sur les remparts, espérant embrasser de là-haut tout le château d'un seul coup d'œil, et émergea bientôt sur une plate-forme qui donnait d'un côté sur le loch, et sur la campagne de l'autre. En dessous d'elle, dans l'une des cours, on voyait les toits de chaume des différents ateliers, celui du maréchal-ferrant et du forgeron, ainsi que, un peu plus loin, celui de l'armurier, devant lequel un grand lévrier montait la garde en remuant la queue.

Ebony se plaqua contre le mur quand elle vit apparaître sir Alex qui sortait de l'armurerie, une épée à la main, accompagné de l'artisan avec lequel il examinait l'arme sous toutes les coutures. Il effectua quelques passes qui semblèrent effrayer quelque peu l'animal, et suscitèrent les sifflements admiratifs des soldats qui passaient dans la cour. Les deux hommes disparurent soudain à sa vue et elle s'approcha de l'un des créneaux afin de se pencher un peu pour regarder encore sans risquer d'être aperçue. Il lui fallut un moment pour que son cœur reprenne son rythme normal.

Jamais encore elle ne l'avait vu se servir d'une arme et, dans son esprit, le superbe jeune dieu païen qu'elle découvrait à l'œuvre se combinait à l'amant qui peuplait ses rêves et à l'homme affectueux qui portait tendrement son fils, pour former un être à la fois lointain et proche, parfait dans tous ses attributs et toutes ses fonctions, comme soldat, comme amant, et comme père. Mais ce même être était son ennemi, et celui des siens, capable de profiter sans scrupule de la faiblesse d'une femme. Sa mission en ce château consistait à salir le nom des Moffat aux yeux du roi, et à les dépouiller, elle et sa belle-sœur, de ce qui leur revenait de droit. Elle ne pouvait se permettre d'écouter son cœur dans ces circonstances, même si elle le sentait lentement quitter son interminable hiver.

Oubliant sa mission, elle tira de sa poche son peigne d'ivoire et commença à démêler ses cheveux mouillés. Occupée à se coiffer, elle entendait à peine le vacarme des marteaux dans la forge, les cris des hommes dans la cour ou le hennissement des chevaux, au loin dans les champs. Les hommes du bailli avaient pris Sam avec eux ce matin, pour aller saluer ceux qui partaient à la chasse. Le château allait retrouver pour un temps sa quiétude habituelle, jusqu'au soir du moins. Elle remarqua à peine le chien qui reniflait sa main et la fixait de ses grands yeux dorés et inquiétants.

Sa première impulsion fut de s'enfuir lorsqu'elle vit sir Alex franchir la porte basse qui donnait sur le rempart. Elle avait décidé de l'éviter à tout prix, mais elle se dit qu'il pourrait l'aider à accéder au coffret de sir Joseph, puisqu'elle ne pouvait trouver Hugh de Leyland. Et puis, elle ne pouvait se permettre de s'enfuir en le voyant au vu et au su de tout le château sans prêter le flanc aux rumeurs, aussi continua-t-elle à peigner sa chevelure sans montrer le moindre signe d'émoi, malgré le sang qui battait à ses tempes et le souffle qui lui manquait.

— On m'a dit que vous cherchiez Hugh, l'interpella

sir Alex en s'appuyant sur le rempart. Quelle vue magnifique ! On dirait qu'il va pleuvoir, ajouta-t-il.

— Laissez-moi, messire. J'ai besoin d'être seule.

Il se tourna vers elle et s'amusa du rouge qu'il voyait sur ses joues.

— Seule ? Vous me surprenez, milady. Ce n'est pas l'impression que j'avais.

Elle avait espéré, et s'était même persuadée, qu'il ne ferait pas allusion à ce qui avait eu lieu entre eux, ayant compris la nature de leur pacte muet. Aussi fut-elle affreusement déçue et ulcérée par cette remarque déplacée. Elle changea d'avis en un instant, et s'écarta de lui violemment pour s'enfuir par la porte qui donnait sur la tour, comme une biche aux abois, sans lui laisser le temps de réagir. Elle claqua la porte derrière elle et s'élança dans l'escalier qui descendait en un colimaçon vertigineux jusqu'à l'étage inférieur, manquant dix fois de se tordre le cou, traversa ensuite une pièce au plancher de bois grossier, prit un petit passage au bout duquel montait un autre escalier et finit par arriver à la porte de la chapelle, qu'elle ouvrit à la volée, manquant assommer le frère Walter, qui se trouvait là par hasard.

— Milady… ? s'écria-t-il, abasourdi.

Quelques instants plus tard, sir Alex apparut et manqua de l'écraser à son tour.

— Par où est-elle partie ?

— Euh…, bredouilla le chapelain, hagard, en désignant un nouvel escalier.

Celui-ci menait au jardin dans lequel Biddie avait caché des provisions, le premier jour, pour assurer la fuite de sa maîtresse. Meg et son jardinier conversaient sur le chemin au moment où Ebony les dépassa en trombe, manquant de les renverser dans sa hâte.

— Où cours-tu ainsi, Ebbie ? lui cria Meg.

Mais elle ne répondit pas, et tout ce que vit sa belle-sœur avant qu'elle ne disparaisse fut la masse sombre de ses cheveux qui flottait derrière elle comme un étendard.

Lorsqu'elle avisa Alex, Meg commença à comprendre. Et décida d'aider Ebony. Elles seraient plus fortes à deux contre un, comme des sœurs liguées contre un ennemi commun. Elle s'élança à leur poursuite, mais une main ferme l'arrêta dans son élan avant qu'elle ait franchi dix pas et elle se sentit soulevée de terre par deux bras puissants.

— Lâchez-moi, m... maraud ! hurla-t-elle en se débattant comme une anguille. Posez-moi par terre !

Maître Leyland l'emporta sans la lâcher ni s'émouvoir, s'écartant seulement pour laisser passer sir Alex.

— Vers la cascade, compagnon, hâte-toi !

Ebony n'avait pas grand choix, car de hautes falaises couvertes de fougères glissantes entouraient le bassin naturel que l'eau avait creusé sous la cascade. Aussi bondit-elle sur les rochers qui bordaient la rive du loch pour atteindre la petite barque attachée à la racine d'un arbre. Elle faillit faire chavirer le bateau dans sa précipitation, mais rétablit l'équilibre juste à temps. Projetée en avant, la barque vint s'échouer misérablement sur un banc de galets tout proche et s'immobilisa. Effondrée au fond du bateau, Ebony sentit l'humidité s'abattre sur ses épaules comme une chape de plomb. Elle grelottait de froid et de colère, et l'arrivée de sir Alex ne fit que la rendre plus furieuse encore.

Il s'approcha par le côté en la regardant se débattre sans proposer de l'aider à se relever, dénoua la corde qui retenait l'embarcation et prit posément place sur le banc en tournant le dos à la jeune femme muette d'indignation, son corps massif lui interdisant désormais tout mouvement. D'un geste sûr et calme, il dégagea la barque de sa prison de galets en s'aidant d'un aviron, après quoi il plaça les rames dans leurs encoches et commença à ramer, sous le regard subjugué d'Ebony. Malgré son courroux, la jeune femme ne pouvait qu'admirer ses gestes souples et réguliers, et le mouvement de ses muscles sous sa tunique serrée chaque fois que la pelle s'enfonçait dans l'eau avec un clapotis presque inaudible. Le bateau filait sur la surface étale du loch, Dieu savait où. Décidément, cet homme avait bien des talents...

— Allez-vous-en ! lui cria-t-elle. Laissez-moi en paix, maudit butor !

Dans le bateau exigu, il tenait presque toute la place, et, malgré tous ses efforts, elle ne pouvait plus se lever, aussi ne tint-il aucun compte de ses récriminations et continua-t-il de ramer comme si de rien n'était.

Cette situation humiliante la mettait dans une rage folle et elle se lança contre lui dans une diatribe furibonde, critiquant tout en lui tant au plan physique que moral, déversant un flot d'insultes abominable et de plus en plus incohérent à mesure que la barque s'éloignait de la rive. Si quiconque avait osé lui lancer au visage ne fût-ce qu'une seule des injures dont elle l'abreuvait, il aurait probablement occis l'impudent sans autre forme de procès, mais elle n'en avait cure. Quant à lui, il savait très bien à quel point ses visites nocturnes avaient bouleversé la quiétude résignée dans laquelle la jeune femme vivait depuis trop longtemps pour se formaliser de sa colère. Il la laissa crier jusqu'à ce que sa voix épuisée lui refuse tout service, ce qui advint alors qu'ils atteignaient le milieu du loch. Au loin, sous la masse sombre du château qui se détachait sur le ciel de plomb, on distinguait encore sur la rive la silhouette du chien aux longs poils attendant le retour de son maître.

Sir Alex reposa les rames et aida Ebony à se relever, la tirant hors de la flaque d'eau qui clapotait au fond de la barque pour la faire s'asseoir sur l'autre petit banc, en face de lui. Il ôta son pourpoint de cuir et le passa sur les épaules de la jeune femme transie, sans prêter attention à ses remarques désobligeantes concernant l'odeur prétendument fétide qui s'en dégageait. Il remarqua en revanche que sa voix avait été rendue délicieusement rauque par l'émotion.

— Je vous déteste, siffla-t-elle, le cœur ravagé par des sentiments contraires.

Sir Alex posa les mains sur ses genoux et attendit patiemment qu'elle en ait terminé de ses insultes, ne réagissant à aucune de ses accusations, jusqu'à ce qu'elle évoque le petit Sam et lui reproche d'avoir abusé l'enfant en lui extorquant des renseignements.

— Ah non ! s'insurgea-t-il soudain à ces mots, comme s'il en avait assez entendu. Non, ma belle, je ne vous laisserai pas mêler ce garçon à notre dispute. Il n'a en rien souffert d'avoir répondu à quelques questions anodines et s'est montré parfaitement heureux de me renseigner sur l'identité de tout un chacun en s'amusant de mes erreurs et en s'appliquant à les corriger.

— Que savez-vous des sentiments d'un enfant de six ans ? se récria-t-elle. Que savez-vous des enfants, d'ailleurs ? Voyez-vous souvent ceux que vous n'avez sûrement pas manqué d'engendrer ?

Elle avait posé la question sans attendre de réponse.

— Non, répondit-il, pas souvent.

Puis, le regard perdu sur les eaux sombres du loch agitées par le vent, il ajouta :

— Pas assez souvent.

— N'utilisez plus mon fils comme un pion dans votre jeu, messire. Il est assez grand pour comprendre ce que signifie la présence d'un homme nu dans ma cham…

Elle en avait trop dit et étouffa les mots sur ses lèvres d'une main tremblante. Elle savait parfaitement qu'elle rejetait sur lui une faute qui lui incombait tout autant, et que, en se taisant, il acceptait ce fardeau pour lui permettre d'échapper quelque peu au poids de sa culpabilité.

— Vous m'avez salie non seulement aux yeux de mon fils, mais également à ceux de nos hôtes, murmura-t-elle. Je vous ai demandé d'expliquer à maître Davy que vous plaisantiez hier soir, et voilà qu'à présent il fait courir le bruit que je me suis comportée comme une ribaude, et ma belle-sœur avec moi. Comment croyez-vous donc que nous pourrons contribuer à laver le nom de sir Joseph des accusations qui pèsent sur lui sans l'aide de maître Davy ? Et croyez-vous vraiment qu'il va m'aider à retrouver ma mère à présent, comme il avait dit qu'il le ferait ? J'ai perdu tout espoir que cela se réalise, messire, et c'est entièrement votre faute.

— Parlez-moi de votre mère. Que lui est-il arrivé ? s'enquit sir Alex.

Avec beaucoup d'hésitations, Ebony raconta toute l'affaire. Après deux ans sans aucune nouvelle, elle avait encore du mal à croire que sa mère fût morte, et cette incertitude semblait pire que la mort elle-même. Lady Jeanne avait rendu visite à Ebony une seule fois depuis son mariage avec Robbie Moffat, pour le baptême de Sam, et encore n'avait-elle passé que quelques jours au château. Depuis, elle avait fait parvenir à sa fille de nombreuses lettres, ainsi que des présents pour le bébé, et puis plus rien, après qu'on eut appris la nouvelle que son château avait été attaqué par des hors-la-loi et qu'elle avait disparu. Dans sa dernière missive, elle exprimait son chagrin d'avoir en quelque sorte perdu sa fille et promettait de venir la voir bientôt. Mais elle n'avait jamais remis les pieds à Kells.

— Pensez-vous qu'elle puisse être encore en vie ? demanda doucement sir Alex.

Ebony hocha la tête, pensive, en contemplant les eaux sombres autour d'eux.

— Peut-être est-elle prisonnière. Ou blessée, qui sait ? Mais elle est vivante, j'en suis sûre, je le sens. Je crois que je saurais si quelque malheur lui…

— Ne parlez plus, vous vous torturez inutilement. Je vais vous ramener au château, murmura-t-il en ouvrant la bourse de cuir accrochée à sa ceinture, dans laquelle il pêcha quelque chose qu'il tendit à la jeune femme. Tenez. C'est pour vous. Mettez cela dans votre poche.

— Qu'est-ce que c'est ?

— Faites-en ce que vous voulez, dit-il en posant dans la main d'Ebony la clé de sa chambre. Je vous la rends.

Elle vacilla comme si elle avait reçu un coup.

— Vous voulez dire que…

— Vous êtes libre. Notre marché n'a plus lieu d'être. Vous vous êtes acquittée de votre promesse et n'avez désormais plus rien à craindre.

— Et Sam ?

— Nous ne vous l'enlèverons pas. Je n'ai pas besoin d'un otage.

Elle essaya de lire dans ses yeux bleus, mais la tâche s'avéra malaisée, car elle n'avait eu l'occasion de les voir de très près qu'à la pâle lueur d'une bougie ou bien au cours de l'une de leurs altercations. Son regard à présent semblait avoir changé, et ce qu'elle y voyait lui paraissait inconnu, nouveau. Ce pouvait être de la pitié, ou de la tendresse. Mais cela pouvait signifier aussi qu'elle avait cessé de l'intéresser.

La clé dans sa main lui sembla soudain très froide et elle la plaça dans la poche de son bliaud en frissonnant.

Il lui avait si souvent affirmé qu'il réclamerait le prix de leur marché pendant encore longtemps qu'elle se sentait perplexe et inquiète. Ainsi, il avait changé d'avis ? Fort bien, pensa-t-elle. Une fois suffisait, en effet.

— Merci, dit-elle doucement. Je préférerais que ceci reste entre nous. Meg n'a pas besoin de savoir, ajouta-t-elle en détournant les yeux.

Il reprit les avirons en lui lançant un regard impavide.

— Les hommes qui gardent votre porte ne sont ni sourds ni aveugles, objecta-t-il. Ils savent qui entre et sort, et votre fils lui-même...

— Oui, je sais, coupa-t-elle en se retenant au plat-bord car le bateau tanguait un peu. N'en dites pas plus. Je vous demandais simplement de ne pas vous vanter de votre bonne fortune, mais je m'aperçois que c'est encore trop. Je suppose que le récit de vos exploits doit constituer la source principale de vos conversations !

Il sourit de toutes ses dents en l'entendant parler ainsi, ce qui confirma à la jeune femme qu'elle n'avait été sans doute qu'une conquête parmi d'autres, qui avait déjà perdu l'attrait de la nouveauté. Peut-être cela signifiait-il qu'ils partiraient bientôt pour Newcastle, comme ils l'avaient annoncé.

— Ce qui occupe nos conversations, milady, c'est l'attaque imminente du château à laquelle nous nous préparons. Elle aura lieu d'ici à quelques jours, très vraisemblablement, et, si vous avez l'intention de vous rendre à Carlisle, je vous conseille d'y renoncer pour l'instant. Vous serez plus en sécurité derrière les remparts de Kells que sur la route.

— Une attaque ? Parlez-vous sérieusement ?

— On ne peut plus, milady.

— Mais qui songe à nous attaquer ?

— Oh, je crois que nous avons une idée assez précise de qui fomente cet assaut, et nous nous y préparons. Ne soyez point trop inquiète. Comme je vous l'ai dit, vous serez en sécurité derrière les murs du château.

— Ainsi, votre enquête est terminée ?

— Nous y voyons plus clair qu'il y a deux jours, c'est certain. Quand nous rentrerons, peut-être votre belle-sœur et vous accepterez-vous d'examiner avec nous les documents que contient ce fameux coffret. Il n'est pas impossible que vous puissiez nous éclairer sur certains points.

— Vous semblez oublier, messire, que nous essayons pour notre part de prouver exactement le contraire de ce que vous avancez. En quoi cette réunion pourrait-elle nous aider ?

— Encore une fois, vous allez trop vite en besogne, ma belle. C'est l'un de vos défauts. Si j'avais pensé un seul instant qu'il puisse vous être utile, je n'aurais pas congédié maître Moffat aussi vite que je l'ai fait. Je savais parfaitement qu'il ne vous aiderait en rien, au contraire. J'ai envoyé des hommes fouiller sa maison pendant son absence. Il sera fort intéressant et instructif, je n'en doute pas, de les entendre nous raconter ce qu'ils y ont trouvé, et également d'apprendre comment il aura réagi à cette intrusion, poursuivit-il en ramant sans effort apparent. En fait, nous essayons tous de découvrir la vérité, n'est-il point vrai ? En tout cas pour moi, c'est la seule chose qui compte. En effet, que je prouve l'innocence ou la culpabilité de sir Joseph, ma récompense sera la même.

Ce fut seulement lorsqu'ils approchèrent de la rive qu'Ebony rompit le silence :

— Comment avez-vous su que je me trouvais sur les remparts ? Quelqu'un vous a-t-il renseigné ?

— Je ne ferme pas les yeux quand je manie mon épée, ma belle, répondit-il en se penchant vers elle tout en rangeant les avirons.

Ebony jugea sa réponse frappée au coin du bon sens, mais ne put s'empêcher d'y voir une allusion qui la fit frissonner.

En exhortant sa belle-sœur à fuir devant sir Alex, Meg avait exprimé ce qui lui faisait le plus peur. Ce n'était pas tant qu'Ebony doive échapper aux avances de leur geôlier qui lui importait, mais plutôt que, si elle devait finalement lui céder, que cela au moins ne se fasse pas au vu et au su de tous. Dieu merci, personne, pas même Ebony, n'avait assisté aux tentatives de Hugh de Leyland de lui voler un baiser, la veille au soir, devant la porte de sa chambre. Personne non plus ne l'avait vue le laisser faire…

Il lui semblait vital qu'on ne puisse un instant soupçonner de leur part une quelconque intelligence avec l'ennemi, car la moindre marque de sympathie, le moindre indice qu'elles avaient capitulé, serait reçu comme une trahison, et la preuve qu'elles ne se souciaient plus de défendre la mémoire de sir Joseph. Elles ne pouvaient baisser leur garde un instant, il en allait de leur honneur, et peut-être de leur vie.

Hugh de Leyland la tenait si fermement serrée et marchait d'un pas si assuré qu'elle pensa qu'il allait sur-le-champ éprouver l'innocence dont elle s'était vantée à peine une heure plus tôt. Elle se débattait en silence, soucieuse de ne pas attirer l'attention par ses cris comme une vulgaire fille de ferme, mais sa résistance ne servait à rien contre un tel homme, qui devait sans doute être habitué à prendre ce qu'il voulait d'une femme sans lui demander son avis. Impuissante, elle fut projetée sur un carré d'herbe et de bruyères qui poussaient au pied du rempart, dans un coin dérobé aux regards.

Sa peur ne fit qu'augmenter lorsqu'elle sentit sur elle, pour la première fois de sa vie, le poids du corps d'un homme. Elle ferma les yeux de toutes ses forces et détourna son visage dans une vaine tentative de lui échapper encore un instant.

— Maître Leyland, plaida-t-elle, haletante, ceci est indigne de vous, et constitue une insulte à mon égard. Vous ne vous permettriez pas une telle ignominie si mon père était encore de ce monde. Je sais que vous devez penser, ajouta-t-elle, crucifiée sur le sol inégal, que je… suis… consentante, mais vous vous trompez, il n'en est rien. J'étais bouleversée, hier soir, et j'ai apprécié que vous veniez à ma rescousse, mais ce baiser que vous m'avez donné ne change rien à mes sentiments. Lâchez-moi, je vous en supplie.

Il y eut un silence, et Meg ouvrit les yeux. Hugh de Leyland la regardait fixement, le visage fermé, mortellement sérieux.

— Calmez-vous, ma jolie, dit-il. Je n'ai aucune intention de vous insulter plus que je ne l'ai fait en vous embrassant hier soir. Mais j'ai assez d'expérience pour voir qu'une femme me trouve à son goût.

— Je ne vous trouve pas à mon goût, messire, s'écria Meg, prise de panique. Croyez-vous que j'aie l'esprit à cela alors que je viens de perdre mon père ? Quelle arrogance ! Vraiment, vous représentez tout ce que je déteste chez un homme !

— Et qu'est-ce donc que vous aimez le plus chez les personnes de mon sexe, ma jolie ?

— Qu'ils se tiennent à distance ! Et dans votre cas, cela signifie aussi loin que possible. Lâchez-moi, hurla-t-elle.

— Tout doux, ma belle. Je vous lâcherai… moyennant paiement.

Elle détourna les yeux, car elle savait qu'il disait vrai, et pouvait déchiffrer le regard des femmes. Elle ne pouvait lui laisser deviner qu'elle avait passé la nuit assise sur son lit à s'en vouloir de s'être laissé embrasser par lui sans résister. Elle l'avait laissé repartir sans le mettre en garde contre sa cousine Jennie, certaine qu'une ingénue comme elle ne pouvait avoir séduit un homme habitué à conquérir les femmes. Elle n'était sûrement pas la première à qui il volait un baiser.

— Maître Leyland, murmura-t-elle, vous devez trouver ce jeu fort amusant, mais je suis chaste et n'ai point l'habitude de dispenser mes faveurs aussi généreusement que vous le faites, ou que le fait ma cousine Jennie. Sachez que je n'ai que mépris pour la façon dont elle se comporte avec les hommes.

— Moi aussi.

« Il se moque », pensa Meg, d'autant plus blessée qu'elle lui avait ouvert son cœur.

— Je n'en doute pas. Maintenant, lâchez-moi !

— Faites-moi penser à vous conter pourquoi elle a déguerpi plus vite qu'une voleuse ce matin, Meg. En attendant, je préférerais parler de choses plus agréables. Sachez que ceci n'est pas un jeu.

— En ce cas, jurez-moi que jamais vous n'avez volé un baiser à une pucelle.

— Lâchez ma main, et je jurerai.

Meg s'exécuta.

— Sur ma vie, déclara Hugh, la main sur le cœur, jamais je n'ai volé un baiser. J'en ai échangé d'innombrables, sans jamais avoir à forcer qui que ce soit.

— En ce cas, pourquoi le faites-vous avec moi ? Est-ce parce que je suis la fille d'un seigneur ?

— Parce que c'est le seul moyen de l'obtenir, à moins d'attendre que vous ne pleuriez de nouveau pour pouvoir vous porter jusqu'à votre chambre. J'ai peu d'espoir que cela se renouvelle de sitôt et ne me sens pas d'humeur à attendre plus longtemps. Et aussi parce que vous êtes la plus belle et la plus charmante de toutes les jeunes femmes qu'il m'a été donné de rencontrer, et que vous avez aussi la langue bien pendue, et que la colère vous va à ravir. Vous m'avez séduit comme jamais, Meg Moffat. Vous m'avez envoûté. Demandez à mes hommes s'ils m'ont jamais vu bouleversé à ce point. Excité, certes, émoustillé, sans doute, mais ému comme cela, jamais ! Et non, je n'ai pas l'intention d'abuser de vous, rassurez-vous. Je ne vous demande qu'un baiser, un seul, pour ne pas devenir fou, tout simplement.

— Et vous pensez que c'est la meilleure façon de l'obtenir de moi ?

— La seule, ma jolie, la seule. Vous seriez-vous tenue tranquille, et m'auriez-vous écouté, si je ne vous avais quelque peu… persuadée ?

— Certes non !

— Vous voyez bien. Je le savais. Donc…

— Donc… ?

— Reprenons là où nous en étions hier soir, voulez-vous ?

— Maître Leyland, vous êtes ici sur ordre du roi. C'est la seule raison de votre présence. Je ne suis point votre amie, et vous n'êtes point le mien, ni ne le serez jamais. Dans un jour ou deux, vous repartirez comme vous êtes venu, pour toujours, et que vous soyez ou non bouleversé n'y changera rien. La seule chose que je suis disposée à vous donner, pendant que vous enquêtez sur la loyauté de mon père, c'est l'hospitalité que tout seigneur doit aux voyageurs et aux envoyés du souverain, rien de plus. C'est déjà bien plus que ce que vous méritez, et encore plus que ce que vous auriez obtenu de sir Joseph s'il n'avait quitté ce monde. Si vous voulez me voler un baiser, je ne puis vous en empêcher, mais n'espérez point que je me jette à vos pieds pour vous en réclamer d'autres, car je ne le ferai pas. A présent, si c'est la seule condition pour que vous me laissiez partir et m'occuper de ce château, finissons-en, voulez-vous ?

— Vous êtes une vierge cruelle !

— Laissez ma virginité en dehors de tout cela, je vous prie.

— Cela risque de n'être pas chose aisée, mais je vous promets d'essayer.

Sur ces mots, il lui décocha un sourire désarmant et elle ferma les yeux, ébranlée. Leur baiser de la veille avait été le premier qu'elle eût reçu d'un homme qui semblait la trouver séduisante, quoique quelques amis de son père aient parfois laissé glisser leurs lèvres un peu trop près des siennes en la saluant, dans l'espoir sans doute de s'attirer ses bonnes grâces. Hugh de Leyland, lui, n'avait pas leur grossièreté, ni leur haleine fétide, au contraire, et elle regrettait finalement que sa colère ne lui ait pas permis de goûter à sa bouche comme elle l'aurait dû. Quel dommage, avait-elle pensé plus tard dans la nuit. Aurait-il assez d'audace pour recommencer ?

Cette fois-ci, son baiser fut comme une révélation, une vision du paradis que l'on cherche à retenir désespérément. Meg avait imaginé que leurs visages se heurteraient maladroitement, et que le souffle viendrait à lui manquer, mais, à sa grande surprise, leurs lèvres se trouvèrent sans effort, faisant vibrer au plus profond d'elle-même des cordes insoupçonnées. Cela n'avait rien à voir avec l'étreinte rapide qu'elle avait attendue avec réticence et dégoût, et elle ne se préoccupa bientôt plus ni du temps qui passait, ni de ses obligations de maîtresse des lieux. Le château pouvait attendre.

La main de Hugh vint caresser son visage et elle le laissa faire, rivée à ses lèvres et ne désirant rien d'autre que de rester ainsi pendant des heures. Elle ne protesta pas non plus quand elle sentit ses doigts s'aventurer plus bas, puis plus bas encore. Soudain, comme si elle se réveillait d'un songe, elle lui saisit le poignet, le cœur battant, les yeux fous, comme une biche surprise au bord d'un ruisseau.

— Non ! protesta-t-elle, rouge de confusion. Ce n'est pas…

— Non, répondit-il comme un sombre écho. Ce n'est pas ce dont nous étions convenus, n'est-ce pas ? Dommage, ajouta-t-il en frôlant encore les lèvres de la jeune femme. Est-ce une larme que je sens sur ma langue ? Allons, ne craignez rien, je ne vous ferai aucun mal, ma douce amie. Voulez-vous que nous en restions là ?

Elle hocha la tête.

— Ma main, aussi ? suggéra-t-il laconiquement.

Son visage avait retrouvé sa froideur, et Meg, le sentiment de sa faute.

— Aidez-moi à me relever, maître Leyland. Je dois rentrer, dit-elle avant de retomber dans un mutisme étonnant chez une jeune femme d'ordinaire aussi volubile.

Elle ne put le regarder dans les yeux, quand bien même il l'aida à se mettre debout avec beaucoup plus de délicatesse qu'il n'en avait mis à la jeter sur l'herbe. Quoi qu'il fasse, elle ne pouvait s'empêcher de voir en lui l'homme qui l'avait contrainte à abandonner une part de son innocence. Et le sourire sur son visage montrait bien qu'il en éprouvait quelque fierté.

Elle craignait qu'il ne reprenne la conversation et ne se rengorge de sa bonne fortune, mais, à son grand soulagement, il n'en fit rien et la laissa partir sans dire un mot, au point qu'elle en oublia de lui demander pourquoi Jennie avait vidé les lieux si précipitamment.

— Je ne veux pas que lady Ebony sache ce qui s'est passé entre nous, ni personne d'autre d'ailleurs, prévint-elle en regardant le petit bateau qui dérivait sur le loch. Elle serait furieuse.

— En êtes-vous sûre ?

— Certaine. Elle est bien plus courageuse que moi, et plus forte aussi.

— En ce cas, elle ne l'apprendra pas de moi, je vous le promets.

— Soyez-en remercié, conclut-elle en s'éloignant, après avoir chassé l'herbe de sa robe.

Elle commençait à comprendre pourquoi Ebony semblait aussi triste depuis la mort de son Robbie.

Meg et Ebony avaient toutes deux d'excellentes raisons de ne pas pouvoir retrouver sir Alex et Hugh de Leyland avant le dîner pour examiner avec eux le contenu du coffret.

Elles avaient trop pleuré pour ne pas avoir besoin de se passer un peu d'eau sur le visage et d'attendre un peu que leur teint redevienne clair. Meg avait prétexté qu'elle devait retrouver un des jeunes cygnes qu'une loutre semblait avoir emporté, mais, devant le visage consterné de sa belle-sœur, elle eut soudain honte de ce mensonge.

— Que s'est-il passé, s'enquit-elle en fermant la porte de la chambre d'Ebony dès que Sam et Biddie se furent éloignés. T'a-t-il... importunée ?

— Non, bien sûr que non ! répondit sa belle-sœur en s'efforçant de rire comme pour chasser ce soupçon. Pas dans un bateau, Meg, tu n'y penses pas ! Il voulait simplement parler, mais je n'en avais nul désir.

— Donc, tu n'as rien dit ?

— Si, mais cela m'a fort ulcérée. Je déteste cet homme. Comme j'aimerais qu'ils s'en aillent, tous !

Meg n'insista pas, pour éviter qu'Ebony se montre à son tour trop curieuse. Elles se rendirent à contrecœur à la convocation des deux hommes, mais, en dépit des découvertes étonnantes qu'ils firent en examinant les papiers du défunt sir Joseph, elles se sentaient si mal à l'aise toutes les deux qu'elles se hâtèrent de s'esquiver et se réfugièrent dans la chambre de Meg.

Une fois à l'abri, elles se serrèrent dans les bras l'une de l'autre en pleurant des larmes de joie.

— C'est Davy, s'écria Meg en sanglotant. L'infâme crapaud, le menteur, le félon ! Comment a-t-il pu faire cela à mon père et profiter si ignominieusement de son ignorance en imitant sa signature et en usant de son sceau à son insu ? Quand je pense que tu as failli accepter son offre de mariage ! Je suis bien aise que tu n'en aies rien fait.

Ebony jugea inutile d'expliquer à quel point elle avait été

près d'accepter et se contenta de tapoter l'épaule de Meg en la guidant vers la fenêtre. Lorsque Meg avait révélé aux deux hommes que sir Joseph ne savait ni lire ni écrire, et n'avait donc aucun moyen de savoir ce sur quoi son neveu lui faisait apposer son sceau quand il ne l'apposait pas lui-même, les choses avaient semblé s'éclairer soudain, tout comme le désir de Davy de remettre la main sur le sceau qu'Ebony avait en sa possession, et sans lequel il ne pouvait conclure les ventes qui se trouvaient en suspens. Au début de leur enquête, les chevaux de Galloway avaient constitué l'essentiel des marchandises litigieuses, mais il était apparu que, en fait, d'énormes quantités de grain et d'armes faisaient aussi partie du trafic auquel maître Davy, et non sir Joseph, se livrait, vendant au plus offrant de quelque côté de la frontière qu'il se trouve. Il se partageait ensuite avec l'intendant le fruit de ce commerce illicite, en faisant croire à sir Joseph que cet argent allait au roi pour financer ses guerres.

Il restait une question à résoudre : d'où provenaient les provisions qui se trouvaient dans les greniers de Kells ? Davy Moffat avait un privilège royal pour importer et vendre du vin, à l'exclusion de toute autre marchandise, et il ne disposait d'aucun navire, comme l'avait cru Georgie Boyd. S'était-il livré à la contrebande, ou à la piraterie en naufrageant les bateaux sur les côtes hérissées de récifs ? Sir Joseph avait fait preuve d'une avidité coupable en ne surveillant pas les activités de son neveu, et d'une naïveté non moins condamnable en ne se doutant pas que Davy utilisait ses entrepôts pour mieux détourner les soupçons. Pis encore, il s'était montré d'une incompétence crasse en ne s'apercevant pas que certains de ses chevaux avaient été vendus aux Anglais. Pour autant, il n'avait pas trahi. Certes, il n'avait pas rendu à leurs propriétaires les chevaux volés à ses compatriotes qu'il avait lui-même repris aux Anglais au cours de ses raids. Au contraire, il les leur avait même revendus un bon prix, ce qui constituait une indignité impardonnable. Il fallait voir sans doute dans cette attitude monstrueuse la cause de la rancœur solide que lui vouaient ses voisins, et la raison de la colère qu'ils avaient exprimée au cours des funérailles et qui avait motivé la décision de sir Alex de rester au château plus longtemps que prévu.

Sir Joseph ne pouvait plus à présent payer le prix de ses indignités, mais les chevaux devaient être rendus à leurs propriétaires afin d'être utilisés dans la défense du royaume. Quant à Davy Moffat, ses méfaits recevraient leur juste rétribution. Sir Alex avait même laissé entendre qu'il en restait sûrement d'autres à découvrir.

Les deux femmes ne savaient pas comment elles supporteraient de voir ce dernier continuer à occuper leur château avec sa troupe. Elles en étaient quasiment arrivées au point que la perte de Kells leur semblait une perspective moins désagréable que cette cohabitation forcée qui leur paraissait de jour en jour plus insoutenable.

Ebony regardait son fils dormir paisiblement en songeant aux véritables raisons qui avaient poussé Davy à lui demander sa main et à la colère noire qui l'avait saisi lorsqu'elle avait refusé. La sombre prédiction qu'avait faite sir Alex le matin même lui semblait de plus en plus plausible : le frêle Davy semblait n'avoir rien à envier aux pires des reivers, même s'il cachait bien son jeu.

En regagnant sa chambre, elle fit semblant de fermer sa porte à clé en secouant la serrure après avoir salué les gardes d'un signe de tête. La solution de l'énigme des ventes litigieuses lui avait laissé un goût amer et elle avait trouvé surprenant que sir Alex se montre tout à coup si froid à son égard.

Etait-ce dû au fait qu'elle insistait pour maintenir la fiction de ses rêves et faire semblant d'ignorer l'identité de son visiteur nocturne, ou, pis encore, qu'elle prétendait qu'il s'agissait de Robbie, ou de son fantôme, alors qu'en fait elle savait très bien à quoi s'en tenir ? Les choses ne pouvaient plus continuer ainsi, car sir Alex jugeait stupide et inutile de persister à faire semblant, sans quoi il ne serait pas resté jusqu'à l'aube la nuit d'avant, au risque d'être vu. Il avait essayé d'en parler, gentiment et avec détachement, pour lui rendre les choses plus faciles, mais, comme une sotte, elle avait à toute force voulu continuer à se mentir, rongée qu'elle était par la honte. A moins que ce ne fût de l'orgueil.

— Robbie ? murmura-t-elle en caressant la courtepointe de la main.

En fait de réponse, elle n'entendit que le bruit de la pluie tombant sur les volets. Comment pouvait-elle encore se leurrer en prétendant que son défunt mari avait la moindre part dans ses nuits, alors que la comparaison ne pouvait au contraire que le rejeter plus profondément dans les ténèbres de la mort ? Et comment aurait-elle pu se jeter dans les bras de sir Alex alors qu'elle avait décidé une fois pour toutes que c'en était assez et qu'il fallait désormais en rester là ? D'autant qu'il partirait un de ces jours avec ses hommes, sans espoir de retour, et que risquer de se retrouver enceinte dans ces conditions relevait de la folie pure. Et pourtant, dans la nuit sombre et solitaire, elle ne pouvait s'empêcher de désirer passionnément sa présence, au point que cette folie lui semblait un sort bien doux en comparaison de l'insoutenable solitude qui l'attendait.

8

La chambre au-dessus des cuisines avait été transformée en quartier général par les hommes du roi, qui trouvaient là un gîte plus agréable et plus tranquille pour préparer leur campagne que le couvert humide des bois. Sir Alex reposait sur son lit, habillé de pied en cap, et contemplait le plafond, les mains calées sous la tête, comme s'il n'avait pas même entendu les conseils que son compagnon venait de lui donner concernant sa vie amoureuse. La journée avait été bien remplie.

— As-tu entendu ce que je t'ai dit ? demanda Hugh de Leyland en croisant les jambes sur sa courtepointe de fourrure.

— L'essentiel, oui, répondit Alex. Comment se fait-il que tu connaisses si bien les veuves ?

— Quelle importance ? Ce que je veux te dire, c'est que, à ce stade, il vaut mieux ne pas attendre d'elle un comportement très rationnel. Pourquoi crois-tu qu'elle s'est enfuie ce matin ? Parce qu'elle ne peut exprimer ce qu'elle ressent, voilà tout.

— Je t'ai dit pourquoi elle me fuyait, Hugh. Pourquoi ne m'écoutes-tu pas ? s'emporta sir Alex. Ce n'est pas tant qu'elle ne voulait pas me parler, mais plutôt que j'ai fait allusion à la nuit dernière et qu'elle ne peut se résoudre à admettre la réalité de ce qui s'est passé entre nous.

— Mais alors, pourquoi a-t-il fallu que tu abordes le sujet, imbécile ?

— Parce que j'ai cru qu'elle finirait par accepter la situation, après…

— Après qu'elle se fut donnée à toi ? suggéra Hugh devant l'hésitation de son ami.

— Oui.

— A-t-elle parlé, quand vous étiez dans le bateau ?

— Pas de cela, non. Elle refuse de m'approcher désormais. C'est comme si son mari était encore en vie, et qu'il la retenait de toutes ses forces.

— Elle se sent coupable, asséna Hugh d'un ton docte.

— Par le ciel ! s'écria Alex. Cela fait trois ans qu'il est mort. Il doit forcément y avoir autre chose. Peut-être cet endroit ne lui vaut-il rien. Depuis qu'elle est veuve, elle n'a connu que des nuits solitaires et froides. Tout, et tous, ici, lui rappelle son passé. Il est temps qu'elle change d'air, Hugh, crois-moi.

Hugh fronça les sourcils.

— De toute façon, elle y sera bientôt forcée, n'est-ce pas ?

— Certes, mais il est peu vraisemblable qu'elle veuille de moi, c'est bien là le problème. A moins que je ne parvienne à la persuader d'oublier le passé. La nuit, dans l'obscurité, elle accepte ma présence, mais, dès l'aube, je redeviens une menace, comme nous tous ici.

— Même à présent que nous avons découvert le coupable ?

— Elle ment à sa belle-sœur. Elle craint que celle-ci n'accepte point ses agissements. Elles sont très proches et se font cependant l'une sur l'autre de fausses idées à un point que tu n'imagines pas. Lady Ebony a peur qu'on la voie répondre aux avances de l'homme qui est censé les dépouiller sur ordre du roi. Tu sais aussi bien que moi que celui-ci ne permettra jamais que la forteresse soit défendue par une femme, et une Anglaise, de surcroît, quand bien même elle serait la tutrice de l'héritier légitime des lieux. Elle croit que le roi pourrait peut-être accepter qu'elle reste ici, mais il n'en est rien. Le danger est trop grand. A moins qu'elle n'épouse un Ecossais…

— Comme toi, par exemple ?

Alex ne répondit pas, au point que Hugh se demanda un instant s'il n'avait pas sombré dans le sommeil.

— Alex ?

— Je t'écoute.

— Penserais-tu au mariage ? risqua Hugh.

— J'ai pris ce gamin dans mes bras ce matin, répondit sir Alex comme s'il avait refusé d'aborder le sujet de front. Et je l'ai serré fort, Hugh, très fort. Cela m'a rappelé…

— Nicolas ?

— Oui. Il doit avoir à peu près le même âge. Il me tarde de le voir de nouveau.

— En nous rendant à Newcastle, nous pourrons passer le voir.

— Certes, mais ce n'est pas suffisant. Il a besoin d'une mère, et moi d'une femme ! lança sir Alex en s'asseyant brusquement sur le bord de son lit, la tête entre les mains. J'ai besoin d'elle, tu m'entends ? Je la veux, ajouta-t-il d'une voix rauque. Oh Dieu ! Tu n'as pas idée à quel point je la veux, Hugh.

Celui-ci vint doucement s'asseoir auprès de son compagnon, abasourdi par le spectacle que lui offrait sir Alex.

— Par le ciel, mon ami, tu es amoureux ! Ainsi, nous sommes deux à nous être laissé prendre enfin. Cela nous apprendra !

— Comment, toi aussi ?

— Oui, je suis pris au piège, répondit Hugh en hochant la tête. Mais ton affaire est sérieuse, et il convient d'agir promptement. Ton cœur n'est pas seul en jeu. Si ta mie refuse de te voir pendant la journée, il te faudra bien te conformer à cela en attendant qu'elle change d'avis. Il va te falloir user de doigté, et cela risque de prendre du temps. Mais nous ne pouvons rester ici éternellement.

— Je me proposais d'attendre qu'elle fasse un geste.

— Réfléchis un peu, s'impatienta Hugh. Nous n'avons pas des années. C'est une femme très fière, et, en outre, voilà qu'elle pourrait bien se retrouver enceinte bien que veuve. Et tu es là à attendre qu'elle coure vers toi ? Tu es fou. Elle n'est même pas capable d'admettre qu'elle éprouve des sentiments pour toi, comment veux-tu qu'elle vienne se jeter à ton cou ? Il faut que tu lui montres que tu la comprends, même si ce n'est pas le cas, et que tu tiens à elle.

— Tu as raison.

— Alors, de quoi t'a-t-elle parlé, dans le bateau ?

Alex se redressa et se passa la main sur le visage comme s'il venait de sortir d'un rêve.

— Je te prie de croire qu'elle ne s'est pas montrée très amicale, expliqua-t-il avec un sourire penaud. Elle m'a aussi parlé de sa mère. Elle est très inquiète à son sujet. Il se pourrait bien qu'il nous faille aller à sa recherche.

— Comme si nous n'avions que cela à faire ! s'exclama Hugh en s'approchant de la fenêtre pour scruter l'obscurité de la cour. Bien. En attendant de partir à la recherche de la chère disparue, qu'allons-nous faire ici ? Je suppose que l'attaque n'aura pas lieu cette nuit, n'est-ce pas ?

— Pas avant que tous les invités ne soient partis. Peut-être demain, donc. J'ai bien inspecté les abords du lac ce matin, et j'ai repéré une petite crique que l'on ne peut voir d'ici. Une falaise la surplombe, que je suis allé examiner dans l'après-midi. Les marchandises entrent et sortent par une grotte ouvrant sur une longue galerie.

— C'est donc par là aussi qu'ils passeront pour s'emparer du reste des armes. Eh bien, le plus tôt sera le mieux.

— C'est juste, mais nous ne demanderons pas la clé à l'intendant tant que Geordie Boyd n'aura pas emporté son chargement demain matin, sans quoi il comprendra que nous connaissons l'existence de cette galerie. Dès l'aube, nous enverrons une demi-douzaine de nos hommes de l'autre côté du lac, chez le bûcheron, et, dès que Boyd aura rebroussé chemin, ils récupéreront les armes et les ramèneront ici. Après quoi, nous enfermerons l'intendant, nous lui prendrons la clé de l'entrepôt, que nous remplirons de nos gens afin qu'ils appréhendent quiconque se risquera à y pénétrer en passant par le tunnel.

— Très bien, dit Hugh. Le reste des hommes, moins ceux qui monteront la garde ici, se tiendra sur les rives du loch, près de la crique, pour attraper les fuyards. Je pense que nous serons à deux contre un. Qu'en dis-tu ?

— Oui, c'est aussi mon avis. Je ne serais pas surpris d'apprendre que ce putois de Moffat est responsable de la mort de son oncle, vois-tu. Il me semble impossible de croire qu'un homme aussi expérimenté que sir Joseph ait pu commettre l'imprudence de pénétrer dans un bâtiment en flammes. Je trouve cela très suspect.

— Crois-tu qu'il désire devenir le maître de ces lieux ?

— Parbleu ! Il épouserait la mère du jeune seigneur, et profiterait de tous les fermages et de toutes les tailles, ainsi que du produit des terres. Cela ferait de lui un homme immensément riche.

— Jusqu'à la majorité de Sam.

— Si jamais il y parvient…

— Tu crains pour sa vie ? s'exclama Hugh.

— Si par malheur Moffat mettait la main sur lui, j'aurais très peur en effet, répondit sir Alex, songeur. N'oublie pas d'isoler les deux juments du baron, Hugh. Il les prendra avec lui en partant demain matin.

— Très bien, j'y veillerai. Et pour cette nuit, que faisons-nous ?

— Restons sur nos gardes. A quoi pensais-tu ?

— Oh, s'exclama doucement Hugh de Leyland avec un sourire entendu, je me verrais bien me livrer à des occupations plus intéressantes…

— En évitant cette fois de le faire au milieu des bruyères, je suppose, s'esclaffa sir Alex en tombant en arrière sur le lit.

— Quoi ? Tu nous as vus ?

— Bien sûr que oui, mon ami. J'étais sur le loch, juste en face de vous. Je suppose que la jeune Meg n'est pas plus impatiente d'être découverte que sa belle-sœur, n'est-ce pas ? Quel couple infernal !

— C'est bien vrai, gémit Hugh. Mais j'ai peur de ne pas avoir fait autant de progrès que toi.

Alex approuva en silence.

— Au fait, dit-il, le jeune Sam n'est plus notre otage.

— Ah ! s'étonna Hugh de Leyland. Cela a-t-il à voir avec ce que nous avons trouvé dans le coffret ?

— En partie, oui. Cela nous aidera aussi sans doute à établir de bonnes relations avec nos hôtesses.

— Par le ciel, mon ami, occupons-nous de cela au plus tôt ! plaisanta Hugh d'un ton faussement pompeux. Souviens-toi de ce que je viens de te dire.

— A quel propos ? demanda sir Alex comme s'il n'avait aucune idée de ce dont lui parlait son compagnon.

Hugh se jeta sur lui et ils roulèrent par terre comme deux jeunes chiots jouant à se battre. Leur bataille joyeuse fut interrompue par l'arrivée soudaine de Joshua qui se trouva fort surpris de trouver ses chefs en pareille posture.

— Est-ce tout ce que vous avez trouvé à faire à cette heure, mes maîtres ? demanda le vieux soldat sur le ton d'un grand-père tançant des garnements. Je croyais que nous devions nous préparer à repousser une attaque ?

Le lendemain était un dimanche, et Ebony s'en voulut quelque peu de penser surtout à trouver une échappatoire à sa situation plutôt que de consacrer toute son énergie à aider ceux qui en avaient besoin. Le frère Walter avait été saisi par une fièvre qui l'avait empêché de dire la messe, et qui semblait moins bénigne qu'il ne le pensait. Elle se sentait obligée de lui trouver un remède qui fût plus efficace que les infusions de verge d'or qu'on lui avait données déjà, et qui n'avaient servi à rien. Dame Janet, quant à elle, avait très mal vécu l'incident gênant qui avait terni les funérailles, d'autant que le baron Cardale lui avait présenté des excuses tellement sincères qu'elle ne savait plus que penser. Cela dit, Meg et Ebony avaient bien d'autres chats à fouetter que d'aller conforter une vieille femme avec de telles billevesées.

Dans la tour est, les blessés faisaient des progrès remarquables, certains même ayant déjà repris leurs activités, sous surveillance bien sûr. Comme frère Walter ne pouvait s'occuper d'eux, Ebony le remplaçait, ce dont aucun n'avait trouvé à se plaindre.

Ce fut d'eux qu'elle apprit la terrible mésaventure advenue à Jennie Cairns la nuit des funérailles, et comment son mari l'avait ignominieusement reconduite à leur chambre, fou de rage, après que — semblait-il — Hugh de Leyland l'eut prévenu de l'endroit exact où elle se trouvait. On avait entendu des invectives et des hurlements pendant quelques heures en haut de l'escalier qui menait à leur chambre, après quoi ils avaient pris la route en hâte, non sans réveiller tout le monde en s'insultant copieusement. Quant à ce qui avait motivé la colère de Jennie, Ebony n'avait pas eu de mal à le deviner.

Elle se rendit rapidement chez sa belle-sœur, pour lui expliquer de quoi il retournait. Elles tombèrent d'accord pour penser qu'on ne leur pardonnerait pas de sitôt une telle insulte, et qu'on les blâmerait pour leur connivence supposée avec les envoyés du roi, avant probablement de leur faire payer chèrement ces mésaventures. Elles avaient beau penser que Jennie n'avait eu que ce qu'elle méritait, elles trouvaient cependant bien peu charitable la façon typiquement masculine dont celui ou ceux qui l'avaient dénoncée s'étaient comportés avec elle, passant en un instant de la plus cauteleuse courtoisie à une vulgarité non moins détestable. Les deux femmes décidèrent de garder tout cela pour elles, et de profiter de leur rancœur pour se montrer aussi froides que possible avec les occupants.

Quant au jeune Sam, Ebony décida d'avoir une conversation avec lui, ne fût-ce que pour éviter qu'il commît de nouveau une bévue comme celle de la veille, que Meg avait ignorée, la mettant heureusement sur le compte de sa jeunesse et de son innocence. L'enfant avait d'ailleurs été surpris de cette réaction, car il n'avait pas encore appris à mentir.

Lorsque sa mère évoqua son veuvage, Sam lui fit part du chagrin qu'il éprouvait à vivre sans père, et se plaignit des moqueries de ses camarades de jeu, qui le taquinaient à ce propos. Les fils du bailli avaient récemment ri de lui et il n'avait su que répondre.

— Tu ne leur as pas dit que sir Alex était… avec moi dans ma chambre, au moins ?

— Non, mère, j'avais oublié, répondit Sam ingénument. Aurais-je dû le leur dire ?

— Bien sûr que non ! s'écria sa mère en le prenant contre elle et en le serrant très fort dans ses bras. Il est des choses qui ne doivent être dites à personne. Ce ne sont pas des crimes, mais c'est à nous de choisir ce que nous voulons que les autres sachent de notre vie privée. Aussi, parfois, faut-il garder pour soi ce qui ne les concerne pas, comprends-tu ?

— Je crois que je comprends, mère, mais je ne sais jamais quoi répondre à Barney et à Tom quand ils disent que je n'ai pas de père. J'en ai eu un pourtant, n'est-ce pas ?

— Oui, mon chéri. C'était un homme très brave et très courageux, qui nous aimait beaucoup tous les deux, et que nous aimions beaucoup nous aussi. Mais il n'aurait pas voulu que tu vives sans père toute ta vie, et je ne pense pas que…

— Vous ne pensez pas que quoi, mère ? insista l'enfant.

— Qu'il aurait voulu que je reste sans époux, moi non plus, répondit-elle, à la fois inquiète de la réaction de son fils et surprise d'avoir exprimé son désir aussi nettement, et pour la première fois. Les femmes qui vivent dans un château, à moins d'être de sang royal, doivent avoir un mari, vois-tu. Et tu peux dire à Tom et à Barney que, dès que j'en aurai trouvé un qui me convienne, nous formerons de nouveau une famille, tous les trois, comme avant. Et que, s'ils veulent rester au château, il vaudrait mieux pour eux qu'ils apprennent à se comporter de meilleure façon.

Le visage de Sam s'illumina à ces mots, et Ebony sentit son cœur fondre comme la cire devant la flamme.

— J'espère que votre nouvel époux ressemblera à sir Alex. Comme j'aimerais qu'il soit mon père ! s'écria-t-il, rayonnant de joie.

— J'en doute, mon chéri. Il est au service du roi, vois-tu, et est sans cesse par monts et par vaux. Je ne crois pas qu'il aspire à fonder une famille et à s'établir une fois pour toutes, pas plus d'ailleurs que Hugh de Leyland. Du moins pas avant longtemps.

— Est-ce pour cela qu'il est venu te consoler après l'enterrement de grand-père ? Parce qu'il n'a pas de femme ?

— Oui… c'est pour cela, répondit Ebony, qui s'inquiétait du tour de la conversation.

— Et maître Hugh, il consolait aussi tante Meg ?

— Que dis-tu ? s'écria Ebony, en luttant de toutes ses forces pour maîtriser sa surprise. De quoi parles-tu, Sam ?

L'enfant quitta les bras de sa mère et vint s'agenouiller sur le coussin au bord de la fenêtre.

— Je les ai vus là, en bas, dit-il en tendant le cou pour regarder le pied des remparts.

— Ne te penche pas !

— Non, mère, n'ayez crainte. Ils étaient sur l'herbe, tout contre le mur. Tom, Barney et moi vous avons suivie quand nous vous avons vue courir vers la cascade, mais vous étiez déjà presque arrivée au loch lorsque nous avons atteint la barrière. Nous avons vu maître Hugh allongé sur tante Meg et nous avons pensé qu'il valait mieux ne pas les déranger. Nous sommes revenus sur nos pas sans faire de bruit et sommes partis jouer ailleurs.

— Sam, mon chéri, vous avez dû vous tromper. Ta tante Meg et maître Hugh ne sont pas très amis, vois-tu…

— Ils l'étaient hier, mère, je vous le jure ! Et je suis certain qu'il s'agissait de tante Meg, car elle portait ses poulaines rouges que j'aime tant. Tom et Barney aussi ont dit qu'il n'y avait pas de doute.

Ebony dut respirer profondément pour pouvoir parler de nouveau tant la stupeur l'avait étourdie.

— Ecoute, mon chéri, comme je te l'ai dit tout à l'heure, il faut parfois garder pour soi ce que l'on a appris. Voilà justement l'occasion d'appliquer cette règle. Parfois, les choses ne s'expliquent pas, et peut-être vaut-il mieux qu'il en soit ainsi. Ta tante Meg ne serait pas contente de savoir qu'elle ne peut rien faire sans que cela se sache. Aussi ne chercherai-je pas à t'expliquer ce que tu as vu, d'abord parce que je n'en sais rien moi-même, et ensuite parce que cela ne nous regarde pas. Oublions cela, et, surtout, n'en parlons à personne. Promis ?

— Oui, mère, acquiesça l'enfant. Je ne pense pas que Tom et Barney en parleront. Ils disent qu'ils ont souvent vu des amoureux s'embrasser, de toute façon, ajouta-t-il en s'éloignant de la fenêtre, comme si le sujet l'ennuyait déjà.

Ce qui n'était pas le cas d'Ebony.

— Et pas un mot à maître Hugh non plus ! insista-t-elle.

— Non, mère, soyez sans crainte, je garderai le silence.

De toute façon, j'ai promis aux gens du roi de ne jamais parler de ce qu'ils font.

— Tu m'en vois ravie, mon chéri.

— Puis-je m'en aller à présent ? Maître Josh m'a promis de m'apprendre à écorcher un cerf.

Ebony ravala ses objections et fit semblant d'applaudir à cette idée. Après tout, il se pouvait qu'il doive bientôt exercer ce talent pour nourrir sa mère…

— Biddie sera-t-elle là elle aussi ? demanda la jeune veuve, certaine qu'il répondrait par la négative.

— Oui ! cria Sam depuis le pas de la porte. Elle est toujours là quand je suis avec maître Josh. Ils s'aiment bien tous les deux.

Grands dieux, songea Ebony en regardant le battant se refermer sur Sam. Que se passe-t-il dans ce château ? Ce doit être le printemps !

Elle resta assise près de la fenêtre quelque temps, réfléchissant furieusement à ce que son fils venait innocemment de lui révéler. Elle savait qu'il ne s'agissait pas d'une affabulation, non seulement parce que les trois garçons avaient été unanimes pour reconnaître Meg, mais aussi parce que ses poulaines rouges étaient reconnaissables entre mille, sans compter qu'elle avait elle-même vu Meg sur le chemin au pied des remparts à ce moment précis. Elle avait remarqué des larmes sur ses joues, d'ailleurs, et une certaine timidité vis-à-vis de maître Hugh qu'elle avait trouvée surprenante et inhabituelle. Pour autant, elle n'avait parlé de rien à quiconque.

Si elle n'avait à l'instant fait devant Sam l'éloge de la discrétion, elle aurait incontinent mené sa propre petite enquête pour savoir de quoi il retournait, mais elle jugea préférable de s'abstenir et de suivre ses propres préceptes, quoi qu'il en coûtât à sa curiosité. Quand elle aurait envie de l'informer de ces événements, Meg ne manquerait sûrement pas de lui en parler.

Le lendemain matin, Ebony reçut une confirmation éclatante, et directe, de ce qu'elle avait appris de la bouche ingénue de son fils. Comme les derniers invités sortaient des écuries sur leurs chariots remplis de tonneaux de vin et de quartiers de viande fraîche, personne n'aurait su dire si c'était le soulagement ou le chagrin qui motivait les larmes silencieuses de dame Janet, et personne n'aurait osé le lui demander, de peur d'être abasourdi par sa réponse. Meg s'inquiéta de ce que le baron Cardale emportait avec lui deux des juments de son père, ce dont personne ne l'avait avertie. Ebony s'étonna de sa réaction, la jugeant disproportionnée, surtout si l'on songeait au peu d'intérêt que, en temps ordinaire, elle portait aux chevaux de sir Joseph, mais pensa que sa belle-sœur avait trouvé là un moyen de se consoler en houspillant Hugh de Leyland en public, ce qu'elle faisait avec force cris et vociférations, au point que toutes les têtes se tournèrent vers elle dans la cour.

Maître Hugh encaissa le premier assaut, mais sembla soudain se lasser de ces invectives et, prenant Meg par le bras, la força à entrer à l'intérieur des écuries, ce qu'elle fit, sans résister toutefois autant qu'on aurait pu s'y attendre.

— Où l'emmène-t-il ? s'enquit Ebony, les yeux pleins d'inquiétude.

Elle fit mine de les suivre, mais sir Alex la retint d'un bras ferme, refusant de lâcher prise lorsqu'elle secoua le bras pour tenter de se dégager.

— Lâchez-moi !

— Non. Laissez-les tranquilles. Il sait ce qu'il fait.

— Si fait, messire. Et Meg est ma belle-sœur. Elle ne…

— Il ne lui arrivera rien de fâcheux, et ne comptez pas qu'elle vous remercie pour l'avoir pourchassée de la sorte, comme une mère poule. Venez, ajouta-t-il en relâchant légèrement son étreinte.

— Vous savez quelque chose que vous me cachez, n'est-ce pas ? lui dit-elle en le défiant du regard.

Il semblait s'amuser de la tournure des événements, et, pour la première fois, Ebony pouvait lire dans ses yeux bleus à livre ouvert.

— Laissez-les tranquilles, insista-t-il doucement.

Il savait. Elle en aurait juré.

— Pourquoi le baron Cardale emporte-t-il ces deux juments ? Qui lui en a donné la permission ?

— C'est Hugh, répondit sir Alex. Elles lui appartiennent. Sa marque est gravée sur leur cuisse.

— Que font-elles ici en ce cas ? demanda-t-elle, quoiqu'elle connût la réponse.

Le cheval de Sam avait un L sur la cuisse, lui, bien qu'il fît partie du troupeau de Kells. Sentant les regards tournés vers elle, Ebony jugea préférable de ne pas insister et fit signe à Biddie et à Sam de vider les lieux avec elle.

L'enfant rechignait à s'en aller, espérant que sir Alex viendrait à son secours.

— Où allons-nous ? demanda-t-il d'un ton geignard en marchant dans une flaque d'eau.

— Nous allons voir les cygnes et leurs petits, répondit Ebony.

— Mais, protesta Sam, sir Alex m'a dit qu'il ferait ferrer mon cheval ce matin !

— Allons, petit, suis ta mère, intervint celui-ci. Je viendrai te prévenir quand le maréchal-ferrant sera prêt.

Ebony tourna les yeux vers lui et lut dans son regard soudain sérieux toute la joie d'un père devant l'admiration que l'enfant lui vouait. Elle savait très bien qu'aucune parole n'aurait su convaincre Sam d'y renoncer, car elle les avait vus ensemble, et avait remarqué l'adoration du garçon pour ce héros inespéré. Elle savait aussi que son corps lassé de solitude réclamait sa présence lui aussi, et sa chaleur.

— Excusez-moi, murmura-t-elle.

— Vous excuser ? Mais de quoi ? s'étonna-t-il en ouvrant de grands yeux.

— De vous avoir insulté, hier, dans le bateau. J'étais…

Elle regarda autour d'elle, cherchant ses mots, mais rien ne vint.

— Chavirée ? suggéra-t-il avec un sourire. Allons, milady, c'est oublié.

— Merci. Biddie accompagnera Sam. Inutile de venir le chercher.

Il la salua d'un signe de tête courtois mais sans plus et regarda le trio s'éloigner à travers la cour.

Après s'être assurée que les cygnes et leurs petits se portaient comme des charmes, Ebony ne put résister à l'envie d'en savoir plus sur les aventures de Meg, malgré le sermon qu'elle avait fait à Sam à ce sujet. Elle insista auprès de sa belle-sœur pour qu'elle lui explique pourquoi elle avait réagi si violemment à propos des chevaux de lord Cardale, et ce qui s'était passé ensuite dans les écuries, mais Meg refusa absolument d'en dire plus.

— Il voulait seulement éviter que tout le monde entende ce qu'il avait à dire sur ces chevaux, voilà tout.

— Et qu'avait-il à en dire, justement ?

— Qu'ils appartiennent à lord Cardale.

— Mais... ils le savaient tous, apparemment, non ?

— Je ne sais pas, s'impatienta Meg en haussant les épaules. Vraiment, je serai heureuse de les voir partir ! Nous pourrons enfin être maîtresses chez nous. Je devrais me rendre au village pour soigner une femme qui est couverte de boutons, à ce qu'on m'a dit, et je ne peux rien faire parce que je suis consignée ici. J'enrage ! Il va falloir que j'envoie l'un des hommes à ma place.

Cet accès de colère lui servait à masquer son trouble, et les affres dans lesquelles elle se débattait. Maître Leyland avait été quelque peu ulcéré d'être ainsi insulté en public et l'avait traitée plus rudement que quiconque avant lui. Elle ne lui trouvait aucune excuse, d'autant que, pour lui prouver qui commandait, il l'avait embrassée de nouveau à la faveur de l'obscurité, sans ménagement. Elle l'avait laissé faire, car, plus encore que son baiser, il avait une façon de la tenir serrée contre lui qui rendait toute résistance inutile. C'était d'ailleurs pour cela qu'elle l'avait laissé la porter jusqu'à sa chambre après le banquet. Il avait de l'expérience à revendre, et une confiance en lui incroyable. Et ce n'était sûrement pas le genre d'homme que sir Joseph aurait voulu pour gendre. Elle ne cessait de se le répéter.

Malgré tout cela, elle ne pouvait empêcher son esprit de vagabonder, au point qu'Ebony attendit souvent en vain une réponse à ses questions, alors qu'elles brodaient toutes les deux ensemble en profitant de la lumière déclinante du jour.

*
* *

Comme Meg, Sam et Biddie dormaient dans des chambres qui surplombaient la cour principale, les deux femmes et l'enfant furent les premiers à venir annoncer à Ebony la nouvelle : le château avait été attaqué pendant la nuit, et le bruit de la bataille les avait tenus éveillés toute la nuit, ce qui n'était pas tout à fait vrai, mais ajoutait un peu de piment au récit.

Ebony jeta un châle sur ses épaules et se poussa un peu sur le lit pour faire de la place à Sam, ainsi qu'à Biddie, à Meg et à dame Janet. Le chambellan, maître Morner, resta prudemment à distance.

— Il faut reconnaître que nos occupants avaient remarquablement préparé leur défense. Ils savent ce qu'ils font.

— Y a-t-il des blessés ? s'enquit Meg, inquiète. Des prisonniers ? Qui ? Sont-ce des gens de par chez nous ?

— Il y a eu quelques tués, répondit le chambellan sans un battement de cils. Une poignée tout au plus. Des reivers. Mais aucun chez les gens du roi. Et quelques prisonniers en effet. Peu de dégâts, en fait, et quelques blessures, évidemment.

— Mais quel vacarme ! s'écria dame Janet.

— Ce n'étaient pas des gens d'ici, remarqua le chambellan, mais ils savaient exactement ce qu'ils cherchaient, et où le trouver.

— Les armes ? s'enquit Ebony, laconique.

— Ils sont repartis bredouilles, milady, et ont filé à toute allure sur le lac en ramant comme s'ils avaient vu le diable.

— Ils sont venus par le loch ?

— Tout juste. Il semble que Richie se soit livré à quelques rapines, lui aussi. Ils l'ont jeté en prison comme les autres.

— L'intendant ? s'étonna dame Janet. Pourtant, quel homme charmant !

Le regard torve que lui décocha Meg la dissuada d'en dire plus en faveur de ce dernier. Lorsque le sujet fut épuisé, Ebony se trouva en butte aux questions incessantes de Sam. Il avait dormi à poings fermés et ne pouvait comprendre comment, après trois années passées à faire des cauchemars qui l'empêchaient de trouver le sommeil, il avait pu manquer une telle occasion de se faire des souvenirs, d'autant que le raid avait laissé si peu de traces qu'on n'en pouvait imaginer ni l'ampleur ni le déroulement.

— C'est sir Alex qui les a défaits, n'est-ce pas, mère ? N'est-ce pas, Biddie ? C'est lui qui les a vaincus !

— Allons, descendez de là, ordonna la nourrice, et habillez-vous si vous voulez aller voir les poulains.

Sam courut vers la porte en riant, mais, avant qu'il puisse atteindre la poignée, le battant s'ouvrit et il fut soulevé dans les airs par les bras puissants de sir Alex, à son grand ravissement.

A moitié étouffé par l'enfant qui lui serrait le cou, celui-ci fit mine d'être au plus mal.

— Où cours-tu ainsi, garnement ? As-tu l'intention de m'étrangler d'abord ? Bien le bonjour, maîtresse Biddie. Milady, ajouta-t-il en hochant la tête. Je suppose que vous avez appris que nous avons eu de la visite ?

— Les avez-vous combattus un à un, sir Alex ? demanda Sam, toujours aussi enthousiaste, en se levant pour venir parler à son héros face à face. Est-ce pour cela que vous n'êtes point venu consoler ma mère ?

Sir Alex hésita un instant, jetant discrètement un coup d'œil en direction d'Ebony avant de répondre d'un ton assuré et rieur :

— En effet, mon garçon. J'ai été fort occupé ces dernières nuits. La défense du château est à ce prix, vois-tu.

— Eh bien, répondit l'enfant, à présent que le château est sauf, vous pourrez revenir. La porte n'est…

— Sam ! s'écria Ebony, horrifiée.

—… pas fermée à clé, pour le cas où j'aurais besoin de monter voir ma mère parce que j'ai fait un cauchemar. Je vous cède ma place bien volontiers, messire.

— Sam ! Au nom du ciel !

— Oui, mère ?

Biddie, imperturbable, vint à la rescousse de sa maîtresse.

— Allons, milord, il est temps de nous habiller, dit-elle d'un ton ferme. Laissez sir Alex en paix, il a à faire. Venez avec moi, insista-t-elle en le prenant dans ses bras et en l'asseyant sur sa hanche. Je viendrai vous coiffer quand vous m'appellerez, milady.

— Oui, Biddie. Merci.

Quand tous furent partis, à la suite de Sam et de Biddie, sir Alex ferma la porte derrière eux et s'appuya contre elle, comme soulagé de pouvoir enfin savourer un peu de silence.

Pour la première fois, Ebony nota qu'il semblait fatigué, et s'étonna presque de le voir se redresser avec effort pour se diriger vers le banc de pierre, sous la fenêtre. Il s'assit lourdement, les bras ballants le long de ses cuisses, la tête penchée comme s'il s'était assoupi, et elle reconnut dans cette attitude la marque évidente d'un homme qui n'avait pas dormi depuis des jours. Pour autant, cependant, il lui sembla que la fatigue n'expliquait pas tout.

Elle serra autour d'elle le châle qu'elle avait, à l'arrivée de Sam et Biddie, jeté en hâte pour couvrir sa poitrine nue et s'approcha de lui. Délicatement, elle entreprit de défaire le doublet de cuir qui couvrait le bras de sir Alex et portait une large entaille depuis l'épaule jusqu'au coude. Le sang avait coulé abondamment, mais le vêtement avait caché la blessure aux yeux de Biddie et de Sam.

— Laissez-moi faire, je vous prie, dit Ebony.

Trop épuisé pour protester, il la laissa lui ôter les vêtements qui couvraient son torse, découvrant la blessure profonde et tuméfiée, impressionnante. Ses cheveux tombaient sur son front en longues mèches noires et son cou portait la marque du collier de cuir qu'il arborait d'ordinaire et avait dû perdre dans la bataille. Sur ses épaules et son dos, de larges zébrures indiquaient qu'il avait reçu de nombreux coups. Ebony se demanda pourquoi il était parti au combat sans se protéger autrement que d'un mince gilet de cuir sur son doublet.

— Pour l'amour du ciel, messire, pourquoi n'avez-vous rien dit ?

Elle commençait à douter qu'ils se fussent si bien préparés à repousser l'attaque que l'affirmait maître Morner.

L'eau que le chambellan lui avait fait porter était encore chaude et Ebony s'affaira à nettoyer la blessure en silence avant d'y appliquer un onguent fait de gruau d'avoine, de jus de poireau, de suif et de lait, qu'elle enferma sous un bandage de lin. Pendant tout ce temps, il resta quasiment impassible, appuyé contre le mur de pierre, les yeux perdus dans le vague, l'esprit embrumé par la fatigue et le besoin de dormir.

Comme une mère avec son enfant, elle lui essuya doucement le visage, le cou, puis les bras, les soulevant l'un après l'autre avec mille précautions, comme pour effacer les traces de cette nuit funeste durant laquelle il avait repoussé les assauts de l'ennemi. Pour elle, et pour son fils, au premier chef, elle le savait.

— Vous ne devriez pas être…, finit-il par protester.

Mais elle lui fit signe de se taire et il s'exécuta, la laissant passer sur sa peau un lait épais et apaisant. Elle n'avait pas prévu tout le plaisir qu'elle tirerait de sentir sous ses doigts la chair souple et ferme, et de pouvoir enfin pour la première fois contempler son torse puissant. Sans compter l'excitation de se sentir maîtresse de la situation, et en position de lui apporter à son tour le réconfort et le bien-être d'une caresse muette dans la nuit.

Elle trouvait enivrant ce renversement des rôles et s'enhardit au point de le guider vers le grand lit, sur lequel il s'effondra après une traversée hésitante depuis la fenêtre. Elle l'aida à placer sa tête confortablement sur l'oreiller, et, dans la manœuvre, son châle s'ouvrit et tomba à ses pieds, mais elle jugea inutile de se préoccuper de sa nudité devant un homme inconscient. Elle s'occupa de l'installer aussi bien que possible, grimpant sur le lit elle-même pour pouvoir le manœuvrer à son aise.

Elle prit sa tête entre ses mains et se mit à la couvrir de baisers. Ses lèvres étaient fermes et douces, et elle se demanda combien de femmes les avaient embrassées, blotties dans ses bras, depuis le temps qu'il parcourait le monde. Pour l'heure, cependant, elle était seule avec lui et personne ne pouvait la voir se repaître de sa bouche, son cou, son menton, ses paupières ; non, personne ne pouvait la regarder caresser ses mèches sombres et s'émerveiller de les trouver si douces et soyeuses sous ses doigts…

Ebony jugea préférable de s'en tenir là et, jetant une couverture sur les épaules du blessé après s'être pudiquement rhabillée, elle s'affaira à plier ses vêtements tachés de sang, mettant de côté le doublet déchiré pour le donner aux couturières. A sa grande surprise, elle éprouvait une joie inexplicable à accomplir pour l'homme qui gisait dans le grand lit ces tâches domestiques si ordinaires. A peine une semaine plus tôt, elle aurait pu s'offrir à lui pour éviter d'être séparée de son fils, et voilà qu'elle était désormais prête à se donner pour rien. Mais bientôt, dans quelques jours tout au plus, il allait reprendre sa route et la laisser seule dans son château glacial.

Cette simple idée la pétrifiait.

Pendant qu'elle luttait désespérément pour chasser ces terribles pensées, deux yeux bleus l'épiaient discrètement, qu'elle ne pouvait pas voir, pas plus que le sourire qui fit brièvement frémir les lèvres du blessé avant de s'évanouir comme il était venu.

Le château bruissait d'une jubilation silencieuse. On avait mesuré les résultats de l'attaque, pansé les blessures et interrogé les quatre prisonniers que l'on avait attrapés. Ceux-ci avouèrent avoir été envoyés par maître David Moffat, pour lequel ils travaillaient depuis déjà des années. Il ne s'agissait donc nullement de quelconques reivers. Ni Meg ni Ebony ne parvinrent à en apprendre plus, sinon que les attaquants avaient été plus nombreux que prévu et qu'ils avaient fait preuve d'une détermination étonnante pour des mercenaires.

Sir Alex et Hugh de Leyland ne firent que de brèves apparitions au cours des repas, et les deux femmes n'eurent pas besoin d'explications pour savoir qui avait soigné les blessures de chacun d'eux quand bien même ils avaient leur médecin personnel. A aucun moment sir Alex ne remercia Ebony, ce dont elle se trouva bien aise. Pourtant, le soir venu, son désir la tenaillait si fort que, au lieu de se coucher dans le grand lit vide où le chef des hommes du roi avait passé la matinée, elle se tint auprès de la fenêtre à contempler le loch dont les eaux noires reflétaient la lueur pâle de la lune.

Enveloppée dans le châle dont elle avait couvert le blessé, elle offrait son visage à la brise nocturne, prêtant l'oreille aux cris des chauves-souris qui crépitaient dans l'air frais chargé du parfum des bruyères. Au loin, les montagnes qu'on appelait les Rhinns dans tout le comté de Galloway disparaissaient lentement à mesure que le soleil s'éloignait derrière l'horizon. La nuit s'annonçait calme, car la blessure de sir Alex le tiendrait cloué au lit. Rien ni personne ne viendrait troubler Ebony dans sa solitude.

La porte s'ouvrit si doucement qu'elle n'entendit pas le moindre bruit. Ce ne fut que lorsque la silhouette sombre s'approcha qu'elle s'avisa de sa présence, mais elle l'avait désirée si fort et si longtemps qu'elle l'accueillit d'un cri de joie stupéfaite. Il ôta son doublet avant de l'atteindre et la prit dans ses bras avec une fougue inouïe, comme si lui aussi avait attendu ce moment avec impatience. Elle sentit son corps se presser sur le sien avec plus de rudesse qu'elle n'aurait souhaité, sa bouche prendre la sienne avec avidité, comme si toutes leurs querelles et toutes leurs différences s'effaçaient par magie. Malgré les doutes qui l'assaillaient, la jeune femme était trop heureuse pour laisser sa peur entraver son désir, et elle s'abandonna à ses baisers comme à la nuit propice.

Ils brisèrent le silence d'un commun accord, se chuchotant des mots sans suite, des mots d'amour…

— Vous êtes si belle, ma douce, murmura le chevalier. Et je vous aime tant…

— Voilà si longtemps qu'on ne m'a pas dit cela, balbutia-t-elle d'une voix tremblante. Répétez-le-moi encore et encore…

— Je puis faire bien mieux, répondit-il en saisissant les pans de son chainse blanc, qu'il ôta vivement, découvrant son torse puissant. Dans la semi-obscurité qui régnait dans la pièce, elle observa sa peau ambrée tandis qu'il se penchait pour se défaire de ses chausses. Elle avança la main vers son épaule qu'elle caressa longuement en attendant qu'il en ait terminé, puis s'appuya sur lui pendant qu'il délaçait le corsage délicat couvrant ses seins frémissants. Rivés l'un à l'autre, leurs deux corps s'embrasèrent et ils n'eurent de cesse d'en avoir exploré ensemble chaque parcelle.

— Ma sirène aux cheveux noirs, murmura-t-il entre deux baisers, mon amour, ma beauté, laissez-moi vous regarder.

Elle s'offrit volontiers à son regard, oublieuse de toute pudeur, mais il ne put résister à son désir et pressa sa bouche contre les seins blancs, tandis qu'elle le guidait doucement, en lui tenant la tête, d'une aréole à l'autre. Un gémissement jaillit de sa gorge quand il la souleva pour l'emporter vers le lit.

Bien plus que les mots doux, c'était cette patience, cette capacité à différer le plaisir qui lui avait manqué confusément, malgré son inexpérience. Elle s'apercevait que jamais elle n'avait connu ces instants magiques où le désir embrasait les corps sans qu'ils exigeassent d'être satisfaits instantanément. Tandis qu'elle musardait sur sa peau suave et parfumée, il caressait son corps d'une main experte, la guidant sur les chemins de la volupté sans forcer l'allure, pas à pas, comme un maître confiant et sûr de sa route.

Enfin, n'y tenant plus, elle balbutia :

— Par pitié, je vous en supplie !

Il décida de mettre fin à cette torture et s'exécuta de bonne grâce.

— Voilà votre vœu exaucé, mon amour. Voulez-vous que nous fassions... durer le plaisir ? suggéra-t-il en posant un baiser sur ses lèvres. Ou bien préférez-vous...

Le corps d'Ebony n'avait pas attendu la fin de sa question pour commencer à répondre. Un torrent de volupté s'engouffra en elle avec la force d'un cataclysme, lui arrachant une longue plainte, comme si elle avait été emportée par un courant contraire et qu'elle se fût débattue pour essayer de garder la tête hors de l'eau en refusant de sombrer. En vain. Les vagues irrépressibles du plaisir la secouèrent pendant ce qui lui parut une éternité, avant que son souffle s'apaise lentement et que son cœur semble reprendre un rythme régulier. Eblouie, elle bredouilla :

— Je... j'ai cru vous entendre parler. Que disiez-vous ?

— Qu'il allait me falloir trouver un moyen de modérer votre impatience ! plaisanta-t-il.

En savourant ces moments de bonheur, elle ne pouvait s'empêcher de penser qu'ils lui seraient bientôt arrachés, comme ç'avait été le cas avec Robbie, et qu'il ne lui resterait bientôt, outre quelques souvenirs, que ses yeux pour pleurer. Elle se blottit contre lui, se remémorant l'image du blessé qu'elle avait pansé le matin même, et sa fatigue d'alors, si différente de celle qui l'envahissait à présent. Sir Alex avait récupéré ses forces avec une rapidité étonnante.

— Votre blessure vous fait-elle mal ? s'enquit-elle.

Il la serra contre lui avant de répondre.

— Pas assez pour m'empêcher de vous faire l'amour, milady, répondit-il d'un ton enjoué. Mais... ne remarquez-vous point quelque chose d'inhabituel ?

— Si fait, messire. Nous parlons à présent.

— Et cela ne vous inquiète plus ?

Ebony hésita un long moment avant de répondre :

— Je sais que c'est absurde, cependant…

— Poursuivez.

— Il y a de bonnes raisons qui font qu'une telle chose ne devrait pas se produire. En vérité, je dois être folle d'avoir permis que ce soit le cas. Aussi ai-je grand-peine à en parler comme ceci, en plein jour, comprenez-vous.

— Je comprends en effet, quoique je pense qu'il sera difficile de cacher tout ceci à votre belle-sœur bien longtemps. Et je ne crois pas non plus que vous soyez folle. Il se trouve simplement que les circonstances sont hautement inhabituelles.

En fait de circonstances, pensa-t-elle sans répondre, il les avait utilisées au mieux, et, en cette affaire, elle risquait fort de se retrouver perdante, au contraire de lui.

— Je continue de penser que nous avons eu tort, dit-elle enfin.

— S'il n'avait tenu qu'à vous, ma beauté, rien ne serait arrivé, n'est-il pas vrai ? Allons, ne vous montrez point trop sévère envers vous-même. De toute façon, une fois notre marché conclu, j'avais l'intention de me glisser dans votre lit d'une façon ou d'une autre.

— Je n'arrive pas à croire que les femmes vous manquent à ce point que vous ayez à toute force dû accepter une offre faite dans de telles circonstances.

Elle sentit sa main se figer brusquement sur sa croupe.

— Tel n'était point le cas, je vous assure, répliqua-t-il, piqué au vif. Mais sachez que, si l'offre est une chose, la demande en est une autre. Depuis trois ans, vous n'avez pas dû manquer de prétendants, et pourtant vous les avez renvoyés les uns après les autres, et vous avez failli en accepter un — pour de mauvaises raisons — voici trois jours à peine. Vous et moi avons des excuses parfaitement valables pour accepter ce qui nous est offert, quand cela arrive, même si nous trouvons la chose incongrue, après coup.

— Qu'auriez-vous fait, si je n'avais été assez folle pour vous offrir ce marché insensé ?

— J'aurais trouvé un moyen, je crois, répondit-il avec un large sourire. Cela aurait pris un peu plus de temps, voilà tout.

— Quelle arrogance, messire !

— En effet, mon amour. Il en faut. Si je doutais de ma réussite, je n'arriverais jamais à rien.

Ebony se sentit blessée et non point flattée de le voir si absolument sûr de lui. Ainsi il n'avait pas douté un seul instant qu'il parviendrait à obtenir ce qu'elle conservait précieusement depuis trois ans déjà ? Elle détourna son visage et s'adressa aux ténèbres :

— En ce cas, vous devez vous féliciter de ce succès, messire. Tout vous est tombé tout cuit dans le bec en ce château, surtout moi !

Elle avait espéré qu'il se rebifferait, et que sa colère lui éviterait d'avoir à s'arracher à lui, mais sa main reprit sa caresse sur son dos, et, à cet instant précis, elle sut qu'il allait lui falloir, coûte que coûte, s'enfuir avec Sam avant qu'il ne soit trop tard.

9

Chaque jour de la semaine suivante, Ebony se dit avec de plus en plus de certitude que sa capitulation aurait des conséquences désastreuses, dont sir Alex, neuf mois plus tard, se soucierait sans doute fort peu si d'aventure il venait à en être informé. Quitter le château en attendant qu'il vide les lieux avec ses hommes semblait la seule mesure raisonnable, puisqu'elle n'était plus maîtresse de ses nuits. En outre, il devenait de plus en plus malaisé de mentir à Meg, car Biddie savait à quoi s'en tenir depuis plusieurs jours déjà et Sam ne manquerait pas un jour ou l'autre de faire une réflexion que sa tante ne pourrait pas ne pas comprendre. L'explication qui s'ensuivrait risquait d'être particulièrement pénible.

Leurs relations diurnes avaient pris un tour ordinaire, presque distant même, et aucune allusion à leurs folles nuits ne passait le seuil de leurs lèvres. Il la quittait à l'aube, sans autre témoin que les gardes, qui savaient tenir leur langue. Ce matin-là, Ebony s'était rendue dans le jardin de simples pour ramasser quelques herbes dont on disait qu'elles faisaient venir le sang des femmes, ce qui constituait un euphémisme. Les bras chargés d'agripaume, dont le frère Walter faisait une décoction qu'il donnait à sir Joseph pour calmer ses accès de fureur, Ebony reprit la direction des cuisines, mais n'alla pas plus loin que le carré où poussaient le persil et l'aneth, car elle rencontra Meg en chemin, qui tenait à la main un parchemin.

Comme on pouvait s'y attendre, Meg trouva à Ebony un air inquiet.

— Pour qui ces plantes ? demanda-t-elle, perplexe, en examinant les longues tiges d'agripaume. Qui s'est étouffé de rage cette fois-ci ?

— Personne, répondit sa belle-sœur.

— Mais alors, pourquoi les as-tu cueillies ?

Meg n'était pas sotte, et connaissait les simples sur le bout des doigts. Il ne lui fallut pas longtemps pour comprendre, et le visage empourpré d'Ebony ne fit qu'ajouter une preuve supplémentaire à ce qu'elle n'osait deviner. Elle regarda sa belle-sœur en ouvrant de grands yeux étonnés.

— Ebbie ? murmura-t-elle, incrédule. Que se passe-t-il ? Réponds-moi.

Ebony sentit soudain sa gorge se serrer.

— Viens par ici, et je te dirai tout, proposa-t-elle.

Les deux femmes allèrent s'asseoir sous l'abri au fond du jardin et la jeune veuve raconta toute son histoire à Meg, depuis le premier jour, sans lui cacher aucun détail ni se ménager en quoi que ce fût, revivant ses émotions avec une intensité qui lui arracha maintes fois des larmes.

— Je suis désolée, Meg ! s'écria-t-elle, les yeux rougis par les pleurs. Jamais je n'ai eu l'intention de te mentir. A présent, je n'ai d'autre choix pour me tirer de cette situation affreuse dans laquelle j'ai été assez folle pour me mettre que de quitter ce château jusqu'à ce qu'ils s'en aillent, et de prendre les mesures drastiques que tu devines, conclut-elle en montrant les plantes qu'elle tenait sous son bras. C'est le moins que je puisse faire.

— Ebbie, non !

— Je ne peux continuer ainsi, Meg. Cela fait plus d'une semaine qu'il est entré dans mon lit pour la première fois. Je sais que je pourrais fermer ma porte à clé, ajouta-t-elle d'une voix qui se faisait de plus en plus rauque, mais… j'ai tant besoin de lui…

— Je comprends, murmura Meg, je comprends. Cela a dû être si difficile pour toi, mon Dieu !

— Je n'ai aucune excuse. Je suis désolée, Meg. Je ne voulais pas, au début, et, à présent, c'est plus fort que moi. J'ai beaucoup réfléchi et j'en suis arrivée à la conclusion que la seule chose qui me reste à faire, c'est de prendre Sam avec moi et de m'en aller dans une des fermes du domaine. Je pourrais m'enfuir sans être vue avec quelques serviteurs et des provisions pour une semaine, et, au cas où ils prolongeraient leur séjour, tu pourrais m'envoyer un supplément de vivres.

— Je crois, intervint Meg, le visage ravagé par la honte, que je ferais bien de venir avec toi, ma mie.

Ebony appuya sa tête contre l'arche d'osier et serra la main de sa belle-sœur.

— Oh, mon Dieu ! bredouilla-t-elle. Oh, mon Dieu ! Toi aussi, Meg ? Avec… maître Hugh ?

— J'en ai peur, oui, répondit Meg, penaude, en regardant le parchemin.

— Tu n'es pas… ?

— Non, rassure-toi, nous n'en sommes pas là, loin s'en faut, mais tu as raison, c'est plus fort que tout, comme un philtre magique. Seigneur ! J'ai eu tant de mal à me taire. J'avais tellement peur que tu sois furieuse contre moi que de t'entendre aujourd'hui m'est un soulagement dont tu n'as pas idée. Cela dit, je crains qu'ils ne fassent que s'amuser avec nous tous les deux, et qu'il en aille de même partout où ils passent. En tout cas, je n'ai pas l'intention de les aider à peupler l'Ecosse de leurs bâtards. Oh ! Pardonne-moi, s'écria-t-elle en voyant Ebony rougir violemment. Je n'avais pas l'intention de te blesser. Dieu que je suis maladroite ! Ebbie… ?

A la décharge de Meg, on n'aurait pu exprimer plus brutalement, et plus exactement, ce que ressentait Ebony. Pour autant, celle-ci aurait préféré être seule dans son cas, par vanité peut-être, par sympathie pour sa belle-sœur, sûrement.

— Tu as raison, ma mie. Ils se moquent sans doute de nous comme de leur première épée, et nous ne pouvons permettre que les choses aillent plus loin, quoi que nous éprouvions pour eux. Que tiens-tu là ?

— Oh, répondit Meg en regardant le parchemin dont elle se servait comme d'un éventail. Quelqu'un a apporté ceci il y a une heure à peine. Tiens, lis toi-même. Ce doit être une lettre de condoléances, sans doute.

Ebony défroissa ledit parchemin sur son genou.

— Cela vient de Dumfries, déclara-t-elle. De notre cousine Jennie. Par la Sainte Vierge !

— Je croyais qu'elle ne savait pas écrire.

— Maître Richard sait, lui, d'ailleurs, c'est son écriture. Il nous informe que… ou plutôt il nous demande… Oh, mon Dieu ! s'écria Ebony sans pouvoir réprimer le tremblement de sa main.

— Qu'y a-t-il, Eb ? Que dit-il ?

— Il dit qu'ils auraient peut-être retrouvé ma mère ! Il sait où elle se trouve, et Jennie a… Par le ciel, quelle écriture affreuse ! Jennie a entendu qu'elle était très… malade et… oh seigneur ! peut-être mourante. Elle me réclame, et il ajoute qu'ils pourraient me conduire à elle.

Les yeux remplis de larmes, Ebony laissa retomber sa main, anéantie.

— Oh Meg ! Je dois partir. Moi qui cherchais une bonne raison, en voici une dont je me serais bien passée. Il faut que j'aille à Dumfries tout de suite.

— Mais, lady Jeanne était à Carlisle, ma mie. C'est beaucoup plus loin que Dumfries, de l'autre côté de la frontière.

— Je sais, mais ils ont eu de ses nouvelles, comprends-tu ?

— C'est un piège, Ebbie, répliqua Meg, que la douleur n'aveuglait pas, au contraire de sa belle-sœur. Ne les laisse pas te berner. Tu sais parfaitement qu'ils cherchent à se venger de ce qui s'est passé ici, et aussi parce que tu as refusé d'épouser Davy. Cette femme est une hyène.

— Peu m'importe, Meg ! cria Ebony d'une voix déchirée. Cela fait si longtemps que je n'ai pas de nouvelles que je ne puis laisser passer cette occasion, si ténue soit-elle. Imagine qu'il y ait du vrai dans ce qu'ils disent.

Meg avait beau être encore très jeune, elle se montrait plus clairvoyante en la circonstance, mais Ebony avait été à ce point sevrée d'informations concernant sa mère qu'elle adorait qu'elle voulait à toute force croire en cette vague lueur d'espoir qui venait de germer dans son esprit. C'était compréhensible, quoique affreusement dangereux, mais Meg n'avait aucun argument à lui opposer qui fût capable de vaincre le désir furieux qu'avait Ebony de retrouver celle qui lui avait donné le jour.

Une fois revenues à l'intérieur du château, elles firent en hâte les préparatifs du voyage, avec l'aide de l'un des palefreniers, qu'elles chargèrent de seller et d'équiper des chevaux. Elles ne s'avisèrent pas cependant que l'homme en question, qui avait toujours fait preuve à leur égard d'une loyauté totale, était devenu, depuis l'arrivée des envoyés du roi, l'un des plus fervents admirateurs de sir Alex.

Elles triaient quelques vêtements avec dame Janet dans la chambre de Meg lorsqu'on frappa, mais, avant que la servante ait eu le temps de fermer la porte à clé, celle-ci s'ouvrit brusquement sur les deux chevaliers, que Meg et Ebony accueillirent avec des regards furieux.

— J'aimerais savoir ce qui vous presse tant, messires, lança Meg. Nous sommes occupées.

— M'est avis que vous avez reçu quelque message de Dumfries, rétorqua sir Alex en jetant un regard autour de lui. Puis-je le voir ?

— Non ! répondit sèchement Ebony. Il m'a été adressé personnellement et ne concerne que moi-même.

Les deux couples se regardèrent comme des fauves s'épiant d'un regard plein de respect et de crainte mutuelle.

— Si cela vient de Dumfries, déclara Hugh de Leyland, cela n'a sans doute rien de privé, milady. Il faut nous dire ce que contient ce message, j'en ai bien peur. Je vous en prie, il en va de votre sauvegarde.

Ebony ne vit là qu'une manœuvre supplémentaire pour la retenir prisonnière.

— En l'occurrence, messire, nous pouvons nous occuper de cette affaire nous-mêmes, je vous remercie. J'ai reçu des nouvelles de ma mère et j'ai l'intention de leur donner suite, voilà tout, asséna-t-elle d'un ton sans réplique en ramassant une pile de draps qu'elle jeta dans un panier.

— C'est maître Moffat qui vous les a envoyées, je présume ? s'enquit sir Alex.

— Non, répondit-elle, c'est dame Jennie, ne vous déplaise. Enfin… son époux. Je suis certaine qu'il…

— Non ! C'est un piège. Vous ne pouvez vous rendre là-bas. Réfléchissez, pour l'amour du ciel !

— Je ne vois là aucun piège, messire, et, de toute façon, c'est le seul espoir auquel je puisse me raccrocher.

— Justement. Ils le savent très bien, plaida-t-il en s'approchant d'elle. Voulez-vous bien cesser un instant de vous agiter et réfléchir posément à la situation ? Vous ne pouvez raisonnablement croire ce qu'ils vous racontent.

Ebony se sentit soudain comme un animal pris au piège.

— Sir Alex, s'exclama-t-elle d'une voix rauque et brisée par la frustration et la colère, je n'ai pas de nouvelles d'elle depuis des mois et des mois, ni n'ai trouvé quiconque pour m'aider à la retrouver. Je ne sais si elle est morte ou vive, ajouta-t-elle avec un sanglot. Aussi, que cela vous semble raisonnable ou non, je suis disposée à croire ce qu'ils disent, et me rendrai à Dumfries quoi qu'il arrive. J'irai même jusqu'à Carlisle, s'il le faut.

— En ce cas, je viens avec vous, affirma sir Alex en se tournant vers son compagnon. Je prendrai vingt hommes avec moi, Hugh. Lady Ebony chevauchera son palefroi, mais nous n'aurons pas besoin de chevaux de somme. Tu resteras ici avec Sam, sa nourrice et la damoiselle que voici.

— Non ! hurla Ebony ! Là où je vais, Sam vient aussi. Il ne…

— Si, milady ! tonna sir Alex. Réfléchissez, par le diable ! Vous ne pouvez exposer ainsi votre fils au danger. Il sera bien plus en sûreté ici, à l'abri des remparts, qu'à parcourir la campagne au risque de tomber entre les mains de Moffat.

— Ils ne lui feraient aucun mal.

— Allons donc ! C'est le contraire qui est vrai, vous

le savez très bien. Il ne cherche qu'à mettre Sam sous sa coupe, par votre intermédiaire, afin de s'assurer des revenus des domaines jusqu'à sa majorité… s'il y parvient jamais.

Effondrée, vaincue, Ebony ne répondit pas.

— Sam restera céans, et je vous accompagnerai pour vous protéger. S'il s'avère que c'est un piège pour s'emparer de vous, milady, comme cela m'en a tout l'air, il leur faudra d'abord me passer sur le corps, et occire également mes hommes. Et je vous promets que nous obtiendrons des nouvelles de votre mère, d'une manière ou d'une autre. Nous partirons à l'aube. En attendant, vous pouvez vider ce panier. Il est hors de question de prendre des bêtes de somme avec nous, cela nous ralentirait par trop. Tâchez de mettre autant que vous pourrez dans cette sacoche de cuir, c'est le seul bagage que je vous autorise à emmener avec vous. Quant à vous, damoiselle, dit-il en s'adressant à Meg, vous ne craignez rien ici, maître Hugh et ses hommes veilleront sur vous, je vous en donne ma parole. Je suis sûr que vous ne verrez pas d'objections à prendre soin de Sam pour quelque temps.

— En effet, messire, soyez sans crainte. Tenez, dit-elle en lui tendant le parchemin, il vaut mieux que vous l'ayez en votre possession, à toutes fins utiles.

— Parfait. Nous vous tiendrons informée des événements, faites-moi confiance.

— Soyez remercié, sir Alex.

Là-dessus, il tourna les talons et s'apprêta à sortir, mais évita de justesse le projectile qui vint frapper la porte à la hauteur de sa tête. Il le ramassa, impassible, et le tendit à Meg, puis sortit avec son lieutenant sans un mot, avant de commenter l'événement avec lui une fois qu'ils furent sains et saufs dans le couloir.

La fureur d'Ebony avait éclaté comme un torrent brisant son barrage. Elle avait lancé le panier soigneusement rempli de linge en direction de la porte, et il était venu finir sa course dans les airs en s'écrasant contre celle-ci avec fracas, manquant de peu les deux cibles auxquelles elle l'avait destiné. Un flot d'insultes les accompagna jusqu'au bout du couloir par lequel ils avaient pris la fuite. Ils n'entendirent pas, cependant, les reproches amers qu'elle adressa à Meg.

— Je ne voulais pas qu'il m'accompagne, justement ! L'essentiel était précisément de le fuir, pour éviter que…

— Je sais, ma mie, murmura Meg pour essayer de la calmer. Je sais. Mais nous n'avons pas le choix, et devons nous demander ce qui compte le plus, de ta mère, de ton fils ou de ta vertu. D'ailleurs, tu devrais pouvoir protéger celle-ci de ses assauts. Ne t'est-il point possible de le tenir à distance ? Après tout, il est peu probable que vous dormiez ensemble au cours de votre voyage.

Ebony essuya son visage inondé de larmes de colère et donna un coup de pied rageur au panier qui gisait au milieu de la pièce.

— Je le tiendrai à distance, Meg, je te le jure, dussé-je pour cela ne jamais fermer l'œil. Je ne puis lui permettre de se servir de moi de la sorte.

Belles paroles, pensa-t-elle, mais elle doutait quand même de sa capacité à pouvoir tenir sa promesse. Après ce qui avait eu lieu entre eux, elle ne pouvait plus se leurrer en rejetant la faute, si faute il y avait, entièrement sur lui et l'accuser de se servir d'elle alors qu'elle s'était donnée à lui de tout son cœur et de toute son âme.

— En fait, non, se reprit-elle. Ce n'est pas vrai. Si l'un de nous se sert de l'autre, Meg, c'est moi. Je sais, poursuivit-elle en s'asseyant sur le grand lit à baldaquin de sa belle-sœur, que tout cela a commencé parce que je lui ai proposé un marché stupide, mais je dois reconnaître que j'ai eu envie de lui tout de suite, et que ce feu brûle toujours en moi, quoi que je fasse. Et il le sait, je crois. Quand je suis dans ses bras, je me sens entièrement différente, avoua-t-elle en fixant l'anneau qui ornait son doigt. Il me redonne goût à la vie et me révèle à moi-même, et je ne puis m'empêcher de penser à lui nuit et jour. C'est mal, Meg, je sais que c'est mal.

— Non, ma mie, protesta doucement celle-ci en venant s'asseoir près d'elle. Non, il n'y a là rien de mal. Si tu penses à Robbie, alors souviens-toi que, pour lui, ton bonheur passait avant tout. T'en souviens-tu ?

— Comment pourrais-je avoir oublié, grands dieux ?

— Il n'aurait pas voulu que tu portes son deuil éternellement. Quand il a quitté ce monde, son amour t'a manqué affreusement. Et tu as passé ces trois années à te morfondre parce que cette vie sans chaleur, sans réconfort, te semblait insupportable. Et à présent que tu as trouvé ce qui te manquait tant, voilà que tu ne peux te pardonner d'y trouver du plaisir ? Allons, Ebbie, dis-toi bien que tu ne fais de tort à personne qu'à toi-même en refusant ce don du ciel. Pour moi, je suis aux anges d'apprendre une si bonne nouvelle ! Je te supplie de me croire.

— Mon Dieu, Meggie, tes paroles me vont droit au cœur. C'est exactement ce que j'avais passionnément envie d'entendre. Que Dieu te bénisse. Mais tout cela risque d'avoir des conséquences très graves. L'amour est rarement anodin, et nous aurions tort d'oublier qu'il est plein de danger parfois. Les hommes du roi sont toujours par monts et par vaux et je ne sais quel avenir il envisage. Pas plus que je ne connais ses sentiments, quoique j'aie bien peur moi aussi qu'il ne fasse que passer le temps avec moi. Et le pire, c'est que je n'aurai pas le loisir de faire macérer mes plantes pour que le remède soit efficace…

— Tu n'auras pas besoin de prendre cette peine, ma mie. Il en reste un flacon, que le frère Walter m'avait donné en réserve pour mon père. Je te le donne, bien sûr. Quand vient le prochain terme ?

— Dans une semaine. Oh, Meg, comme j'aimerais que tu viennes avec moi !

— Allons, sir Alex avait raison quand il disait que Sam serait mieux ici. Et puis, tu vas avoir besoin d'hommes autour de toi, et non d'un enfant et d'une nourrice. Ils te retarderaient par trop, de toute façon. Ne crains rien, Janet et moi dormirons dans ta chambre, afin qu'il puisse venir se blottir entre nous deux s'il fait un mauvais rêve. Et je te promets de le border chaque soir et de lui raconter des histoires pour l'endormir.

— Merci du fond du cœur, sœurette, s'exclama Ebony, rassurée. Mais, et toi ? Seras-tu en sécurité ?

Meg répondit avec un sourire énigmatique :

— Ebbie, ma chérie, je me suis assez bien défendue jusqu'à présent, ne crois-tu pas ? Je crois pouvoir continuer pendant encore quelque temps, fais-moi confiance. Sir Alex doit éprouver quelques difficultés à se montrer chaste, certes, mais, si son chef le lui ordonne, je suis certaine que Hugh de Leyland saura lui obéir. A présent, il nous faut défaire ces bagages et décider de ce que tu emporteras. Je vais aller aux cuisines pour faire préparer des vivres. Vous aurez besoin d'argent également. Allons, viens, suis-moi. Le temps des récriminations est passé.

Meg avait retrouvé ses talents d'organisatrice. Quant

à Ebony, elle trouva merveilleux de pouvoir se reposer sur elle avant de partir.

Le plus dur fut de faire ses adieux à son fils adoré, mais elle fut soulagée de constater que l'enfant ne semblait pas ému outre mesure à l'idée d'être séparé d'elle pendant un certain temps. Elle le vit au loin agiter la main gaiement en guise d'au revoir, juché sur les hautes épaules de maître Josh, puis disparaître à sa vue en même temps que le château lorsque la troupe tourna derrière la première colline. Elle avait passé seule sa dernière nuit au château et à l'aube, peut-être pour vérifier si son offre généreuse avait été acceptée ou non, Sam avait sauté dans son lit pour se blottir contre elle, puis l'avait regardée se préparer au départ en la mettant en garde contre les elfes et les lutins qu'elle risquait de rencontrer dans la forêt. Heureusement, avait-il ajouté, elle ne serait pas seule pour les affronter.

Elle n'arrivait pas à se faire à son étrange équipage. Certes, la présence de sir Alex et d'une vingtaine d'hommes armés avait de quoi la rassurer, mais elle craignait que, une fois le soir venu, il faille pour dormir s'accommoder d'une promiscuité dangereuse, à laquelle elle avait précisément voulu échapper. Même les meilleures auberges attendaient de leurs clients qu'ils partagent leur lit avec les autres voyageurs, sans souci d'âge ni de sexe, ce que l'innocente Meg ignorait parfaitement et dont elle ne pouvait évidemment se douter. Outre cela, elle ne savait à quoi s'attendre de la part de sa cousine Jennie, ni quelle part de vérité se trouvait dans sa missive. Ce pouvait être un piège, à n'en pas douter, mais sa mère pouvait tout aussi bien être vraiment au plus mal, comment savoir ? Elle aurait préféré n'avoir à affronter que les lutins de Sam.

Une violente averse avait nettoyé la campagne de ses brumes et déposé des perles mordorées sur les feuilles des arbres et les buissons d'églantine, qui tombaient en éclatant sur le sol sur leur passage. Des hérons songeurs surveillaient les eaux calmes des étangs et des écureuils joueurs se poursuivaient dans les frondaisons, s'arrêtant pour observer l'étrange cortège avant de reprendre leur course.

Les hommes du roi chevauchaient en silence, arborant fièrement les couleurs royales, rouge et or, sur leurs tuniques frappées du lion d'Ecosse entouré de ses fleurs de lys. Chacun avait poli son heaume, chaque lanière, chaque boucle brillait dans le soleil du matin et le pelage et les crinières des chevaux chatoyaient comme l'eau d'une cascade. Le palefroi d'Ebony avait été pansé comme jamais et, bien qu'elle ne soit pas montée en selle depuis des mois, elle parvenait à suivre sir Alex, ce qui lui demandait quand même des efforts conséquents.

Les cinq lieues qui les séparaient de New Galloway lui semblèrent interminables, car la route était mauvaise, quand il y en avait une.

Sir Alex lui expliqua qu'ils n'avaient que très peu de chance d'atteindre Dumfries dans la journée, mais qu'ils pourraient sans doute rejoindre la demeure des Cairns vers midi le lendemain en poussant le plus loin possible avant la nuit et en établissant le camp pour la nuit au bord de l'Urr.

Le terrain, quoique fortement boisé alentour, semblait plus accueillant, plus fertile sans doute. Ebony eut pour la première fois l'occasion de constater que les hommes de sir Alex vivaient aussi bien au milieu des bois que derrière les murs d'un château, chacun connaissant exactement la tâche qui lui était assignée et vaquant à ses occupations sans qu'il soit besoin de les lui rappeler. Le camp fut dressé, approvisionné et protégé en peu de temps et on la fit asseoir auprès d'un bon feu avant de lui servir un peu de lapin grillé, du fromage et du pain. Son repas terminé, on lui indiqua sa couche, qu'un soldat habile avait confectionnée avec la bruyère et les herbes qui poussaient là, et pourvue d'un toit rudimentaire mais suffisamment serré et bas pour qu'elle s'y sentît comme dans un nid douillet. Elle s'endormit en un instant. Le voyage l'avait épuisée.

Quand elle se réveilla le campement bruissait déjà d'activité, certains se lavant dans la rivière tandis que d'autres engloutissaient des pots de bière en mordant à belles dents dans les miches de pain dorées qu'on leur avait préparées, qu'ils agrémentaient de noix et de raisins secs. Les chevaux étaient presque tous harnachés pour le départ et l'on rangeait ce qui restait du campement.

Sir Alex lui fit signe de le rejoindre et l'invita à partager son repas, pendant lequel il lui exposa le plan qu'il avait concocté et qu'elle devait suivre à la lettre. Elle avait déjà échafaudé le sien en chevauchant, la veille, mais jugea inutile d'y faire allusion et l'écouta poliment en silence.

— Vous entrerez dans Dumfries avec un seul homme en guise d'escorte, expliqua-t-il. Nous vous quitterons à environ une demi-lieue de la ville afin de ne pas éveiller les soupçons. Nous prendrons une autre route et encerclerons la demeure des Cairns avant que vous ne l'atteigniez vous-même. Vous ne courrez aucun danger. Je me doute de ce qu'ils vous proposeront, mais ne vous inquiétez pas et, surtout, n'acceptez aucune de leurs propositions. Perkin viendra avec vous. Il a l'air un peu simplet, mais ne vous y fiez pas, il est très malin au contraire. Il restera auprès des chevaux et nous avertira de ce qui se passe. Vous pouvez lui faire entièrement confiance.

— Et vous ?

— Vous pouvez me faire confiance aussi.

— Ce n'est pas ce que je voulais dire !

Il eut un sourire désarmant et, pendant un instant, les soucis et les angoisses du jour semblèrent s'évanouir.

— Peu importe. Je vous assure que c'est un piège qui vous attend là-bas. Mais vous pouvez compter sur moi. Etes-vous sûre de ne pas flancher ? C'est le moment de me le dire, si vous avez le moindre doute.

Elle acquiesça de la tête avec assurance, se demandant s'il avait deviné que le mince espoir qu'elle avait de revoir sa mère avait balayé en elle toute crainte de tomber dans un guet-apens.

— S'ils n'ont en vérité aucune nouvelle d'elle, je m'en irai, voilà tout, affirma-t-elle en se léchant les doigts.

— Très bien, lança sir Alex, visiblement peu convaincu par cet enthousiasme. Si cela devait arriver, suivez simplement Perkin. Il saura quoi faire.

Ce dernier avait retourné sa tunique pour cacher l'insigne royal et Ebony ne put s'empêcher d'être impressionnée par sa haute taille et la transformation qu'il avait opérée dans son allure. En l'espace d'un instant, le soldat fier et altier avait cédé la place à un valet sans relief. Son heaume avait disparu, ses armes aussi, mais, quand il souleva Ebony pour la poser dans sa selle, elle se sentit rassurée par la force tranquille qu'elle sentait en lui.

Arrivée à l'endroit où leurs routes se séparaient, elle hocha simplement la tête en écoutant sir Alex lui répéter ses instructions, mais, au moment où leurs mains se touchèrent pour un dernier salut, elle sut qu'il s'était retenu de lui dire tout ce qu'il avait sur le cœur. Elle garda longuement ses doigts en lui rendant sa caresse et comprit qu'un mot d'elle lui serait doux.

— Tout va bien se passer, l'assura-t-elle. Je suivrai vos instructions.

— Soyez sur vos gardes. Rendez-vous directement chez votre cousine. Nous ne serons pas loin.

Cela faisait des années qu'elle ne s'était rendue à Dumfries. La dernière fois, elle avait fait le voyage avec Robbie, pour aller au marché. Déjà à l'époque, elle avait remarqué les premiers signes de la famine, les prix exorbitants, la nourriture rare et l'absence de produits venant de France ou d'Espagne, à cause des inondations qui avaient coupé toutes les voies d'accès vers le nord. Depuis lors, les marchands avaient cessé d'installer leurs étals par manque de marchandise, et, sur la route qui menait à la ville, elle ne vit autour d'elle que des chaumières délabrées là où jadis les gens avaient mené une existence paisible et heureuse.

A mesure qu'elle pénétrait dans la ville en suivant des rues de plus en plus étroites et rectilignes, la misère s'étalait devant ses yeux avec une cruauté effrayante, bien au-delà de tout ce que les voyageurs avaient pu lui décrire, à Kells. Trop faibles, ou trop fiers pour demander l'aumône, les survivants émaciés lui lançaient des regards hostiles, jugeant sans doute que ses riches atours constituaient une provocation alors que leurs enfants hâves et faméliques la fixaient de leurs yeux déjà morts. Aucun sourire, aucun mot de bienvenue ne lui fut adressé sur son passage, rien sinon des murmures haineux et des haussements d'épaules insolents. Il régnait dans la ville une apathie abjecte. Le désastre avait pris des proportions infiniment plus graves qu'elle ne l'avait imaginé, car ces gens mouraient littéralement de faim au moment même où son beau-père empilait les victuailles dans ses entrepôts pour faire monter les prix, ce qui avait pour terrible conséquence que la plupart de ces pauvres bougres ne pouvaient s'offrir la moindre écuelle de gruau. Et elle, Ebony, veuve Moffat, tout à son chagrin, n'avait même pas su que le pays en était arrivé à ce point !

— Tu savais, Perkin ? Tu savais ?

— Oui, milady, répondit-il. Et c'est comme cela dans tout le royaume. Des milliers de malheureux ont déjà péri. Il n'y a plus de récoltes et les troupeaux sont morts. C'est à peine si l'on peut en vouloir aux reivers de piller et de voler, car il n'y a pas d'autre moyen d'obtenir quoi que ce soit de nos jours. La loi n'a plus cours quand les gens meurent de faim.

Malgré le sourire niais qu'il arborait pour tromper son monde, Perkin avait toute sa tête, et Ebony l'écouta attentivement lui dépeindre le triste état de l'Ecosse, et la misère du peuple, si bien que, quand ils arrivèrent enfin en vue du pont qui enjambait la Nith et au-delà duquel se dressait la grande bâtisse de pierre, elle bouillait de haine et de colère à l'endroit de la famille Moffat en général, et de Davy Moffat en particulier.

Ils descendirent de leur monture au milieu de la grand-rue où des chiens et des chats squelettiques cherchaient de quoi manger entre les jambes des passants. La lourde porte ouvragée s'ouvrit dès qu'elle y eut frappé et on la fit entrer dans un passage étroit et sombre après qu'elle eut ordonné à Perkin d'attendre ses instructions au-dehors. La maison de Richard Cairns, le notaire le plus renommé de la ville, semblait si somptueuse et si riche qu'on aurait pu se croire en un autre monde. La femme de Richard, Jennie, se montra fort surprise qu'Ebony ait répondu si vite à sa missive, comme l'avait prévu sir Alex, et jura qu'elle n'attendait cette visite que pour le lendemain, voire le surlendemain. Aussi Ebony ne fut-elle pas étonnée outre mesure qu'elle lui demande de patienter quelques instants avant de s'éclipser. Néanmoins, son assurance ne tarda pas à s'effriter devant la tournure des événements.

Quand Ebony rejoignit les hommes du roi dans l'auberge où ils avaient établi leurs quartiers, l'endroit lui sembla un vrai paradis en comparaison de là où elle venait. Elle arriva vers minuit et vint se blottir près de la grande cheminée devant laquelle les hommes avaient placé leurs bottes pour qu'elles sèchent. Les reliefs de leur repas gisaient sur la table et tous s'étaient installés comme ils pouvaient, qui sur le sol, qui sur un banc de bois, pour se reposer des fatigues du voyage. Perkin prit place non loin d'elle, arborant fièrement le pansement qu'il avait mis autour de son poignet blessé comme un insigne du combat qu'il avait dû livrer pour défendre la jeune femme. Dans un silence impressionnant, à peine troublé par le battement incessant de la pluie sur le chaume du toit, tous s'approchèrent en taquinant gentiment Perkin et s'assemblèrent autour d'Ebony pour l'écouter leur faire le récit de ses mésaventures. Celle-ci, bouleversée et amère, mais émue par le courage dont avaient fait preuve ceux qui l'avaient sauvée, se contenta en fait de répondre aux questions de sir Alex, comme un soldat que son capitaine interroge après une escarmouche pour prendre la mesure de la situation.

Il lui tendit d'abord un pichet de vin et lui enjoignit de boire un peu pour se réconforter.

— Allons, racontez-moi encore ce qui s'est passé après l'arrivée de maître Davy.

— Il a d'abord refusé, expliqua-t-elle en avalant une gorgée de vin, de me donner des nouvelles de ma mère jusqu'à ce que…

— Poursuivez, n'ayez pas peur. Tous ici, nous savons comment on menace une femme.

— Jusqu'à ce que j'accepte de l'épouser et de… coucher avec lui.

— Voilà qui est original ! A-t-il fait allusion à votre mère ?

— Il m'a dit pouvoir me conduire auprès d'elle, mais je n'ai point voulu le croire, car il refusait de me donner le moindre détail avant que je n'aie signé le contrat que maître Richard avait établi pour lui.

— Un contrat de mariage ?

— A ce qu'il m'a semblé, oui, mais avec d'innombrables clauses concernant la tutelle de Sam, et l'abandon de celle-ci au profit de Davy. J'ai refusé, bien sûr, et ils se sont mis à hurler. Et quand ils ont compris que je ne céderais pas, ils m'ont emmenée de force dans une pièce sur l'arrière de la maison et m'y ont enfermée. Il y avait des rats, quelle horreur ! s'écria-t-elle avec un sanglot.

— Buvez, ordonna sir Alex. Heureusement, Perkin savait où vous trouver.

— Comment cela ?

— En ne vous voyant pas ressortir, il nous a prévenus, expliqua-t-il en lançant un clin d'œil au jeune homme, et nous avons décidé de nous rappeler à leur bon souvenir. Vous avons-nous fait peur ?

— Oui. J'ai cru que la maison allait s'effondrer. En tout

cas, vous les avez effrayés de belle façon, car ils croyaient que je viendrais seule à Dumfries, sans vous prévenir. Mais à présent, je crains qu'ils ne tentent de s'en prendre à Sam. Croyez-vous qu'ils essayeront ?

— Cela me semble improbable, répondit sir Alex avec un sourire qui se voulait rassurant. Ils ont tous été jetés en prison au nom du roi et resteront dans le donjon de Cardale jusqu'à leur jugement.

— Comment ? Ils sont chez le baron Cardale, et non dans les geôles du shérif ?

— Le shérif, milady, est impliqué jusqu'au cou dans les rapines des reivers. Il faisait souvent équipe avec sir Joseph. Il est dans le donjon de Cardale lui aussi. Maintenant que nous lui avons rendu ses chevaux, le baron est prêt à nous apporter toute l'aide dont nous avons besoin. Ne vous inquiétez pas pour votre fils, il ne risque rien avec Hugh, et ceux qui pourraient vouloir attenter à sa vie ou le priver de sa liberté ne sortiront de leur prison que pour se rendre devant leurs juges.

— Et Jennie ?

— Elle aussi. Je suppose qu'elle n'avait pas de nouvelles à vous donner concernant votre mère ?

— Non, en effet, concéda Ebony en regardant sa coupe à moitié vide. Je vais me rendre à Carlisle. C'est là qu'elle demeurait.

— Non, coupa sèchement sir Alex. Je vous ai promis de partir à sa recherche, et je tiendrai ma promesse, mais, d'abord, nous devons nous rendre à Lanercost. J'ai quelques affaires à régler là-bas.

Les hommes autour d'eux s'agitèrent à ces mots, attendant un éclat.

— Je vais à Carlisle, messire, déclara Ebony après un long silence. Soyez remercié pour votre aide. Je prierai pour que le ciel vous accorde un voyage sans embûches et un prompt retour à Kells.

— Très bien. Allons dormir, ordonna-t-il tranquillement.

Parmi les nombreux avantages qu'il y avait à voyager avec les hommes du roi, le plus important était qu'ils pouvaient réquisitionner un logement partout où ils allaient. On emmena Ebony dans une chambre particulière aux murs de lambris, confortable et douillette, dans laquelle elle eut la joie de trouver un grand lit aux draps propres et une bassine d'eau chaude qu'on avait préparée à son intention. Elle put y réfléchir à son aise à la gravité de la situation ainsi qu'à la nécessité impérieuse, maintenant plus que jamais, de ne pas rester un jour de plus en compagnie de sir Alex.

Après l'échauffourée qui avait accompagné sa délivrance, on lui avait demandé d'aider à panser la blessure de Perkin, mais, craignant qu'elle ne s'infecte, elle l'avait noyée du seul remède à sa portée, qui se trouvait être en l'occurrence celui que lui avait donné Meg. Ainsi démunie, elle se sentait encore plus vulnérable et c'est le cœur battant qu'elle entendit la porte s'ouvrir.

Il ôta ses vêtements et la rejoignit prestement entre les draps frais, puis la prit dans ses bras.

— Beau travail, ma belle, dit-il en lui caressant les cheveux. Je suis fier de vous. Tout a marché comme prévu.

— Pas comme je le prévoyais, cependant, murmura-t-elle, ulcérée. Je ne suis pas plus…

— Tout doux, ma mie. Vous l'êtes, affirma-t-il sans préciser ce qu'il voulait dire, car ses lèvres avaient sans attendre pris la bouche d'Ebony, qu'elles embrassaient à perdre haleine.

Toutes les bonnes raisons que la jeune femme avait imaginé lui donner pour le convaincre de la laisser partir seule avaient déjà fondu dans son esprit comme la neige de printemps au soleil de mai.

La tension, la peur, la déception, tout s'évanouissait sous ses caresses. Son corps sevré de lui depuis deux jours exultait si fort à ces retrouvailles qu'elle sut à cet instant que, quoi qu'elle résolût à la faveur du jour, son désir viendrait l'abolir sans rémission dès la nuit venue.

Elle capitula donc et se pressa voluptueusement contre lui.

— Ma beauté ! Ma farouche compagne aux cheveux de jais ! chuchota-t-il avec fougue. Rude journée pour vous, n'est-ce pas, mon amour ?

Accordant le rythme de ses reins à celui qu'elle imprimait à son ventre, il la mena au plaisir avec une fougue sauvage, arrachant à son amante des cris de bonheur.

— Viens, oh viens ! gémit-elle. N'arrête pas, Alex, je t'en supplie ! J'ai tant besoin de toi !

Il obéit à cet ordre avec une ardeur renouvelée. Ebony agrippa les épaules de son amant et tous deux se laissèrent dériver vers le paradis éphémère de toutes les félicités…

Plus tard, enlacés tendrement, ils restèrent longtemps silencieux, savourant ces instants bénis. Puis Alex dit gravement :

— Mon amour… Vous êtes mienne à présent. Tout entière.

Elle aurait voulu lui demander de préciser sa pensée, mais ne se sentit pas la force de risquer une rebuffade, ou de l'entendre lui rire au visage devant sa crédulité. De toute façon, pensa-t-elle, il repartirait bientôt vers Newcastle et ne reviendrait plus. L'amour n'avait pas de place dans la vie d'un homme tel que lui.

— Vous avez dit avoir besoin de moi, dit-il. Le pensiez-vous vraiment ?

Ebony hésita un instant, mais décida de lui dire la vérité. Elle lui devait bien cela.

— Oui, Alex. Et je crois que les événements d'aujourd'hui l'ont prouvé amplement.

— En ce cas, venez avec moi à Lanercost.

— Mais c'est à des lieues et des lieues de Carlisle, protesta-t-elle. Il faut absolument que je retrouve ma mère.

— Je sais, Ebony, je sais. Je vous aiderai à le faire, mais, d'abord, j'aimerais vous présenter quelqu'un, insista-t-il d'un ton résolu qui laissait peu de place aux arguments qu'elle avait élaborés pour le convaincre. Et de toute manière, j'ai besoin de vous moi aussi. Vous n'avez pas oublié que je vous avais promis de ne point vous laisser en paix.

— Vous étiez en colère ce jour-là...

— Peu importe, je pensais ce que j'ai dit. Vous êtes ma femme, Ebony. Je ne vous quitterai pas, et ne puis vous permettre de le faire vous-même. Venez avec moi. Ne perdons pas de temps en de vaines paroles.

Se moquait-il ? Avait-il résolu de compenser par un jeu cruel la froideur qu'ils s'imposaient durant le jour ? Lassée de douter sans cesse, elle murmura au creux de son oreille :

— J'accepte de vous suivre, messire, à condition..., ajouta-t-elle en lui lançant un regard effronté, que vous recommenciez ce que vous venez de conclure. Tout de suite.

— Ah ! Voilà le genre de défi qu'il me plaît de relever ! dit-il en riant.

Ebony ferma les yeux. Elle n'avait pas envie de rire.

Lanercost se trouvait à environ deux jours de marche de Dumfries, de l'autre côté du mur que l'empereur Hadrien avait fait construire par ses légions romaines des siècles et des siècles plus tôt. Ebony ne désirait point savoir quelle affaire urgente appelait sir Alex en Angleterre, pas plus qu'il ne semblait avoir envie de le lui expliquer.

Le lendemain était un dimanche. Lorsqu'elle arriva au matin pour se restaurer un peu, elle lui trouva l'air jovial et il l'invita à prendre place près de lui avec un sourire satisfait, en glissant un coussin sur la chaise qu'il lui indiquait.

Quand ils traversèrent la partie est de la ville, le spectacle désolant qui s'offrait à ses yeux raviva sa résolution. Depuis qu'elle avait pénétré dans Dumfries, toute cette misère avait taraudé sa conscience au point que, même pendant les heures passées dans le cachot infesté de rats où l'avait jetée Davy Moffat, elle avait résolu de faire tout son possible pour apaiser les souffrances de ces gens. La cité était vassale des seigneurs de Kells et, dans l'intérim, la charge lui incombait de tenter d'atténuer autant qu'elle le pouvait les conséquences désastreuses de la négligence criminelle — pour ne pas dire plus — de son beau-père.

Sir Alex lui donna en chemin des détails sur les activités frauduleuses de Davy Moffat, qu'il avait habilement soutirés à quelques-uns des hôtes du château à l'occasion des funérailles, et que les prisonniers avaient confirmés abondamment après leur raid manqué sur les greniers de

Kells. L'intendant avait parlé, lui aussi, ainsi que certains habitants de Dumfries, trop heureux de se venger de cet affameur. Il ne put lui cacher qu'elle avait en quelque sorte servi d'appât, mais elle ne pouvait lui en vouloir, car la victoire était sans doute à ce prix. L'ambition de Davy et sa volonté de ne reculer devant rien pour arriver à ses fins lui semblèrent le plus odieux de toute l'affaire.

Il avait résolu d'épouser Ebony alors qu'elle n'était encore qu'une jeune fille de quatorze ans qui vivait avec sa mère, lady Jeanne Nevillestowe, une riche veuve de Carlisle. Celui qui avait la chance de prendre femme dans cette noble famille s'alliait ainsi avec un clan puissant, ce qui ne pouvait manquer d'intérêt en des temps si agités. Mais à la grande colère de Davy, son oncle, sir Joseph Moffat, avait été le plus rapide et Ebony avait été envoyée chez lui à Kells en attendant de convoler avec Robbie, son fils unique.

Davy avait épousé une jeune femme moins riche, morte en couches neuf mois après leur mariage, avec l'enfant qu'elle portait.

Déjà, il avait commencé à exercer ses coupables activités derrière l'écran protecteur de son commerce de vins, parfaitement licite celui-là. Il avait lentement mais sûrement convaincu sir Joseph de se joindre à lui et d'entreposer et livrer des marchandises dont il évitait soigneusement de lui révéler la provenance, et qu'il obtenait pour la plupart des mains des contrebandiers de la côte, ou tout bonnement de quelque pirate désireux de se défaire de son butin. Sir Joseph avait fait confiance à son neveu au-delà de toute raison, et cru que sa position de seigneur de Kells le plaçait à l'abri des foudres de la justice, puisque qu'il était lui-même chargé de la rendre au nom du roi. De toute façon, la forteresse imprenable dans laquelle il vivait lui assurait déjà l'impunité pour ses rapines, et il n'avait jamais posé trop de questions à Davy, se contentant de lui trouver des clients pour ses chevaux ou ses armes, et d'encaisser les dividendes.

Mais Robbie Moffat avait découvert ce trafic et ordonné à Davy d'y mettre fin, en le menaçant de révéler la vérité à son père, dont il savait qu'il n'accepterait jamais d'être mêlé à des actes de piraterie, ni surtout à la vente de chevaux à l'ennemi. Il considérait les raids qu'il menait comme normaux. Les reivers s'y livraient, après tout, pourquoi pas lui ? Quant à la spéculation sur les vivres, cela constituait une pratique certes peu honorable, mais qui se justifiait d'un point de vue économique. La trahison, en revanche, lui semblait un crime odieux.

Il n'avait pas fallu longtemps à Davy pour se rendre compte qu'il fallait faire taire Robbie. Une nuit, il avait envoyé des hommes chez ce dernier, pour lui faire peur, mais les choses avaient très mal tourné et Robbie avait perdu la vie dans l'incendie de sa maison.

— Vous sentez-vous bien, Ebony ? demanda sir Alex en la voyant pâlir.

— Ainsi, c'était lui ? s'exclama-t-elle. Je n'arrive pas à le croire.

— Je suis désolé, ma mie. J'aurais préféré vous révéler des choses plus agréables, mais c'est la vérité.

— Si fait ! Il faut tout me dire. Qu'avez-vous encore à m'apprendre ? Il est temps que je sache.

— Eh bien, comme vous le savez, Davy avait l'intention de vous épouser après le trépas de votre mari, pour renforcer les liens avec sir Joseph et accéder ainsi plus facilement au château. Cela lui aurait permis d'exercer la tutelle sur votre fils jusqu'à sa majorité, et de diriger les domaines à son profit. C'est pourquoi il a fait tout son possible pour persuader sir Joseph qu'il ferait un gendre idéal.

— Cela n'a pas dû être trop difficile ! Il ne perdait jamais une occasion d'essayer de m'en convaincre. Mais c'était trop tôt… je…

— Bien sûr.

— Mais je ne crois pas que le temps aurait changé grand-chose, finalement. Je ne voulais pas de lui, et Sam non plus.

— Bref, la situation aurait pu durer des années ainsi, Davy faisant ses affaires et votre beau-père récoltant les bénéfices sans se douter que toute l'entreprise était parfaitement illégale. Mais cela n'a pas duré, en fait. Sir Joseph a entendu des rumeurs selon lesquelles son petit commerce fleurait la trahison et la piraterie. Il a commencé à poser des questions, et Davy s'est inquiété. Les rumeurs sont parvenues aux oreilles du roi, qui nous a dépêchés ici pour enquêter.

— Dès lors, je suppose, sir Joseph devenait gênant…

— En effet, acquiesça sir Alex. Mais nous sommes arrivés trop tard.

— Comment ? s'écria Ebony ? C'est Davy qui l'a… ?

— Ce n'était pas un accident, non. En fait, les mercenaires qu'il a embauchés pour assassiner Moffat sont les mêmes qui avaient mis le feu à votre maison, voici trois ans. Ils lui ont tendu une embuscade et se sont assurés qu'il ne survivrait pas à ses blessures. Son plan aurait pu fonctionner, et tromper tout le monde, mais il a commis une erreur.

— Laquelle ?

— Il a été assez bête pour envoyer les mêmes hommes attaquer le château l'autre jour. Nous en avons capturé quelques-uns, que nous n'avons pas eu de difficulté à faire parler… En fait, poursuivit Alex, il a été pris de court. Jamais il n'aurait imaginé se trouver en présence des envoyés du roi, et encore moins que nous occuperions le château.

— Nous non plus, dit Ebony d'un ton acerbe. Cela explique pourquoi il est arrivé si tôt pour les funérailles. Il savait que sir Joseph allait mourir.

— Exactement. Mais dès lors, tout est allé de travers pour lui. Encore une chose, ajouta sir Alex, vous devez savoir, en outre, qu'il employait ces mercenaires pour se livrer à des raids contre les églises et les abbayes des environs, anglaises ou écossaises, peu lui importait. Nous avons trouvé toute une réserve de sel dans les greniers, qu'il a dérobée aux moines de Cultram Home. Ces saints hommes n'ont que cela pour s'assurer un peu d'argent et il les a volés sans pitié à plusieurs reprises, ravis de voir le prix du sel monter sans discontinuer.

— Le sel est à prix d'or, de nos jours, approuva Ebony.

— Tout juste. Cela fait des années que les gens ne peuvent plus saler la viande ni le poisson pour l'hiver. Je crois que nous n'allons pas tarder à savoir combien de chevaux les hommes de Davy ont volés aux moines de Lanercost.

— Les moines de… ? Mais depuis quand vous intéressez-vous à ce qui advient aux Anglais ?

— Le cheval de Sam porte un « L » sur la cuisse, cela a peut-être à voir avec cette abbaye.

— Mais ce cheval faisait partie du troupeau de sir Joseph.

— En ce cas, ma belle, nous avons un nouveau mystère à résoudre.

— Vous connaissez le prieur de Lanercost, je crois.

— En effet. Nombre d'Anglais le connaissent également. Et nombre d'Anglaises…

Ebony ne répondit pas, trop bouleversée par tout ce qu'elle venait d'apprendre.

Il n'y avait pas grand monde à qui se fier sur cette terrre, pensait-elle, et cette pensée lui glaçait le sang.

10

Depuis leur manoir de Gretna qui surplombait l'un des points de passage les plus fréquentés entre l'Ecosse et l'Angleterre, les Springfield avaient vu passer d'innombrables escouades de reivers en route pour leurs rapines. Pour autant, il n'était pas difficile de comprendre pourquoi ils continuaient de résider dans l'énorme bâtisse lourde et sombre qui se dressait juste au bord de l'estuaire de la Solway. Celui-ci n'est qu'une vaste étendue marécageuse dans laquelle se mêlent les tourbières et les sables mouvants, où les habitants de la région ne se risquent que par beau temps et à marée basse, et où plus d'un étranger et parfois même des troupes entières ont péri noyés, engloutis par la mer impitoyable. De cet endroit inhumain, l'œil embrassait les montagnes de Galloway au nord et jusqu'aux collines de Lakeland vers le sud.

Le vent d'ouest frappait le visage d'Ebony avec rage, s'insinuant sous son manteau en rafales glacées dont le souffle assourdissant étouffait la voix de sir Alex.

— Regardez ! Là-bas !

— Qu'y a-t-il ? cria-t-elle en serrant la bride de sa jument, qui commençait à donner des signes de fatigue.

Ils avaient chevauché tout le jour, essuyant sans cesse

des bourrasques hors de saison, et la cavalière comme son cheval étaient trempés jusqu'aux os, affamés et transis.

— Que voulez-vous ? s'impatienta-t-elle.

Prenant la bride du cheval à la main, sir Alex pointa en direction d'une bâtisse massive et noire qui venait de surgir à l'horizon, comme une pierre sans éclat au milieu des taches vertes des tourbières étalées sur le fond uniformément gris de la mer et du ciel.

— Voici le manoir de Gretna, dit-il. C'est là que nous passerons la nuit. Ce sont des amis.

Contrairement à ce qu'il avait imaginé, ces explications ne parvinrent pas à dérider Ebony, car elle pensait que des amis allaient nécessairement s'attendre à voir en eux plus que de simples compagnons de route, tandis que des étrangers se seraient contentés de les accueillir et de leur offrir l'hospitalité sans se montrer trop curieux. Si elle devait expliquer les raisons de sa présence en ces lieux, cela amènerait inévitablement tout un flot de questions auxquelles elle n'avait aucune envie de répondre.

— Que vous arrive-t-il ? s'inquiéta sir Alex.

— Je crains qu'on ne nous interroge plus qu'il ne faudrait, répondit-elle.

— Ne craignez rien. Mes amis savent se montrer discrets.

Plus encore que les fatigues du voyage ou la curiosité supposée de leurs hôtes, c'était la misère épouvantable dont elle avait été le témoin qui lui taraudait l'esprit et lui brisait le cœur. Dans certains villages, la quasi-totalité de la population avait été anéantie par la famine ou les attaques de brigands, et les rares survivants semblaient plus morts que vifs, hâves et décharnés, attendant leur trépas avec résignation. Des charognes d'animaux et des squelettes aux postures obscènes jonchaient le bord des routes, mangés par les corneilles qui s'en disputaient la chair rare au milieu d'essaims de mouches bourdonnants. Les champs abandonnés envahis d'herbes folles entouraient des maisons en ruines. Jamais elle n'avait imaginé pareille détresse et voilà que, à présent, il allait lui falloir pour un temps effacer tout cela de sa mémoire pour se montrer une hôtesse agréable. C'était tout bonnement impossible. Ce qu'elle avait vu depuis son départ ne pouvait s'oublier.

Bien qu'ils n'eussent pas été prévenus de l'arrivée de leurs hôtes, les Springfield se montrèrent d'une générosité et d'une gentillesse exquises. Des femmes joliment vêtues vinrent à leur rencontre, précédées de valets empressés, les trois plus jeunes courant en tous sens cheveux au vent, folles de joie à l'idée d'avoir de la visite dans cette demeure isolée. La maîtresse des lieux semblait tout aussi jolie que ces tendrons, et tout aussi blonde.

— Alex ! Cher Alex ! s'exclama-t-elle en le serrant très fort dans ses bras. Tu arrives on ne peut mieux. Nous vous avons vus approcher de très loin. Pouvez-vous rester quelques jours ? s'enquit-elle en jetant un regard à Ebony, qui lui adressa un sourire, le premier de la journée. Comme Alex l'avait dit, on ne posa aucune question sur la présence de cette jeune femme au milieu des hommes du roi, mais elle sentait bien qu'on la regardait avec un mélange de curiosité et d'admiration.

— On ne peut mieux ? répéta-t-il, perplexe.

— C'est l'anniversaire de notre Céline, répondit la mère en aparté, comme s'il avait dû le savoir.

— Mais bien sûr ! D'ailleurs, je lui ai apporté dix-huit de mes plus beaux soldats en cadeau. Et un pour Hélène et Christine. Cela suffira-t-il ?

— Ce sera parfait. Mais tu ne nous as pas présenté la dame qui t'accompagne.

Ebony décida sur-le-champ de se montrer affable, car c'eût été fort indélicat de sa part, pensa-t-elle, de faire état de ce qui lui vrillait le cœur au milieu de ces retrouvailles.

Léon Springfield et sa femme Bethany accueillirent leurs visiteurs inattendus comme s'ils avaient fait partie de leur propre famille et les conduisirent dans la grande salle où leurs serviteurs s'activaient déjà, avec la tranquille amabilité qui caractérise les Ecossais, à dresser les tables pour vingt-deux convives supplémentaires. Le maître de maison, un homme à la barbe aussi drue que le poil d'un ours, cria quelques ordres superflus à la cantonade, jusqu'à ce que son épouse intervienne en lui priant de se taire au motif qu'elle les avait déjà donnés avant lui. Apparemment, il ne détestait pas que sa femme et ses filles le houspillent un peu et grommela gentiment en se plaignant pour la forme à qui voulait l'entendre qu'elles ne le traitaient pas comme elles auraient dû. Personne ne le prit au sérieux lorsqu'il ordonna que l'on trouve une chambre pour lady Ebony.

— Que croyez-vous que nous ayons fait depuis que nous avons appris cette visite, père ? lui demandèrent deux de ses filles, excédées. Pensez-vous que nous nous sommes tourné les pouces ? insista Céline, sa fille préférée, dont les yeux bleus évoquaient immanquablement les pervenches qui poussaient au milieu des bruyères sur la lande, vers le nord.

Elle avait déjà jaugé les hommes du roi en les regardant descendre de leurs chevaux, notant chez l'un ou l'autre l'intérêt qu'elle suscitait, décidée à profiter autant que possible de cette présence inattendue pour célébrer dignement son anniversaire en leur compagnie.

Christina, son aînée de dix-huit mois, semblait plus

mince et plus grande que sa sœur ; plus triste aussi, car un voile sombre ternissait l'éclat de ses grands yeux bleus et aucun sourire ne flottait sur ses lèvres. Céline n'était encore qu'une jeune fille, mais Christina avait déjà tout d'une femme. Elle prit Ebony par la main et la mena vers une grande arche de pierre entourée de tapisseries somptueuses, sous laquelle s'élevait un escalier.

— Notre demeure est tout en hauteur, expliqua-t-elle. On ne se rend d'une pièce à l'autre qu'en montant, ou presque. Père dit que cela rend la défense des lieux plus aisée, et, jusqu'à présent, nous n'avons eu qu'à nous féliciter du talent de ceux qui l'ont bâtie.

L'aînée des trois sœurs, Hélène, les suivait comme leur ombre, n'ayant quitté Ebony des yeux que pour rendre son salut à sir Alex. A vingt-deux ans, elle ne rappelait ses deux cadettes que par la couleur de ses cheveux, quoique celle-ci évoquât plutôt l'orge mûre que le blé en juillet. Comme les deux autres, elle portait une robe qui cachait imparfaitement sa poitrine opulente et sa taille fine. Sa robe moulait étroitement ses hanches et s'évasait vers le bas en une série de panneaux à godets, ce qui attira vivement l'attention d'Ebony.

Après trois jours passés à chevaucher dans la même robe de laine gris-bleu, elle se trouvait passablement mal atournée pour assister à un banquet. Les sœurs proposèrent de lui prêter ce qu'elle voudrait dans leur garde-robe et elle choisit une chemise de lin blanc qu'elle recouvrit d'un bliaud sans manches de cette teinte dorée qu'on n'obtient qu'en faisant longuement macérer le tissu dans un bain de pelure d'oignon.

— Vous la remplissez mieux que moi, remarqua Christina, pleine d'admiration pour les formes généreuses d'Ebony.

— C'est la maternité qui m'a transformée, répondit celle-ci. Voilà tout.

— Ainsi, vous avez des enfants ? s'enquit Hélène, d'une voix où perçait l'envie.

A moins que ce ne fût le doute.

Ebony se tourna vers la jeune femme qui, selon sir Alex, n'aurait pas dû poser de questions.

— J'ai un garçon de six ans, du nom de Sam, et que j'ai confié à ma belle-sœur. C'est la première fois que nous sommes séparés tous les deux.

— Mais alors, il a le même âge que …

— Hélène ! cria soudain Christina, interrompant sèchement sa sœur, qui resta interdite comme si un éclair l'avait foudroyée.

Sans trop savoir pourquoi, Ebony sentit soudain le besoin de leur en dire plus.

— J'ai perdu mon époux voici trois ans, expliqua-t-elle, surprise de s'entendre évoquer son malheur d'une voix si calme. Des reivers sont venus chez nous. Je suppose que vous devez en voir souvent dans les parages, surtout si près de la frontière.

— Trop près en effet, dit Hélène. Notre père et nos frères en ont poursuivi une bande il y a quelques mois. Mon père a ramené les cadavres en travers de sa selle.

Ebony se passa la main sur le front, sentant monter en elle une douleur ancienne et familière.

— Oh mon Dieu ! s'exclama-t-elle doucement. Moins d'un an, dites-vous ? Etaient-ils plus âgés que vous ?

— Ils étaient nos jumeaux, répondit doucement Christina.

Ebony eut le souffle coupé par l'horrible douleur qui lui vrilla le ventre.

— Des jumeaux ? Voulez-vous dire que vous avez

toutes les deux perdu votre jumeau ? Mais alors, vous n'êtes plus que…

— Plus que la moitié de nous-mêmes, en effet, c'est ainsi que nous ressentons l'état où nous a plongées ce malheur. C'est très étrange. Mais vous-même devez éprouver la même chose, sans doute. Encore avons-nous un toit pour nous abriter. Après le passage de ces bandits, la plupart des paysans ne pouvaient en dire autant !

— Ils ont beaucoup souffert, n'est-ce pas ?

— Gretna a été totalement détruit, répondit Hélène. Père est résolu à rester ici, et, jusqu'à présent, nous avons été capables de nous défendre. Mais notre mère partirait demain si elle le pouvait. Malgré sa peur, cependant, elle nous a appris à être courageuses.

— Et Céline ? Comment a-t-elle pris la perte de ses frères ?

— Elle les adorait tout autant que nous et cela l'a bouleversée elle aussi, affreusement, mais, lorsque tout le monde est dans la même situation que vous, vous ne pouvez laisser le malheur prendre le dessus. C'est ce que dit toujours notre mère. Vous-même avez-vous dû souffrir énormément, mais, de nos jours, qui n'a pas perdu un être cher ?

— Je me demande si…, s'interrogea Ebony à haute voix, avant de se taire brusquement.

Les deux sœurs se turent elles aussi, se regardant l'une l'autre dans l'attente d'un signal, puis Christina prit un peigne d'ivoire et commença à démêler la chevelure d'Ebony.

— Allons, ce n'est pas tous les jours que nous avons l'occasion de coiffer des cheveux aussi beaux. Voulez-vous que nous les tressions ou bien préférez-vous les laisser libres, comme nous le faisons ?

— Comme vous, répondit Ebony, s'il vous plaît. Faisons comme si je n'étais pas veuve.

Le banquet fut beaucoup plus animé que les Springfield ne l'avaient prévu et les envoyés du roi n'éprouvèrent aucune difficulté à fêter la jeune Céline comme elle le méritait, sans oublier d'honorer également ses deux sœurs. Ebony ne put s'empêcher d'admirer les membres de cette famille courageuse qui ne s'étaient pas laissé submerger par le chagrin comme elle l'avait fait elle-même, et avaient au contraire consacré beaucoup de temps à aider leur prochain. En présence de ces quatre femmes rayonnantes, elle sentit monter en elle un sentiment de honte à l'idée qu'elle n'avait pas cherché à faire le bien autour d'elle lorsque le malheur l'avait frappée et elle se demanda si, là où il se trouvait, Robbie était aussi fier d'elle que les deux fils Springfield devaient l'être de leurs sœurs.

Il y avait autre chose, qui ajoutait à l'inconfort qu'elle ressentait confusément, et qui lui faisait envisager différemment les relations de sir Alex avec cette famille. En effet, les yeux qui l'avaient jaugée des pieds à la tête dès son arrivée semblaient s'être désormais détournés d'elle pour surveiller discrètement, mais intensément, le chef des envoyés du roi. Hélène, en particulier, profitait de chaque occasion pour l'épier, regardant ailleurs dès qu'il tournait la tête pour revenir ensuite sur lui aussitôt qu'elle se sentait à l'abri des regards. Elle l'aimait, sans aucun doute, et souffrait en silence, mais personne ne pouvait quoi que ce soit pour elle, et surtout pas Ebony.

Elle éprouvait de la compassion pour cette jeune femme au cœur si pur et prit grand soin de cacher dans ses propres yeux la fierté qu'elle éprouvait à se trouver au côté de sir Alex, et qui ne cessait de l'étonner, car jamais elle n'aurait cru ressentir un tel sentiment à l'égard d'un homme aussi dénué de scrupules.

Pour la première fois depuis leur arrivée, elle se trouva seule avec lui dans un couloir qui menait aux chambres.

— Ebony, appela-t-il. Attendez !

Son cœur bondit dans sa poitrine.

— Non ! murmura-t-elle. Laissez-moi. Je ne...

Il tendit la main et l'attira contre lui avant qu'elle puisse esquisser le moindre geste, prit sa bouche avidement en la repoussant contre le mur, dans l'ombre propice. Ses mains s'enfoncèrent dans ses cheveux, tandis qu'au loin résonnaient les rumeurs du banquet, les cris et les rires, le son des cornemuses et des bodhrans qu'on frappait pour rythmer le pas des danseurs.

— Eh bien, milady ! grommela-t-il, comment trouvez-vous cette soirée ? Jugez-vous amusant de rester à mes côtés comme un glaçon alors que vous brûlez de désir ? Aimez-vous donc tant le mystère que vous vous comportiez comme si nous ne nous connaissions pas ?

— Il ne s'agit pas de vous, messire, répondit-elle, surprise de cet éclat.

— Pas de moi ? Mais de qui alors ? s'exclama-t-il, incrédule. Oserez-vous prétendre que vous veillez à ma réputation ? Ne serait-ce pas plutôt la vôtre que vous cherchez à protéger ?

Furieuse, Ebony chercha à se dégager, convaincue qu'elle ne pourrait lui faire entendre raison.

— Vous ne comprenez donc pas ? Vous êtes aveugle, bien sûr, comme tous les hommes, et ne vous préoccupez jamais que de vous-même. Eh bien, pensez ce que vous voudrez, je m'en moque. Je suis comme je suis. Vous ne me ferez pas changer ma manière d'être.

— Ebony, les Springfield sont des amis. Vous auriez pu vous comporter avec plus de naturel devant eux sans déchoir.

— Ignorant ! Butor prétentieux ! Tête de mule ! Je vous en donnerai, moi, du naturel ! s'écria-t-elle, ulcérée. Maintenant vous allez m'écouter, cela vous changera. Je suis naturelle, aussi naturelle que possible en tout cas. Et oui, j'ai envie autant que vous de vous exprimer mon amour, mais que je sois damnée si je me montre assez stupide et inconvenante pour le faire devant une famille en deuil pour simplement satisfaire votre vanité. Il y a une jeune femme dans cette assemblée qui porte un double deuil, vous m'entendez, et je…

— Je sais, coupa-t-il. Ils avaient deux fils qui…

— Deux fils, deux frères, oui, mais ce n'est pas tout, répliqua Ebony.

— Comment cela, ont-ils perdu un autre… ?

— Je parle d'Hélène ! Non seulement elle pleure ses frères, mais elle vous pleure, vous, âne bâté que vous êtes !

Elle sentit les bras d'Alex relâcher leur pression sur ses épaules.

— Quoi ? Moi ? bredouilla-t-il. Mais elle n'a jamais… Nous n'avons… Dieu du ciel… Elle croit que… morbleu ! Il n'y a rien entre nous, protesta-t-il en enfouissant son visage dans les cheveux d'Ebony. Rien du tout, je vous l'assure.

— Elle est amoureuse de vous, Alex, il faudrait être fol pour ne point le voir.

— Qu'y puis-je ? Je n'aime qu'une seule femme, Ebony, et vous êtes celle-là. Vous devez le savoir. Vous êtes la seule à qui j'ai donné l'occasion de le croire, et je vous promets que jamais je n'ai cherché à séduire cette jeune fille, ni aucune de ses sœurs.

— Qu'avez-vous dit ?

— Que jamais je n'avais…

— Non, non. Avant cela…, insista-t-elle en prenant la tête de son amant entre ses mains, comme si elle avait eu besoin de sentir ses paroles autant que de les entendre. Qu'avez-vous dit avant cela ?

— J'ai dit… que je vous aimais, Ebony, répéta-t-il en serrant les dents. Et si vous consentiez à me lâcher, je pourrais vous le confirmer de manière plus… convaincante.

— Il vaut mieux n'en rien faire, messire, dit-elle en relâchant son étreinte.

— Pourquoi cela ?

— Parce que, répondit-elle sombrement, je serai la prochaine à vous perdre, et je n'aurai point la bravoure d'Hélène. Je…

Elle reprit son souffle, péniblement, avant de poursuivre, anéantie :

— Je crois qu'il vaudrait mieux que j'aille seule à Carlisle. Et que nos chemins devraient se séparer ici même.

— Cherchez-vous à me dire que vous ne pouvez me rendre l'amour que je vous porte ? demanda sir Alex en prenant à son tour la tête d'Ebony entre ses mains.

— Non, ce n'est point ce que je dis.

— Mais alors, quoi ?

— Que vous appartenez au roi, et que votre devoir envers lui exclut que vous viviez avec une femme au quotidien. Tout ceci est déjà allé bien trop loin, Alex, et je suis trop vulnérable pour me permettre de laisser les choses continuer ainsi. J'ai un fils à protéger, sans parler de ma réputation.

Il lui caressa doucement les joues, attentif à ses moindres paroles. Cette fois-ci, elle le savait, non seulement il l'avait écoutée, mais il l'avait entendue.

— Croyez-vous que j'ignore tout cela ? murmura-t-il.

— Justement, Alex. Je ne sais pas ce que vous pensez.

— Si fait, ma belle, nous avons fait quelques progrès. Au moins à présent savez-vous que je vous aime, déclara-t-il en lui donnant un baiser comme pour célébrer l'occasion. Et si vous acceptez d'aller avec moi à Lanercost au lieu de vous rendre seule à Carlisle, vous aurez une meilleure idée de ce que j'envisage. Pouvez-vous vraiment vous permettre de refuser une offre aussi alléchante ? Répondez, insista-t-il.

— Je ne puis refuser, répondit-elle en ravalant le rire qui montait dans sa gorge.

— Pourquoi hésitez-vous encore en ce cas ?

— Je ne sais, balbutia-t-elle, trop bouleversée pour en dire plus, malgré les mots qu'elle aurait voulu lui crier mais qui restaient obstinément bloqués dans sa gorge.

« Parce que ma détermination vacille, parce que vous avez dit m'aimer, et que je vous aime et ne parviens point à vous l'avouer. Et parce que j'ai si peur de vous perdre ! »

— Voilà une raison qui est bien d'une femme, s'amusa-t-il.

— Alex, voulez-vous me faire plaisir ?

— Bien sûr, ma mie. Je ferais tout pour vous.

— Alors parlez à Hélène, montrez-lui que vous l'appréciez, passez un peu de temps avec elle.

— Je vous le promets. Je vais lui présenter Sandy. Il n'a

pas cessé de la regarder avec de grands yeux émerveillés de toute la soirée. Faites-moi confiance.

La fête se prolongea longtemps dans la nuit, se terminant par un concours de bras de fer entre Céline et quelques-uns des hommes du roi, qui laissèrent gagner la jeune fille bien sûr. Dans la chambre qu'elle partageait avec Hélène, Ebony profita de l'ébriété de la jeune femme pour tenter de trouver la réponse à l'une des questions qu'elle se posait.

— Vous disiez tantôt que mon Sam a le même âge qu'un autre enfant, risqua-t-elle tout en aidant Hélène à se dévêtir. S'agit-il d'un de vos frères ?

L'aînée des trois sœurs réfléchit un moment avant de répondre.

— Non, dit-elle. Je n'avais pas compris que vous ne saviez rien de tout cela. Je crois que j'aurais mieux fait de me taire.

Puis, regardant Ebony dans les yeux :

— Vous ne savez pas grand-chose de lui, en fait.

La tentation avait été trop forte, elle n'avait pu s'en empêcher.

— De sir Alex ? Non. En vérité, presque rien.

— Comment est-ce possible ? Ne lui avez-vous jamais posé de questions ?

— Non, répondit Ebony un peu trop sèchement, ce qui lui fit éprouver le besoin de s'expliquer. Il est venu à Kells pour enquêter sur mon défunt beau-père, et nous n'avons pas été dans les meilleurs termes, lui et moi, comme vous pouvez vous en douter. J'ai dû me rendre à Dumfries de toute urgence et à présent c'est lui qui doit aller au prieuré de Lanercost. Voilà l'affaire.

— Très bien. En ce cas, vous le rencontrerez vous-même.

— Qui donc ? s'enquit Ebony en levant les yeux vers Hélène, qui avait baissé la tête et dont les cheveux masquaient le visage.

— Eh bien… le fils de sir Alex. Il doit avoir le même âge que le vôtre, en effet.

— Il a… un fils ? s'étrangla Ebony. Je… l'ignorais, en effet.

Décidément, elle savait bien peu de choses.

— Je n'ai vu aucun mal à vous le dire puisque vous le verrez demain en arrivant à Lanercost. Il vit avec les frères.

— J'en déduis qu'il n'a pas de mère, supputa Ebony.

— Apparemment, non. Je ne suis pas sûr que ce soit l'endroit idéal pour un petit, avec tous les reivers qui traînent par ici, d'autant qu'ils ne sont qu'à un jet de pierre de la frontière.

Ebony ne pouvait en vouloir à Hélène d'avoir répondu à sa question, mais elle ne parvenait pas non plus à comprendre la nature de l'étrange satisfaction qu'elle déchiffrait à présent dans son regard. Après la scène dans le couloir, elle avait passé un long moment dans le noir à savourer les mots que l'homme qu'elle aimait avait fini par prononcer alors qu'elle s'était persuadée qu'il n'en ferait jamais rien, mais il lui semblait les entendre d'une tout autre façon à présent qu'elle savait. Elle se félicitait d'avoir été circonspecte dans sa réponse.

Allongée dans le lit au côté de sa jeune compagne, dans l'odeur sucrée des bougies qu'elles venaient d'éteindre, Ebony se rappela la fois où, ivre de colère, elle avait demandé à sir Alex s'il voyait souvent les enfants qu'il avait engendrés depuis qu'il parcourait le monde. Il avait répondu qu'il ne le faisait pas assez fréquemment à son goût, mais elle n'avait pas relevé, croyant qu'il avait lancé cette réponse pour répondre à sa provocation. Ainsi donc, il avait un fils chez les frères augustins ? Cela pouvait signifier au moins deux choses, soit que l'enfant était un bâtard — car les nobles se débarrassaient ainsi de leurs rejetons illégitimes —, soit qu'il avait au-dessus de lui une lignée de frères — la noblesse destinant en général le benjamin de la famille à la robe ecclésiastique. En tout état de cause, il semblait inutile de se perdre en conjectures tant qu'elle ne connaîtrait pas toute l'affaire. De toute façon, il semblait dans ses intentions de lui dire la vérité, si elle se rappelait bien les paroles qu'il avait prononcées. D'abord, il lui avait déclaré son amour. A présent, il allait sans doute lui demander de s'occuper de son fils et de veiller sur lui pendant qu'il parcourrait le royaume au service du roi. Elle pouvait presque l'entendre déjà. Finalement, se dit-elle, elle se trouvait bien aise qu'on l'ait mise en garde.

Au matin, dame Bethany Springfield trouva, en entrant dans la chambre des deux femmes, le plus charmant spectacle dont elle eût pu rêvé. Ebony, Hélène et ses deux sœurs avaient pris place toutes les quatre sur le grand lit et s'épilaient mutuellement les sourcils dans un silence à peine troublé par le froissement des draps lorsque l'une d'entre elles venait à bouger.

— Eh bien, dit-elle d'un ton enjoué, je vois qu'on s'affaire à l'essentiel ce matin !

*
* *

En quittant Kells, Ebony et sir Alex pensaient que Hugh de Leyland et Meg avaient conclu un armistice précaire mais relativement stable, et que chacun s'occuperait au mieux des tâches qui lui incombaient sans trop chercher à interférer avec l'autre pour ne pas envenimer la situation. Mais malgré ces vues optimistes, les hostilités avaient repris entre eux à peine une heure après le départ des voyageurs, soit directement, soit par l'intermédiaire de quelque serviteur. Meg savait que c'était sans doute le meilleur moyen de tenir Hugh à distance, mais, pour autant, elle restait persuadée qu'elle ne pourrait longtemps s'en tirer à si bon compte.

La confrontation eut lieu quelques jours seulement après le départ d'Ebony et de sir Alex. Le prétexte en fut la faiblesse prolongée du frère Walter, qui semblait prendre pour se remettre plus de temps qu'il n'était nécessaire au goût de maître Hugh. Celui-ci jugeait qu'il exagérait quelque peu, et qu'une semaine au lit devait l'avoir suffisamment rétabli pour qu'il reprenne ses activités, d'autant qu'une femme le réclamait au village après son accouchement, pour baptiser l'enfant, et que son mari se plaignait à qui voulait l'entendre qu'on ne pouvait plus être chrétien par les temps qui couraient.

Hugh rendit lui-même visite au vieil ecclésiastique et trouva Meg à son chevet, lui tenant la tête couverte d'un linge au-dessus d'un large bol rempli d'une décoction fumante.

— Quand vous en aurez terminé, vous l'enverrez me voir pour que nous discutions des tâches qui lui incombent, laissa tomber Hugh d'un ton péremptoire.

Le chapelain, dont l'ouïe n'avait pas été affectée par sa maladie, redressa la tête et repoussa le linge de côté pour répondre lui-même, ce qui eut pour effet de rendre Meg furieuse.

— Je viendrai tout à l'heure, maître Hugh, affirma-t-il d'une voix faible. Dès que j'en aurai terminé avec ma fumigation.

— Il n'en est pas question, intervint Meg en remettant d'autorité le linge en place et en appuyant sur la tête du vieillard. Vous resterez ici pour vous reposer. Ne voyez-vous pas qu'il souffre le martyre ? lança-t-elle à l'adresse de Hugh par-dessus son épaule. Ce pauvre homme peut à peine respirer.

— Et vous, damoiselle, ne savez absolument pas vous taire ! aboya le soldat, excédé. Par le ciel, je trouverai bien dans ce château une muselière pour vous forcer à tenir votre langue, cria-t-il depuis la porte. Et si je n'en trouve point, j'en ferai fabriquer une par notre bourrelier. Nous verrons bien si cela vous calmera.

Ayant eu un avant-goût de la détermination de Hugh de Leyland, Meg prit cette menace au sérieux, d'autant qu'il ne lui avait quasiment pas adressé une parole aimable depuis des jours. Elle commençait à se demander s'il attendait simplement qu'elle devienne plus avenante ou s'il la tenait définitivement pour une mégère, ce qu'elle n'avait pas prévu et dont elle ne voulait à aucun prix car elle se sentait transformée par les émois de son premier amour et savait désormais tous les cruels délices qu'elle pouvait en attendre. Mais porter une muselière devant tout le château serait une indignité et une humiliation dont elle ne se remettrait point !

Hugh de Leyland ne réapparut pas de la journée, ni ne vint dîner auprès d'elle à la grande table, préférant manger tranquillement en compagnie de ses hommes, auprès desquels il passa le reste de la soirée.

Il en alla de même le lendemain, ce qui finit par intriguer le petit Sam.

— Tante Meg, dit l'enfant avec toute l'innocence de son jeune âge, pourquoi maître Hugh ne vous parle-t-il plus ?

— Parce qu'il a trop à faire, intervint dame Janet, qui avait elle aussi remarqué ce manège.

— Parce qu'il doit faire le travail de messire Alex, ajouta Biddie à son tour. Il doit parler à ses hommes bien plus souvent.

— Pourquoi alors vient-il de sortir avec maître Will, le bourrelier ? s'étonna Sam, perplexe devant ces réponses dilatoires. Will m'a dit que maître Hugh lui avait commandé quelque chose de très clom… compi… com… pliqué.

Meg pâlit d'un coup et s'esquiva soudain en s'excusant rapidement, comme si elle avait oublié quelque chose dans sa chambre. Elle rejoignit Hugh et maître Will devant l'escalier qui menait à la cour, cherchant désespérément une entrée en matière acceptable.

Hugh se retourna, surpris de la trouver derrière lui.

— Que faites-vous ici ?

— Eh bien…, balbutia celle-ci, incapable pour une fois d'articuler le moindre mot.

Le bourrelier comprit ce qui se passait en un clin d'œil et poursuivit son chemin comme si de rien n'était, laissant Hugh seul avec la jeune femme. Ce dernier attendit patiemment qu'elle prenne la parole, hésitant à l'aider de la voix ou du geste tant elle lui semblait nerveuse.

— Oui ? dit-il malgré tout. Désirez-vous me parler ? Le frère Walter a dû vous dire que nous avons conclu un accord, lui et moi, concernant ses obligations.

— Oui… je… eh bien… non, il ne s'agit pas de cela.

— Ah bon ? Et de quoi s'agit-il alors ? Ou plutôt de qui ? De Biddie, cette fois, ou de dame Janet ?

— Je vous en prie, murmura-t-elle, affolée à l'idée qu'on pouvait les voir depuis la cour en contrebas. Pouvons-nous trouver un endroit pour parler seul à seule ?

Une semaine plus tôt, il aurait sauté sur l'occasion, mais, à présent, son silence montrait à l'évidence que les choses avaient changé radicalement et qu'elle ne pouvait s'en prendre qu'à elle-même.

Elle le conduisit jusqu'à la poterne et ils traversèrent ensemble le pont-levis sous lequel nageaient paresseusement une troupe de cygnes. Ils s'engagèrent ensuite sur le chemin qui menait aux bois dans lesquels sir Alex et Hugh avaient assemblé leurs hommes avant d'investir le château, deux semaines auparavant. Enfin certaine qu'on ne pouvait les voir depuis les remparts, Meg s'arrêta près d'un gros rocher et fit face à Hugh, plus nerveuse et plus troublée qu'elle ne l'avait été depuis plusieurs jours.

— Maître Leyland, dit-elle en jouant nerveusement avec la mousse qui poussait sur la pierre, ceci n'est pas facile pour moi…

— Je le conçois, en effet, concéda Hugh.

— Je… Cela fait deux semaines à peine que mon père a trépassé, et je… ç'a été une épreuve très pénible pour moi… pour nous tous.

— Certes.

Elle trouvait agaçant qu'il acquiesçât de la sorte, sans trop savoir pourquoi. Elle le regarda, nonchalamment appuyé contre le rocher, les bras croisés, l'air étonnamment sombre. Il la fixait comme on jauge une pouliche, alors qu'elle aurait tout donné pour qu'il fasse preuve d'un peu de chaleur à son égard.

— Aussi, reprit-elle en inspirant profondément pour se donner du courage, si je vous ai semblé un peu nerveuse, un peu irritable, voire un peu brutale…

Elle aurait aimé qu'il proteste, qu'il lui affirme qu'il comprenait ses raisons et ne pouvait lui en vouloir, mais il resta obstinément silencieux, la tête légèrement penchée sur le côté comme s'il avait voulu la regarder sous un autre angle. Elle eut beau attendre un peu pour lui laisser le temps de prendre la parole, rien n'y fit.

— Je suis sûre que vous voyez ce que je veux dire, reprit-elle, ce qui constituait un mensonge éhonté.

— J'ai bien peur que non, répondit-il enfin. A moins que vous n'ayez décidé de vous excuser pour vous être comportée comme une harpie !

— Eh bien, c'est très exactement ce que j'avais l'intention de faire, mais…

— Eh bien alors, qu'attendez-vous ? Allons, essayez ! Pourquoi hésitez-vous tant ?

— Parce que, messire, s'écria-t-elle en serrant les poings, vous êtes l'homme le plus insupportable, le plus pénible que j'aie jamais rencontré. Je n'ai plus rien à vous dire. J'étais venue jusqu'ici dans le but de vous offrir une dernière chance de… ou, plutôt, de me donner une dernière chance de… oh ! Au nom du ciel !

Hugh avait vu clair dans son jeu depuis le début, aussi ne se laissa-t-il pas surprendre par ces démonstrations théâtrales et garda-t-il autant que faire se pouvait son sérieux. Au moment où elle tournait les talons pour s'en retourner au château, il se pencha en avant et, d'un geste souple, lui prit la taille avant qu'elle puisse l'éviter et l'attira dans ses bras en la tenant de telle façon qu'elle ne pouvait lui échapper.

— Pour vous donner une dernière chance de quoi, ma lionne ? A ce qu'il me semble, vous avez eu maintes occasions de me parler gentiment au lieu de me lancer des invectives à la tête comme un roquet montrant les crocs à son ombre. Est-ce ainsi que vous vous y prenez pour vous ménager les bonnes grâces des gens ?

Meg n'avait pas l'habitude de laisser les larmes embuer ses yeux, mais les deux semaines écoulées avaient passablement éprouvé ses nerfs et, devant la perspective de se voir punie honteusement devant tout le château, elle ne pouvait plus guère se contrôler. Elle s'imaginait déjà portant une muselière de cuir et d'acier comme celle qu'elle avait vue autrefois sur le visage de la commère du village, qu'on avait forcée à la porter pendant quelques heures à la grande joie de tous les habitants. Elle commença à pleurer à chaudes larmes.

— Non ! implora-t-elle. Je vous demande pardon, je vous en supplie, ne me forcez pas à porter cette... chose. Laissez-moi vous expliquer.

Hugh lui prit doucement le menton pour la calmer, s'efforçant de masquer sa stupeur en n'en laissant rien voir sur son visage.

— De quelle... chose parlez-vous ? s'enquit-il.

Meg éclata en sanglots de nouveau, essuyant en vain son visage du revers de la main.

— De la muselière ! s'exclama-t-elle. Vous n'oseriez pas, n'est-ce pas ? supplia-t-elle pour se rassurer. De toute façon, vous n'en aurez pas besoin. Je m'aperçois que vous avez changé d'avis à propos de ce que vous disiez tantôt. Vous semblez ne plus me trouver aussi merveilleuse que vous le pensiez. Je vous promets que vous n'aurez plus à vous plaindre de moi. Je saurai rester en retrait, messire, et je…

Sans un mot, il la souleva dans ses bras et l'emporta comme si elle n'avait pas pesé plus qu'un cent de plumes, jusqu'à la lisière des arbres au-delà desquels la pente forcissait d'un coup avant d'atteindre les rives du loch. Là, il s'assit sur l'herbe, Meg sur les genoux, et la serra contre lui tendrement en lui caressant les cheveux.

— Là, là, murmura-t-il. Racontez-moi tout. Vous avez traversé de terribles épreuves ces derniers temps, et vous avez été admirable. Vous n'aurez nul besoin de vous tenir à l'écart, je n'en ai aucun désir. Je veux au contraire que vous soyez sans cesse près de moi, ma mie. Je vous assure que je vous trouve toujours aussi merveilleuse. Croyez-vous vraiment que je ne vous aime plus ? Bien sûr que si, jeune écervelée ! Comment avez-vous pu un instant penser le contraire ?

— Vous m'aimez ? bredouilla-t-elle entre deux sanglots. En êtes-vous sûr ? Vous ne m'adressez plus la parole.

— En effet, ma lionne. Mais si je ne vous parlais plus, c'est parce que je ne savais plus où donner de la tête, avec tout ce qui nous arrive. Bien sûr que je vous aime ! Je ne me trompe jamais sur ces choses-là, faites-moi confiance.

— Vous avez donc aimé… avant ? demanda-t-elle doucement.

Les baisers passionnés qu'il lui avait donnés parlaient d'eux-mêmes, pensa-t-elle, et, s'il n'avait encore jamais aimé, au moins savait-il déjà s'y prendre avec les femmes.

Elle lui saisit le poignet brusquement, comme si la caresse qu'il s'apprêtait à lui donner en glissant sa main sous le surcot de lin lui avait brûlé la peau.

— Non ! souffla-t-elle. Il ne faut pas.

Il la fixa droit dans les yeux.

— Il ne faut pas ? Voyez-vous ça ! Souffrez que je vous montre quelque chose, ma mie.

— Où cela ? s'enquit-elle en suivant la direction de son regard. Dans le loch ?

— Non, ici, en dessous de nous, venez voir, insista-t-il en la conduisant au bord de la falaise pour désigner, entre les fougères, le spectacle qui s'offrait à sa vue.

— Là, en bas. Que voyez-vous ?

— Rien, répondit-elle. Seulement la cascade.

— Exactement. Et qui se baignait là à l'aube, le jour où nous sommes arrivés ?

Elle le regarda fixement en plissant les yeux, comme si elle commençait à comprendre.

— Ebony et moi, dit-elle, perplexe. Pourquoi cette question ?

— Eh bien... parce que vous n'étiez pas aussi seules que vous le croyiez, ma belle. Ce ravissant spectacle avait au moins deux spectateurs, et nous en avons profité pleinement jusqu'à ce que vous rentriez au château. Ainsi, vous voyez, j'ai déjà...

— Comment, vous m'avez vue... ? s'écria-t-elle, trop scandalisée pour terminer sa phrase. Vous m'avez vue... toute nue ? Et Ebony aussi ? s'insurgea-t-elle en se débattant sans parvenir à se dégager.

— Aussi nue qu'Eve au paradis, mon feu follet ! Et je suis tombé amoureux de vous immédiatement, comme on est frappé par la foudre. Vous étiez la plus... mais calmez-vous donc ! la plus délicieuse créature que j'aie vue de ma vie.

— C'est ignoble ! Indigne !

— Ce jour-là, poursuivit-il sans tenir compte de ses protestations, je me suis juré que vous seriez mienne. Epousez-moi, Meg, je vous en supplie. Epousez-moi.

— Jamais, vous m'entendez ! J'avais raison, messire. Vous les hommes ne pensez qu'à une seule chose, c'est bien connu. Et vous nous avez épiées à notre insu. Quelle honte !

Elle allait sans doute se lancer ensuite dans une longue péroraison sur l'honneur, la dignité et le respect, mais elle n'en eut pas le temps car il prit sa bouche et ne la lâcha plus jusqu'à ce que, hors d'haleine, elle se calmât un peu. Ce baiser l'avait si fort chavirée qu'elle ne réagit quasiment pas lorsqu'il fit glisser ses vêtements de ses épaules en effleurant ses seins, qu'il caressa au passage avant d'y porter ses lèvres et d'en titiller la pointe durcie de sa langue. Levant les yeux vers elle, il assura :

— Vous m'épouserez, Meg, et, à nous deux, nous ferons des enfants roux et robustes comme des renardeaux ! Nous en aurons toute une portée ! Non, rassurez-vous, nous ne les engendrerons pas ici, ni à cette heure, mais bientôt. Vous êtes à moi, aussi bien pouvez-vous oublier sur-le-champ toutes vos idées préconçues concernant les hommes. Vous l'avez été dès l'instant où je vous ai vue devant cette cascade. A présent, vous allez rentrer docilement au château, et je ne veux plus entendre ni cris ni invectives. Compris ?

Meg hocha la tête.

— La muselière ? demanda-t-elle timidement. Vous ne…

— Non. Je vais demander à Will de la mettre de côté pour un temps, qu'en dites-vous ?

— Jamais je n'ai voulu… Pardonnez-moi, je…

— Je sais, je sais. Voulez-vous rester céans encore un peu ou bien avez-vous des choses à faire ?

— Pouvons-nous rester ici quelques instants ? supplia-t-elle en se blottissant contre lui, sans protester cette fois lorsque la main de son amant s'aventura sur sa peau.

Si l'on avait prédit à Hugh de Leyland qu'il lui faudrait deux semaines pour en arriver là avec une femme, il aurait ri à s'en décrocher la mâchoire sans doute, car jamais jouvencelle ne lui avait résisté bien longtemps. Mais à présent, c'est de lui qu'on aurait pu rire, car il était tombé éperdument amoureux et il allait lui falloir convaincre cette jeune femme que ses intentions n'avaient rien de fantasque, au contraire, et qu'il comptait bien l'épouser pour de bon. Mais plus encore, il allait falloir persuader Alex du bien-fondé de cette décision. Et démissionner du service du roi, quelque douleur qu'il pût en concevoir, car il ne voulait à aucun prix prendre le risque qu'il lui advienne ce qui était advenu à son ami.

11

Pour la première fois depuis bien des années, Ebony traversa le mur d'Hadrien, cette frontière artificielle érigée par l'empereur romain, qui s'étend de l'estuaire de la Solway, sur la côte ouest, jusqu'à la ville de Newcastle, le fleuron de la côte est. Le prieuré de Lanercost n'était qu'à une demi-journée de marche du manoir de Gretna, mais, comme il avait été difficile de se lever tôt, le soleil se trouvait déjà haut dans le ciel lorsqu'ils prirent la route. A voir leur nombreux équipage, on aurait cru voir s'avancer dans la campagne un noble seigneur et sa dame suivis de leur escorte et de leurs valets.

Les trois sœurs avaient transformé Ebony de manière remarquable et les hommes de la troupe ne pouvaient s'empêcher de la regarder avec de grands yeux éblouis. Sa chevelure avait été tressée puis enroulée sagement en un chignon qu'elles avaient ensuite enfermé dans une résille de soie ornée de boutons dorés. Une collerette de soie blanche avait remplacé sa guimpe de lin, pour mettre en valeur son cou. Elle leur avait permis de faire ce qu'elles voulaient et les trois jeunes filles s'en étaient donné à cœur joie, allant même jusqu'à appliquer une touche de rouge sur ses lèvres, qui l'avait fait sourire lorsqu'elle avait aperçu son reflet dans le miroir d'argent qu'elles lui avaient tendu. Quand ils la verraient, avaient prédit les sœurs, les moines de Lanercost se bousculeraient pour se confesser…

Ils ne seraient d'ailleurs pas les seuls à chercher repentance, car sir Alex s'en voulait affreusement de son comportement de la veille au soir. Il n'avait d'autre excuse que d'être fou d'amour et de désir pour elle. Ne pouvait-elle comprendre une telle chose et excuser ses manières de soldat ? Après tout, cela faisait longtemps qu'il n'avait pas goûté au confort et aux charmes d'un vrai foyer.

Comme les hommes s'excusaient aussi rarement que la neige tombe au mois de juillet, elle avait accueilli ses regrets avec étonnement, en se gardant toutefois d'en laisser rien paraître, non seulement parce qu'elle les trouvait inattendus, mais surtout parce que, en s'emportant comme il l'avait fait, il s'était trouvé contraint de lui avouer ce qu'il éprouvait pour elle pour se faire pardonner. Le jeu, finalement, en valait la chandelle. Et les regards qu'il lui lançait ce matin-là en disaient plus que tout ce qu'il avait pu lui avouer, s'attardant sur ses joues roses, ses lèvres purpurines et la fourrure de martre blanche qui ornait les manches de son manteau.

— Qu'avez-vous fait cette nuit, par Dieu ? Avez-vous pris un bain de lait d'ânesse ?

— Oui, messire, répondit-elle avec un petit rire clair. Et j'y ai fait verser de la myrrhe et du miel !

Par une coïncidence extraordinaire, ils rencontrèrent les hommes qui avaient emmené les serviteurs de sir Joseph rejoindre l'ost du roi à Newcastle au moment précis où ils franchissaient la brèche dans le mur d'Hadrien qui servait de passage entre l'Ecosse et l'Angleterre. Ils rentraient à Kells et furent médusés de trouver celle qu'ils avaient vue deux semaines plus tôt courir au milieu d'eux en quête de son fils en criant des invectives transformée en une femme au port de reine qui chevauchait en silence au côté de leur capitaine.

Tous exprimèrent le désir de se rendre avec ce dernier à Lanercost, mais sir Alex ne fut pas dupe de cet intérêt soudain.

— Non, répondit-il avec un rire franc. Rentrez à Kells, prenez un bain, rasez-vous, et soyez là à mon retour. Dites à Hugh que vous nous avez rencontrés en chemin, et prenez bien soin du jeune Sam, c'est le nouveau seigneur de Kells.

Ebony contempla ses mains sans un mot, en se demandant combien d'entre eux connaissaient l'existence du fils de leur chef et se doutaient des raisons de leur visite à cette abbaye. Elle, pour sa part, était bien aise d'avoir été informée de son existence.

Quand ils aperçurent le prieuré de grès rose scintillant comme un diamant au creux d'une vallée couverte d'arbres d'un vert profond, ils en eurent le souffle coupé. Une rivière serpentait en long méandres argentés au bord de l'édifice, et on voyait çà et là des étangs, des vergers, des tours et de grands murs de pierre, des arches et des toits de chaume au milieu desquels s'élevait la colonne de fumée montant des cuisines, tandis que des hommes s'affairaient en tous sens dans les jardins.

Ils rencontrèrent un groupe de cavaliers revenant de la chasse, leurs selles chargées de lièvres énormes qu'ils y avaient attachés par les pattes de derrière. En avisant sir Alex sur sa monture, celui qui semblait leur chef fit un grand signe de la main et s'approcha au galop pour l'accueillir en personne, comme s'ils avaient été de vieux amis. William de Southaik, le prieur, n'avait rien d'un colosse, mais sa chevelure blanche lui faisait comme une auréole autour de la tête, ce qui n'aurait pas manqué d'étonner ceux qui le connaissaient. Il semblait aimé de ses hommes cependant, et hospitalier, ce qui ne gâtait rien. Et s'il avait davantage l'air d'un bailli que d'un prieur, cela ne gênait en rien sir Alex. Ebony le trouva tout de suite chaleureux et aimable, appréciant ses sourires et ses manières un peu paternelles à leur juste valeur, elle qui n'avait jamais eu la joie de les trouver chez l'auteur de ses jours.

Heureusement, il ne se montra pas inconsidérément curieux — il connaissait bien sûr le nom de Moffat — et ordonna immédiatement qu'on préparât pour elle la meilleure des chambres que les moines réservaient à ceux de leurs hôtes qui n'étaient point religieux.

Le frère aubergiste, Andrew, surgit de nulle part et les accompagna jusqu'à un groupe de maisons aux toits de chaume, de l'autre côté de l'abbaye. Malgré l'aspect austère des bâtiments, les chambres se révélèrent confortables et spacieuses. Le verre teinté des fenêtres adoucissait agréablement la lumière, et une cheminée apportait la chaleur indispensable sous ce climat, de même que les lambris qui recouvraient les murs à mi-hauteur pour combattre l'humidité. Dans l'une des maisons, à côté, se trouvait une baignoire que l'on se ferait un plaisir de remplir pour elle si elle en faisait la demande. Mais au ton sur lequel le frère aubergiste avait prononcé ces paroles, elle comprit qu'on souhaitait qu'elle s'abstienne de le faire trop souvent.

On avait aménagé ces appartements pour accueillir la reine Margaret, lorsqu'elle avait, treize ans plus tôt, visité la contrée en compagnie du roi son époux, expliqua le frère Andrew en levant la main vers un linteau un peu bas pour prévenir sir Alex du danger.

— Le roi Edward Ier se rendait à Carlisle, mais, comme il se sentait fatigué, il fallut l'y conduire dans une litière, expliqua le religieux. Ils se sont arrêtés ici pour passer la nuit, en septembre, je crois, et ne sont repartis qu'en mars ! Nous avons dû construire tout cela très vite, pour loger dignement nos souverains, commenta-t-il en secouant la tête, comme s'il revivait cet épisode éprouvant. Il y avait des centaines de gens à loger et nourrir, Dieu du ciel ! Vous n'avez pas idée. Il a fallu reconstruire toute cette partie de l'abbaye, et en dur, s'il vous plaît ! Pour le roi et sa suite, et une chapelle privée, à l'abri des courants d'air, en plus, et ci, et ça ! Ah misère ! Nous avons englouti des sommes folles. Nous avons fait venir des ouvriers et des artisans de tout le royaume, et certains dormaient sous des tentes, là, dans les prés. Treize ans après, nous n'avons toujours pas fini de nous en remettre. Vous parlez d'un privilège ! s'exclama-t-il en se frottant le nez. Certes, nous avons été très honorés de cette visite, mais quelle pagaille ! Enfin, ajouta-t-il en faisant un clin d'œil à Ebony, grâce à cela, nous avons désormais des appartements comme il n'en existe pas d'autres dans aucune abbaye d'Angleterre, ce qui fait que nos pensionnaires, qui sont tous des prêtres, vous vous en doutez, se bousculent pour venir célébrer la messe dans la chapelle. Si cela vous chante, je leur en ferai la demande et n'aurai pas de mal à trouver des volontaires.

C'était — à peu près — ce que les sœurs Springfield lui avaient dit…

*
* *

Quand elle fut enfin seule, Ebony se dit qu'elle aurait eu bien besoin d'une femme de chambre. Bien sûr, ce fut d'abord à Sam qu'allèrent ses pensées, surtout lorsqu'elle s'approcha du grand lit à baldaquin qui se dressait au centre de la pièce, et dont les rideaux s'agitaient dans la brise qui entrait par la fenêtre ouverte. Elle pouvait voir les champs couverts de fleurs et imagina son fils courant et s'ébattant en tous sens sur l'herbe tendre, jouant au chevalier terrassant un dragon ou prenant d'assaut une forteresse imaginaire. Comme dans un songe, elle vit l'enfant tendre quelque chose à une grande personne qui lui faisait face, et dont elle n'aurait su dire s'il s'agissait d'un homme ou d'une femme. Ils se figèrent un instant, puis s'enfuirent en courant, l'un chassant l'autre, l'adulte rejoignant le petit en un instant pour l'embrasser puis lui rendre de nouveau sa liberté. Ebony comprit soudain, en clignant des yeux, que la scène n'avait rien d'irréel et que ces personnages ne sortaient pas d'un rêve mais jouaient pour de bon devant sa fenêtre. Il s'agissait d'une femme et d'un enfant, des villageois sans doute, qui devaient passer par là pour prendre un raccourci, pensa-t-elle.

Un jeune domestique leur apporta de l'eau chaude dans une grande cruche de terre cuite, les yeux humblement rivés sur le sol. Il semblait avoir hâte de s'en aller, mais Ebony le retint pour lui poser une question.

— Avez-vous d'autres hôtes que nous, ce soir ?

— Seulement deux prêtres qui se rendent à Carlisle, milady.

— Et à qui appartient ce champ, là ?

Le garçon leva les yeux vers la prairie qui s'étendait devant la maison, inondée de soleil. Il trouvait la question incongrue, surtout venant d'une femme.

— Ce sont les terres du prieuré, milady. Est-ce tout ce que vous voulez savoir ? ajouta-t-il, pressé de s'esquiver.

— Non, attends ! le pria Ebony en s'approchant de la fenêtre. Dis-moi seulement qui sont ces gens que je vois là-bas.

Le jeune homme leva de nouveau les yeux vers la prairie en plissant les paupières devant la lumière vive.

— Ah ! s'exclama-t-il, comme soulagé. Il s'agit de maître Nicolas et de dame Marie. Nick est le fils de sir Alex et tout le monde le cherche à cette heure. Je ferais bien d'aller prévenir que je l'ai trouvé.

— Attends un peu, dit Ebony. Je vais aller moi-même lui dire que son père s'inquiète de lui. Comment fait-on pour rejoindre ces prés depuis ici ?

— C'est tout simple, milady. Il vous faut passer par la petite porte qui se trouve à côté de celle de cette maison. Ensuite, vous n'aurez qu'à suivre le chemin.

La jeune femme se débarrassa de sa coiffe et de son surcot, ferma la porte derrière elle et suivit les indications reçues, se dirigeant à travers la prairie à grands pas décidés en direction de la femme et de l'enfant. Ce serait sans doute, pensa-t-elle, la meilleure façon de faire connaissance avec le fils de son amant.

Ils cessèrent de parler en la voyant approcher et lui firent face en attendant qu'elle vienne à leur hauteur. Jamais encore elle n'avait eu tant l'impression d'être une intruse. Elle s'en voulait déjà de s'être montrée aussi présomptueuse et de s'immiscer ainsi entre eux alors que personne ne l'y avait invitée. La femme semblait hostile. Ebony ralentit l'allure et s'arrêta à quelques pas d'elle.

Elle avait imaginé que la femme était une nourrice, mais cela ne semblait pas être le cas, car elle rabaissa sa voilette et prit la main de l'enfant comme pour le protéger, ce qui blessa Ebony. Les cheveux du petit étaient d'un blond très pâle et couvraient son front et ses oreilles. Il avait le visage constellé de taches de rousseur discrètes, comme un œuf de moineau, et ses yeux d'un bleu intense évoquaient immanquablement ceux de son père, farouches et fiers. Il portait une tunique brune et des braies — à ce qu'elle pouvait en voir, car l'herbe était déjà haute à cet endroit — et devait dépasser Sam d'un pouce ou deux, tout au plus.

— Puis-je me joindre à vous ? s'enquit Ebony, souriante.

Pour seule réponse, la femme demanda sèchement :

— Qui êtes-vous ?

Sa voix sembla étrangement familière à Ebony, mais celle-ci s'intéressait surtout au garçon.

— Mon nom est Ebony, répondit-elle. Et vous, jeune homme, vous appelez Nicolas, je crois. Et vous, dame Marie ?

— Je suis bien Nicolas, répliqua vivement le petit d'un ton enjoué en tendant la main vers l'inconnue pour lui montrer la chenille qu'il avait attrapée.

— Nous en cherchons qui aient des pattes ! Celle-ci n'en a pas, affirma-t-il doctement avec un sourire, avant de devenir soudain sérieux et de se jeter dans l'herbe toutes affaires cessantes pour saisir Dieu sait quel animal.

La femme qui l'accompagnait sembla s'adoucir quelque peu et ajusta son voile d'un geste délicat, qui fit scintiller dans le soleil l'anneau d'or qu'elle portait à son doigt. Ebony se prit à souhaiter qu'elle découvrît son visage et lui adressât la parole… en vain. Devant le mutisme de son interlocutrice, elle fit une nouvelle tentative.

— Pardonnez-moi de vous déranger, dit-elle doucement. On m'a dit que vous étiez dame Marie. Est-ce bien exact ?

La femme acquiesça d'un signe de tête, mais, avant qu'elle pût parler, Nicolas désigna dans l'herbe un papillon qui s'envolait et s'élança à sa poursuite en agrippant la robe de sa mystérieuse compagne au passage. Son voile glissa et elle se retourna vers Ebony en souriant comme pour s'excuser de toute cette agitation. Elle avait des yeux gris ourlés de cils noirs cernés d'ombres bistre et l'expression douloureuse de ceux qui ont traversé les enfers et en ont rapporté des visions de cauchemar qui les hantent à jamais. Elle ne semblait pas porter le moindre intérêt à Ebony, comme si elle ne la voyait pas, et celle-ci la trouva si absente qu'elle crut un instant, et pour la seconde fois, à une hallucination.

Le garçon s'éloigna, entraînant dame Marie sur ses talons et Ebony se retrouva seule derrière eux, convaincue qu'ils allaient disparaître d'un instant à l'autre de sa vue. Elle voulut les retenir, mais aucun son ne sortit de sa bouche. Prise de panique, elle sentit monter en elle une nausée étrange, et l'impression que le soleil lui vrillait le cerveau et que, autour d'elle, tout semblait s'évanouir lentement.

— Non ! murmura-t-elle. Revenez, je vous en supplie. J'ai besoin de vous parler. Je cherche quelqu'un…

Le garçon vira prestement puis s'immobilisa, surpris par l'arrivée de quelqu'un qui lui sembla soudain bien plus intéressant que toutes les chenilles de la création.

— Père ! Vous êtes venu ! s'écria-t-il en s'élançant dans un éclat de rire vers la haute silhouette aux bras grands ouverts.

Ebony le vit sauter en l'air, soulevé par les bras puissants de l'homme, et nota que l'une de ses petites jambes semblait atrophiée. Cela expliquait la démarche singulière qu'elle lui avait vue tout à l'heure, mais dont elle ne s'était pas préoccupée alors, sans doute parce que la vivacité du garçonnet l'avait charmée plus que tout.

Elle sentit soudain le froid tomber sur elle comme un voile glacé, puis le sol se dérober sous ses pieds. Elle s'affaissa dans l'herbe, inconsciente.

Ebony entendit un coq chanter dans son rêve.

— Ne me réveillez pas, murmura-t-elle, je suis si bien ici.

Elle sentit une main sur son front, et commença à discerner des visages sur le fond éclatant du ciel.

— Ma mie ! dit doucement sir Alex. Quel imbécile je fais ! J'aurais dû être avec vous. Tout est ma faute.

Il la souleva dans ses bras.

— Je vais la porter à l'intérieur. Elle y sera mieux qu'ici.

— Elle ne va pas mourir, père ? interrogea une petite voix.

— Grand Dieu, non, Nick, elle va se remettre. Passe devant et ouvre-moi la porte.

— Qui est-ce ? demanda la femme dans le dos de sir Alex. Elle prétend s'appeler Ebony. Est-elle venue avec vous ?

— Son nom est Ebony Moffat. Cela vous dit-il quelque chose ?

— Rien du tout. Mais je devine que ce devrait être le cas, n'est-ce pas ?

Il ne répondit rien, mais Ebony sentit qu'il souriait.

Tout s'apaisa graduellement autour d'elle après qu'on l'eut posée sur la couverture. Elle se sentait bien encore un peu confuse, un peu perdue. Le mieux serait sans doute d'écouter plutôt que d'essayer de parler. Elle entendit sir Alex donner à son fils des instructions à voix basse.

— Mets-y de la glace, disait la voix.

Il avait dû l'envoyer chercher de l'eau.

Le lit bougea quelque peu et deux mains chaudes entourèrent la sienne, caressant doucement sa peau. Surprise, Ebony ouvrit les yeux et vit devant elle comme un reflet d'elle-même, quoique vieilli par les années autant que par l'indicible peur flottant encore dans le regard gris. L'inconnue était assise près d'elle sur le lit, une expression inquiète sur le visage, le sourcil levé, sa jolie tête penchée sur le côté.

— Oui, dit-elle. Je vois que nous nous ressemblons. C'est assez remarquable, en vérité. Pardonnez-moi, milady. J'ai l'impression d'être un peu responsable, mais je vous assure, ajouta-t-elle en cherchant ses mots, que j'ai cru me voir là dehors, dans ce pré. J'ai cru me revoir jeune fille, mais je ne me souviens plus de rien ! s'exclama-t-elle en secouant la tête tristement. De rien du tout ! Je comprends que je devrais vous reconnaître, mais, en fait, je ne sais même pas qui je suis moi-même. Vous me croyez, n'est-ce pas ? Je vois que vous êtes blessée.

— Le garçon qui m'a apporté de l'eau m'a dit qu'on vous appelle dame Marie…

— Oui, tous les couvents des augustins sont dédiés à la Vierge Marie, répondit la vieille femme en souriant. C'est le prieur qui m'a trouvée, semble-t-il, au cours d'une partie de chasse. Je ne m'en souviens pas, soupira-t-elle, mais il m'a amenée ici et, depuis ce jour-là, les moines ont pris soin de moi. Je fais ce que je peux pour leur rendre leurs bienfaits en raccommodant leurs vêtements. C'est bien peu, en regard de ce qu'ils ont fait pour moi.

Sir Alex vint s'asseoir de l'autre côté du lit.

— Elle était à moitié morte de froid et n'a pas parlé pendant des semaines. C'est pour cela qu'ils l'ont appelée Marie, faute de mieux. Ce n'est pas dans les habitudes des moines de s'occuper d'une femme, mais frère William dirige cette abbaye un peu comme il l'entend, et, de toute façon, elle et Nicolas se sont bien entendus tout de suite. Le petit n'avait que quatre ans à l'époque, mais les frères commençaient à avoir de la peine à s'occuper de lui à tout instant. La présence d'une femme leur a semblé un don du ciel, et la suite des événements a prouvé amplement qu'ils ne se sont pas trompés. Elle est modeste, mais elle a accompli des merveilles.

— Nicolas et moi sommes de bons amis, observa dame Marie avec un beau sourire. Il m'a réappris à vivre.

— Et vous m'avez appris à lire et à écrire ! intervint l'enfant.

— A moi aussi ! murmura Ebony.

— C'était donc ça, commenta sir Alex. Je me demandais aussi…

— Vous avez pensé qu'il y avait peut-être une relation entre nous, mais vous avez préféré vous taire…

Il ne pouvait avoir agi ainsi par pure précaution, pensa cependant Ebony, car cette coïncidence incroyable avait sans doute transformé la relation qu'il entretenait avec elle. Pour autant, elle savait qu'il était inutile d'argumenter avec lui à ce sujet et que l'urgence consistait à trouver de la force pour deux, car sa mère avait besoin d'une fille qui pût supporter son état sans fléchir, si jamais elle voulait espérer une guérison. Il était hors de question d'attendre de cette pauvre femme qu'elle assume son rôle de mère envers une fille qu'elle ne reconnaissait pas. Malgré tout le désir qu'elle avait de se jeter dans ses bras et de rattraper le temps perdu depuis des années, elle comprenait bien qu'une telle attitude relèverait de sa part d'un égoïsme forcené et n'aurait certainement pour effet que de faire souffrir un peu plus cette malheureuse. Il allait falloir attendre, et espérer que son état s'améliore, sans trop se faire d'illusions, car les séquelles du calvaire qu'elle semblait avoir enduré risquaient de se révéler irréparables.

— En effet, je n'ai rien dit à personne hormis Hugh, mais, en fait, il avait déjà noté la ressemblance. Il n'a pas eu besoin de moi pour la voir. Nous sommes passés ici il y a quelques mois, pour les six ans de Nicolas.

— Quand le prieur a-t-il trouvé dame Marie ?

Celle-ci fixa sir Alex d'un œil sans éclat.

— En août, il y a deux ans, répondit ce dernier. L'année après que vous…

— Oui, coupa Ebony, mais je ne suis pas la seule à avoir perdu un être cher…

— Frère William l'a beaucoup aidée lui aussi. Nous nous connaissons depuis très longtemps, depuis bien avant le conflit qui oppose nos deux pays, en fait, et, bien que nous vivions de chaque côté de la frontière, notre amitié n'a pas fléchi pour autant, ni l'affection qu'il porte à mon fils.

Elle sentait qu'il avait évité soigneusement de répondre à la question qu'elle lui avait posée indirectement.

— Mais, n'est-ce pas considéré comme une trahison que d'avoir pour ami quelqu'un qui devrait être votre ennemi ? demanda-t-elle.

Il rit de bon cœur devant cette question ingénue.

— Le conflit qui oppose nos deux royaumes n'est pas si simple, ma mie, vous le savez bien. Les deux pays vivaient en bonne intelligence jusqu'à il y a peu, bien que les Ecossais soient sous la tutelle anglaise et qu'on ait donné des terres écossaises à des lords anglais. Nick s'est trouvé tout autant en sécurité de ce côté-ci de la frontière qu'il ne l'aurait été au-delà du mur d'Hadrien, et je suis venu le voir céans aussi souvent que j'ai pu. Mais il ne peut rester ici éternellement, c'est un fait.

— Il a besoin d'une mère, et de la compagnie d'autres garçons de son âge, intervint dame Marie inopinément. Vous le savez, Alex.

— Lady Ebony a besoin, quant à elle, d'une mère et de la compagnie d'un homme, ajouta sir Alex. Et son fils a besoin lui aussi de rencontrer d'autres garçons de son âge.

— Non, tempéra Ebony, qui sentait que tout allait un peu vite pour sa mère. Attendez un peu. Chaque chose en son temps. Aucune femme ne vous sera jamais reconnaissante de la forcer à accepter une relation dont elle n'a pas envie. Ce sont là des choses qui demandent à être considérées longuement et avec le plus grand sérieux.

Elle avait parlé surtout pour sa mère, mais sir Alex crut lire dans ses paroles la réponse à une autre question.

— Vous avez certainement raison, dit-il en se levant. Ah ! voici l'eau que j'ai réclamée. Très bien, Nick, bon travail, commenta-t-il en prenant la cruche des mains de son fils.

Il versa une longue rasade d'eau dans un gobelet qu'il tendit au garçonnet en lui ordonnant d'aller le porter à lady Ebony.

— Merci, le remercia-t-elle avec un sourire. Tu as le même âge que mon petit Sam, je crois. Tu dois être un peu plus grand que lui.

— Sam me ressemble-t-il ? s'enquit le garçon en levant sa frimousse adorable vers Ebony.

— Beaucoup. Je suis certaine qu'il serait ravi de te rencontrer.

— A-t-il un cheval ? ajouta Nick, puis, sans attendre la réponse, comme si elle allait de soi : j'en avais un, mais on nous l'a volé.

— Oh, Seigneur ! Je suis vraiment désolée de l'apprendre, s'exclama la jeune femme en regardant sir Alex du coin de l'œil.

Encore une bonne raison de ne pas laisser cet enfant ici, pensa-t-elle. Il serait mieux à Kells.

Le père prit son fils dans ses bras et le serra contre lui.

— Je veux que tu raccompagnes dame Marie jusqu'à ses appartements et que tu te prépares pour le dîner. Je te rejoindrai très bientôt.

— Promis ?

— Promis.

L'enfant murmura quelque chose à l'oreille de son père en lançant un regard en coin à Ebony.

— C'est vrai, approuva sir Alex. Elle est très belle. Maintenant, va, et marche doucement pour ne pas fatiguer dame Marie !

Ils partirent tous les deux main dans la main en discutant comme de vieux amis, sans se soucier le moins du monde des cinquante ans qui les séparaient.

Ebony avait envie de parler de l'état de sa mère, de savoir ce qui lui était arrivé, mais, au lieu de cela, elle interrogea sir Alex sur son fils.

— Parlez-moi de lui. C'est un bon garçon. Il vous ressemble tant… par son allure, son port de tête… Saviez-vous que je connaissais son existence ?

— C'est Hélène qui vous en a parlé, n'est-ce pas ? s'enquit-il en s'asseyant au pied du lit. Mais quelle importance, après tout ? Vous êtes venue, c'est l'essentiel. La mère de Nick était anglaise. Je l'ai emmenée en Ecosse lorsque nous nous sommes mariés, mais elle ne s'est jamais habituée à vivre seule, car j'étais souvent absent. J'ai fait l'erreur de croire qu'être mariée lui suffirait. Elle s'est retrouvée enceinte, mais il a fallu que je me rende dans les Flandres et ma mission a duré beaucoup plus longtemps que prévu. Notre village a été attaqué alors que je me trouvais encore sur le continent. Nick n'avait que trois semaines, ajouta-t-il, la voix serrée par l'émotion Ma femme a tenté de le protéger et il a eu le pied blessé dans la bataille. Elle-même n'a pas été gravement atteinte, mais la sauvagerie de l'assaut lui a causé un choc dont elle ne s'est pas remise. Elle n'avait pas une constitution très robuste et est décédée peu après. Je n'aurais jamais dû la quitter.

— Mon Dieu, Alex, je... je suis désolée, murmura Ebony en cherchant vainement quelques mots de réconfort.

Elle se rendait compte soudain qu'il avait souffert tout autant qu'elle.

— C'est alors que vous avez amené votre fils ici, je présume ?

— Oui. Des amis avaient offert de le prendre avec eux, ainsi que la famille de sa mère, à Londres, mais j'ai refusé. J'ai pensé qu'il serait mieux ici, auprès de gens qui ne prennent parti pour personne. Je les paie grassement pour cela, ajouta-t-il avec un sourire.

— Et son cheval, je suppose, est celui qui se trouve à Kells, n'est-ce pas ?

— J'en ai bien peur en effet. Le prieur l'a acheté en toute bonne foi à l'homme qui travaillait pour Davy, alors qu'il rabattait les chevaux vers l'Ecosse, mais, quand il a été volé pour la deuxième fois, il portait sur sa cuisse le « L » de Lanercost. Pauvre Nicolas. Ç'a été une perte terrible pour lui. Mais vous pleurez ! s'exclama-t-il en se penchant sur elle. Qu'avez-vous ? Allons, mon amour, calmez-vous…

Il la prit dans ses bras et la serra contre lui comme on berce un enfant dans la peine.

— Là, là…

Ebony pleurait à chaudes larmes, incapable de se contenir plus longtemps, le corps et l'âme ravagés par la tristesse et l'anxiété. Elle se sentait assez d'amour dans le cœur pour aimer Alex et son fils. Encore fallait-il pour cela qu'ils voulussent de cet amour, et rien n'était moins sûr.

Alex tenta de la calmer en lui parlant doucement.

— Je suis navré. Jamais je n'ai imaginé un instant que vous les rencontreriez avant que je puisse vous les présenter. J'ai fait preuve d'une désinvolture impardonnable.

— Je… je ne puis… l'aider en aucune façon, s'écria Ebony en sanglotant. Elle ne se souvient de rien. Comment puis-je lui demander de me suivre alors qu'elle ne me reconnaît pas comme sa fille ?

— Le frère William vous dira le peu qu'il sait à son sujet. Physiquement, elle a recouvré ses forces, mais c'est son esprit qui demeure fragile. Les médecins disent que le temps seul pourra peut-être améliorer son état, mais qu'il n'y a rien de certain en cette matière. Cela dit, elle ne souffre pas et n'est point malheureuse. Elle adore Nicolas et les moines la traitent comme une reine. Elle se rend avec eux auprès des malades, qu'elle les aide à soigner, car elle semble avoir conservé une partie de sa mémoire concernant les plantes médicinales. C'est étrange, en fait, de voir qu'elle lit encore le latin et se souvient de l'usage que l'on peut faire de telle ou telle herbe alors qu'elle n'a aucun souvenir de qui elle est, ni d'où elle vient, ni surtout des causes de son malheur. Malgré tout, j'ai quand même trouvé très étonnant qu'elle ait eu l'impression de se voir en vous, alors qu'elle ne dispose pas d'un miroir. C'est un signe encourageant.

— Vous avez raison. Croyez-vous qu'elle acceptera un jour de me considérer comme sa fille ?

— Je crois sincèrement que ce n'est pas impossible, avec le temps. Mais de là à ce qu'elle vous suive à Kells… En fait, ajouta sir Alex en marquant un temps d'hésitation, je crois que cela dépendra beaucoup de ce qu'il adviendra de Nicolas. Elle n'acceptera jamais de partir d'ici s'il reste.

— Ah…, dit doucement Ebony, comme si ces mots mettaient un terme à la discussion. Oui, bien sûr…

La quiétude du soir qui avait gagné l'abbaye après le coucher du soleil semblait trop parfaite pour qu'on ose la troubler en discutant de problèmes domestiques. Pourtant, c'était bien là la raison pour laquelle le prieur avait invité Ebony à l'accompagner dans sa promenade vespérale.

— D'après ce qu'Alex m'a raconté pendant le souper, commença le moine, il semble que vous soyez, sans l'ombre d'un doute, la fille de dame Marie, et qu'elle se trouve donc être dame Jeanne Nevillestowe, de Carlisle. En fait, cela semble parfaitement vraisemblable, car elle a très bien pu errer jusqu'ici pendant quelques semaines. Ce n'est pas si loin. Bien sûr, j'ai remarqué la ressemblance frappante qu'il y a entre vous deux au premier coup d'œil, affirma-t-il en ouvrant la porte du verger, qu'ils traversèrent de concert pour rejoindre les étangs à poissons qui bordaient la rivière, et dans lesquels se reflétaient les dernières lueurs du jour.

Le prieur avait fait preuve d'une clairvoyance rare en

comprenant que la jeune femme avait besoin d'une oreille impartiale pour évoquer le drame qui la tourmentait tant, et il avait offert de lui montrer la croix de pierre qui se dressait au milieu des bâtiments de la ferme depuis des temps immémoriaux. Ebony le regarda longuement. Sa stature imposante, ses longs cheveux presque blancs qui descendaient en boucles légères sur ses épaules, son habit blanc et noir immaculé, son visage marqué par les épreuves, mais témoignant de cette sagesse qui ne vient qu'avec la sagesse de l'âge, tout en lui semblait rassurant. S'il avait été une femme, il aurait fait une mère parfaite, pensa-t-elle.

— C'est vraiment une expérience très étrange, savez-vous ?

— Quoi donc, mon enfant ? D'avoir enfin retrouvé votre maman ?

— Oui, mon père. Surtout que je ne m'attendais pas du tout à cela. Mais le plus éprouvant, c'est ce désir que j'ai eu de me jeter dans ses bras et en même temps cette conviction qu'il n'en fallait rien faire. Elle m'a affreusement manqué pendant toutes ces années, et jamais on ne m'a autorisée à partir à sa recherche. Quand je l'ai vue et que j'ai réalisé qui elle était, j'ai éprouvé soudain le sentiment de n'avoir servi à rien pendant tout ce temps, et d'être à présent incapable de faire quoi que ce soit pour l'aider. Et, pire que tout, j'ai l'impression que je ne lui manque pas, et qu'elle n'a pas besoin de moi.

Ils ralentirent le pas en arrivant près de l'étang principal, que survolaient des libellules.

— Et vous avez le désir de sentir que l'on a besoin de vous. C'est tout à fait naturel. Je conçois à quel point tout cela a dû vous bouleverser. Alex m'a confié, ajouta le moine en contemplant l'étang émeraude, que l'existence de Nicolas vous était également inconnue. Que dites-vous de notre pensionnaire, maintenant que vous l'avez rencontré ?

— C'est un enfant adorable, déclara-t-elle, le visage rayonnant d'une affection presque maternelle. Lui et Sam seraient sûrement…

Elle s'interrompit. Encore une fois, elle brûlait les étapes !

— Comme des frères ? suggéra le bon moine. En ce cas, où est le problème, milady ? Je vous sens un peu réticente. Est-ce que je me trompe ?

— Comment vous dire ?

— Je suis prêtre, milady, et nous sommes seuls ici. Personne mieux que moi ne peut écouter ce que vous avez à dire. Peut-être est-ce là votre souci majeur ? Que l'on vous écoute sans vous juger ?

— Oui, mon père, c'est sûrement cela. Mais vous connaissez sir Alex depuis des années, d'après ce qu'il m'a dit. Vous savez à quel point il est attaché au service du roi. Et à quel point il s'est montré exceptionnellement utile et compétent dans cette tâche, ainsi que maître Hugh de Leyland. Vous a-t-il parlé de sa mission à Kells ?

— Il m'en a touché deux mots, en effet.

— Vous savez donc qu'il est toujours par monts et par vaux, un jour ici, l'autre ailleurs. Je n'ai pas besoin de vous dire que cela fait de lui un père imparfait. Je suis sûre qu'il aimerait que Nicolas aille vivre à Kells avec ma mère et moi. Je doute d'ailleurs qu'elle accepte de me suivre si le petit ne vient pas avec nous, et crois qu'il faut compter avec les deux ensemble ou bien pas du tout, vous en conviendrez. Pour pouvoir la convaincre, il faut que Nicolas accepte de me suivre.

— Alex vous a-t-il parlé en ce sens ?

— Non, père, pas en ces termes en tout cas.

— A moi, si.

— Il veut que Nicolas m'accompagne et vienne vivre avec moi et avec Sam ? Eh bien voyez-vous, mon père, c'est là que le bât blesse, car j'ai l'impression qu'il se sert de Nicolas et de ma mère pour me forcer à devenir la mère adoptive du petit. Ne vous méprenez pas sur mes paroles, je pourrais très bien m'attacher à cet enfant et l'aimer comme un fils. Il a besoin d'une mère, certes, mais je trouve que tout cela ressemble un peu trop à un marchandage.

— Vous avez dit mère adoptive. C'est belle-mère que vous vouliez dire, n'est-ce pas ?

— Non, mon père, non. Pardonnez-moi. Nous n'avons pas parlé de mariage, et, franchement, qui voudrait épouser sir Alex ? Autant être mariée à un courant d'air ! Ce n'est pas ce que je veux pour mes enfants. J'ai vécu trois ans le calvaire d'une veuve et n'ai nullement l'intention de recommencer. Et, de toute façon, cela ne vaudrait rien ni à Sam ni à Nicolas.

— Mais... vous l'aimez, n'est-ce pas ?

— Oui, avoua-t-elle en tournant les yeux vers l'étang. Je ne puis le nier plus longtemps. Je l'aime, c'est vrai.

— Et vous avez voulu le nier ? Pourquoi donc ?

— Pour tout ce que je viens de vous dire, mon père. Et aussi parce que je ne me sens pas prête à aimer de nouveau.

Le prieur ne put s'empêcher de sourire en entendant ces mots et répondit d'une voix pleine de gentillesse et de chaleur :

— Ma fille, je me dois de vous faire remarquer une contradiction dont, ce me semble, vous n'avez point conscience. Si vous n'étiez point prête à aimer de nouveau, vous ne m'auriez point dit que votre cœur battait pour lui, n'est-il pas vrai ? L'amour n'attend pas patiemment qu'on lui ouvre la porte, voyez-vous, pas plus que le deuil ne dure pendant une période fixée à l'avance. Nous sommes tous différents, et je crains fort que l'amour que nous éprouvons pour nos chers disparus ne constitue pas une aune à laquelle mesurer les élans présents de nos cœurs. Rien ne leur dicte leur conduite, sinon le besoin qu'ils ont de s'enflammer pour survivre. Et comme je viens de le dire, vous avez besoin, littéralement, de sentir que l'on compte sur vous.

— Mais pas comme d'une mère doublée d'une maîtresse, répliqua Ebony. Je ne puis me contenter de cela, et ne veux point d'une portée de bâtards, pardonnez-moi, mon père. Je parle franc, et vous supplie de ne point m'en tenir rigueur.

— Faites, mon enfant. Je ne m'en prive point moi-même et ne me satisfais point de belles paroles. Mais, si je vous entends bien, vous avez fait comprendre à sir Alex que vous n'étiez point prête à l'épouser et ne vouliez en aucune façon que l'on vous force la main en cette matière. Se pourrait-il qu'il ait trop bien reçu ce message et n'ait point osé vous proposer le mariage, convaincu que vous le repousseriez ?

Tout en devisant, ils s'étaient assis sur un banc de pierre que le soleil avait chauffé tout l'après-midi pour continuer tranquillement leur conversation comme, aurait-on pu croire, un père et sa fille, malgré l'inquiétude qui plissait le front d'Ebony.

— Que l'on me force la main, mon père ? s'étonna cette dernière. Il ne me souvient point avoir jamais dit cela. En fait, je n'ai aucun souvenir que nous ayons ne serait-ce qu'abordé le sujet. Quand cette conversation aurait-elle eu lieu, selon lui ?

— Juste avant le dîner, je crois. Vous disiez qu'aucune femme ne lui saurait gré de l'avoir placée dans une situation dont elle ne voulait pas. « Chaque chose en son temps », avez-vous même ajouté. Ce sont vos propres paroles. Je me trompe ?

— Oh non ! Seigneur ! s'exclama-t-elle avec un soupir.

— Comment ? Mais j'ai pourtant bien…

— Non, mon père. Je parlais de ma mère ! Je disais qu'elle ne pouvait accepter de revêtir une identité qui ne correspond à rien pour elle simplement parce que nous en avons décidé ainsi. Oh mon Dieu ! Il a cru que…

— C'est ce qu'il me semble.

— En vérité, il m'a avoué son amour, mon père, mais je suis persuadée que sa situation ne lui permet pas de me proposer de l'épouser. Et je ne vois pas non plus que les choses puissent s'arranger de sitôt de ce point de vue. Voyez-vous, il vous l'a peut-être déjà dit, mais ma belle-sœur et moi-même allons devoir quitter Kells d'ici à quelques semaines au plus tard. Le gardien du château se doit d'être un homme, et il doit y résider en permanence. Il est hors de question qu'il s'agisse de deux femmes chargées d'enfants, quand bien même l'une d'elles serait mariée à un chevalier toujours absent.

— Ne vous semble-t-il pas, milady, que la logique des choses vous échappe quelque peu ?

— Que… quelle logique ?

Le moine eut un petit rire, qu'il étouffa en ajustant son capuchon noir sur sa tête, puis il se tourna vers sa jeune compagne et la regarda d'un œil amusé.

— Prenons les choses dans l'ordre, voulez-vous ? Il

aimerait que Nicolas vive avec vous à Kells, c'est bien cela ?

— C'est ce que je crois, en effet. Il sait que ma mère ne partirait pas sans lui.

— Et le château doit avoir un homme pour gardien ?

— Oui…

— Mais enfin, s'il imaginait que vous deviez quitter Kells dans quelques semaines, pensez-vous qu'il voudrait que son fils aille vivre là-bas ? Ne croyez-vous pas plutôt qu'il a décidé de s'y fixer une fois pour toutes, surtout après avoir perdu sa femme et son enfant précisément parce qu'il se trouvait au loin au moment où ils avaient le plus besoin de lui ? Il y a peu de chances qu'il désire voir se renouveler un tel drame, ne croyez-vous pas ? Et puisqu'il vous aime, comme il vous l'a dit, ne pensez-vous pas que vos objections sont sans fondement ? Il ne peut à la fois tenir un château et parcourir le monde au service de la Couronne, il le sait fort bien. Ne serait-ce pas justement pourquoi il lui tarde tant de se rendre auprès du roi, à Newcastle ? Pour l'informer de sa décision ?

Il fallut un moment à Ebony pour prendre la pleine mesure de la patiente explication que venait de lui fournir le prieur. Elle contempla ses yeux pleins de bonté, d'intelligence et de cette honnêteté qui lui avait valu tant d'amis — et autant d'ennemis — au fil des années.

— Croyez-vous qu'il soit prêt à faire un tel sacrifice ? demanda-t-elle enfin.

— Ce n'en est pas un bien grand que d'échanger une responsabilité contre une autre, milady. En fait, protéger un château contre les Anglais me semble une charge plus lourde, tout bien considéré. Le roi d'Ecosse lui-même pourrait s'aviser de vouloir y faire étape un jour, qui sait ? conclut-il en souriant. Pourquoi ne pas lui en parler vous-même ? Vous y verrez plus clair ensuite. C'est le moment ou jamais.

— Ce soir ?

— Exactement. Le plus tôt sera le mieux. Je l'ai autorisé à se rendre dans votre chambre. Il n'y a point de péché quand les intentions sont pures. Faites-lui part de vos angoisses et écoutez ce qu'il a à vous dire. Allons, mon enfant, c'est le moment. N'attendez plus. Ces deux garçons grandissent vite, à ce qu'il paraît.

— Je suivrai vos conseils, mon père. Grand merci ! s'exclama-t-elle avec enthousiasme.

Et, joignant le geste à la parole, Ebony se pencha vers le prêtre et posa sur sa joue un baiser retentissant, qu'il accepta en rosissant comme un écolier, après s'être assuré que personne ne pouvait les voir.

— J'ai pensé qu'il était temps, commença sir Alex sans préambule, que nous trouvions un médiateur, sans quoi nous pourrions tourner en rond pendant longtemps sans parvenir au moindre résultat. C'est pourquoi j'ai parlé à notre bon prieur. Ai-je eu raison, à votre avis, ma mie ?

Il avait parlé depuis le seuil de la chambre de la jeune femme et celle-ci trouvait soudain la pièce bien exiguë. Il faisait déjà presque nuit et Nicolas avait été bordé dans son lit par trois grandes personnes au lieu d'une. Il régnait une atmosphère très particulière dans le couvent, même si elle n'aurait su dire exactement en quoi. Un bon feu crépitait dans la cheminée et les flammes montaient haut au-dessus des bûches de pommier.

— Fermez la porte, murmura-t-elle. Vous avez bien fait. Mais j'ai cru qu'il était amoureux, lui aussi.

— Ce ne serait pas impossible, dit Alex en s'exécutant. On dit qu'il a le sang vif, pour le moins.

— Vraiment ? s'amusa Ebony, quelque peu choquée tout de même.

Ils s'étaient rapprochés et s'embrassaient déjà si passionnément qu'ils ne pouvaient plus se parler tant ils avaient faim l'un de l'autre. Leurs mains et leurs bouches se cherchaient avidement et rien de ce qu'ils auraient pu se dire à cet instant n'aurait eu davantage de signification que ces baisers et ces caresses.

Rieuse, Ebony entraîna son amant dans la chambre jusqu'à son grand lit.

— Me suis-je vraiment trompée de bout en bout ? demanda-t-elle. Pourquoi ne m'avez-vous point tout dit ?

— Sans doute parce que je suis maladroit, et que j'ai perdu l'habitude de parler aux femmes, répondit-il en lui caressant la joue. Je ne suis plus certain de bien comprendre leur façon de penser. Je ne savais pas ce qui comptait le plus pour vous, les mots ou les actes, votre fils, votre mère, ou bien…

— Oui, Alex, je vous entends. Ma vie n'est pas simple, c'est vrai, mais vous ne pouvez ignorer à quel point je vous aime. Vous avez dû vous en rendre compte, n'est-ce pas ?

Son visage prit soudain une expression enfantine, mais ses yeux pétillants ne savaient point mentir.

— Pas du tout, ma mie, dit-il d'une voix plaintive. Il va falloir me le dire vous-même.

— Chaque fois, j'ai failli vous le crier, mais je me suis ravisée.

— Vous aviez des doutes ?

— Je ne savais jamais si c'était le bon moment. Le

silence me semblait le seul moyen de me le cacher à moi-même. Ce n'est pas chose aisée pour une femme que d'avouer son amour à un homme qui s'apprête à partir pour toujours. Et, si elle a un brin de raison, elle ne se donne pas à lui non plus, Dieu l'en garde ! Mais j'ai négocié avec ma conscience autant qu'avec mon bon sens et, désormais, j'ai perdu les deux ! Et mon cœur, par-dessus le marché ! Je vous aime, Alex, je vous adore. Je veux être votre femme, porter vos enfants, et prendre votre fils comme s'il était mien, je veux être votre compagne. Je veux être tout à la fois pour vous et je souhaite aussi que vous soyez pour mon fils le père qu'il n'a plus et qui lui manque tant. Il vous adore lui aussi. Nous vous aimons, Alex. Tous.

— Ma chérie, dit-il en prenant avec dévotion le visage d'Ebony entre ses mains, je ne mérite pas tous ces éloges, après vous avoir traitée comme je l'ai fait.

— Vous étiez en mission. Vous avez fait ce que le roi attend de vous.

— Pas exactement, répondit-il avec un léger sourire. D'ordinaire, les missions de ce genre ne se terminent pas par un mariage, et surtout pas avec, en outre, la créature la plus exquise, la mère la plus farouche et l'esprit le plus indomptable qui soient ! Vous représentez tout ce qu'un homme peut désirer, Ebony. Epousez-moi, je vous en prie. Restez à mes côtés. Je n'irai plus en mission, j'en fais le serment. Nous resterons ensemble, tous ensemble, toujours. Et nous aurons d'autres enfants, qu'en dites-vous ?

— Autant que vous voudrez, mon cher cœur ! Nous n'avons plus de temps à perdre.

Elle n'avait pas imaginé qu'il la prendrait aussi exactement au pied de la lettre, mais elle ne fit même pas mine de résister lorsqu'il entreprit de la dévêtir, car, à cet instant, son corps avait déjà pris feu.

*
* *

Les bûches de pommier n'étaient plus qu'un tas de cendres d'une blancheur parfaite dont le parfum délicieux embaumait la chambre. Ebony émergea de son sommeil, nue, épuisée, illuminée d'amour et de la lumière qui entrait dans la pièce par la fenêtre devant laquelle Alex se lavait en puisant de l'eau dans un récipient en terre cuite. Elle s'approcha lentement et entoura le corps de son amant de ses bras blancs en pressant son visage contre son dos solide.

— Voilà pour compenser la froideur que je m'impose durant le jour, dit-elle avant d'ajouter, une fois qu'il eut fini de sécher son visage : Oh, Alex, dites-le-moi encore, je vous en prie ! J'en ai tant besoin !

Il savait ce qu'elle attendait de lui. Très ému, il serra entre les siennes les mains fines de sa fiancée puis pivota vers elle et repoussa tendrement une mèche rebelle qui tombait sur sa joue.

— Vous allez être ma femme, Ebony. On vous appellera désormais lady Somers et nous vivrons à Kells. Laissez-moi vous regarder…

Il s'écarta légèrement pour la contempler. La jeune femme sentit ses genoux se dérober sous ce regard incandescent et monter en son ventre une bouffée de désir qui menaçait encore de tout emporter. Les doigts d'Alex effleurèrent ses seins, caressant leurs pointes dressées du bout du pouce. Elle se sentit lentement glisser dans le plaisir comme on entre dans l'eau et ferma les yeux pour mieux profiter de cet instant béni. Elle enlaça le cou de son amant comme dans un rêve et Alex la porta vers le lit défait et encore chaud.

Ebony s'était promis de faire preuve de patience, mais

ils avaient déjà poussé trop loin leur joute sensuelle et le tourbillon du plaisir les emporta sans qu'ils puissent lui opposer la moindre résistance. Grisée, vaincue, Ebony se laissa entraîner par la vague d'extase qu'elle avait senti venir de très loin. Elle en émergea hors d'haleine, le cœur et l'âme éblouis, et murmura, haletante, à l'oreille de son amant :

— Mon cœur est à vous, désormais, mon amour.

— Le mien vous appartient depuis longtemps déjà. Voulez-vous encore marchander avec moi ?

— Non, répondit-elle, alanguie. Il n'y aura plus de marchandage, plus de malentendus entre nous. Je vous appartiens dorénavant pour toujours, et je crois que, à présent, je n'ai plus rien à redouter.

Épilogue

A Galloway, on se souvint longtemps de l'affaire du château de Kells, pour des raisons bien différentes selon qu'on était une jeune fille rêvant au prince charmant ou un chevalier blanchi sous le harnais, ou bien encore selon que l'on avait compté ou non le vieux Joseph Moffat au rang de ses amis. Les hommes, évidemment, surtout les jeunes, se gaussaient de cette histoire et la tenaient pour un conte de fées ; les soldats, disaient-ils, ne tombaient pas amoureux de femmes qu'ils surprenaient au bain un matin de printemps, et, quand bien même cela pouvait arriver, ils ne les épousaient pas, surtout pour renoncer à leur vie de soldat et passer le reste de leurs jours à élever une marmaille nombreuse et glapissante. Les jeunes filles, elles, non seulement croyaient tout cela parfaitement plausible, mais elles ajoutaient en plus leurs propres ornements au récit en donnant libre cours à leur imagination, convaincues que, quoi qu'elles inventent, le fond de l'histoire, lui, resterait véridique.

Pour l'essentiel, elles avaient raison.

En fait, lady Ebony et son chevalier quittèrent Lanercost pour rentrer à Kells après plusieurs départs manqués. Le voyage de retour fut considérablement ralenti par la présence — outre celle de lady Jeanne Nevillestowe et du petit Nicolas Somers — de plusieurs familles de miséreux rencontrées en route, et que lady Ebony avait décidé de prendre sous sa protection. Elle s'était refusée absolument à les abandonner à leur triste sort et, si le ton avait quelque peu monté entre elle et sir Alex Somers, elle avait fini par emporter la décision. A Kells, on avait installé tous ces gens dans les communs en attendant qu'ils aient construit leurs chaumières, dans lesquelles certains de leurs descendants résident encore. Ebony fut adulée de son vivant pour ses innombrables bienfaits.

Son époux quitta ses fonctions d'envoyé itinérant au service du roi juste avant que le conflit entre l'Ecosse et l'Angleterre ne s'envenime, car le roi lui avait donné la charge de défendre Kells jusqu'à la majorité de son seigneur légitime, Sam Moffat. La plupart de ceux qui avaient servi sous ses ordres furent heureux de pouvoir rester avec lui pour étoffer sa garnison et administrer les domaines, quoique trois d'entre eux en décidassent autrement et, dans l'année qui suivit le retour en Ecosse, repartissent en Angleterre pour épouser les trois sœurs Springfield, à Gretna. Le plus âgé des hommes de sir Alex, Josh, épousa lui la nourrice du petit Sam, Biddie, avec laquelle il eut même des enfants, à la grande joie, et au grand étonnement de tous. Sir Alex pour sa part engendra deux fils et deux filles, dont on raconte qu'ils vouèrent tout au long de leur vie une admiration sans bornes à leurs deux grands frères, ou demi-frères, si l'on veut. Ceux-ci se révélèrent très vite inséparables, partageant tout en toutes circonstances, y compris le vieux Galloway. Certes, Nicolas claudiquait un peu, mais, un arc à la main, il était capable d'atteindre une cible à cent pas sans même prendre le temps de viser, sans compter qu'il montra très vite des qualités intellectuelles étonnantes. La génération suivante ne s'avisa jamais que ces deux-là n'étaient pas frères tant ils se ressemblaient en tout, ou presque.

Il courut longtemps sur le sort de lady Jeanne Nevillestowe, la mère de lady Ebony, des histoires toutes plus abracadabrantes les unes que les autres. On disait qu'elle avait été ensorcelée par des sorcières, ou des fées, qu'on l'avait envoûtée, qu'elle était nécromancienne, ou sourde et muette, et autres fariboles de même acabit. Ceux qui la rencontrèrent, cependant, eurent le bonheur de profiter de ses talents de guérisseuse, ou de cette énergie inépuisable qui faisait d'elle une sage-femme remarquable, sans oublier sa connaissance du latin, qui se révéla fort utile en maintes occasions. Sa mémoire, perdue au cours d'un raid de reivers sur son malheureux château, ne lui revint jamais complètement, même si l'on raconte qu'elle réussit parfois à se rappeler certains événements, voire certains visages. Elle semblait n'attacher à cela que très peu d'importance, finalement, car elle se trouvait heureuse d'être entourée de gens qui l'aimaient et lui donnaient confiance. Elle fut jusqu'au dernier jour autant une grand-mère affectueuse qu'une préceptrice efficiente pour les enfants du château.

Elle ne fut jamais en peine d'élèves, car maître Hugh épousa Meg Moffat le jour même où sir Alex convola avec lady Ebony, au début de juillet. Ils eurent bientôt de petits rouquins adorables qui faisaient résonner de leurs rires les murs gris et froids du château.

On ne sait pas exactement si lady Ebony apprit jamais qu'elle avait été épiée tandis qu'elle se baignait nue à la cascade, mais cela semble sans importance, car jamais on ne vit couple plus accordé qu'elle et Alex. Elle avait aimé Robbie Moffat, certes, mais l'amour qu'elle vouait à son second époux dépassait tout ce qu'on pouvait imaginer, et nombre de visiteurs quittèrent le château émerveillés par l'harmonie qui y régnait.

On sait peu de choses sur la branche de la famille qui résidait à Dumfries, sinon que le roi Robert imposa au marchand de vins et au notaire des amendes si énormes qu'ils furent ruinés tous les deux, ce qui bénéficia sans doute grandement à la Couronne. La femme du notaire, Jennie Cairns, vieillit prématurément après cela. On dit qu'elle eut un enfant quelque temps après sa disgrâce, que son mari refusa de reconnaître comme sien, mais, en général, on évite de mentionner cette partie de l'histoire pour éviter de gâcher le récit de son heureux dénouement.

Il est vraisemblable qu'on entendra encore longtemps parler des Moffat et des Somers, et que les histoires qu'on raconte à leur sujet subiront encore de nombreuses transformations. Aujourd'hui, le château de Kells n'est plus qu'une ruine qui se dresse, solitaire et noire, au milieu de la lande battue par les vents, mais sur les collines alentour paissent toujours des Galloway sauvages parmi lesquels se trouvent sans doute des descendants d'un petit cheval à la crinière blonde qui portait sur la cuisse la trace ancienne d'un « L » marqué au fer rouge.

HELEN DICKSON

Un époux en héritage

LES HISTORIQUES

éditions Harlequin

Titre original THE PROPERTY OF A GENTLEMAN

Ce roman a déjà été publié sous le titre
UN CŒUR EN HERITAGE
en novembre 2002

83/85 boulevard Vincent-Auriol 75646 PARIS CEDEX 13.
Service Lectrices — Tél. : 01 45 82 47 47
www.harlequin.fr

1

Atwood, Yorkshire, 1800

Née dans le luxe et la richesse, Eve Somerville était aussi belle que fortunée. Ses parents l'avaient toujours choyée, n'ayant pas d'autre enfant, et elle n'avait pas eu à se soucier de l'avenir : n'était-il point convenu depuis sa naissance qu'elle épouserait un beau parti ?

A dix-sept ans cependant, tout bascula dans sa belle existence : à peine sa mère était-elle décédée des suites d'une phtisie que son père contractait lui aussi une grave maladie. Alors que les médecins, peu optimistes, concédaient à sir John Somerville quatre années à vivre, ce dernier trouva une mort plus prématurée encore dans un accident de cabriolet. Eve venait de fêter ses vingt ans.

En ce bien triste jour de funérailles, la jeune fille était assise au côté de sa grand-mère maternelle dans l'église du village. Ses yeux violets paraissaient immenses dans son visage pâle et un voile sombre dissimulait aux regards sa belle chevelure brune. Avec gratitude, elle considérait les amis, connaissances et parents venus des quatre coins du pays pour rendre un dernier hommage à son père. Dans la foule, on reconnaissait plusieurs employés, hommes et femmes, des mines de charbon sur lesquelles sir John avait bâti sa fortune. Ces pauvres gens avaient tenu, eux aussi, à suivre le convoi funèbre.

Une fois l'office et les obsèques célébrés, les proches du défunt regagnèrent Burntwood Hall, grand manoir de style Tudor qui abritait la famille Somerville depuis des siècles. Comme le voulait l'usage, on allait procéder à la lecture du testament. Dans la bibliothèque, se trouvaient réunis pour ce faire M. Alex Soames, homme de loi, Gerald Somerville, cousin d'Eve et seul héritier mâle de la famille, la grand-mère d'Eve, Abigail Pemberton, Eve elle-même, plusieurs domestiques, ainsi que M. Marcus Fitzalan, originaire de Netherley, une petite ville voisine d'Atwood.

Marcus Fitzalan avait été l'ami du défunt et possédait avec lui de nombreux intérêts en commun. C'était un grand et beau gentilhomme d'une trentaine d'années au visage fier et aux yeux bleu acier, qui irradiait une telle aura et une telle force naturelle qu'il était impossible de l'oublier lorsqu'on l'avait rencontré.

Eve le savait bien pour l'avoir appris à ses dépens : à la kermesse d'Atwood, trois ans plus tôt, ne s'était-elle point compromise dans les bras de cet homme, pour avoir voulu relever un défi lancé par une amie ? Censée simplement inviter le jeune homme au bal, elle n'avait pas prévu que celui-ci l'emmènerait à l'abri des regards et lui donnerait un baiser passionné, causant un beau scandale ! Outre le fait que son fiancé de jadis — Leslie Stephenson — l'avait aussitôt répudiée, elle avait dû aller passer quelques mois chez sa grand-mère, le temps que les mauvaises langues se calment.

Si ce triste épisode était désormais une affaire classée dans la haute société, la jeune fille ne l'avait pas oublié, loin s'en fallait. Elle continuait à en vouloir au beau séducteur pour le terrible affront dont il s'était rendu coupable, et qui avait empêché Eve d'assister aux derniers instants de sa mère…

Tandis que le vieil homme de loi se préparait à lire le testament, Eve sentit peser sur elle le regard de Marcus, vibrant d'intensité. Elle l'avait à peine salué à la sortie de la cérémonie, mais à l'évidence, cette attitude glaciale n'avait point découragé le gentilhomme. Se souvenait-il comme elle de leur tête-à-tête passionné, trois ans plus tôt ? Ambitionnait-il de la reconquérir ? Elle s'était montrée si naïve à l'époque !

Gênée, elle fixa sans la voir la fenêtre qui se trouvait à sa droite. Comment Marcus Fitzalan pouvait-il faire montre d'un tel aplomb ? On eût dit que le monde lui appartenait !

Aussitôt, le remords assaillit la jeune fille. Elle ne devait pas oublier que ce gentilhomme était en affaires un associé fort estimé de son père. A force d'astuce et de placements judicieux, les Fitzalan avaient conquis une place de choix dans le domaine de l'exploitation minière et ils avaient même ouvert leur propre mine, la mine d'Atwood, sur un terrain proche de celui des Somerville. A la suite de multiples transactions, cette mine avait été rachetée par sir John Somerville lui-même…

Marcus observait l'orpheline assise à la table près de sa grand-mère. Le deuil n'ôtait rien à sa beauté. Son port de tête fier et gracieux évoquait celui d'un cygne, et que dire de ses yeux, d'un violet lumineux ! Tout dans son visage en forme de cœur invitait à la douceur et à l'amour. Elle était si belle, si vibrante de vie…

Il n'avait pas oublié les circonstances particulières de leur première rencontre, à la kermesse d'Atwood. Eve était alors une jeune personne tout à fait innocente, mais il en avait gardé un souvenir inaltérable. Lui avait-elle jeté un sort, lui qui avait pourtant nombre de liaisons à son actif ?

M. Soames commença par énumérer les premiers legs, qui concernaient les fidèles serviteurs de sir John. Lorsque ceux-ci eurent quitté la pièce, chacune des personnes présentes attendit la suite dans une impatience grandissante.

Gerald Somerville, en particulier, avait peine à contenir son excitation. En tant que seul héritier mâle de la famille Somerville, il ne faisait guère de doute que l'ensemble des biens du défunt lui reviendraient… Une question demeurait malgré tout, et non des moindres : la fortune de son oncle suffirait-elle à combler ses dettes de jeu ? Il en avait contracté beaucoup ces derniers mois, depuis qu'il avait appris que la grave maladie de sir John promettait celui-ci à une mort prochaine !

— Ce que je m'apprête à vous lire va vous causer un choc, Eve, déclara soudain M. Soames. C'est pourquoi je prends la précaution de vous en avertir. Je tiens à préciser que si votre père était déjà gravement malade lorsqu'il a rédigé ses dernières volontés, il était cependant en pleine possession de ses moyens.

Assise à l'extrême bord de sa chaise, Eve tenta de ne pas céder à la panique. Pourquoi s'inquiéter ? La lecture du testament n'était-elle pas une simple formalité ? Son père avait nécessairement fait en sorte de la mettre à l'abri du besoin… Quelque chose dans la voix du vieil homme de loi, néanmoins, ne lui disait rien qui vaille…

La gorge sèche, elle articula avec difficulté :

— Un choc ? Mais pourquoi donc, monsieur Soames ? Mon père a bien veillé à mes intérêts, n'est-ce pas ?

— Oui, naturellement. Toutefois, sa décision risque de vous étonner, répondit le juriste.

Sans plus se préoccuper de la jeune fille, il se tourna vers Gerald Somerville, dont le visage contracté trahissait la nervosité.

— L'ensemble des propriétés foncières de mon client vous revient, milord, déclara-t-il. Comprenez par là le domaine, le manoir, ainsi que les maisons de Londres.

L'intéressé eut peine à dissimuler sa joie. Crispée, Eve attendit. Qu'avait donc imaginé son père ? Il n'avait pu la spolier, tout de même !

— Quant à vous, chère Eve, reprit M. Soames en la couvrant d'un regard bienveillant, vous recevrez une rente de deux mille livres par an.

Comme l'homme de loi se taisait, la jeune fille attendit, persuadée qu'il allait reprendre la parole pour poursuivre l'énumération des biens dont elle héritait, mais le silence se prolongea. Elle comprit alors qu'il n'y avait rien de plus et son cœur fit un bond dans sa poitrine. Pétrifiée, elle contempla son interlocuteur.

— Mais… ce n'est pas possible, monsieur Soames, bredouilla-t-elle lorsqu'elle eut recouvré l'usage de la parole. Il doit y avoir une erreur ! Mon père était à la tête d'une immense fortune, il m'a nécessairement laissé quelque chose !

— Non, il n'y a pas d'erreur, mademoiselle, reprit doucement le juriste. Votre père était fortuné, en effet, mais certains de ses revenus ne lui appartenaient pas en nom propre. Il détenait des parts dans des entreprises associées, dont celle de M. Fitzalan.

Incapable d'en croire ses oreilles, Eve sentit le sang se retirer de ses joues et elle porta la main au col de sa robe de deuil. Dans la pièce, le silence était tombé et tous les regards convergeaient vers elle.

Gerald Somerville choisit ce moment pour se ressaisir. Il tourna vers l'avoué un visage interrogateur.

— Comment se fait-il, s'enquit-il, que sir John ne m'ait laissé que les terres et les propriétés ? Il détenait aussi une mine, il me semble, dont il tirait de prodigieux revenus !

Pour toute réponse, le vieil homme de loi se contenta de secouer la tête.

Lady Pemberton, pour sa part, ne semblait ni choquée ni surprise. Toutefois, sa tension apparaissait à la manière dont elle serrait le pommeau de sa canne, et il était clair qu'elle ne perdait pas une miette de la conversation.

Parmi les personnes présentes, seul Marcus était conscient de la peine que ressentait Eve. Comment eût-il pu ignorer le regard blessé et les mains crispées de la jeune fille ? Elle semblait si seule au monde tout à coup ! Il eût aimé la réconforter, mais il savait qu'elle le repousserait. Ne se montrait-elle pas de marbre à son égard depuis le début de la cérémonie ? Assurément, elle ne lui avait pas pardonné le baiser de jadis.

Parviendrait-elle à surmonter le choc, elle qui vivait dans un monde protégé depuis toujours ? Pour une personne accoutumée à l'opulence, une rente annuelle de deux mille livres ne constituait pas un revenu substantiel !

— Alors, je n'aurai pas davantage ? interrogea Eve d'une voix étonnamment calme, mais à peine plus forte qu'un murmure. Malgré l'importance de sa fortune, mon père n'a pas prévu d'autres clauses à mon endroit ? J'en serai donc réduite à vivre avec si peu…

Sous le regard désespéré de sa cliente, M. Soames parut

mal à l'aise. Il se mit à tousser et baissa de nouveau les yeux sur les documents réunis devant lui.

— Non… En fait, la situation n'est pas aussi désespérée qu'elle y paraît.

— Mais alors, pourquoi ne m'expliquez-vous rien ? interrogea Eve, déroutée. J'ai au moins besoin de savoir… où je vais vivre…

— Les choses s'éclairciront d'elles-mêmes quand je vous aurai tout exposé, annonça l'homme de loi avec réticence. En réalité, votre père n'a pas seulement prévu une rente vous concernant. Il vous a même richement dotée. Toutefois, pour accéder à votre héritage, vous devrez remplir certaines conditions…

— Certaines conditions ? répéta la jeune fille, étonnée. Quelle sorte de conditions ?

— Epouser M. Marcus Fitzalan dans les six mois qui suivent le décès de votre père, répondit le vieil homme dans un souffle.

Abasourdie, Eve demeura sans voix.

— Si cela vous sied à tous les deux, naturellement, ajouta en hâte M. Soames. Si vous acceptez d'épouser M. Fitzalan, la mine d'Atwood et l'ensemble de ses revenus — lesquels sont énormes — vous reviendront conjointement.

A ces mots, Gerald devint blême et laissa échapper une exclamation furieuse.

— Non, monsieur, s'exclama-t-il. Je n'admettrai point qu'une telle chose soit possible ! La mine d'Atwood constitue la principale source de profit de mon oncle et c'est à moi, son seul héritier, qu'elle doit revenir, au même titre que ses autres biens.

— Je suis désolé, milord, mais tel n'était pas le souhait de sir John. En outre, votre père, Eve, n'avait acheté que le bail de la mine au grand-père de M. Fitzalan, et non les terres elles-mêmes. Par conséquent, il en détenait uniquement les droits d'exploitation pour quinze ans renouvelables.

L'homme de loi s'interrompit et considéra Gerald.

— Vous aviez raison, milord, de dire que la mine d'Atwood représente la principale source de revenus de votre oncle. Et justement, sir John désirait qu'elle revienne à la famille Fitzalan... en la personne de sa fille. Et à condition que Marcus, ici présent, veuille bien épouser celle-ci.

Pour la première fois depuis le début de la journée, la jeune fille se permit d'observer Gerald et ce qu'elle découvrit lui déplut profondément. Le regard de son cousin trahissait une telle cupidité ! Elle le connaissait mal, car s'il vivait à quelques miles à peine de Burntwood Hall, il passait le plus clair de son temps à Londres. Les rares visites qu'il leur avait accordées lui avaient laissé un souvenir déplaisant. En outre, n'avait-elle point vu le regard qu'il posait sur elle changer à mesure qu'elle grandissait ? Assurément, il la convoitait...

De surcroît, elle en savait suffisamment au sujet de ce jeune homme pour comprendre qu'il n'était pas digne de sa confiance. N'avait-il point dilapidé au jeu le patrimoine de ses parents disparus ? Et que dire de ses frasques, nombreuses, au sein de la haute société ? Non content de passer de bras en bras, il ne se souciait que de sa propre personne, de ses propres intérêts et il savait fort bien tirer parti de son physique de dieu grec.

Eve le contemplait, pensive, tandis qu'il posait sur Marcus Fitzalan un regard chargé de haine. Un frisson lui parcourut l'échine. Gerald aimait l'argent. Jusqu'où était-il capable d'aller pour s'emparer de la mine ? Etait-ce pour éviter qu'elle ne tombât entre les mains de cet homme que son père avait édicté cette clause ? Mais pourquoi avoir choisi son associé ? N'y avait-il aucune autre solution ?

Lentement, elle tourna la tête vers Marcus, assis à l'autre extrémité de la pièce. Impassible, celui-ci ne semblait guère ébranlé par ce qui se passait autour de lui.

Eve serra les poings. Elle ne pouvait laisser les choses prendre un tel cours. Son père avait-il perdu l'esprit pour vouloir la marier à Marcus Fitzalan, celui-là même qui l'avait déshonorée trois ans plus tôt ? A moins que ce dernier n'ait justement fait le nécessaire pour séduire à son avantage le vieil homme malade ? Quoi de plus facile, en effet, que de détourner un bien quand l'être qui le possède est souffrant et presque sénile ? Fort de leur amitié réciproque, le jeune homme avait très bien pu influencer sir John… Soudain hors d'elle à cette pensée, Eve apostropha Marcus :

— Vous deviez être au courant de ce projet, milord. Mon père a dû s'en ouvrir à vous, n'est-ce pas ?

— Non point, milady, répondit ce dernier.

Depuis l'annonce de la dernière volonté du défunt, il s'efforçait de dissimuler le sentiment de gratitude qui le submergeait. Par son désir, sir John ne permettait-il pas à la mine d'Atwood de revenir dans la famille Fitzalan ? Non qu'il en eût lui-même besoin sur le plan financier : les nombreuses autres mines et propriétés qu'il possédait lui procuraient de très subtantiels revenus. Mais pour des raisons sentimentales, le souhait de son vieil ami et associé le touchait.

Encore fallait-il que miss Somerville acceptât cette clause particulière ! Serait-elle son épouse dans les six mois à venir ? En l'état actuel des choses, il en doutait fortement, car elle continuait à le traiter de haut. Mais qu'adviendrait-il s'il parvenait à la conquérir ? Il n'était pas dénué de savoir-faire en matière de séduction et cette perspective ne lui était pas désagréable...

— Je ne puis accepter pareille condition ! reprit la jeune fille, furieuse à l'évidence. A quoi mon père a-t-il seulement pensé ? Pourquoi ne m'a-t-il point entretenue de cette idée saugrenue avant de la consigner dans son testament ?

— Peut-être avait-il prévu de le faire, suggéra M. Soames, mais n'oubliez pas que sa mort a été très brutale.

— Quoi qu'il en soit, cette clause est absurde, poursuivit Eve. Je ne vais tout de même pas épouser Marcus Fitzalan dans le seul but d'hériter de la mine !

Soucieux, l'avoué se pencha vers la jeune femme.

— Ne pourriez-vous au moins prendre le temps de la réflexion, ma chère Eve ? s'enquit-il avec douceur. Lorsque vous vous serez remise du choc et aurez pesé le pour et le contre, le souhait de votre père vous apparaîtra certainement sous un autre jour.

— Cela m'étonnerait fort ! s'exclama Eve. Mon père n'avait pas le droit de me contraindre à une telle union !

— Nul ne vous contraint à quoi que ce soit, miss Somerville, fit remarquer le juriste. Vous pouvez fort bien décider de ne point épouser M. Fitzalan et vous contenter de votre rente.

— De ma rente ? répéta Eve, confondue. Mais si je fais ce choix, que deviendrai-je ? Et pour commencer, où irai-je vivre ?

— Votre père a pris des dispositions pour que vous habitiez chez votre grand-mère, à Cumbria. Quant à la mine, elle reviendrait à M. Gerald Somerville et à ses héritiers.

Du coin de l'œil, Marcus vit Gerald tressaillir à ces

mots. Il suffisait au jeune homme d'empêcher sa cousine de se marier selon les vœux de son défunt père pour hériter d'une belle fortune ! A entendre Eve, à voir la froideur avec laquelle elle considérait ce mariage, l'affaire était presque dans le sac…

— Mon père n'a-t-il laissé aucune indication quand il a rédigé cette partie-ci de son testament ? s'enquit Eve d'une toute petite voix.

— Je crains que non, hélas, répondit M. Soames. M'est avis cependant que s'il avait vécu un peu plus longtemps, il vous en aurait dit davantage. Comme vous le savez, j'étais un grand ami de votre père et je suis persuadé qu'il n'aurait pas pris une telle décision si cela ne devait pas vous être bénéfique, Eve. Peut-être que se sachant malade, il souhaitait justement vous voir réaliser un beau mariage et vous placer à l'abri du besoin ?

La jeune fille parut réfléchir un instant, puis elle se redressa.

— Mais, dit-elle, que se passera-t-il si M. Fitzalan avait prévu d'en épouser une autre que moi ?

— Votre père connaissait suffisamment son associé pour savoir que celui-ci n'avait nul projet de cet ordre.

Eve considéra Marcus, qui semblait perdu dans ses pensées. Songeait-il à la mine et à ce qu'il perdrait si les noces n'avaient pas lieu ? Et la perspective d'épouser la fille de son associé lui plaisait-elle ? Il ne s'était pas même prononcé sur le sujet ! Elle regretta de s'être emportée, comme à l'accoutumée. Il eût fallu mieux dissimuler ses émotions, comme le faisait Marcus en cet instant, afin d'agir ensuite avec plus de circonspection.

Elle releva la tête et planta ses grands yeux violets dans ceux du vieil avoué.

— Vous avez raison, milord, je vais réfléchir.

A ces mots, elle sentit le regard surpris de Marcus se poser sur elle, tandis que Gerald, de son côté, ne faisait rien pour dissimuler son mécontentement.

2

Les derniers invités s'attardaient encore autour d'un verre lorsque Eve éprouva le besoin de sortir pour reprendre des forces. Elle se sentait épuisée après les émotions de la journée. Elle se glissa hors de la maison, avide de calme, et choisit d'aller se recueillir sur la tombe de ses parents.

A la lueur de la lune, les ifs du jardin semblaient immenses. Perdue dans ses pensées, la jeune fille franchit sans les voir les hauts murs d'enceinte pour entrouvrir le portillon qui menait à la chapelle. Tristement, elle se dirigea vers le caveau recouvert de couronnes de fleurs fraîches. La vie était si fragile ! Qu'allait-elle devenir, à présent, sans la présence aimante de sa famille ? Si elle était parvenue à contenir ses émotions durant les funérailles, elle avait soudain l'impression d'être vidée de ses forces. Elle sentit les larmes lui monter aux yeux et, submergée par un chagrin brutal, dut leur laisser libre cours.

Avant de quitter Burntwood Hall, Marcus avait lui aussi voulu rendre un dernier hommage à sir John, son vieil ami. Il commençait à s'éloigner de la tombe lorsque la frêle silhouette d'Eve était apparue. Dissimulé par les arbres, à quelques mètres à peine, il la regarda s'agenouiller devant la tombe de son père.

A la vue de ce corps chétif agité de sanglots, Marcus

sentit son cœur se serrer. Jamais encore, il n'avait été témoin d'une si grande affliction. Il fit un pas en avant, mais se ravisa aussitôt. Mieux valait laisser la jeune fille s'épancher tout son soûl. Manifestement, personne à Burntwood Hall ne pouvait lui offrir le réconfort dont elle avait besoin et pour sa part, il savait qu'elle ne se laisserait pas approcher par lui... Qu'eût-il donné, pourtant, pour pouvoir la consoler, la prendre dans ses bras et caresser son doux visage !

A vrai dire, il ne pouvait se résoudre à capituler si aisément. Certes, la jeune fille ne voulait pas de lui, mais il ferait en sorte de la convaincre, ne serait-ce que pour la mettre à l'abri des intentions de Gerald Somerville, son cousin. Assurément, ce dernier s'était juré d'obtenir la mine d'Atwood coûte que coûte pour renflouer sa bourse. Son expression, en sortant de la bibliothèque tout à l'heure, en disait long sur sa détermination...

Marcus considéra une dernière fois la frêle silhouette secouée par les pleurs. La détresse de la jeune fille lui allait droit au cœur et il admirait en même temps le courage et le stoïcisme dont elle avait fait montre aux funérailles et à la lecture du testament. Miss Somerville était une personne peu commune. Jamais encore une femme n'était parvenue à l'émouvoir de cette manière. Lentement, il se remit en marche et se résigna à quitter Burntwood Hall, poursuivi par l'image de la triste orpheline.

Une fois dans sa chambre, Eve demeura de longues minutes assise au coin du feu, plongée dans ses pensées. Il lui fallait considérer son avenir et les dernières volontés de son père. Depuis qu'elle avait revu Marcus, ce dernier occupait son esprit. Alors qu'elle n'aspirait qu'à l'effacer de sa mémoire, force était de constater qu'elle demeurait impuissante face à l'image rémanente du beau gentilhomme.

Fallait-il accepter la clause particulière de son père ? La refuser ? Une seule chose était sûre : elle ne devait pas laisser la mine d'Atwood aux mains de son cousin...

Un coup frappé à la porte la tira de ses réflexions. Avec un soupir, elle se leva pour aller ouvrir. Lady Pemberton, sa grand-mère, se tenait sur le seuil.

— Excuse-moi de te déranger, Eve, mais j'ai à te parler, dit cette dernière en entrant pour aller prendre place au coin du feu.

— Bien sûr, grand-mère.

La jeune fille eût préféré attendre quelques jours pour avoir la conversation qui s'annonçait. Elle se sentait si abattue, si découragée ! Comme lady Pemberton semblait chercher ses mots, elle se dirigea vers la fenêtre, dont elle tira la lourde tenture. Dans le lointain, les lumières d'Atwood se reflétaient et la masse sombre de la mine se détachait. De nouveau, Eve se demanda comment son père avait pu énoncer une telle clause dans son testament. Souhaitait-il réellement voir sa fille épouser Marcus Fitzalan, ou devait-elle se sacrifier pour empêcher Gerald de s'approprier le gisement ? Car non seulement ce dernier ne connaissait rien à l'exploitation minière, mais il dilapiderait tout sans le moindre regret !

A la lecture du testament, Eve s'était aperçue qu'elle tenait à la mine et au travail de son père. Sir John avait coutume de dire que le bassin d'Atwood était le poumon du Yorkshire et que, sans lui, la région ne serait rien. Il s'était dévoué corps et âme pour faire de la mine d'Atwood la plus importante de ses richesses. Pour lui, celle-ci était l'âme des Somerville.

Eve poussa un long soupir. Laisser la mine aux mains de Gerald lui semblait impossible. Jamais elle ne s'en remettrait... Mais de là à épouser Marcus Fitzalan...

— La lecture du testament t'a causé un choc, n'est-ce pas, ma chérie ? commença lady Pemberton.

— Oui, en effet, grand-mère. Je ne comprends pas ce qui a pu motiver la décision de papa. Mais peut-être pouvez-vous m'en dire davantage ? N'en a-t-il pas discuté avec vous avant… avant l'accident ?

— Ton père m'avait effectivement entretenue de ce projet à l'occasion de l'une de mes dernières visites, répondit la douairière.

Elle se détourna. Eve comprit qu'elle était gênée.

— Ainsi vous saviez ce qu'il avait en tête, dit-elle.

— Il voulait connaître mon avis.

— Vous avez donc approuvé ses desseins ? articula la jeune fille, incrédule.

— Pourquoi l'aurais-je contredit ? Marcus est un homme honorable que ton père tenait en haute estime. En outre, ton père s'inquiétait à ton sujet et il désirait voir ton avenir assuré avant sa mort. Comme tes fiançailles avec Leslie Stéphenson avaient été rompues et que nul autre prétendant n'obtenait tes faveurs…

— Voilà donc la raison ! s'écria Eve, révoltée.

Le jour venait de se faire dans son esprit. Ainsi, la mine d'Atwood servait de prétexte pour que la jeune fille accepte de s'unir à Marcus Fitzalan !

— Je sais que cela n'est pas facile pour toi, Eve, et que tu as toutes les raisons d'être en colère. Mais dis-moi : que penses-tu de M. Fitzalan ? Vas-tu l'épouser ?

— Oh, grand-mère, comment le pourrais-je ? Je le connais à peine !

— On peut facilement remédier à cela. Je serais bien sûr très heureuse que tu viennes vivre avec moi, mais le mieux pour toi serait de suivre la volonté de ton père et de faire un beau mariage.

Eve se détourna de la fenêtre et observa la douairière. Pourquoi parlait-elle ainsi, elle qui se réjouissait toujours de voir sa petite-fille lui rendre visite à Cumbria ?

— Tu pourrais aussi aller habiter chez ta tante Shona, à Londres, reprit lady Pemberton, mais je sais que le rythme trépidant des Saisons et des rendez-vous mondains te fatigue. Par conséquent, mieux vaut que tu restes dans le Yorkshire, je te le dis !

Eve soupira. Sa grand-mère n'avait pas tort, hélas ! Dès qu'elle se trouvait dans la capitale, la vie paisible d'Atwood lui manquait. Elle serra les poings. Elle n'était pas contre le fait de se marier, certes, mais pourquoi son père avait-il éprouvé le besoin de se montrer si directif ?

— Je ne veux pas épouser M. Fitzalan, grand-mère. Malgré l'amitié et les liens professionnels qui l'unissaient à papa, il n'est qu'un étranger pour moi. En outre, il est trop vieux !

La vieille dame se mit à rire.

— Que racontes-tu là, mon enfant ? dit-elle. Trente ans n'est pas un âge canonique, tout de même ! Et tu peux apprendre à le connaître peu à peu. Souviens-toi, il y a trois ans, tu avais hâte d'avoir la bague au doigt, si je ne me trompe !

Eve demeura silencieuse. Si sa grand-mère savait ce qui s'était passé entre Marcus et elle à la kermesse d'Atwood ! Dire qu'à cause d'un pari stupide énoncé par Angela, son amie d'alors, son fiancé l'avait répudiée pour épouser… Angela, précisément ! Cette dernière s'était bien jouée d'elle, et il n'était plus question d'amitié, à présent…

La voix de la douairière la tira de ces sombres pensées.

— M. Fitzalan est extrêmement riche, ma chérie, et

c'est en outre un excellent homme d'affaires. On dit que sa demeure, construite par son grand-père, est immense et de toute beauté. Je suis certaine que tu t'y plairas.

— Si je l'épouse…, protesta Eve. N'ai-je donc aucune liberté, grand-mère ? Et puis, qui vous dit que M. Fitzalan voudra bien de moi ?

— Voyons, mon enfant, Marcus Fitzalan ne peut qu'être flatté d'avoir été choisi par ton père ! En outre, s'il t'épouse, la mine d'Atwood reviendra à sa famille. Vois-tu, ma chérie, je te conseille de bien réfléchir et de t'en entretenir avec lui au plus tôt, afin de connaître son point de vue. Tu n'aurais pas dû te montrer si véhémente, cet après-midi : lui lancer au visage qu'il aurait influencé ton père, tout de même !

— Je lui ai simplement demandé s'il était courant de ce projet, répliqua Eve. Je ne l'ai pas accusé.

— C'était tout comme ! Quoi qu'il en soit, je ne l'en admire que davantage pour son sang-froid, car il aurait pu se mettre en colère. Sans doute a-t-il compris, comme nous tous, que les derniers événements t'avaient épuisée…

L'expression austère de lady Pemberton s'adoucit.

— Tu es une jeune fille sensée, Eve. Je sais que tu me trouves souvent sévère à ton endroit, mais je ne veux que ton bonheur, moi aussi. Alors réfléchis bien : pourquoi n'épouserais-tu pas Marcus Fitzalan, après tout ? Ainsi, la mine d'Atwood sera hors de portée de Gerald et tu seras toi-même dûment établie… Cela mérite réflexion, ne crois-tu pas ? Ton père souhaitait te voir heureuse, tu le sais. Sans cette terrible maladie qui l'a frappé, il t'aurait certainement permis d'épouser un homme de ton choix. Mais sachant qu'il ne lui restait que peu de temps à vivre, il s'inquiétait pour toi et il a vu en Marcus Fitzalan, qu'il connaissait bien, un parti intéressant. Ne peux-tu le comprendre, Eve ?

La jeune fille baissa la tête, désespérée. Bien sûr que sa grand-mère avait raison ! Seulement, la volonté de son père représentait un bien lourd fardeau…

3

Le lendemain matin, Eve s'installa dans le bureau de son père pour rédiger des lettres de remerciement destinées aux personnes qui lui avaient adressé leurs condoléances, mais n'avaient pu assister aux funérailles. Soudain, quelques coups pressés furent frappés à la porte et Gerald fit son entrée. Il venait prendre congé. Comme à l'accoutumée, son regard appuyé mit la jeune fille mal à l'aise et elle ne put s'empêcher de frémir. Si le nouveau venu s'en aperçut, il n'en laissa rien paraître.

Tandis qu'il la détaillait à loisir, Eve le gratifia d'un regard glacial. Elle savait qu'il la convoitait et tenait à lui faire comprendre qu'il ne devait pas se bercer d'illusions : pour rien au monde, elle n'eût voulu de ce cousin immoral et sans scrupules pour époux.

Sans cesser de la dévisager, Gerald prit place dans l'un des fauteuils disposés devant la cheminée.

— J'espère que vous me pardonnerez de m'introduire ainsi dans votre intimité, déclara-t-il, mais je tenais à vous entretenir avant de repartir. J'ai bien réfléchi et je voulais vous informer que je vous laisse, pour le moment, la jouissance de Burntwood Hall.

Un sourire incongru éclaira son visage à ces mots, mais Eve ne fut pas dupe, loin s'en fallait. Elle se doutait qu'il chercherait à la retenir au manoir, auquel il la savait attachée, ce qui aurait pour effet de retarder la décision de la jeune fille. Si elle ne se sentait pas acculée à dire oui à Marcus sous la menace d'un départ précipité, Gerald conservait toutes ses chances d'hériter de la mine.

— C'est très généreux à vous, Gerald, répondit la jeune fille en se raidissant.

Elle posa sa plume et mit les mains sur ses genoux. Son cousin ne l'avait pas quittée des yeux. Tendue, elle attendit la suite, tandis que l'appréhension s'inflitrait en elle. Gerald était capable de tout pour parvenir à ses fins…

— Je dois vous avouer que cela me fendrait le cœur de devoir renoncer à la mine d'Atwood, déclara-t-il. Et je compte bien faire tout ce qui est en mon pouvoir pour l'obtenir.

Eve le regarda droit dans les yeux avant de déclarer froidement :

— Mon père a travaillé dur pour donner à cette mine sa valeur d'aujourd'hui, répondit-elle, tout comme le père et le grand-père de M. Fitzalan. Dans ces conditions, il serait regrettable que l'exploitation en revienne à un individu incapable d'en apprécier le prix.

Les paupières de Gerald se plissèrent et il esquissa un sourire mauvais.

— Oh, mais n'ayez crainte, chère cousine. Je connais la valeur exacte de la mine.

— Je n'en doute pas une seconde, rétorqua la jeune fille. Mais vous êtes un garçon gourmand, Gerald. Vous pourriez être tenté de la revendre afin de payer vos dettes de jeu. Or, cela me semble inacceptable.

— Mes dettes… ? Mais que me chantez-vous là, chère cousine ?

— Voyez-vous, Gerald, j'en sais plus long que vous ne l'imaginez.

Le jeune homme se renfrogna à ces mots.

— Il est vrai, en effet, que j'ai quelques problèmes financiers en ce moment. Je ne le nie pas. Mais jamais, je n'irais vendre la mine, vous pouvez m'en croire !

— Tiens donc ? L'idée ne vous en a sans doute jamais traversé l'esprit ?

Gerald la considéra un instant sans répondre. Son visage était rouge, ses yeux lançaient des éclairs. Toutefois, la jeune femme le vit soudain pousser un soupir et il parut faire un effort sur lui-même pour recouvrer son calme.

— Dites-moi, ma chère, reprit-il d'un ton adouci, avez-vous pris votre décision en ce qui concerne Marcus Fitzalan ?

Eve fut tentée de répondre par l'affirmative pour le contrarier, mais sa franchise naturelle l'en dissuada.

— Pas encore, répondit-elle. De toute manière, ce n'est pas à vous que j'irai faire part de ma décision une fois que je l'aurai prise !

— Rien ne vous oblige à épouser ce gentilhomme, vous le savez, déclara son cousin avec gravité. J'ai observé votre réaction à la lecture du testament et je sais que vous n'êtes pas ravie de cette clause, loin s'en faut. Je crois me souvenir que Marcus Fitzalan avait entaché votre réputation il y a trois ans. Je me trompe ? Non, bien sûr… Aussi puis-je aisément comprendre votre réticence…

Il se leva et gagna lentement la table de travail où était assise la jeune fille. Celle-ci demeura immobile.

— Marcus Fitzalan n'est pas un homme pour vous, Eve, reprit-il en l'observant d'un regard appréciateur.

Eve se raidit. Il était tout près d'elle à présent, de l'autre côté de la petite table. A la seule pensée qu'il pût la toucher, elle sentit son cœur se soulever.

— Il y a une chose que vous devez comprendre avant de vous décider, ajouta le jeune homme.

— Ah oui ? Laquelle ?

— Vous avez la possibilité de prendre la place qu'occupait jadis votre mère, ici, à Burntwood Hall…

Incrédule, Eve le dévisagea. Le sourire qu'il affichait à présent ne fit qu'accroître son malaise.

— Pour cela, il faudrait que je vous épouse…, articula-t-elle d'une voix rauque.

— Tout à fait. C'est une solution à envisager. Soyez sûre que je saurai mieux prendre soin de vous que ce Fitzalan.

— Vous avez perdu l'esprit ! lança Eve, retrouvant ses moyens. Nous n'avons jamais eu la moindre affinité, vous et moi !

— Si nous y mettons chacun du nôtre, les choses peuvent changer, ma chère. En outre, il y aurait un deuxième avantage à ce mariage.

— Un deuxième avantage ?

— Avez-vous songé que si vous choisissez de m'épouser la mine d'Atwood restera au sein de notre famille ?

— Ce n'était point le souhait de mon père. Et de toute manière, vous n'avez pas besoin de vous marier avec moi pour que la mine vous revienne ; il suffit que je refuse d'épouser M. Fitzalan.

— Je le reconnais, bien sûr. Toutefois, je vous le répète, en acceptant de devenir ma femme, vous demeurerez à Burntwood Hall, et je sais combien le manoir vous est cher. Nous aurions donc à y gagner l'un comme l'autre. Réfléchissez bien, chère Eve.

La jeune femme garda le silence. Il lui semblait que

l'atmosphère s'était brutalement refroidie dans la pièce. Elle se demanda si Gerald serait capable de la contraindre à ce mariage avec lui. Une chose était sûre : il ne reculerait devant rien pour s'emparer de la mine d'Atwood, qu'il se hâterait ensuite de revendre.

Elle releva le menton et dévisagea son interlocuteur.

— Vous perdez votre temps, mon cousin, sachez-le. Vous n'avez aucune chance de me convaincre. Jamais je n'accepterai de vous épouser, fussiez-vous le dernier homme sur Terre !

Gerald soupira.

— Vous êtes encore jeune, Eve, mais vous devriez vous montrer raisonnable. Ma proposition est extrêmement généreuse…

— Généreuse ? répéta la jeune fille, outrée. Dites plutôt que vous ne demandez ma main que pour m'empêcher d'épouser M. Fitzalan ! Je suis peut-être jeune, mais je ne suis pas aveugle, Gerald ! Votre seul et unique objectif est de vous approprier la mine !

— Je ne prétendrai pas le contraire, répondit-il avec un sourire paternel. Mais croyez bien que je me soucie sincèrement de votre avenir. Après tout, vous êtes ma cousine germaine !

Il s'approcha davantage et lui prit la main. La jeune femme la retira vivement, comme sous l'effet d'une brûlure.

— Ne me touchez pas ou j'appelle ! s'écria-t-elle. A présent, laissez-moi, Gerald.

Les yeux du jeune homme se plissèrent, menaçants, puis il soupira et recula d'un pas.

— J'aime beaucoup vous voir en colère, déclara-t-il d'un ton chargé de sous-entendus. On dirait une pouliche sauvage. Une pouliche que j'espère bien réussir à dompter un jour…

Le sang d'Eve se figea dans ses veines. Ces derniers propos étaient lourds de menace. De nouveau, elle sentit le danger.

— Je crois que vous m'avez tout dit, Gerald. Retirez-vous maintenant !

A ces mots, l'attitude de son interlocuteur changea du tout au tout. Les yeux brillants, il avança d'un pas et se pencha sur la table pour lui saisir le poignet, qu'il serra avec force.

— Très bien, je vous laisse, dit-il. Mais ne doutez pas que je serai très bientôt de retour pour remplacer votre père à Burntwood Hall.

— Lâchez-moi ! protesta Eve en se levant, prise de panique. Et je vais vous dire une chose : mon père, lui, était un homme respectable, et jamais vous ne le remplacerez, soyez-en certain !

— Ne jouez pas sur les mots. Vous savez très bien que quand j'ai décidé quelque chose, je l'obtiens. Sachez que je ne reculerai devant rien pour vous empêcher d'épouser Marcus Fitzalan.

— Nous sommes du même sang, Gerald. Moi aussi, j'agis comme bon me semble et je parviens toujours à mes fins. Pour me dicter ma conduite, il faudrait que vous passiez sur mon corps.

A ces mots, son cousin la considéra avec un petit sourire en coin.

— Dans ce cas, répondit-il d'une voix mielleuse, je sais ce qu'il me reste à faire. Vous me contraignez à recourir aux grands moyens… Je ne souffrirai pas que l'on se mette en travers de mon chemin, vous en êtes avertie. Une fois de plus, réfléchissez à ma proposition. Cela m'ennuirait de devoir m'en prendre à une si jolie cousine…

Eve le considéra avec une incrédulité mêlée de répugnance. Cherchait-il à l'effrayer, ou envisageait-il bel et bien de s'en prendre physiquement à elle ?

— Vous n'êtes qu'un vaurien, murmura-t-elle, méprisante. Je vous hais !

— Je sais. Mais la haine ne fait qu'ajouter un peu de piment aux relations humaines !

Un lent sourire se dessina sur ses lèvres.

— Au revoir, chère cousine, je vous laisse. Mais nous nous reverrons très bientôt.

Tremblante et au bord de la nausée, Eve le regarda quitter la pièce, puis se laissa tomber sur sa chaise en tentant de se rassurer. Gerald voulait la mine, certes, mais il n'oserait pas s'en prendre à elle. Il avait voulu lui faire peur, assurément, mais il se limiterait aux paroles…

4

Après les funérailles de sir John Somerville, Marcus reprit l'exploitation quotidienne de ses gisements. Avec une demande en charbon qui ne faisait que croître, il envisageait d'ouvrir une nouvelle mine à Pendle Hill, à trois miles de celle d'Atwood. Lorsqu'il voyait cette dernière se profiler dans le lointain, il ne pouvait s'empêcher de se demander si elle reviendrait un jour aux Fitzalan… c'est-à-dire si Eve Somerville accepterait la clause de son père.

Depuis l'enterrement, l'image de la jeune fille occupait son esprit. Elle était si digne, et en même temps si désirable ! Aussi éprouvait-il quelque scrupule à la prendre pour épouse : n'allait-elle pas imaginer qu'il ne souhaitait cette union que pour hériter de la mine ? Cette idée avait quelque chose de blessant pour une jeune femme, et d'une certaine manière, il en voulait à sir John pour cette clause embarrassante.

Un mois après les funérailles, Eve décida qu'elle ne pouvait rester plus longtemps inactive. La disparition brutale de son père l'avait anéantie et elle était demeurée cloîtrée à Burntwood Hall sans pouvoir se résoudre à sortir, mais à présent, il était temps de se prendre en main. La première étape consisterait donc à visiter cette fameuse mine d'Atwood. Par une belle journée ensoleillée, elle fit le trajet en coche, accompagnée de sa femme de chambre. Tout en cheminant, la conversation qu'elle avait eue avec Gerald au lendemain des funérailles lui revint à la mémoire. Avec le recul du temps, elle en venait à se demander si elle n'avait pas rêvé les menaces qu'il avait proférées. Mais non, il s'était bel et bien montré odieux ! Aussi devait-elle se préparer à quitter Burntwood Hall avant qu'il ne vienne s'y installer : elle ne tenait pas à passer une seule journée sous le même toit que ce détestable individu !

Pour cela cependant, elle devait décider si elle se plierait ou non aux dernières volontés de son père, sachant que, quel que fût son choix, il serait lourd de conséquences… hélas !

Elle aperçut soudain le gisement et son désarroi la déserta quelques instants. Fascinée, elle ne quitta pas des yeux cette immense exploitation jusqu'à l'arrêt de la voiture. Lorsqu'elle en descendit, elle put mieux observer l'intense activité qui y régnait : hommes, femmes et jeunes garçons étaient nombreux à travailler à l'extraction du minerai. Eve savait que leur arrivée dans la région, motivée par la perspective d'un bon travail, avait accru la taille de la ville d'Atwood. Celle-ci s'étalait désormais à perte de vue.

La jeune femme se mit aussitôt en quête de Matthew Somerville, le frère cadet de Gerald, qui travaillait là comme contremaître, mais lorsqu'elle interrogea les ouvriers, elle s'entendit répondre que son cousin était absent pour la journée. Elle en éprouva une vive déception : elle appréciait beaucoup Matthew, qui ne possédait pas les défauts de son frère.

Elle regagnait son cabriolet, s'apprêtant à revenir une autre fois, quand une haute silhouette tout de noir vêtue attira son attention. Marcus Fitzalan ! Dès qu'elle le reconnut, son sang ne fit qu'un tour et elle se figea. Il l'avait aperçue lui aussi et déjà, il s'approchait.

— Miss Somerville ! s'exclama-t-il, un sourire aux lèvres. Je ne m'attendais guère à vous rencontrer ici.

Eve se raidit.

— Je puis en dire autant, milord, répondit-elle avec froideur. Votre visite ici n'est-elle pas prématurée ? M'est avis que vous devriez attendre ma réponse avant de venir contempler la marchandise... si je puis m'exprimer ainsi !

Le sourire de Marcus s'élargit.

— J'ai pour habitude de me préparer à toute éventualité, miss Somerville, affirma-t-il. Et vous, vous vous intéressez aux affaires minières, à présent ?

— Si je dois devenir copropriétaire de la mine, j'entends en connaître suffisamment pour protéger mon héritage, milord, rétorqua sèchement la jeune fille. J'ose espérer que vous n'êtes pas de ceux qui voient d'un mauvais œil l'immixtion de la gent féminine dans les affaires !

— Loin de moi pareille idée ! protesta-t-il. Sachez que je tiens en haute estime les femmes qui ont de l'esprit. Par conséquent, jamais vous ne m'entendrez me plaindre de votre courage, qui n'a d'ailleurs d'égal que votre beauté.

Eve s'empourpra sous l'effet de ces louanges inattendues, mais parvint à se ressaisir, pour rétorquer d'un ton glacial :

— Je vous remercie, milord. Un compliment est toujours appréciable. Toutefois, n'espérez point obtenir la mine par la flatterie. Je ne capitulerai pas aussi aisément.

Marcus haussa les sourcils.

— Est-ce à moi que vous vous adressez ainsi ? Il me semble pourtant vous avoir vue bien vulnérable, il y a trois ans, à la kermesse d'Atwood...

Cette fois, Eve se sentit devenir écarlate. Marcus se mit à rire et des étincelles malicieuses s'allumèrent dans ses yeux bleus.

— Ne craignez rien, reprit-il. Non seulement je ne divulguerai point notre secret, mais je vous promets de ne pas recourir à de tels procédés pour vous amener à m'épouser.

Eve s'efforça de réprimer sa colère. Elle n'avait aucune envie de se donner en spectacle devant les ouvriers qui, du coin de l'œil, observaient la scène. A l'intérieur cependant, elle se sentait bouillir. Quelle insolence ! On voyait que Marcus Fitzalan n'avait pas eu à subir les conséquences de ce tête-à-tête pour le moins irrévérencieux. Mais elle ! Ce baiser avait entaché sa réputation, causé la rupture de ses fiançailles et entraîné un long exil chez sa grand-mère ! Et comme elle avait souffert de savoir sa mère mourante sans pouvoir veiller à son chevet ! Une peine toujours présente, immense…

— Ce qui s'est passé entre nous voici trois ans n'a plus lieu d'être rappelé, milord, lança-t-elle. Votre conduite a été… inqualifiable ! Et vous vous abusez si vous pensez que je suis la même qu'alors. Je suis bien plus forte aujourd'hui, et rien de ce que vous pourrez me dire n'affectera ma décision quant à mon avenir et à celui de la mine.

Le petit sourire qui flottait encore sur les lèvres de son interlocuteur acheva de la mettre hors d'elle. A l'évidence, Marcus ne regrettait pas le moins du monde son comportement de jadis !

— Ne vous mettez pas dans tous vos états, je vous en conjure ! Je vous crois volontiers et je sais fort bien combien la décision que vous avez à prendre est difficile. Je vous demande simplement de ne pas trop tarder pour me donner votre réponse.

— Vous n'aimez pas que l'on vous fasse attendre, milord ?

— Non.

— Pourtant, il vous faudra prendre votre mal en patience : je suis encore loin d'être fixée. Avez-vous vu tout ce que vous vouliez voir de la mine ? ajouta-t-elle d'un ton sec en se détournant pour rejoindre le cabriolet.

— Non, malheureusement. Je comptais rencontrer le directeur, mais il est absent.

— Je sais. J'espérais le voir, moi aussi. Pour votre information, Matthew Somerville, l'un des contremaîtres, est le frère cadet de Gerald, mais il ne ressemble en rien à son aîné. Mon père lui vouait une grande confiance et l'avait formé aux affaires de la mine. Aussi, si vous souhaitez vous entretenir avec un interlocuteur compétent, pourrez-vous dorénavant vous adresser à Matthew.

— Je suis fort aise d'apprendre que ce Matthew ne partage pas les défauts de son frère, affirma Marcus. Au moins nos affaires — si nous agréons la clause de votre père — seront-elles entre de bonnes mains.

— Sur ce dernier point, je ne puis que vous approuver. Qu'en est-il de vos propres exploitations ? Je crois savoir que vous forez un nouveau puits à Pendle Hill ?

L'expression de Marcus s'assombrit.

— Oui, et l'opération se révèle plus coûteuse que prévu. Mais j'ai foi en les résultats, car les tests préalables que nous avions élaborés nous sont favorables. Cette nouvelle mine me semble indispensable pour compléter le rendement de mes autres gisements, qui ne suffisent plus à répondre à la demande en charbon.

— Dans ce cas, devenir propriétaire de la mine d'Atwood ne pourra que vous être bénéfique, fit remarquer Eve, non sans une pointe de sarcasme.

Le visage de Marcus se durcit.

— Mon intérêt pour la mine d'Atwood est davantage d'ordre personnel, miss Somerville.

— Avez-vous l'intention d'y effectuer des transformations si jamais elle vous revient, milord ?

— J'y songe, en effet, répondit Marcus sans hésitation. Le gisement gagnerait à être mieux exploité. Pourquoi ne pas y forer un nouveau puits, par exemple ? En outre, comme à Pendle Hill, je veillerai à moderniser le matériel, afin d'accroître le rendement.

Eve retint son souffle. Manifestement, Marcus Fitzalan ne craignait point les travaux d'envergure. Elle vit alors le souhait de son père sous un jour nouveau. Ce dernier n'avait pas seulement voulu la voir épouser un beau parti, il avait aussi songé à l'avenir du gisement. Marcus Fitzalan ne semblait-il pas extrêmement qualifié pour en assurer la bonne marche ?

— Vous êtes ambitieux, milord, déclara-t-elle.

— Je ne puis le nier. Avec l'extension de la mine d'Atwood et l'ouverture de celle de Pendle Hill, l'économie de la région y gagnera. Imaginez le nombre d'emplois ainsi créés !

— Mais en creusant toujours plus de nouveaux puits, surtout s'ils sont plus profonds, ne craignez-vous pas pour la sécurité des mineurs ? s'enquit Eve, que la conversation commençait à intéresser.

— Les risques d'explosion ou d'effondrement existent, naturellement, mais en ce qui me concerne, je me suis toujours attaché à offrir aux ouvriers les meilleures conditions de travail possibles. Par exemple, je donne aux jeunes garçons les places proches des sorties et chacun d'eux travaille aux côtés d'un ouvrier expérimenté.

— Employez-vous des femmes dans vos puits, milord ?

Marcus fronça les sourcils et parut dévisager son interlocutrice avec plus d'attention.

— Non, répondit-il. Et jamais je ne m'y résoudrai. Le travail est trop difficile. Dans mes exploitations, l'extraction du charbon est réservée aux hommes.

A présent, Eve considérait son interlocuteur d'un tout autre œil. Outre ses larges connaissances en matière minière, elle appréciait son humanité et le souci sincère qu'il témoignait aux mineurs. Dans la région, rares étaient les propriétaires qui se préoccupaient du sort des femmes ou des enfants !

Elle s'avisa tout à coup de l'importance de cet homme et du nombre de personnes qui dépendaient de lui pour vivre. Une vague de sentiments la submergea alors. D'une certaine manière, les propos de Marcus Fitzalan la touchaient et elle n'était plus aussi certaine de le détester. En hâte, elle prit congé, avant de faire volte-face pour se diriger vers le cabriolet.

— Tous mes vœux de succès pour votre nouvelle exploitation, lança-t-elle, tandis qu'il l'aidait à monter en voiture. En ce qui concerne la mine, je vous informerai en temps et en heure de ma décision.

— Compte tenu de l'importance des conséquences, ne la prenez pas à la légère, surtout.

La jeune fille poussa un lourd soupir.

— Comme je vous l'ai dit, je compte y réfléchir très sérieusement. J'aurais mille fois préféré me passer d'une telle responsabilité ! Ah, si seulement j'avais pu hériter de la mine sans devoir me plier à ce mariage forcé ! Au revoir, milord.

5

Le lendemain matin, Eve s'éveilla à l'aube avec un sentiment de profonde solitude dans la grande maison silencieuse. Ses parents lui manquaient tant ! La mélancolie menaçant de la submerger, elle décida d'aller faire une promenade à cheval pour se changer les idées. Vêtue d'une simple culotte d'homme et d'une chemise, elle dissuada le palefrenier de l'escorter : elle avait besoin d'être seule.

Son moral eut tôt fait de remonter, alors qu'elle parcourait les lieux familiers qu'elle avait si souvent sillonnés en compagnie de son père. La campagne était si belle, baignée de la lumière matinale !

Perdue dans ses pensées, elle s'aperçut trop tard qu'elle avait quitté les terres des Somerville. Ne se trouvait-elle point, à présent, sur le terrain de Pendle Hill, où Marcus Fitzalan était en train de forer un nouveau puits ? Elle s'apprêtait à rebrousser chemin quand une forte détonation se fit entendre non loin, suivie d'une seconde. Terrorisée par le bruit, la jument entama soudain une course folle à travers les bois. Excellente écuyère, Eve parvint à se maintenir en selle, puis à en reprendre le contrôle… mais non sans peine.

Descendue de cheval, elle se remettait de ses émotions

quand elle vit arriver un cavalier au grand galop sur un haut étalon à la robe châtaigne. Elle le reconnut aussitôt : Marcus Fitzalan ! A peine parvenu à sa hauteur, il immobilisa son cheval et en descendit pour se précipiter à la rencontre de la jeune fille.

— Vous m'avez fait une de ces frayeurs, miss Somerville ! s'exclama-t-il. Etes-vous blessée ?

Encore sous le choc, Eve répliqua, indignée :

— N'est-il pas un peu tard pour vous informer de mon état, milord ? Puisque vous m'aviez vue, vous auriez pu m'avertir du danger, vous ne croyez pas ?

— Lorsque je vous ai aperçue, vous me paraissiez suffisamment loin du puits pour vous trouver en sécurité, protesta Marcus.

— Moi peut-être, mais ma jument, elle, a l'ouïe très fine, et elle n'a guère apprécié ! Je vais rentrer, à présent, si vous me le permettez.

— A votre place, j'attendrais plutôt que ma monture soit en état de poursuivre.

— Sachez que je suis tout à fait capable d'en juger par moi-même, rétorqua Eve, excédée. Ma jument a besoin de repos, tout comme moi.

— Puisque vous tenez à regagner Burntwood Hall, laissez-moi au moins vous accompagner...

— C'est inutile, merci, répondit sèchement la jeune fille. Je saurai parfaitement me débrouiller seule.

— J'en suis convaincu, affirma Marcus en se dirigeant vers la jument, qui paissait non loin de là. Toutefois, comme mes hommes n'ont plus besoin de moi pour l'instant, ce sera un plaisir pour moi que de vous escorter, je vous assure.

Eve prit une profonde inspiration. A l'évidence, elle ne parviendrait pas à le dissuader.

— Fort bien. Si vous insistez…

— J'insiste, en effet.

Comme elle déclinait son offre de l'aider à monter à cheval, son compagnon exprima sa contrariété d'un froncement de sourcils. Puis il sauta en selle à son tour. Durant quelques minutes, ils chevauchèrent côte à côte en silence. Ce fut Marcus qui prit le premier la parole, d'un ton apaisé.

— Ecoutez, miss Somerville, commença-t-il. Est-il vraiment nécessaire que nous nous disputions constamment ? Pourquoi ne pas faire une trêve afin d'avoir enfin une vraie conversation ?

De mauvaise grâce, Eve tourna la tête et planta son regard droit dans les yeux de son interlocuteur. Une vraie chaleur avait remplacé la colère de tout à l'heure dans l'expression masculine. Ne sachant plus que dire, la jeune femme soupira, en partie vaincue.

— Vous n'avez pas tort, concéda-t-elle. Je n'aurais pas dû réagir de la sorte, mais vous remercier, au contraire, d'être venu à mon secours si vite ; ma jument aurait pu me désarçonner, j'en ai conscience à présent.

A cet endroit, l'étroitesse du chemin rendant toute conversation impossible, ils chevauchèrent quelques instants l'un derrière l'autre sans parler. Une agréable langueur avait empli Eve, tandis que le soleil chauffait agréablement son dos.

Lorsque le sentier s'élargit et qu'ils furent de nouveau côte à côte, Marcus lui lança un regard appréciateur.

— Vous ne devriez pas vous promener sans escorte, vous savez, dit-il. Les bois d'Atwood sont peu sûrs !

Alanguie par le rythme paisible de sa monture et les chauds rayons du soleil, Eve répliqua avec un regard en coin à son compagnon :

— Réellement, vous m'étonnez, milord ! Serait-ce le souci de me protéger qui vous a incité à m'accompagner ?

— En quelque sorte, oui.

La jeune fille afficha alors un sourire lumineux.

— Comme c'est galant à vous !

— Vous savez, maintenant, que je n'ai pas si mauvais cœur : seriez-vous plus encline à considérer un mariage entre nous ?

— Il est encore trop tôt pour le dire, nous nous connaissons à peine. Vous ne manquez pas d'opportunisme, en tout cas !

— S'il est vrai que j'aime saisir les opportunités quand elles se présentent, reprit Marcus, sachez tout de même que je ne suis pas dénué de principes et que j'ai pour habitude de peser toutes les conséquences avant de prendre une décision.

— Cette règle d'or s'applique aussi à la mine d'Atwood, je présume ? s'enquit Eve, ironique.

Son compagnon fronça de nouveau les sourcils d'un air mécontent.

— A la vérité, déclara-t-il avec mauvaise humeur, je commence à me lasser de voir cette maudite mine se dresser constamment entre nous. Pourquoi n'aurais-je point le droit de vous faire la cour, tout simplement ? Ne puis-je pas éprouver des sentiments pour vous sans que vous y voyiez un autre motif ?

Les propos du jeune homme laissèrent Eve sans voix et elle le considéra quelques instants, trop surprise pour trouver une repartie.

— Je pensais que… que seule la restitution de la mine à votre famille vous intéressait, murmura-t-elle enfin.

— Eh bien, vous vous trompiez !

Tout à fait sérieux à présent, Marcus posait sur elle un regard appuyé. Mal à l'aise, Eve ne dit rien.

— Avez-vous réfléchi à la clause de votre père ? reprit-il au bout d'un moment.

— Oui, articula-t-elle. Cette clause me pose un réel problème. Dire que je pensais hériter de l'ensemble des possessions de ma famille sans avoir à lever le petit doigt !

— Rien n'est jamais acquis, je l'ai moi-même appris, dit Marcus avec un sourire désabusé. Je sais combien la mort de votre père vous a affectée, poursuivit-il non sans douceur. Allez-vous mieux, désormais ?

Ces paroles étaient empreintes d'une telle sollicitude qu'Eve tressaillit une nouvelle fois. Le regard bleu était toujours posé sur elle et elle se détourna, gênée de la sensation qui l'envahissait soudain.

— Eu égard aux circonstances, je vais aussi bien que possible, répondit-elle. Le temps m'aidera certainement à surmonter l'épreuve ! conclut-elle avec une légèreté forcée.

Le silence s'installa une fois de plus, rythmé par le pas des chevaux.

— Quitter Burntwood Hall risque d'être très pénible pour vous, lança soudain Marcus.

— Oui, reconnut Eve. Ce manoir représente beaucoup pour moi, et cela m'attriste de penser que Gerald ne saura pas l'apprécier à sa juste valeur. Pareillement, ce ne doit pas être facile pour vous de savoir que la mine d'Atwood pourrait ne pas revenir à votre famille…

— Mais vous n'avez pas encore refusé de me prendre pour époux, protesta Marcus avec un sourire malicieux. Dites-moi, miss Somerville, auriez-vous peur de m'épouser ?

Eve fronça les sourcils, prise de court par cette question inattendue.

— Pourquoi aurais-je peur ? interrogea-t-elle d'un ton léger.

— Je ne sais pas… J'ai le sentiment que je vous trouble, parfois.

— Eh bien, vous vous trompez, rétorqua Eve d'une voix qui tremblait légèrement.

— Vous rougissez, affirma Marcus, non sans bienveillance. C'est la preuve que j'ai vu juste, non ?

— Certainement pas ! protesta la jeune fille, dont les pommettes viraient à présent au rouge écarlate.

Elle en voulait à cet homme qui la prenait de haut et ne cessait de l'observer du coin de l'œil. Il avait sur elle un effet déroutant, au point qu'elle se sentait perdre ses moyens, elle qui n'avait jamais manqué de repartie !

— Pourtant, je puis vous assurer que vous avez rougi, insista Marcus. Mais n'ayez crainte : ainsi coloré, votre teint n'en est que plus ravissant.

Désarçonnée, Eve éprouva la pénible sensation d'être prise au piège. Elle ne pouvait détacher le regard de son compagnon, mais aucun son ne parvenait à franchir ses lèvres ! Elle se sentait soudain très vulnérable au côté de cet homme qui, tout près d'elle, dégageait une incroyable virilité.

Sans perdre la jeune fille des yeux, Marcus sourit malicieusement. Selon toute apparence, Eve Somerville n'avait pas autant changé qu'elle se plaisait à le dire ! Ne venait-elle pas de se trahir en virant au rouge pivoine ? Plein d'admiration pour cette jeune beauté, il laissa son regard courir sur les traits féminins d'une finesse sans égale. En homme de pouvoir, il ne s'était jamais embarrassé de détours et avait toujours obtenu ce qu'il désirait. Aussi, puisqu'il la convoitait, il se jura que miss Somerville lui appartiendrait tôt ou tard… avec ou sans la mine.

— Trêve de plaisanterie, reprit-il. Nous avons un sujet autrement plus important à débattre : pourquoi ne voulez-vous pas vous résoudre sans attendre à devenir ma femme ? Non seulement cela vous permettrait de conserver les revenus de la mine, mais vous ne seriez pas obligée de partir vivre chez votre grand-mère, loin de votre terre natale.

Eve détourna les yeux.

— J'ai toujours pensé que, le moment venu, j'aurais la liberté de choisir mon époux.

— Vous savez bien que dans notre monde les mariages arrangés sont monnaie courante.

— C'est vrai… mais mes parents m'avaient toujours donné le sentiment qu'ils suivraient mes souhaits… Cette clause étrange me met mal à l'aise. En dépit des apparences, elle me prive de toute liberté…

— Je comprends. Peut-être aviez-vous un autre parti en tête ?

La jeune fille tressaillit.

— Non, pas du tout. Quoique mon cousin Gerald m'ait demandée en mariage…

A cette nouvelle, Marcus éprouva un mélange de surprise et de colère qu'il ne put dissimuler. Gerald Somerville représentait une complication dont il se serait bien passé. Il n'avait jamais douté que le cousin d'Eve était prêt à tout pour s'approprier la mine d'Atwood.

— Et qu'avez-vous répondu ? s'enquit-il.

— J'ai refusé. Rien ne pourrait me déplaire davantage que d'épouser Gerald.

Soulagé, Marcus étudia sa compagne. Pour quelle raison son regard violet se faisait-il fuyant ? Pourquoi sa voix tremblait-elle ? Il eut beau réfléchir, il ne parvint pas à trouver de réponse satisfaisante à ces questions.

— J'ai l'impression que je suis soudain fort convoitée par les jeunes hommes à marier, lança Eve d'un ton badin. Mais au fait, qu'en est-il de vous ? N'y a-t-il aucune autre femme que vous ayez envie d'épouser ?

— Non.

La rapidité avec laquelle cette réponse fusa surprit la jeune fille. Se pouvait-il que Marcus prît soin de dissimuler la vérité dans le but de s'approprier la mine ? Il semblait fort étonnant qu'un homme tel que lui n'entretînt pas de relation galante. C'était un tel séducteur ! En ce qui la concernait, d'ailleurs, elle ne croyait pas un mot des déclarations qu'il lui avait tenues : la flatterie devait être son arme préférée… La voix masculine coupa court à ces réflexions.

— Permettez-moi de vous faire une suggestion qui pourra vous rendre la décision plus aisée, déclarait Marcus. Que diriez-vous de contracter, dans un premier temps, un mariage purement formel, vous et moi ?

Eve le considéra, intéressée malgré elle.

— Vous voulez dire… entretenir une relation purement platonique dans laquelle chacun mènerait sa vie à sa guise ?

— A sa guise… Jusqu'à un certain point, bien sûr, répondit Marcus avec un sourire.

— Croyez-vous que ce soit réellement envisageable ?

— Pourquoi pas ? Cela nous laisserait le temps d'apprendre à mieux nous connaître. Qu'en dites-vous ?

Leurs regards se croisèrent et Eve ressentit soudain une vive déception. Marcus avait raison, certes, mais elle ne pouvait s'empêcher d'espérer une autre sorte de relation entre eux… Elle se ressaisit aussitôt : la nature des sentiments qu'elle portait à ce gentilhomme était bien complexe !

— Naturellement, nul n'en saura rien, reprit Marcus. Il nous suffira de donner l'illusion d'un mariage heureux.

— Je reconnais que l'idée a de quoi séduire…

— Si vous êtes conquise, nous pourrions aller annoncer nos fiançailles dès maintenant ! suggéra Marcus, plein d'entrain. Et nous nous marierons dès la fin de votre période de deuil…

La jeune fille sentit les larmes lui monter aux yeux et se mordit la lèvre pour ne pas pleurer. Elle avait tant rêvé d'une demande en mariage en bonne et due forme, avec tout le romantisme qui l'accompagnait ! Et voilà qu'elle s'apprêtait à donner son accord à une sorte de contrat qui l'engageait dans un mariage forcé, voulu par un homme qui ne s'embarrassait pas de circonvolutions !

— Vous ne perdez pas de temps, milord, parvint-elle à articuler.

Malgré sa déconvenue, elle était visiblement parvenue à masquer ses sentiments, car son compagnon enchaîna sans paraître remarquer son trouble :

— J'agis toujours ainsi quand je veux vraiment quelque chose, expliqua-t-il. Je fais en sorte de battre le fer pendant qu'il est chaud !

— Et vous voulez la mine… au point que vous êtes prêt à supporter ma présence sous votre toit…

— Oh, mais je vous l'ai déjà dit, cette perspective n'a pour moi rien de déplaisant, je vous assure !

Elle s'aperçut qu'il cherchait son regard en disant ces mots, et elle ne put s'empêcher de rougir encore. D'un vif coup de talons, elle incita sa jument à passer au trot.

Lorsqu'ils atteignirent enfin Burntwood Hall, Marcus

descendit de cheval pour aider la jeune femme à mettre pied à terre. Une fois au sol, elle sentit qu'il la saisissait fermement par les épaules pour l'obliger à lui faire face. Il affichait une expression étonnamment sérieuse et compréhensive.

— Quelle que soit votre décision, Eve, affirma-t-il avec douceur, sachez que je saurai la comprendre. Je sais que vous avez de moi une bien piètre opinion, mais croyez-moi, je ne serai jamais votre ennemi. Dans ces conditions, me promettez-vous de réfléchir à ma proposition ?

Une fois de plus, la jeune femme se troubla. C'était la première fois qu'il l'appelait par son prénom !

— Pour parvenir à prendre une décision, répondit-elle à mi-voix, il me faudrait en savoir davantage sur vous, sur votre famille, sur le lieu où vous vivez…

— C'est un souhait parfaitement légitime, miss Somerville, assura-t-il. Et pour tout vous dire, je m'attendais à vous l'entendre exprimer. En ce qui concerne ma famille, j'ai deux frères cadets, qui ont fait carrière dans la marine. Quant à ma mère, elle vit avec moi dans la demeure familiale, à Brooklands, depuis le décès de mon père.

— Ainsi, vous n'avez plus votre père, vous non plus.

— Non. Et si la mine d'Atwood a été vendue à votre père, c'est précisément parce que le mien y a trouvé la mort et que ma mère souhaitait s'en séparer.

Eve observa le jeune homme, touchée par la tristesse qui perçait dans sa voix.

— J'ignorais tout cela, dit-elle simplement. Je comprends mieux, désormais, pourquoi la mine représente tant pour vous.

Elle détourna le regard, gênée.

— Et votre mère, croyez-vous qu'elle m'acceptera dans de telles conditions ?

— Si elle comprend que là est ma volonté, elle ne s'y opposera pas. En outre, il ne fait aucun doute à mes yeux qu'elle vous appréciera dès qu'elle aura fait votre connaissance.

Marcus parut réfléchir un instant, puis reprit :

— Que diriez-vous de venir nous rendre visite à Brooklands ? Lorsque vous aurez rencontré ma mère et visité le manoir, il vous sera plus facile d'arrêter votre choix.

Eve réfléchit à son tour, sans cesser de considérer pensivement son interlocuteur.

— Votre proposition est-elle sans engagement ?

— Sans engagement aucun, assura Marcus.

— Dans ce cas, j'accepte, dit-elle avec un sourire.

— Parfait. Ma mère reçoit justement quelques amis à dîner mercredi prochain. Voudriez-vous vous joindre à nous — si vous n'avez pas d'autre obligation, bien sûr ?

— Cette date me convient, répondit la jeune fille, soulagée de ne pas être la seule invitée. Seulement, je ne peux décemment venir non accompagnée.

— Vous avez raison, bien sûr. Pourquoi ne pas vous faire escorter de votre grand-mère ?

— Excellente idée, je vous remercie. A présent, il me tarde d'être à mercredi !

— Tout comme il me tarde de vous montrer le manoir, renchérit Marcus. Il n'est ni aussi grand, ni aussi ancien que Burntwood Hall, mais mon grand-père a su en faire un lieu plein de charme, vous verrez.

Il se tut et contempla Eve un long moment. La jeune fille soutint son regard sans ciller. Soudain, d'un geste très doux, il lui effleura la joue du dos de l'index. A ce contact, la jeune fille sentit son cœur s'affoler. Une vague de chaleur venait de la submerger et elle était incapable du moindre mouvement. La caresse était si douce sur sa peau, qu'elle se sentit soudain prise d'un désir irrépressible de baiser cette paume si proche de ses lèvres…

— Rien ne vous contraint à m'épouser, Eve, déclara Marcus d'une voix un peu rauque, mais j'espère sincèrement que vous le ferez, car rien ne me comblerait davantage que de vous avoir pour femme. Si vous acceptez, vous ferez de moi le plus heureux des hommes, et je crois même que je parviendrai à vous faire changer d'avis à mon égard. Un jour, vous m'aimerez vous aussi, j'en suis certain.

Ebranlée au plus profond d'elle-même, Eve resta un long moment sans voix.

— Oui, murmura-t-elle enfin. Peut-être y parviendrez-vous, en effet.

Effrayée par la force des sentiments qu'il soulevait en elle, elle recula de quelques pas.

— Vous êtes très belle et très désirable, Eve, reprit Marcus. Je vous en prie, ne m'accusez point de flatterie, car ces compliments ne me sont dictés que par mon cœur. Ne cherchez pas à me défier, n'ayez pas peur de vous rapprocher de moi.

— Peur… ?

— Peur. Je sais fort bien que vous n'avez point oublié notre tête-à-tête d'il y a trois ans et que vous craignez d'être de nouveau blessée.

— Vous semblez bien me connaître, milord.

— Suffisamment pour comprendre certaines choses et savoir que je veux vous épouser, avec ou sans la mine.

Eve le contempla, incrédule. Pensait-il réellement ce qu'il disait ? Prête à succomber au charme de cette voix chaude, elle préféra reculer encore d'un pas. Il fallait se ressaisir ! Pour un peu, elle se serait laissé embrasser...

— Je... je dois vous quitter, à présent, murmura-t-elle en évitant soigneusement le regard pénétrant de Marcus. Merci de m'avoir raccompagnée.

— Tout le plaisir était pour moi, répondit son compagnon avant de remonter en selle.

Il lança un dernier regard à la jeune fille.

— Je ne veux surtout pas vous effrayer, miss Somerville, mais promettez-moi d'être prudente.

— Prudente ? Mais pourquoi ? s'enquit Eve sans comprendre.

— Votre cousin n'est pas très loin et je suis inquiet de vous savoir seule ici. Je le crois capable de tout pour reprendre la mine et je n'aimerais pas qu'il vous fasse du mal. Si jamais il venait à vous menacer, faites-moi prévenir aussitôt.

Touchée par tant de sollicitude, Eve esquissa un pâle sourire. Elle n'avait pas touché mot à Marcus des propos que Gerald lui avait tenus et pourtant, il semblait avoir senti le danger. Elle se promit de quitter Burntwood Hall avant l'arrivée de son cousin.

— A votre guise, milord, acquiesça-t-elle. Je vous avertirai.

6

Longtemps après le départ de Marcus, Eve ne s'était toujours pas départie de son trouble. Quand vint la nuit, elle ne put trouver le sommeil. Tandis qu'elle se retournait sur sa couche, elle se remémora les paroles qu'il avait prononcées. Disait-il vrai lorsqu'il affirmait vouloir l'épouser de toute façon, avec ou sans la mine ? Cela semblait difficile à croire !

Trois ans plus tôt, elle s'était juré de ne plus jamais céder aux avances de ce gentilhomme. Et pourtant, elle ne pouvait nier que, cette fois, elle avait senti son corps tout entier réclamer un baiser… qu'il ne lui avait pas donné ! Que lui arrivait-il ? Etait-elle incapable de garder la moindre maîtrise sur elle-même ? Ses propres sentiments lui semblaient si confus qu'il lui était difficile, voire impossible, de les analyser. D'un côté, elle se refusait à épouser Marcus, de l'autre elle ne rêvait que de se retrouver dans ses bras… Peut-être la visite à Brooklands l'aiderait-elle à y voir plus clair ?

L'invitation à Brooklands enchanta lady Pemberton, qui se réjouit de voir sa petite-fille faire preuve de bon sens, une fois passé le choc de la lecture du testament.

— Je suis impatiente de connaître ce manoir, ma chérie, déclara-t-elle, alors qu'elles se promenaient ensemble dans le parc de Burntwood. Et fort honorée d'y avoir été invitée.

Elle lança un regard perspicace à Eve.

— Le fait que tu aies accepté de t'y rendre signifierait-il que tu as changé d'avis concernant Marcus Fitzalan ? Envisagerais-tu sérieusement de l'épouser, tout compte fait ?

— Oui, admit Eve.

— Voilà une excellente réponse, ma chérie ! s'exclama la douairière. Ce garçon est charmant et je suis certaine que c'est l'époux qu'il te faut. Quel dommage que tu doives encore porter le deuil pour ton retour en société ! Tu aurais été ravissante dans une robe aux tons pastel. Je n'aime pas le noir pour les jeunes filles, cela est trop sévère à mon goût.

— N'ayez crainte, grand-mère. Je suis sûre que M. Fitzalan ne remarquera pas même ma tenue, affirma Eve avec un sourire.

— Quoi qu'il en soit, il était temps que tu sois présentée à sa mère si vous devez vous marier.

— En effet. Mais je n'ai pas encore donné ma réponse. J'aimerais tout de même connaître un peu mieux M. Fitzalan avant d'arrêter ma décision.

— Tu as parfaitement raison. Il est manifeste que sa présence te trouble, ce qui est normal avec un homme de sa trempe. Mais je puis t'assurer qu'il fera un excellent époux.

— Le pensez-vous réellement, grand-mère ?

Lady Pemberton apposa sa main sur le bras de sa petite-fille.

— J'en suis convaincue.

— Pour ma part, j'ai des doutes, avoua Eve. Un homme

riche et puissant comme lui doit être accaparé par ses affaires. Il possède tant de mines et d'entreprises !

Sa grand-mère sourit.

— Ne sois pas pressée, ma chérie. Les sentiments qui sont si importants pour toi viendront en leur temps. A présent, cesse de froncer les sourcils, cela enlaidit ton visage. Songe plutôt à notre visite à Brooklands !

De retour au manoir à la fin de sa journée de travail, Marcus alla rejoindre sa mère dans son petit salon.

— J'ai invité miss Somerville à se joindre à nous pour le dîner mercredi prochain, mère, annonça-t-il.

Ruth Fitzalan, grande et belle femme d'âge mûr, referma le livre qu'elle était en train de lire.

— Voyons, Marcus, aurais-tu oublié que je donne une réception ce soir-là ?

— Pas du tout, mère. Je souhaitais justement que miss Somerville y assiste et se sente à l'aise. Il y aura plusieurs personnes de sa connaissance. Sa grand-mère l'escortera.

— Et Angela, Marcus ?

Ruth observa son fils d'un air ennuyé. Il ne pouvait s'intéresser à miss Somerville au moment précis où elle lui avait trouvé l'épouse idéale ! Angela Stephenson, jeune veuve fort riche et fille d'amis très proches, ne réunissait-elle pas toutes les qualités pour rendre son fils heureux ? En outre, elle n'était manifestement pas insensible au charme de Marcus…

Le jeune homme fronça les sourcils.

— Angela ? répéta-t-il. Eh bien, qu'y a-t-il ?

— Voyons, Marcus ! s'exclama sa mère, exaspérée. Tu

n'es pas sans savoir que nous l'avons conviée à la réception avec ses parents !

— Certes, je ne l'ai pas oublié. Mais en quoi cela devrait-il empêcher Eve Somerville d'être présente également ?

Visiblement excédée, sa mère détourna la tête sans répondre. Il soupira, conscient des pensées qui la contrariaient.

— Mère, je vous en prie, cesserez-vous un jour de chercher à régenter ma vie ?

— Ne puis-je point faire valoir mon opinion ?

— Si, bien sûr. Concernant Angela, en revanche, je ne lui ai jamais donné à croire que j'avais l'intention de la courtiser.

— Il y a pourtant un accord entre nos deux familles…

— Non, mère, trancha durement Marcus. Cet accord n'existe que dans votre esprit.

— Est-il si déraisonnable de ma part de souhaiter te voir marié… à la femme idéale de surcroît ? s'enquit Ruth.

— Non, mère, cela n'a rien de déraisonnable.

— Je t'assure qu'Angela te conviendrait très bien, Marcus !

— Ecoutez, mère. Si Angela Stephenson vous convient à vous, sachez qu'elle ne m'intéresse absolument pas. Je me suis toujours montré courtois envers elle, car sa mère est une de vos très proches amies, mais les choses s'arrêtent là. Maintenant que cela est clair, me permettrez-vous de choisir moi-même celle que je vais épouser ?

— Choisir ? répéta Ruth. Tu n'aurais pas même remarqué Eve Somerville s'il n'y avait eu cette clause dans le testament de sir John !

Elle posait sur son fils un regard chargé de désapprobation. Marcus n'ignorait pas la profonde répulsion que la mine d'Atwood inspirait à sa mère. Depuis que son époux y avait trouvé la mort, elle avait tout fait pour ne plus en entendre parler. Sur ce point, Marcus se trouvait depuis bien longtemps en désaccord avec elle.

— Il faut que tu tiennes à cette mine, Marcus, pour envisager d'épouser Eve Somerville du jour au lendemain, ajouta-t-elle. Vous êtes des étrangers l'un pour l'autre ! Vous n'avez pas fixé la date des noces, tout de même ?

— Non, il est encore trop tôt. Si miss Somerville accepte de m'épouser, nous annoncerons d'abord nos fiançailles. Selon les conditions du testament, nous avons six mois pour nous marier.

— Et grâce à cette union, tu redeviendras propriétaire de la mine d'Atwood, déclara sèchement sa mère. Je ne peux m'empêcher de penser que tu es sur le point de commettre là une grave erreur. Pourquoi ce gisement compte-t-il tant à tes yeux, Marcus ? Nous n'en avons pas besoin pour vivre, que je sache ! Et tu ne dois pas oublier que c'est dans cette mine que ton père a péri…

— Je ne l'oublie pas, mère, soyez-en sûre. Mais je sais aussi que lui et grand-père y ont travaillé dur, que ce sont eux qui en ont fait ce qu'elle est aujourd'hui, et je serais heureux qu'elle revienne aux Fitzalan.

— Malgré la peine que tu vas me causer ?

— Oui, mère, répondit-il avec douceur. Je ne veux pas vous blesser, mais je me sens moralement tenu de ramener la mine dans notre patrimoine.

— Et pour cela, tu es prêt à épouser Eve Somerville…

— C'est le seul moyen d'empêcher Gerald Somerville, son cousin, d'hériter de la mine et de la revendre aussitôt.

— Je trouve étrange que sir John ait assorti de telles conditions à son testament, déclara Ruth. Pourquoi t'obliger à épouser sa fille ? Cette demoiselle ne possède-t-elle donc aucune qualité, pour qu'il ait éprouvé le besoin de la joindre à la mine, tel un lot supplémentaire ?

— Bien au contraire, mère ! Eve Somerville est tout à fait charmante ! Je suis convaincu que sir John souhaitait la voir épouser un homme en qui il avait confiance, tout simplement.

— Mon pauvre ami ! Crois-tu pouvoir trouver le bonheur dans une union comme celle-ci ?

— Pourquoi pas ? Nous ne serons pas les premiers à contracter un mariage arrangé ! Vous devez comprendre que cette situation n'est pas des plus faciles pour Eve, mère. Avant le décès de son père, elle avait déjà perdu sa mère, morte de maladie il y a trois ans. Elle a beaucoup souffert. Acceptez de la rencontrer, je vous en conjure. Je suis certain que vous l'apprécierez.

Ruth esquissa un sourire, puis soupira. Marcus connaissait sa mère et ne doutait pas qu'elle souhaitât son bonheur. Toutefois, le deuil qui l'avait frappée alors qu'il était enfant la faisait encore souffrir aujourd'hui et pèserait, à n'en pas douter, sur son consentement. Anxieux, il l'observa, avant de réprimer un sourire soulagé : elle venait de se lever et lui prenait les mains.

— Fort bien, Marcus, tu peux compter sur mon appui. Si miss Somerville possède toutes les qualités dont tu l'affubles sans savoir, il serait étonnant qu'elle ne me plaise pas, en effet.

— Vous verrez, mère, elle est tout simplement irrésistible ! renchérit le jeune homme, tout sourires, en déposant un baiser sur la joue de sa mère.

— Ciel ! murmura Ruth, gentiment moqueuse. Serais-tu tombé amoureux de cette miss Somerville ?

— Je le crains, en effet, reconnut Marcus. Je ne connais

aucune autre jeune fille qui lui ressemble. Me croirez-vous si je vous dis que je suis certain de ne pas me tromper en l'épousant ?

Le fameux mercredi arriva enfin. Il était un peu plus de 7 heures quand Eve prit place à bord de la calèche au côté de sa grand-mère. Les deux femmes étaient aussi impatientes l'une que l'autre de découvrir Brooklands. Lorsque le manoir leur apparut, une fois la grille du domaine franchie, Eve ne put retenir une exclamation de surprise. A l'extrémité de la longue allée bordée de hêtres majestueux, se dressait une imposante demeure en briques rouges, de taille allongée. La ravissante façade s'agrémentait de hautes portes-fenêtres, qui donnaient sur une vaste terrasse fleurie de rosiers grimpants. Tout autour, s'étendait un magnifique parc.

Une telle opulence avait de quoi surprendre chez une famille dont le grand-père, un demi-siècle plus tôt, n'était encore qu'un vulgaire roturier ! Parti de rien, l'aïeul de Marcus Fitzalan s'était constitué un véritable patrimoine !

Dès que la voiture s'immobilisa au pied des marches du perron, Marcus se porta à la rencontre des nouvelles venues. Vêtu d'un frac noir rehaussé d'une cravate blanche et d'une culotte de soie crème, il était d'une rare élégance. Il aida la grand-mère, puis la jeune fille à descendre, et Eve vit le regard masculin s'attarder sur la tenue qu'elle portait. Elle s'était habillée avec recherche en dépit de son deuil. La ligne simple de sa robe, avec son corsage ajusté et sa jupe à crinoline, pouvait paraître austère au premier regard, mais elle n'en mettait pas moins en valeur la finesse de sa silhouette. Un superbe collier de perles fines adoucissait l'ensemble. Enfin, elle avait remonté ses cheveux en un savant chignon, qui la vieillissait de quelques années. La jeune fille crut lire l'admiration dans le regard de son hôte et s'en félicita secrètement.

Toutefois, cette satisfaction n'atténua pas la nervosité qui s'était emparée d'elle dès qu'elle avait aperçu Marcus. Lorsqu'il lui prit la main pour l'aider à descendre, un léger tremblement affecta tout son corps.

— Vous êtes parfaite.

Ces quelques mots murmurés à son oreille accentuèrent encore son trouble, et le baiser léger qu'il déposa sur ses doigts acheva de semer la confusion dans son esprit.

— J'espère que vous êtes remise de vos émotions de l'autre jour ! dit-il.

— Oui, je vous remercie, milord, répondit Eve au prix d'un violent effort pour sourire.

— Venez, je vais vous présenter à ma mère. Elle brûle d'impatience de vous connaître. Quelques invités sont déjà arrivés. Je crois que vous en connaissez certains. Je vous assure que vous n'avez aucune raison d'être nerveuse !

Eve tressaillit à ces derniers mots. Ainsi, il avait remarqué l'agitation qui l'habitait ! Elle ferma un bref instant les yeux pour reprendre le contrôle de ses émotions : elle devait se ressaisir, que diable ! Même si l'homme qui venait de lui prendre le bras pour l'escorter dans l'escalier était beau comme un dieu !

Elle parvint à recouvrer son calme, aidée en cela par le naturel et l'assurance qu'affichait Marcus, et envisagea avec un certain plaisir la soirée qui s'annonçait. Sitôt à l'intérieur, la beauté des lieux la frappa. Le vestibule était si vaste, les piliers en marbre si imposants ! Tout, ici, respirait l'élégance et le bon goût !

Dès qu'elle eut franchi la double porte du grand salon

d'apparat, elle reconnut la mère de Marcus bien qu'elle ne l'eût jamais rencontrée, tant la ressemblance avec son fils était frappante. En grande conversation avec quelques-uns de ses invités, elle portait une robe vert jade, rehaussée de pendentifs et d'un collier en diamants. Sa silhouette mince et élégante lui donnait l'allure d'une jeune fille et il émanait de tout son personnage un calme et une assurance qui forçaient l'admiration. Dès qu'elle aperçut les deux femmes, elle s'excusa auprès de ses interlocuteurs et vint à leur rencontre, un charmant sourire aux lèvres.

— Mère, permettez-moi de vous présenter lady Pemberton et miss Eve Somerville, déclara Marcus. Milady, miss Somerville, voici ma mère.

Après l'échange de politesses de rigueur, Eve réprima un soupir de soulagement. Au moins, Ruth Fitzalan ne l'avait-elle point accueillie froidement, ainsi qu'elle le redoutait. Une question demeurait toutefois, dont la jeune fille brûlait de connaître la réponse : comment lady Fitzalan avait-elle réagi en apprenant la clause particulière du testament ?

— Je suis enchantée de vous recevoir à Brooklands, vous et votre grand-mère, affirma Ruth. J'ai tellement entendu parler de vous, ma chère — à la fois par votre père et par Marcus —, que faire enfin votre connaissance me ravit. Votre père venait souvent ici pour parler affaires. A présent, détendez-vous et profitez de la fête. Je vais tout d'abord vous présenter aux autres invités, puis je vous ferai visiter le manoir.

Eve et sa grand-mère furent ainsi conduites dans le grand salon, où les convives conversaient avec animation en attendant le dîner. Ceux qui ne les connaissaient pas leur lancèrent des regards curieux, les autres ne tarirent pas d'éloges sur l'élégance de la jeune fille. A l'évidence toutefois, chaque invité présent se posait une question cruciale : pour quelle raison Eve Somerville avait-elle été conviée chez les Fitzalan ?

— Puis-je t'enlever lady Pemberton et miss Somerville quelques instants, afin de leur faire visiter le manoir ? demanda Ruth à son fils, une fois toutes les présentations faites.

— Bien sûr ! répondit l'intéressé avec un large sourire. Bien que je m'en fusse volontiers chargé moi-même !

Confuse, Eve éprouva le besoin d'intervenir. Une telle sollicitude de la part de la maîtresse de maison la mettait un peu mal à l'aise.

— Je vous remercie de vous préoccuper de nous, milady, commença-t-elle, mais je ne voudrais point priver vos invités de votre présence.

— N'ayez crainte, miss Somerville. Marcus saura parfaitement me remplacer. Assure-toi, enchaîna-t-elle à l'intention de son fils, que nos hôtes ne manquent de rien, Marcus. Je tiens à bien faire connaissance avec nos deux invitées ! Cela me divertira de parler d'autre chose que de mines et de charbon.

— Fort bien, mère, répondit Marcus. Mais ne restez pas absentes trop longtemps, car d'autres invités doivent arriver, et ils souhaiteront certainement être présentés à lady Pemberton et à miss Somerville avant le dîner.

Au fil de la visite, alors que Ruth Fitzalan leur commentait les lieux, Eve et sa grand-mère apprécièrent vivement ce qu'elles découvrirent. Brooklands n'était certes pas la demeure séculaire de Burntwood Hall, mais son élégance en faisait un lieu de vie agréable, avec des pièces aux tons pastel, des meubles clairs, de hautes fenêtres et de nombreux miroirs qui reflétaient la lumière.

En passant devant un portrait de famille, Eve s'immobilisa,

frappée par la ressemblance avec Marcus. La maîtresse de maison lui expliqua qu'il s'agissait du grand-père paternel de son fils, le fondateur de la mine d'Atwood, avant de se répandre en louanges à son sujet, affirmant que l'homme était très apprécié de son vivant.

Les trois femmes terminèrent la visite par la terrasse, où les roses embaumaient dans l'air du soir. Là, lady Pemberton exprima le souhait de retourner parmi les invités : elle avait retrouvé un vieil ami et brûlait de converser avec lui. Lorsque Eve se retourna pour la suivre, Ruth lui prit le bras pour la retenir.

— Laissez votre grand-mère, elle n'a pas besoin de vous. Restons encore quelques instants, je vous prie. Nous n'avons pas eu le temps de bavarder…

Surprise, la jeune fille s'immobilisa, puis sourit. Elle adressa un signe de main à sa grand-mère, qui s'élançait déjà vers le grand salon mitoyen.

— Alors, avez-vous apprécié Brooklands, miss Somerville ? s'enquit Ruth lorsque la vieille dame eut disparu. Pour ma part, j'avoue en être tombée amoureuse dès que je l'ai vu.

— Qui pourrait ne pas l'aimer, milady ? répondit Eve. Le manoir me paraît à la fois ravissant et confortable, avec ses belles pièces lumineuses !

— Je suis heureuse qu'il vous plaise. A présent, il vous sera peut-être plus facile de prendre votre décision…

Eve tressaillit. Elle ne s'attendait pas à entendre son interlocutrice tenir des propos aussi directs !

— Oui, peut-être…, répondit-elle en se sentant rougir sous le regard pénétrant de Ruth.

— Si Marcus a toujours eu le don de me surprendre, miss Somerville, reprit cette dernière, je dois reconnaître que je n'ai jamais été aussi étonnée que lorsqu'il m'a parlé des dernières volontés de votre père. Que pensez-vous de cette… condition mentionnée dans le testament ?

— Je vous avoue que j'ai été aussi surprise que vous, milady, assura la jeune fille, de plus en plus mal à l'aise.

— Avez-vous déjà une idée de ce que vous allez faire ? insista Ruth sans se départir de son sourire poli. Pour tout vous dire, ajouta-t-elle face au trouble de la jeune fille, il m'est impossible de garder le silence quand un sujet me préoccupe. J'espère que vous ne m'en voudrez pas de vous questionner de la sorte, mais je me sens concernée.

— Bien sûr…, balbutia Eve. Vous n'avez pas à vous excuser, milady…

— Marcus est si occupé que j'ai à peine le temps de m'entretenir avec lui des questions importantes, poursuivit Ruth.

— Je comprends, déclara la jeune fille. A dire vrai, je n'ai pas eu non plus l'opportunité d'en discuter sérieusement avec lui. Nous sommes seulement tombés d'accord sur le fait qu'il faudrait nous mieux connaître avant de nous engager.

— Voilà qui me paraît fort sensé, répondit Ruth. La mine d'Atwood vous est chère, n'est-ce pas ?

— Oui, répondit Eve en soutenant son regard. Tout comme je sais ce qu'elle représente aux yeux de M. Fitzalan. S'il répugne à manquer cette opportunité d'en être de nouveau le propriétaire, j'espère qu'il pèse bien le pour et le contre d'un mariage avec moi.

— Marcus ne prend jamais de décision à la légère, assura Ruth. Toutefois, il possède le même caractère indomptable que son père et son grand-père. Aussi, si je puis me permettre un conseil, miss Somerville, ne le laissez point vous forcer la main. Prenez bien le temps de réfléchir : il n'y va pas seulement de l'avenir de la mine d'Atwood, il y va du bonheur de votre union.

— Je tiendrai compte de vos recommandations, milady. Soyez-en sûre.

— Vous m'en voyez bien aise, miss Somerville.

A cet instant, l'un des domestiques apparut, venu prévenir Mme Fitzalan d'un esclandre dans les cuisines. Celle-ci suggéra à Eve d'aller rejoindre les autres invités, mais la jeune fille déclina la proposition. Elle avait envie de profiter encore de la vue, superbe, qu'offrait la terrasse sur les jardins, et surtout, de mettre un peu d'ordre dans ses pensées…

En s'éloignant, Ruth ne put réprimer un sourire de satisfaction. Marcus avait raison, miss Somerville était charmante ! Certes, elle ne la connaissait pas encore, mais ce qu'elle avait pu lire de son caractère lui plaisait déjà. Ce qui rendait la situation complexe : que faire d'Angela Stephenson, qui s'imaginait déjà en épouse comblée de Marcus ?

Ruth contint non sans mal son amusement. Elle n'allait pas tarder à le savoir, puisque Angela et ses parents seraient là d'une minute à l'autre…

7

Restée seule, Eve s'appuya contre la balustrade de la terrasse et demeura pensive, essayant d'imaginer ce que serait sa vie à Brooklands si elle se décidait à épouser Marcus. Un soupir lui échappa alors. Force était de constater qu'elle parvenait de plus en plus difficilement à rester maîtresse de ses sentiments. Comment le pourrait-elle, alors que le seul fait de songer à Marcus mettait tous ses sens en émoi ? Ce gentilhomme était si différent des autres ! Maintenant qu'elle commençait à mieux le connaître, elle ne pouvait nier l'effet dévastateur qu'il produisait sur elle. Toutefois, elle n'était pas certaine de l'aimer suffisamment pour l'épouser, car son arrogance et l'autorité dont il s'estimait investi continuaient à lui déplaire.

Jamais elle n'avait croisé personnage si sûr de lui, mais aussi si plein de vie, et elle était sensible à la façon dont il la contemplait parfois. Elle se sentait si délicieusement féminine sous son regard ! D'autant qu'il était lui-même incroyablement séduisant ! Quant à sa mère, elle avait plu d'emblée à Eve, avec son franc-parler et sa gentillesse. En somme, songea la jeune fille, il était difficile de ne pas se laisser tenter…

L'esprit en tumulte, elle huma l'air chargé du parfum

des roses et se perdit dans la contemplation du jardin. Le soir tombait sur les superbes massifs taillés en cercle, qui entouraient une fontaine où l'eau jaillissait d'une corne d'abondance soutenue par trois chérubins.

Eve s'apprêtait à quitter la terrasse lorsque son attention fut piquée par une jeune femme qui sortait de la maison. L'inconnue se dirigea vers la fontaine et prit place sur le rebord pour effleurer de ses doigts la surface de l'eau. Eve demeura à la contempler, comme fascinée par cette image. Elle était d'une telle beauté, avec sa robe de soie mauve et son châle assorti !

Lorsqu'elle tourna la tête vers la maison, Eve fronça les sourcils : elle connaissait cette femme ! C'était Angela Stephenson ! Elle sentit sa bouche s'assécher tandis qu'elle observait celle qui était devenue son ennemie au lendemain de la kermesse d'Atwood, trois ans plus tôt. Angela, la petite peste qui avait manigancé le tête-à-tête avec Marcus Fitzalan, afin de ravir à Eve son fiancé de l'époque ! Non encore cicatrisée, la plaie se rouvrit, plus douloureuse que jamais…

En état de choc, Eve vit sa rivale lever la tête vers la lune et demeurer ainsi, paupières closes, un sourire aux lèvres. Puis un homme sortit à son tour de la maison et resta un moment à regarder autour de lui comme s'il cherchait quelqu'un. Comme il lui tournait le dos, Eve ne pouvait distinguer son visage. Il était sur le point de regagner le manoir lorsqu'il aperçut Angela et se dirigea vers elle. Celle-ci ne bougea pas. L'homme vint s'asseoir près d'elle et soudain, Eve s'aperçut qu'il s'agissait de Marcus.

Pétrifiée, elle resta à contempler le couple, incapable d'en détacher les yeux, le cœur transpercé de jalousie. Elle serra les dents et marqua ses paumes de ses ongles pour ne pas crier. Marcus et Angela paraissaient si bien ensemble, si proches ! Quand le gentilhomme se leva, il s'empara de la main de sa compagne et cette dernière lui tendit son châle, dont il lui drapa les épaules. Si elle ne put voir leurs expressions dans la mesure où ils lui apparaissaient tous deux de profil, Eve n'en fut pas moins persuadée qu'ils se dévisageaient tendrement. Puis Angela plaça une main possessive sur le bras de Marcus et ils regagnèrent ensemble le manoir à pas mesurés.

Le couple allait franchir la porte lorsque la jeune femme tourna soudain le visage vers la terrasse. Eve tressaillit. L'instant suivant, les regards des deux jeunes femmes se croisaient. Glacée, Eve ne put ignorer le sourire suffisant et satisfait que lui adressait Angela. Un sourire qui signifiait clairement que Marcus lui appartenait ! Elle frissonna comme si une main implacable venait de lui enserrer le cœur…

Il fallut plusieurs minutes à Eve pour se ressaisir. Lorsqu'elle se sentit prête à affronter son ennemie, elle se dirigea vers le grand salon, qui brillait de mille feux sous les dizaines de chandeliers. Elle aperçut aussitôt Angela et une sensation de nausée l'envahit. Elle avança bravement, sur ses gardes.

A travers ses longs cils baissés, elle vit que son ancienne amie était plus ravissante que jamais, avec ses yeux de biche et ses cheveux auburn qui, arrangés en boucles légères, encadraient joliment son visage. Elle dégageait une sensualité à laquelle peu d'hommes devaient être capables de résister… Marcus Fitzalan y compris !

Déjà, Marcus venait à la rencontre d'Eve.

— Je suis heureux de vous voir de retour, s'exclama-t-il. Je voulais justement vous présenter une amie…

Angela s'était tournée vers elle sans manifester la

moindre surprise. Sans doute l'avait-on déjà mise au fait de la situation… et de la clause édictée par sir John…

Lorsqu'il procéda aux présentations, Marcus découvrit avec étonnement que les deux jeunes femmes se connaissaient déjà et qu'à l'évidence, le climat entre elles n'était pas à la franche amitié ! Tandis qu'Angela contemplait la nouvelle venue, ses yeux brillaient d'un éclat froid et cruel qui le surprit. Quant à Eve, elle était manifestement tendue au plus haut point. Il suffisait, pour s'en convaincre, de voir la manière dont ses articulations étaient crispées sur l'éventail qu'elle tenait à la main !

Intrigué par cette animosité presque palpable, Marcus se demanda ce qui avait bien pu se passer entre les deux femmes, mais sans obtenir de réponse.

Contrairement à son intention première, Eve ne put éviter le face-à-face avec Angela. Courageuse, elle parvint à sourire. Il n'était pas question de laisser paraître combien cette confrontation lui coûtait !

— Bonjour, Angela, lança-t-elle d'une voix assurée en dépit des battements accélérés de son cœur. Tu es resplendissante.

Angela répondit d'un léger signe de tête. Le sourire forcé qui flottait sur ses lèvres était démenti par la rancœur et la jalousie contenues dans ses yeux. De toute évidence, rien n'avait changé entre les deux jeunes femmes.

— Je vais bien, en effet, répondit-elle. Voilà des lustres que nous ne nous sommes vues !

— Trois ans, je crois, précisa Eve sans mollir.

— Mais oui, bien sûr, trois ans… Depuis la kermesse d'Atwood, si ma mémoire est bonne.

Eve s'efforça de garder le sourire. Bien sûr, son interlocutrice cherchait à l'embarrasser, mais elle était bien résolue à ne pas se laisser démonter.

— Exactement. Tu as toujours eu une mémoire d'éléphant, Angela.

Toujours souriante, elle se tourna vers Marcus, qui les observait, les sourcils légèrement froncés. La jeune fille s'enhardit.

— Nous assistions toutes les deux à la kermesse d'Atwood le jour où… Vous n'avez pu oublier, milord, ce fameux jour où vous avez si honteusement entaché ma réputation ! conclut-elle d'un ton volontairement léger.

Après un mouvement de surprise, Marcus lui rendit son sourire.

— Comment pourrai-je oublier ? répondit-il d'un ton malicieux. L'événement restera à jamais gravé dans ma mémoire ! Mais je ne me souvenais pas de votre présence, Angela.

— Cela est tout naturel, répliqua Eve, toujours badine, puisque c'est moi, et non Angela, qui vous ai accostée.

A ces mots, les yeux d'Angela lancèrent des éclairs. La jeune femme releva le menton et parut s'efforcer de dissimuler sa contrariété.

— C'est normal, je ne vous avais pas encore été présentée à l'époque, mon cher Marcus, roucoula-t-elle d'une voix profonde comme si elle se trouvait en tête à tête avec ce dernier.

Eve haussa légèrement les sourcils, lançant à sa rivale un regard appuyé : elle tenait à lui signifier qu'elle n'avait rien oublié de la méchanceté dont elle avait été victime.

— C'est exact, dit-elle. Mais quoi qu'il ait pu se passer ce jour-là, le moment est mal choisi pour s'y référer. Cette histoire appartient au passé. N'est-ce pas, milord ?

Les yeux de Marcus pétillèrent. Il sourit à Eve d'un air de conspirateur.

— Oh, cette histoire n'est pas si ancienne ! protesta-t-il. Et je ne peux nier qu'elle me procure même toujours beaucoup de plaisir, quand j'y resonge !

Eve se sentit rougir à ces mots. Elle jubilait de voir Marcus prendre son parti.

— Veuillez nous excuser, Angela, enchaîna ce dernier, mais j'aimerais présenter miss Somerville à deux ou trois de nos invités avant le dîner.

— Mais faites donc, je vous en prie, murmura l'intéressée en se détournant.

Il prit Eve par le bras et l'entraîna à l'extrémité du grand salon.

— Vous êtes pâle, dit-il lorsqu'ils se furent éloignés, et vous tremblez, il me semble…

— Vraiment ? Je n'en ai pas conscience, assura Eve.

Elle ne cherchait plus à dissimuler son courroux à présent, d'autant que le regard pénétrant de son compagnon la mettait mal à l'aise. Elle s'aperçut soudain que, loin de chercher à lui présenter quiconque, Marcus l'emmenait à l'écart des autres invités.

— J'ai la nette impression qu'Angela et vous n'êtes pas les meilleures amies du monde, loin s'en faut, déclara-t-il alors en la fixant droit dans les yeux.

— Comment pourrions-nous l'être ? Il y a trois ans, Angela n'avait qu'une seule idée en tête : me ravir mon fiancé et l'épouser à ma place ! Elle est extrêmement douée pour manipuler les gens. Son jeu est si subtil que beaucoup s'y laissent prendre, hélas. Ce n'était pas vraiment mon amie à l'époque, mais aujourd'hui…

Elle s'interrompit, à court de qualificatifs.

— On peut dire qu'elle m'a trahie de belle manière…, conclut-elle à mi-voix.

— En se mariant à Leslie Stephenson, le jeune homme que vous deviez épouser vous-même ? s'enquit Marcus.

— Oui, et je ne pense pas qu'il soit utile de vous raconter dans quelles circonstances elle est parvenue à ses fins. Vous le savez aussi bien que moi, reprit Eve d'un ton accusateur.

Elle accompagna ses propos d'un regard plein de dureté.

— Jamais je ne pourrai oublier la souffrance que j'ai endurée à compter de ce jour… Une souffrance dont je vous tiens tous les deux pour responsables !

Sur ces mots, elle tourna les talons et se hâta de rejoindre les autres invités, laissant Marcus sans voix.

8

Le dîner fut animé et convivial. Après le dessert, alors que les hommes s'attardaient autour d'un verre de brandy, Eve suivit les femmes dans le salon et prit place au côté de sa grand-mère. Malgré le vif soulagement qu'elle avait éprouvé de ne point avoir Angela pour voisine de table au dîner, elle ne s'était pas encore remise de la confrontation et sa colère restait vive. L'odieuse personne avait réussi à la mettre hors d'elle !

A présent, la fureur avait laissé place à une forte déception. Comme elle avait été aveugle et crédule en prenant les propos de Marcus pour argent comptant l'autre jour, lors de leur retour à cheval ! A la vérité, cet homme ne la courtisait que pour atteindre son but : obtenir la mine ! Ne passait-il pas, dans la région, pour un séducteur invétéré ? Abuser la jeune fille naïve qu'elle était avait dû être pour lui un jeu d'enfant !

Elle en était là de ses pensées lorsque les hommes firent leur entrée dans le salon. Elle prit soin de ne pas tourner la tête vers Marcus et poursuivit la conversation entamée avec sa grand-mère. Soudain, elle tressaillit : Marcus se tenait derrière elle.

— Voudriez-vous avoir l'obligeance de me suivre ? lui

demanda-t-il avec courtoisie. J'aimerais vous entretenir un instant…

Elle se leva à contrecœur. Il était impossible de se dérober en présence de témoins.

Marcus la prit par le bras et l'entraîna vers la terrasse. Bizarrement, elle fut alors saisie d'une étrange excitation à l'idée de se trouver seule avec lui. Tout en marchant, il la couvrait d'un regard à la fois interrogateur et attentif, ce même regard qu'il avait posé sur elle tout au long du dîner.

En son for intérieur, elle se demanda une fois de plus quels rapports unissaient Marcus à Angela. Elle fut tentée de questionner son interlocuteur à ce sujet, mais son amour-propre l'en dissuada.

Ils marchèrent jusqu'à la balustrade. Quelques torches avaient été allumées, éclairant la terrasse d'une lumière que la brise légère faisait danser. Tout autour, le parc était plongé dans l'obscurité. Eve poussa un soupir. Le calme du lieu avait un effet apaisant et elle commença à se détendre. Levant les yeux vers son compagnon, elle croisa son regard et frissonna : cet homme faisait naître en elle tout un cortège de sensations inconnues, plus intenses à chaque rencontre.

Marcus contemplait sa compagne. Elle semblait remise de l'affrontement avec Angela. Comme il regrettait d'avoir présenté les deux femmes l'une à l'autre ! Pour rien au monde, il ne souhaitait voir le souvenir de cette confrontation planer sur la conversation qu'il s'apprêtait à engager. Le sujet dont il voulait entretenir Eve était si important !

Manifestement, songea-t-il, elle avait apprécié la visite de Brooklands et s'était bien entendue avec Ruth.

Se pourrait-il qu'elle eût arrêté sa décision et fût prête, désormais, à devenir son épouse ?

Il lui lâcha le bras et s'accouda à la balustrade. Ainsi, il pouvait mieux admirer la pureté du profil féminin, le teint diaphane qui la faisait paraître si belle et si douce à la lueur de la lune ! Plus que jamais, il ressentit l'ardent besoin de la faire sienne. Non seulement elle était l'image même de la bonté et de l'innocence — qualités fort rares chez une débutante —, mais il devinait en elle une passion qui ne demandait qu'à s'exprimer. Et il était curieux de voir comment elle réagirait à cette sensualité jusque-là réprimée...

— Permettez-moi de vous présenter des excuses pour les propos que je vous ai tenus, tout à l'heure, déclara-t-elle soudain. Je... je n'aurais pas dû perdre mon sang-froid ainsi, mais revoir Angela m'avait tant bouleversée que...

— ... je comprends, coupa Marcus avec bienveillance. Et moi qui ignorais tout de vos relations passées avec miss Stephenson ! Me pardonnerez-vous jamais de vous avoir présentées l'une à l'autre ?

— Vous êtes tout excusé, assura-t-elle en esquissant un sourire.

— Soyez-en remerciée, miss Somerville... Eh bien, que pensez-vous de Brooklands ? Le manoir est-il à votre goût ?

— Assurément, répondit Eve. Il faudrait être bien difficile pour ne pas l'aimer.

— Cette réponse me remplit d'aise...

Ils demeurèrent silencieux quelques instants, puis Marcus reprit la parole, déterminé à aborder le thème qui lui tenait à cœur.

— Dites-moi, miss Somerville, commença-t-il, avez-vous aimé Brooklands au point de souhaiter en devenir un jour la maîtresse ?

Eve hésita et son expression se ferma.

— Ne vous ai-je point dit que le manoir me plaisait ? se borna-t-elle à déclarer.

— Voilà une réponse qui n'a rien de direct.

— C'est que… je ne sais que trop à quoi vous faites allusion.

— Dans ce cas, répondez-moi ! insista Marcus d'une voix douce.

Leurs regards se croisèrent et Eve comprit soudain qu'elle ne refuserait pas la demande en mariage de Marcus. L'eût-elle seulement pu si elle l'avait souhaité ? songea-t-elle avec ironie. Elle n'avait guère le choix, dans la mesure où la perspective d'aller vivre chez sa grand-mère ou sa tante Shona ne l'enchantait guère. Elle aimait cette région où elle avait grandi, et un mariage avec Marcus Fitzalan lui garantirait la sécurité. La mine dont elle hériterait ne la placerait-elle pas à l'abri du besoin ?

Une immense lassitude l'envahit tout à coup. Dire qu'elle avait espéré se marier par amour ! Elle devait bel et bien y renoncer à présent. Marcus Fitzalan et elle-même songeaient l'un comme l'autre à leur intérêt propre en envisageant cette union !

— La situation est plutôt étrange, ne trouvez-vous pas ? lança-t-elle d'une voix un peu tremblante. Nous nous connaissons à peine, et nous allons nous retrouver liés à jamais par la clause adjointe au testament d'un vieil homme ! Je n'ai toujours pas compris pourquoi mon père m'a ainsi contrainte à ce mariage !

— Contrainte ? répéta Marcus sans la quitter des yeux.

— Oui. Il n'y a pas d'autre terme. Sachant que je

souhaite garder la mine d'Atwood autant que vous, et que mon cousin Gerald me répugne au point qu'il serait impensable pour moi de l'épouser, je n'ai pas d'alternative. Je vous épouse contrainte et forcée.

Dans la pénombre, le visage de Marcus s'assombrit, tandis que ses sourcils se rejoignaient pour ne former qu'une seule ligne.

— Votre franchise vous honore, miss Somerville.

— Telle est ma nature ! répondit la jeune fille d'un ton fataliste.

— Exprimez-vous toujours le fond de votre pensée de la sorte ?

— Oui, pourquoi ? Y trouvez-vous à redire ?

— Non point. La franchise est une qualité que j'admire — à condition qu'elle soit assortie de tact, bien entendu.

Eve le considéra d'un œil sévère.

— S'agit-il d'une critique implicite, milord ?

— Je ne me permettrais pas de vous critiquer, assura-t-il, mais j'aurais apprécié davantage d'entrain de votre part. A vous entendre, on jurerait que vous allez tout droit à l'abattoir ! conclut-il d'une voix où perçaient colère et amertume.

— Vous m'en voyez navrée, mais je ne sais pas simuler, déclara la jeune fille, indignée. Voyons, milord, vous ne vous attendiez tout de même pas à me voir bondir de joie ! Comme je vous l'ai déjà dit, il me semble, je ne veux point vous épouser. Ni vous ni quiconque, d'ailleurs. Mais je suis déterminée à agir au mieux de mes intérêts.

— Faut-il vous remercier de votre effort ? reprit Marcus, cinglant. Je suppose que vous avez étudié toutes les autres solutions ?

— Je ne le nierai point, en effet, mais c'est la seule que

j'aie trouvée satisfaisante : je tiens trop à la mine pour la laisser aux mains d'un cousin dénué de scrupules.

— Dans ce cas, vous acceptez la clause de votre père ?

Eve prit une profonde inspiration.

— Oui…, chuchota-t-elle.

— Très bien. Puisque nous sommes enfin parvenus à un accord, allons annoncer nos fiançailles sur-le-champ ; quant aux noces, elles pourraient avoir lieu dès la fin de votre période de deuil. Qu'en dites-vous ?

— Si cela ne vous gêne pas, je préférerais ne point attendre, répondit Eve.

Marcus afficha son étonnement à ces mots. La jeune femme ne put s'empêcher de sourire.

— Non qu'une brusque flambée de passion me pousse à me jeter dans vos bras, rectifia-t-elle. Mais j'aimerais avoir quitté Burntwood Hall avant que Gerald ne s'y installe.

— Quand sera-t-il de retour ?

— Dans un mois environ.

— Fort bien. Dans ce cas, nous nous marierons avant son arrivée, conclut Marcus. Quels que soient les sentiments que nous éprouvons l'un pour l'autre, appliquez-vous à toujours donner une image heureuse de notre couple. Est-ce bien compris ?

— Oui, tout à fait, répondit Eve.

— Et vous n'avez aucune objection à apporter ?

— Non, aucune, si nous respectons l'engagement que nous nous sommes fixé.

Les yeux de Marcus se plissèrent. A l'évidence, il ne comprenait pas l'allusion.

— L'engagement que nous nous sommes fixé ? répéta-t-il. De quoi parlez-vous ?

— Voyons, souvenez-vous : c'est vous-même qui avez parlé d'un mariage de convenance !

— En effet, j'en ai parlé. Mais sachez que, dans mon esprit, la formule s'applique seulement à un premier temps. Une fois que nous aurons fait plus ample connaissance, il est manifeste que cet accord ne nous satisfera plus.

— Comment pouvez-vous en être si sûr, milord ? s'enquit Eve, furieuse du ton désinvolte qu'il avait employé.

— Il n'y a qu'à observer la façon dont vous réagissez à ma présence, répondit Marcus. Lorsque nous serons mari et femme, je suis certain que je n'aurai pas longtemps à patienter pour que nos rapports évoluent.

Cette fois, Eve laissa libre cours à sa colère.

— A votre place, je ne m'avancerais pas autant, monsieur Fitzalan ! rétorqua-t-elle en tournant brusquement les talons pour regagner le salon.

Plus prompt qu'elle, Marcus l'arrêta d'un geste et l'immobilisa contre la rembarde. La jeune femme sentit alors les mains masculines lui saisir les épaules et elle frémit sous le regard bleu nuit. La peur lui coupait le souffle. Jamais encore, elle n'avait vu cet homme dans un tel état de fureur. Ils étaient si proches l'un de l'autre qu'elle sentait le souffle chaud de Marcus sur sa joue, la chaleur du corps masculin contre le sien.

— Otez vos mains de ma personne ! lança-t-elle avec toute l'assurance dont elle était encore capable. Sinon, croyez-moi, je me mets à hurler.

Il ne tint pas compte de la menace et sourit, posant le regard sur la bouche de la jeune fille.

— Je pense que vous saurez rester silencieuse, murmura-t-il alors, tout en abaissant la tête pour s'emparer de ses lèvres.

D'abord prise de panique, Eve tenta de toutes ses forces

de se dégager, mais hélas, ses efforts eurent pour seul effet de les rapprocher l'un de l'autre. Elle sentit bientôt Marcus desserrer légèrement son étreinte. Lorsqu'il posa les doigts sur la gorge palpitante de la jeune femme pour la caresser, une soudaine vague de bien-être ôta à Eve tous ses moyens. Elle laissa retomber ses mains, vaincue.

Déjà, les assauts de Marcus se faisaient plus doux et elle renonça à résister davantage au plaisir qui prenait possession de son corps. Elle se laissa fondre dans les bras virils qui l'enserraient, tandis qu'un immense brasier enflammait tous ses sens.

Il semblait que ce baiser devait se prolonger pendant l'éternité et l'espace d'un instant, Eve le souhaita de tout son être. Il y avait si longtemps qu'elle n'avait pas connu de telles sensations ! Trois ans exactement ! Depuis le premier baiser de Marcus qui, à cette époque déjà, lui avait fait éprouver un bonheur dont elle ne soupçonnait pas l'existence jusque-là… Depuis, elle avait tout tenté pour réprimer ce souvenir, elle s'en apercevait à présent, tandis que la même avalanche de sensations revenait l'envahir.

Lorsqu'elle s'avisa brusquement qu'elle était prête à succomber au charme de son compagnon, elle fit appel à tout son courage pour ouvrir les yeux et sortir de l'état de torpeur dans lequel elle se trouvait.

— Je vous en prie, Marcus… cessez, implora-t-elle d'une voix faible.

Sans l'écouter, il la reprit dans ses bras pour lui donner un autre baiser. Eve n'eut pas la force de se débattre. Peu à peu, le plaisir l'emporta de nouveau sur la raison et elle s'abandonna à l'étreinte sensuelle, qui la comblait au-delà de toute mesure.

Marcus s'écarta enfin sans la lâcher pour autant et ils

demeurèrent ainsi, les yeux dans les yeux, de longues minutes durant. Quelque peu honteuse de s'être abandonnée de la sorte, Eve s'était mise à trembler. A travers les larmes qui venaient à présent lui brouiller la vue, elle contempla son compagnon. Celui-ci la considérait avec une indéniable tendresse. D'un geste doux, il écrasa une grosse larme qui avait roulé sur la joue de la jeune femme.

— Je suis sûr que vous ne me détestez pas autant que vous le prétendez, jeune dame, murmura-t-il. Toutefois, permettez-moi de vous présenter mes excuses. Ce qui vient de se produire était indépendant de ma volonté. N'ayez crainte : désormais, je veillerai à respecter notre engagement et à me contenter d'une relation platonique aussi longtemps que nécessaire.

Il recula d'un pas sur ces mots. Eve tremblait tant qu'elle dut rester appuyée contre la rambarde pour ne pas perdre l'équilibre. Son cœur battait à tout rompre, tandis que dans son esprit raison et sensations se livraient une bataille acharnée. Avait-elle perdu la tête pour accepter d'épouser un homme qui la réduisait à sa merci dès qu'il la touchait ? En même temps, Marcus soulevait en elle une telle tempête d'émotions qu'elle souffrait de devoir en demeurer là : elle rêvait tant d'en découvrir davantage !

— Reprenez-vous, je vous en prie, déclara Marcus. Nous allons devoir rejoindre les autres invités maintenant. Voyez-vous un inconvénient à ce que nous leur annoncions le mariage dès ce soir ? Dès que je me serai entretenu avec ma mère et votre grand-mère, naturellement. Je viendrai vous rendre visite à Burntwood Hall dans un jour ou deux, afin que nous en discutions de manière plus approfondie.

— Vous… vous pourriez fort bien ne pas m'y trouver, déclara Eve avec raideur.

— Pardon ?

— J'ai prévu d'aller passer quelques jours chez mon amie Emma Parkinson, qui habite non loin d'Atwood. Sa mère affirme qu'un peu de changement me fera le plus grand bien.

Marcus hocha la tête.

— Dans ce cas, j'attendrai votre retour.

Puis, sans rien ajouter, il s'empara du bras de la jeune fille, qu'il entraîna dans le salon.

9

La réception venait de s'achever et la calèche roulait bon train vers Burntwood Hall. Assise au côté de sa grand-mère, Eve fermait les yeux, abandonnée contre le siège, pour mieux passer en revue les événements de la soirée. Comment ceux-ci avaient-ils pu s'enchaîner aussi vite ? Ne s'était-elle point promis, il n'y avait pas si longtemps, de ne pas épouser Marcus Fitzalan ? Et voilà qu'ils se retrouvaient officiellement fiancés, à présent !

La perspective de son prochain mariage effrayait la jeune femme. Manifestement, Marcus voulait hériter de la mine et n'éprouvait aucun sentiment pour Eve, même si, indéniablement, le désir physique était présent. Mais un tel homme ne réagirait-il pas de la même façon en présence de n'importe quelle femme jeune et attirante ?

Malgré tous ces a priori cependant, Eve ne pouvait se défendre d'une étrange excitation à l'idée de devenir l'épouse de Marcus. Ce baiser qu'il lui avait donné avait mis ses sens dans un tel émoi ! Que ressentirait-elle, dans ces conditions, le jour où cet homme la ferait vraiment sienne ? Maintenant qu'elle s'était enivrée ainsi dans ses bras, elle n'était plus aussi certaine de vouloir s'en tenir à l'accord conclu, à cette alliance de pure forme ! Force lui était d'admettre, en effet, qu'elle n'appréciait rien tant que les étreintes de son futur époux…

Elle passa la langue sur ses lèvres encore imprégnées du léger goût de brandy laissé par Marcus. Le lourd soupir qu'elle exhala alors fit sursauter lady Pemberton, qu'elle croyait assoupie près d'elle.

— Tout va bien, Eve ? s'enquit la vieille femme.

— Oui… merci, grand-mère, assura-t-elle en souriant, avant de refermer les paupières pour s'isoler de nouveau.

Son esprit se débattait dans une telle confusion ! Bien qu'elle fût incapable d'analyser ses sentiments à l'égard de Marcus, elle ne pouvait nier le désir éprouvé dans ses bras… et ne put réprimer un nouveau soupir. Ce gentilhomme ne cesserait-il donc jamais d'occuper ses pensées ?

Ce fut seulement le lendemain qu'Eve resongea à sa confrontation avec Angela et ce souvenir la mit mal à l'aise. Une interrogation l'obsédait : Marcus et Angela entretenaient-ils une liaison ? La scène qu'elle avait surprise dans le jardin semblait le signifier. Pourtant, aucun autre signe ne l'avait fait soupçonner durant le reste de la soirée. D'ailleurs, Angela n'avait pas cillé à l'annonce des fiançailles…

Soudain, un soupçon germa dans l'esprit d'Eve. Et si le couple avait précisément veillé à dissimuler la nature exacte de sa relation ? Cette idée, insidieuse, ne tarda pas à faire son chemin.

La jeune fille s'efforça toutefois de se ressaisir. Après tout, quelle importance ? Les rapports de Marcus et Angela n'avaient aucune raison de l'affecter, dans la mesure où pour Eve, il s'agirait d'un mariage d'intérêt, d'une union de convenance ? Ils s'étaient entendus sur cette condition, avant ce fameux baiser qui avait mis la jeune femme sens dessus dessous !

Elle secoua la tête pour chasser ce souvenir importun. Si ses présomptions étaient fondées, Marcus Fitzalan ne manquait vraiment pas de toupet ! Elle serra les poings. Même si leur mariage ne devait être qu'un arrangement froid dicté par la raison, devrait-elle pour autant se laisser humilier sans broncher ? Sitôt qu'ils seraient mariés, elle entendait que Marcus la respectât…

Après quelques jours chez Emma Parkinson, son amie d'enfance, Eve avait repris du poil de la bête. Cependant, le retour à Burntwood Hall lui réservait une désagréable surprise : Gerald avait profité de son absence pour prendre possession des lieux. Et à en juger par la panique qui régnait parmi les domestiques, il ne s'était pas fait annoncer…

En approchant du grand salon, la jeune fille fut prise d'un violent frisson. Les menaces proférées par son cousin à leur dernière rencontre résonnèrent à ses oreilles. Gerald ne s'était-il pas déclaré prêt à tout pour obtenir la mine d'Atwood ?

Elle parvint à se ressaisir. Elle atteignait le seuil du salon, prête à l'affrontement, quand elle s'aperçut que Gerald se trouvait en compagnie de son frère cadet. Visiblement mal à l'aise, Matthew vint au-devant d'elle dès qu'il l'aperçut. Il connaissait l'aversion que son aîné inspirait à la jeune femme et semblait compatir à la douleur qu'elle ne manquerait pas d'éprouver à l'idée de devoir quitter la demeure de son enfance. Gerald, en revanche, demeura assis dans son fauteuil, une bouteille de bordeaux à portée de main, ses bottines rutilantes nonchalamment posées sur un repose-pieds. A le voir se comporter ainsi en maître des lieux, Eve sentit son cœur se serrer et un profond dégoût lui soulever le cœur. Pourtant, il s'agissait de la triste réalité : Gerald était bel et bien propriétaire de

Burntwood Hall et elle-même ne devait plus se considérer que comme son invitée.

Gerald sirota son vin rouge, puis un sourire moqueur altéra ses lèvres.

— Ah, ma chère cousine, vous voilà enfin ! Vous n'imaginez pas ma déception de ne point vous voir accourir sur le perron quand je suis arrivé pour prendre possession de mon héritage ! s'exclama-t-il.

— Vous semblez vous être bien remis de cette contrariété, rétorqua la jeune fille, glaciale. Pardonnez mon étonnement, mais je ne vous attendais pas si tôt.

— Vraiment ? s'enquit l'intéressé, avant d'avaler une gorgée de vin, puis de claquer les lèvres d'un air satisfait.

— J'espère que... vous ne nous en voulez pas trop d'être ici, intervint Matthew d'un ton hésitant.

— Mais quelle idée, mon cher frère ! s'exclama Gerald. Pourquoi Eve nous en voudrait-elle ? Un homme n'a pas besoin de permission pour rentrer chez lui, que je sache ! N'est-ce pas, chère cousine ?

— Non, bien sûr, répliqua sèchement Eve en cherchant tant bien que mal à ignorer le sourire insolent de son cousin. Comptez-vous habiter au manoir vous aussi, Matthew ?

La présence du jeune homme lui faisait plaisir et elle tenait à le mettre à l'aise : elle savait combien Gerald intimidait son frère cadet.

— Je... je le crains, en effet, répondit Matthew en lançant un regard furtif à Gerald. Cela est... nécessaire, vous comprenez...

Eve réprima un douloureux soupir. Comment eût-elle pu ne pas comprendre ? Manifestement, la demeure qu'occupaient jusqu'ici les deux hommes avait déjà été vendue pour rembourser les dettes de Gerald. Entre les mains de ce dernier, combien de temps s'écoulerait-il avant que Burntwood Hall ne subisse le même sort ?

— Votre séjour chez les Parkinson a été court, à ce que je vois, reprit Gerald.

— Je savais ma grand-mère seule ici et je ne voulais pas qu'elle se sente délaissée.

— A ce propos, savez-vous quand lady Pemberton a prévu de nous faire ses adieux ? s'enquit Gerald.

— Dès le lendemain de mes noces avec M. Fitzalan, rétorqua Eve avec détachement.

A ces mots, le jeune homme se redressa et posa son verre sur la table basse. Eve comprit qu'il n'ignorait rien de ses projets de mariage qui, bien sûr, lui déplaisaient au plus haut point. Il plissa les paupières.

— J'ai cru comprendre, en effet, que vous vous étiez décidée à épouser notre illustre voisin, dit-il sans la quitter du regard. Soit dit en passant, vous auriez pu opter pour un meilleur parti. Entre nous, épouser un homme dépourvu de lignée… Mais soit, je conçois que l'étendue de sa fortune ait tôt fait de vous convaincre…

— Les raisons qui m'ont fait consentir à cette union ne vous concernent nullement, riposta Eve. Quant à vos insultes, sachez que je n'en ai cure, car M. Fitzalan est un parfait gentilhomme, hautement respecté.

— Ah oui ? releva Gerald. Dans ce cas, vous pourrez certainement m'expliquer comment un gentilhomme doté d'autant de qualités a pu entacher votre réputation de manière aussi éhontée, il y a trois ans !

— Je ne vois pas l'intérêt d'évoquer cet événement avec vous ; il appartient au passé. Dites-moi plutôt si vous comptez nous autoriser, grand-mère et moi, à demeurer à

Burntwood Hall jusqu'à mes noces, c'est-à-dire pendant un peu moins d'un mois encore ?

— Ne vous ai-je pas assuré, au lendemain des funérailles de votre père, que vous étiez la bienvenue sous mon toit ? s'enquit Gerald d'un ton doucereux. A condition, bien sûr, que vous acceptiez ma demande en mariage…

— Il n'en est pas question ! rétorqua Eve en tâchant de maîtriser la colère qui montait en elle.

— Mon offre est pourtant d'une générosité extrême, poursuivit Gerald. Songez aux avantages que vous apporterait un mariage avec moi ! Vous régneriez sur Burntwood Hall et seriez à la tête d'une fortune considérable, puisque la mine d'Atwood resterait alors dans le patrimoine de notre famille.

— C'est à moi, et à moi seule, qu'il revient de choisir l'homme que je vais épouser, déclara la jeune fille, non sans véhémence.

L'expression de Gerald se fit menaçante.

— Je vous croyais plus intelligente, cousine ! lança-t-il d'un ton sec. Croyez-vous réellement trouver le bonheur avec ce Marcus Fitzalan ?

— C'est un homme intègre et ses intentions sont louables.

— Rien que du vent, oui ! s'écria Gerald, hors de lui cette fois. N'aviez-vous point juré de ne jamais accepter la clause de votre père, le jour de la lecture du testament ? La haine et le mépris que vous inspirait ce Fitzalan étaient clairs pour tout le monde… Aussi me permettrez-vous d'être surpris de constater avec quelle promptitude il est parvenu à vous amener à sa cause.

Les yeux d'Eve s'emplirent de fureur.

— Ne pouvez-vous comprendre qu'à la lecture des dernières volontés de mon père, j'étais pour le moins troublée, aveuglée par le chagrin ? Depuis, le temps a passé et j'ai eu l'occasion de me ressaisir. J'ai pu réfléchir à mon avenir. Si je suis certaine, à présent, d'avoir fait le bon choix, je n'ai pas à m'en justifier devant vous, Gerald.

L'intéressé la gratifia d'un sourire méprisant.

— Peut-être pas, en effet, mais vous vous abusez si vous pensez que Marcus Fitzalan s'intéresse à vous : il est évident qu'il ne songe qu'à la mine…

Il s'interrompit, comme pour mieux affûter la flèche qu'il s'apprêtait à décocher.

— … et dès que votre union aura été prononcée, je serais fort surpris qu'il délaisse la femme qui occupe toutes ses pensées, acheva-t-il.

Sous l'effet de cette remarque, Eve s'empourpra, indignée.

— Sachez que je n'accorde aucun crédit à de telles insinuations, Gerald ! Non seulement je ne vois pas de quoi vous voulez parler, mais cela ne m'intéresse pas !

Le jeune homme eut un haussement d'épaules nonchalant.

— Je pensais que vous seriez heureuse, au contraire, de savoir ce qu'il en est exactement, déclara-t-il, un sourire malveillant aux lèvres. Mais peut-être vous ai-je sous-estimée : peut-être n'ignorez-vous rien de la liaison qu'entretiennent Marcus Fitzalan et Angela Stephenson. Plutôt que vous, bien sûr, c'est elle qu'il aurait aimé épouser. Hélas, cette demoiselle n'a pas la chance de posséder la mine de charbon qu'il convoite ! A cette heure, il est fort probable qu'il est en train de la consoler, d'ailleurs.

Eve réprima un premier mouvement de panique. Gerald ne faisait que persifler, assurément. Emma, l'amie qu'elle venait de quitter, était au fait de toutes les rumeurs qui circulaient dans le beau monde ; et ne l'avait-elle pas assurée qu'Angela n'était en aucune façon la maîtresse de Marcus ? Glacée malgré tout jusqu'au plus profond d'elle-même, la jeune femme s'efforça de ne rien laisser paraître et haussa les sourcils d'un air étonné.

— Marcus et Angela, une liaison ? Permettez-moi d'en douter, Gerald ! Quoi qu'il en soit, si vous espérez, par vos insinuations, me faire rompre les fiançailles, vous feriez tout aussi bien d'économiser votre souffle.

Elle s'interrompit pour considérer son cousin d'un œil ironique.

— Néanmoins, si jamais vous avez dit vrai, reprit-elle, croyez bien que je suis navrée pour Angela. Quelle déception pour elle ! Enfin, la connaissant, je ne doute pas qu'elle trouvera bien vite un autre parti. Pourquoi ne reporterait-elle pas ses attentions sur vous, d'ailleurs ? Maintenant que vous êtes un riche héritier, il se pourrait fort que vous l'intéressiez !

Gerald fronça les sourcils.

— Je vous ai dit qu'Angela a jeté son dévolu sur Marcus Fitzalan. Elle et moi ne sommes rien d'autre que de bons amis.

Il s'interrompit, posant sur Eve un regard pénétrant.

— Sachez, chère cousine, que dès qu'il s'agit des plaisirs de la chair, les hommes sont des êtres faibles, votre Marcus Fitzalan y compris. Or, une créature aussi désirable qu'Angela possède tous les appas nécessaires pour ne faire de lui qu'une bouchée.

— Marcus n'a rien d'un être faible ! se récria Eve.

— Ne soyez pas naïve, répliqua Gerald d'un ton sans appel. Cet homme ne vous épouse que pour la mine, cela crève les yeux !

Il plissa le front et sa voix se fit plus agressive encore.

— Angela n'est pas une femme à sous-estimer, ma chère. Il me semble que vous l'avez déjà appris à vos dépens.

La jeune fille serra les poings et tenta de conserver son calme.

— Vous m'excuserez, Gerald, mais je n'ai nul désir d'en entendre davantage. Aussi vais-je vous laisser et rejoindre ma grand-mère.

Sur ces mots, elle tourna les talons et gagna la porte avec toute la dignité dont elle était capable. La voix mielleuse de Gerald l'arrêta dans son élan.

— Ah, j'oubliais ! lança ce dernier. J'ai invité quelques amis à séjourner ici : ils arriveront à la fin de la semaine. Pouvez-vous faire le nécessaire auprès des domestiques afin que tout soit prêt pour les accueillir ? Cette demeure est aussi figée qu'un musée et il est temps d'y insuffler un peu de vie, ajouta-t-il en emplissant son verre.

La jeune fille ne répondit rien et sortit de la pièce, Matthew sur ses pas.

— Attendez, Eve, je vous en prie ! s'écria ce dernier, une fois dans le vestibule. Je voudrais vous dire combien cette situation me désole. J'ai essayé d'empêcher Gerald d'arriver sans se faire annoncer, mais vous savez comment il est : il n'a rien voulu entendre.

Eve lui adressa un sourire bienveillant qui chassa comme par magie le nœud qui lui comprimait la poitrine.

— Gerald est têtu comme une mule, nous le savons tous…, affirma-t-elle d'une voix douce.

Comme son père, qui avait estimé Matthew au point de lui confier des responsabilités dans la mine d'Atwood, elle éprouvait de la sympathie pour son interlocuteur. Gerald n'était vraiment pas un modèle pour son cadet !

— Vous n'avez nul besoin de vous excuser, Matthew,

reprit-elle, rien n'est votre faute. Les choses eussent été plus simples si vous aviez hérité à la place de Gerald, je le sais. Sans vouloir vous blesser, car c'est votre frère, je crois que je n'ai jamais rencontré individu plus déplaisant !

Tandis qu'elle gravissait l'escalier menant aux appartements de sa grand-mère, Eve ne vit point le changement qui s'était opéré dans l'expression de Gerald, demeuré dans le salon. Son air, qui n'avait plus rien de moqueur, était désormais résolu : il réfléchissait en effet à la prochaine étape de son plan. La mine d'Atwood était la seule source de revenus qu'il lui restait. Elle produisait une rente régulière et abondante qui lui permettrait non seulement de rembourser l'ensemble de ses dettes, mais aussi de mener le train de vie luxueux dont il avait toujours rêvé…

Il s'empara de son verre de vin, un sourire satisfait aux lèvres. Non, la jolie Eve n'épouserait pas Marcus Fitzalan…

10

Eve ne parvint pas à trouver le sommeil ce soir-là. L'entrevue avec Gerald avait fortement troublé son esprit et elle ne cessait de ressasser les propos de son cousin. Disait-il vrai en parlant de cette idylle entre Marcus et Angela ? Certes, il ne pouvait s'agir que d'un odieux mensonge destiné à la faire changer d'avis, mais la jeune femme ne parvenait pas à chasser le doute qui s'était insinué en elle : et si c'était la vérité ?

En réalité, elle ne pouvait s'empêcher de craindre sa rivale. Belle et provocante, cette dernière était capable de tout dès l'instant où elle convoitait ardemment quelque chose… ou quelqu'un. Et à l'évidence, ses vues se portaient sur Marcus en ce moment. Pour s'en convaincre, il suffisait de se remémorer les yeux de velours dont elle couvrait celui-ci le soir de la réception à Brooklands…

A ce souvenir, la colère étreignit Eve. Angela ne pouvait-elle point la laisser en paix ? Fallait-il toujours qu'elle se mette en travers de son chemin ? Elle avait déjà épousé Leslie à sa place trois ans plus tôt, elle n'allait tout de même pas recommencer avec Marcus !

Un frisson parcourut la jeune fille au souvenir du pur défi que contenait le regard d'Angela, à Brooklands, et de la manière possessive dont celle-ci s'était emparée du bras de Marcus en quittant le jardin. La scène qu'elle avait surprise entre eux, près de la fontaine, faisait état d'une telle intimité…

Les amis de Gerald arrivèrent comme prévu en fin de semaine. C'étaient des garçons artificiels et dénués de savoir-vivre avec lesquels Eve ne se sentait aucune affinité. Ainsi passait-elle le plus clair de son temps dans sa chambre ou en compagnie de sa grand-mère tandis qu'ils vaquaient à toutes sortes d'occupations : chasse, pêche, promenades à cheval, parties de cartes…

Un après-midi, alors qu'elle était descendue chercher un livre à la bibliothèque, un rire féminin venant du salon retentit. Elle se figea : Angela ! Elle aurait reconnu ce rire entre tous ! En passant devant le salon, elle jeta un bref coup d'œil par la porte ouverte : la jeune femme était là, en effet, se pavanant au milieu des invités, ravie de son petit effet. Eve sentit son cœur se serrer. Sa rivale avait un charme indéniable dans sa superbe robe de taffetas doré ! Le désarroi l'envahit à la pensée qu'elle n'était plus chez elle à Burntwood. Elle aurait dû se douter qu'Angela viendrait tôt ou tard en visite au manoir. N'appartenait-elle pas au petit cercle des intimes de Gerald ?

Eve passa son chemin, peu désireuse de saluer celle qu'elle considérait comme une ennemie. Elle choisissait un ouvrage sur les rayonnages quand elle entendit la porte s'ouvrir. Elle se retourna et tressaillit : Angela venait d'entrer ! Manifestement, celle-ci l'avait vue se diriger vers la bibliothèque et elle l'avait suivie…

Eve soupira en la regardant gagner la fenêtre sans un mot. A en juger par la froideur et le sourire suffisant de la nouvelle venue, il était évident qu'elle ne venait point en vue d'une réconciliation !

— Sache que je n'ai cure de tes minauderies, Angela,

lança Eve. Aussi ne me fais pas l'insulte de m'adresser de faux sourires ou de faux compliments. Puis-je savoir pour quelle raison tu m'as suivie jusqu'ici ? Bien que j'en doute fort, peut-être as-tu finalement décidé de me présenter tes excuses pour ton odieuse conduite d'il y a trois ans ? Quoiqu'il soit un peu tard, hélas !

Les yeux d'Angela se plissèrent de colère.

— Si je suis entrée dans cette bibliothèque, c'est effectivement parce que je souhaitais te parler, déclara-t-elle. Mais certainement pas pour le motif que tu viens d'invoquer. J'estime ne te devoir aucune excuse. Ne t'est-il jamais venu à l'esprit que Leslie m'aurait épousée de toute façon, et ce en dépit de l'incident qui s'est produit entre Marcus Fitzalan et toi ? Je voulais simplement t'apporter quelques conseils, afin de t'éviter de te couvrir une seconde fois de ridicule, voilà tout.

Eve prit un air étonné.

— Pardonne ma surprise, Angela, mais te soucier de mon bien-être te ressemble si peu ! De quoi veux-tu parler, au juste ?

— Ne fais pas la sotte, tu le sais fort bien !

Eve haussa délicatement les sourcils, prête à mener la bataille qui s'engageait.

— Je crains que non, hélas, répondit-elle avec détachement. Pourrais-tu s'il te plaît m'apporter davantage d'éclaircissements ?

— Je parle de ton prochain mariage avec Marcus Fitzalan.

— Oui, et alors ? répliqua Eve. Je ne vois pas en quoi il te concerne — à moins que tu ne veuilles m'en féliciter ?

— Moi, te féliciter ? Tu veux rire ! Comme je te l'ai

dit, je suis venue dans la seule intention de t'épargner une nouvelle déconvenue.

Eve observa son interlocutrice avec un dégoût qu'elle ne chercha pas à dissimuler. Cette dernière souriait d'un air faux et elle se demanda comment elle avait pu être assez sotte, jadis, pour la considérer comme une amie.

— Eh bien, vas-y, je suis tout ouïe, lança-t-elle en croisant les bras.

Le regard empli d'une malveillance calculée, l'intéressée posa sur elle son regard méprisant.

— Figure-toi que je connais Marcus bien mieux que toi, commença-t-elle d'une voix basse et intense. Et je me demande si tu supporteras d'être mariée à lui en sachant que c'est moi qu'il aime... Que c'est moi qu'il a toujours aimée.

Eve feignit de nouveau la surprise.

— Pour que toi, tu prononces le mot « amour », il faut en effet que votre relation soit extrêmement intime ! déclara-t-elle sans aménité.

— Tu l'as compris ! s'exclama Angela. J'ai rencontré Marcus à Londres, lors de la dernière Saison, et je dois dire que depuis, nous sommes devenus très bons amis...

Tout en prononçant ces derniers mots d'un ton lourd de sous-entendus, elle sortit de son réticule un superbe éventail bleu et argent serti de diamants.

— Voici le présent qu'il m'a offert pour mon anniversaire. Je dois avouer que je suis littéralement couverte de cadeaux. Marcus est si attentionné, si généreux !

Cette fois, Eve blêmit. De toute évidence, l'éventail avait une grande valeur, certes, mais ne se pouvait-il point qu'Angela ait menti ? Cette vipère ne semblait-elle pas prête à tout pour lui ravir Marcus ?

— Qui me dit que ce cadeau provient bel et bien de lui ? s'enquit-elle, sur la défensive.

— Il y a fait porter une inscription ! répondit Angela avec un large sourire.

Elle déploya l'éventail.

— Tiens, c'est ici : lis !

Eve baissa les yeux sur l'inscription : « Avec tout mon amour, joyeux anniversaire, Marcus. » Cette fois, le doute n'était plus permis. Ainsi, Angela était bien la maîtresse de Marcus ! Elle releva les yeux.

— Tu as toujours excellé dans l'art de semer la zizanie, n'est-ce pas, Angela ?

L'intéressée ne dissimula pas le plaisir que lui procuraient ces paroles.

— Quand j'ai quitté Londres pour regagner le nord, Marcus et moi avons continué à nous voir, déclara-t-elle. Sans cette stupide mine, il m'aurait épousée, c'est évident !

Eve contempla la jeune femme, le cœur empli de souffrance. Bien qu'elle n'eût rien tant souhaité, en cet instant, que la gifler pour faire disparaître ce sourire triomphal et moqueur, elle parvint néanmoins à se ressaisir.

Angela s'approcha davantage, le corps tendu de manière menaçante, et referma l'éventail d'un bruit sec.

— Je sais combien Marcus peut se montrer persuasif lorsqu'il souhaite obtenir quelque chose, dit-elle. Manifestement, il a su s'y prendre avec toi puisque tu as accepté sa demande en mariage. Faut-il que tu sois sotte pour avoir cru qu'il te portait de l'intérêt, alors qu'à ses yeux, seule la mine compte !

— Je crains de ne pas posséder ton talent pour déchiffrer les intrigues et les machinations, Angela, déclara Eve.

Elle esquissa un sourire méprisant destiné à dissimuler son désarroi.

— Quoi qu'il en soit, au bout du compte, c'est moi que Marcus a décidé d'épouser, ajouta-t-elle. Mais dis-moi, Angela, faut-il toujours que tu t'appropries ce qui m'appartient ? J'ai le sentiment que tu essaies de me convaincre de ne pas épouser Marcus — ai-je raison ?

Visiblement furieuse, l'intéressée tourna les talons pour se diriger vers la porte.

— Tu peux penser ce que tu veux, Eve, lança-t-elle, mais prends garde : tu n'es pas encore mariée et je ne te cacherai pas que je tiens à Marcus !

Elle se détourna, une lueur haineuse dans les yeux.

— Ce n'est pas toi qui m'empêcheras de devenir Mme Fitzalan si je l'ai décidé !

— Ah oui ? riposta la jeune fille. Il me semble que tu as pris du retard dans la course. Comment comptes-tu t'y prendre pour me mettre hors-jeu ?

Angela afficha un lent sourire, le regard toujours empli d'une haine farouche.

— Je trouverai un moyen, ne te fais pas de souci ! Je peux être une rivale fort dangereuse si l'envie m'en prend.

Sur ce, elle quitta la pièce, laissant Eve tremblante de colère et d'appréhension. Force était d'admettre que cette conversation l'avait troublée. Angela était aussi belle que perfide et bien entendu, elle n'hésiterait pas à faire usage de ses atouts pour parvenir à ses fins.

La jeune fille frissonna. Après les menaces de Gerald, voilà qu'elle venait de subir celles d'Angela ! Tous deux dotés d'un esprit malveillant et dévorés d'ambition, l'un et l'autre s'accordaient comme larrons en foire quand il s'agissait de faire du tort à autrui. La méfiance était donc de mise…

Angela revint de nouveau à Burntwood Hall le lendemain.

Lorsque Eve la croisa en compagnie de son cousin, elle fut sensible à leurs mines de comploteurs. Manifestement, ils avaient décidé de s'unir pour causer sa perte !

Après avoir vu de ses propres yeux l'éventail offert par Marcus à Angela, Eve n'avait point dormi la nuit précédente, submergée qu'elle était par le chagrin et la déception. Maintenant que la liaison qui unissait sa rivale à Marcus ne faisait plus de doutes, il ne lui restait qu'à se lamenter sur son sort : pourquoi avait-il fallu qu'elle tombe amoureuse de ce gentilhomme ? Car elle était amoureuse, elle s'en était avisée avec une terrifiante clarté cette nuit même, alors qu'elle mettait de l'ordre dans ses sentiments…

Quelle ironie de songer qu'elle était désormais éperdument éprise de Marcus, alors qu'elle n'avait accepté sa main qu'avec la plus grande réticence au départ ! Hélas, même lorsqu'il serait devenu son époux, il ne lui appartiendrait pas totalement, puisqu'une autre femme occupait ses pensées. Le seul point positif de toute l'affaire, songea Eve, c'était qu'au moins, elle se marierait en connaissance de cause. Restait à savoir si elle supporterait pareille situation… Elle eût tant aimé voir Marcus partager ses sentiments !

11

Au cours des jours qui suivirent, Eve subit de nouvelles menaces de Gerald, qui semblait prendre un malin plaisir à la persécuter. Elle fit tout son possible pour l'éviter, mais eut la malchance de le croiser un soir dans le corridor, alors qu'elle regagnait sa chambre. Il était ivre et cette fois, il n'y alla pas par quatre chemins : il lui barra la route et tenta de porter les mains sur elle. Terrorisée, la jeune femme parvint non sans mal à se dégager et courut se réfugier dans sa chambre, où elle s'enferma à double tour.

Une fois en lieu sûr, elle eut toutes les peines du monde à se ressaisir, tant elle tremblait de la tête aux pieds. Jamais encore elle n'avait éprouvé une telle frayeur ! Gerald était un être réellement dangereux. Dans l'état où elle l'avait vu ce soir, elle ne doutait pas qu'il fût capable de mettre ses menaces à exécution et d'aller jusqu'à attenter à la vie de sa cousine, ainsi qu'il l'avait affirmé. Eve comprit qu'elle n'était plus en sécurité à Burntwood Hall…

Elle se prépara à passer une nouvelle nuit sans sommeil. Tandis que les heures s'égrenaient, son esprit fonctionnait sans relâche. Peu à peu, elle parvint à une conclusion, terrible : il fallait renoncer à épouser Marcus. Ainsi rendrait-elle deux hommes heureux : Gerald obtiendrait la mine qu'il convoitait tant, et Marcus serait libre de prendre pour femme celle qu'il aimait. Malgré l'amour que lui inspirait son fiancé, la jeune fille ne doutait pas que leur union était vouée à l'échec. Et même si elle souhaitait de tout cœur se plier au vœu de son père et conserver la mine d'Atwood, celle-ci ne valait pas un tel sacrifice. Comment supporter de vivre aux côtés de l'homme qu'elle aimait en sachant que toutes les pensées de celui-ci étaient dirigées vers une autre ?

Vidée de ses forces et le cœur en berne, Eve ne chercha plus à réprimer les sanglots qui menaçaient. Elle pleura des heures durant jusqu'à ce que ses larmes se tarissent.

Quand Marcus se présenta à Burntwood Hall, le lendemain après-midi, il fut surpris d'y voir régner tant d'animation. Il comprit aussitôt que Gerald avait pris possession du manoir et s'inquiéta pour Eve. Cette dernière avait-elle souffert des agissements de son cousin ?

Un valet l'introduisit dans le salon, où Gerald et ses amis jouaient aux cartes, mais Marcus ne s'attarda pas auprès du nouveau maître des lieux, qu'il gratifia d'un froid salut, avant de se mettre à la recherche de sa fiancée. Un domestique l'informa que la jeune fille se trouvait dans le jardin. Dès qu'il l'aperçut, Marcus s'immobilisa pour l'observer un moment. Elle avait l'air préoccupé et était d'une pâleur inhabituelle tandis qu'elle arpentait les allées, le visage baissé.

Lentement, il alla à sa rencontre. Tout à ses sombres pensées, Eve ne l'entendit pas arriver. Aussi sursauta-t-elle comme un animal apeuré lorsqu'il parvint à sa hauteur. Comme elle replaçait à la hâte une boucle échappée de son chignon, Marcus remarqua le tremblement de ses mains et la peur qui assombrissait ses beaux yeux violets.

— Oh, Marcus, vous m'avez fait une de ces frayeurs ! s'exclama-t-elle d'une voix étranglée.

— Je ne vous savais pas aussi nerveuse, murmura-t-il. Serait-ce la présence de votre cousin à Burntwood Hall qui vous met dans un tel état ? Pourquoi ne m'avez-vous pas informé de sa venue, Eve ?

— C'est que... je n'en ai pas ressenti le besoin, balbutia cette dernière.

Il fronça les sourcils, surpris. Se trompait-il, ou cherchait-elle à éviter son regard ?

— En tout cas, il n'a pas perdu de temps pour faire venir ses amis ! reprit-il.

— Gerald n'a plus de comptes à me rendre à présent.

— C'est ce que j'ai pu voir, en effet. Ses invités et lui ne vous ont pas importunée, j'espère ?

— Non, pas du tout, assura Eve.

Cette dénégation ne suffit pas à convaincre Marcus, qui sentit la colère sourdre en lui.

— Dites-moi la vérité, Eve ! Parce que si Gerald vous a menacée en quoi que ce soit, je vous promets que...

— Non non non, tout va bien, insista Eve, non sans baisser les yeux.

— J'avoue que votre cousin m'a paru plutôt satisfait de lui, reprit Marcus. Il affiche une telle suffisance !

— Etant donné qu'il vient de prendre possession du manoir, il a toutes les raisons de l'être, ne croyez-vous pas ?

— Hum... Et comment se porte votre grand-mère ?

— Bien. Mais depuis l'arrivée de Gerald, elle ne sort presque plus de sa chambre.

— Je la comprends sans peine, affirma Marcus. Ecoutez-moi, Eve : j'aimerais sincèrement que vous vous installiez à Brooklands dès aujourd'hui, vous et votre grand-mère. Maintenant que nous allons nous marier, ma mère sera ravie de vous accueillir. Elle est si impatiente de mieux vous connaître et de parler avec vous des préparatifs des noces !

Malgré la douceur que lui témoignait son compagnon, Eve n'en ressentit pas moins une certaine tension chez lui. Manifestement, il n'appréciait guère de la voir vivre sous le même toit que Gerald. A n'en pas douter, il était sincère dans sa proposition et elle éprouva un vif bien-être à l'idée qu'il se souciait de son sort. En cet instant, que n'eût-elle donné pour accepter et fuir Gerald et ses menaces !

Hélas, elle ne devait point oublier que son fiancé entretenait une liaison avec Angela et que, de fait, elle ne connaîtrait jamais la quiétude du foyer et le bonheur à ses côtés. Le moment était venu de lui faire part de sa décision…

— C'est fort aimable à vous, Marcus, mais… je me dois de refuser.

A ces mots, le jeune homme s'immobilisa et la saisit par les épaules, la contraignant à lever les yeux vers lui. Elle se mit à trembler.

— Eve… pour quelle raison refusez-vous mon aide ? Je ne suis pas aveugle, je vois bien que vous êtes préoccupée. Ne vous sentez-vous pas en danger auprès de Gerald ?

Au bord des larmes, la jeune fille déglutit avec peine, tout en secouant la tête.

— Non…, murmura-t-elle.

— Dans ce cas, me promettez-vous de me faire parvenir une missive si jamais votre cousin venait à vous causer des problèmes ? J'accourrai aussitôt.

Incapable de supporter plus longtemps cette sollicitude, Eve recula d'un pas. Ce qu'elle s'apprêtait à dire était si difficile !

— Il se peut fort que vous changiez d'avis une fois

que vous aurez entendu ce que j'ai à vous dire…, articula-t-elle.

A ces mots, Marcus se figea. Eve rassembla tout son courage.

— Voilà, je… j'ai changé d'avis. J'ai décidé de ne plus vous épouser.

Bien que l'altération fût imperceptible dans l'expression de son interlocuteur, elle vit le regard bleu s'assombrir.

— Puis-je savoir ce qui vous a amenée à une telle décision ?

— Rien de particulier… En définitive, j'ai bien réfléchi… Je préfère aller vivre chez ma grand-mère, à Cumbria.

Marcus blêmit, mais ne dit pas un mot et se détourna, droit et fier.

— Je vois, déclara-t-il enfin, avant de faire volte-face, les yeux brillant d'un éclat dur. Ainsi, vous avez perdu tout sens du devoir ! Je vous rappelle que vous deviez respecter une certaine clause et que nous avions conclu un accord.

— Votre colère est légitime, Marcus, et je vous prie d'accepter mes excuses pour les désagréments que je vous cause. Mais je ne puis vous épouser. Sincèrement…

— Et la mine ?

— J'y renoncerai. Mais je ne vous donnerai pas ma main, Marcus. C'est impossible…

L'espace d'un instant, il la contempla sans rien dire, visiblement dérouté. Puis il fronça les sourcils pour la scruter avec attention.

— Ne pensez-vous point que vous me devez une explication ? s'enquit-il enfin d'un ton dur. Pour que vous renonciez si soudainement à m'épouser, faut-il que je vous aie déplu de quelque manière que ce soit ?

— Non, ce n'est point cela.

— Non ? Dans ce cas, j'en suis amené à me poser la question que tous les hommes se posent lorsque leur fiancée rompt brutalement ses engagements : auriez-vous jeté votre dévolu sur un autre ? De qui s'agit-il ? De Gerald ou de l'un de ses acolytes ?

— Accordez-moi davantage de crédit, je vous en prie. Je n'ai jeté mon dévolu sur personne. Quant à vos insinuations, vous ai-je seulement donné une raison de m'accuser de la sorte ?

Eve ferma un instant les paupières. Elle eût tant souhaité questionner à son tour Marcus ! Si seulement ce dernier pouvait la rassurer, lui dire que les propos de l'odieuse Angela n'étaient que mensonges ! Hélas, elle ne le pouvait, par fierté, mais aussi par appréhension. Et si le jeune homme confirmait la liaison ?

Incapable de soutenir plus longtemps le regard de son compagnon, elle sentit de lourds sanglots s'amasser dans sa poitrine. Bien que tout portât à croire que Marcus était un séducteur invétéré, le cœur de la jeune femme se refusait à l'admettre. Elle éprouvait un amour si fort à son égard !

— Vous... devriez partir, à présent, balbutia-t-elle, retenant ses larmes.

— Je ne partirai pas avant que tout soit clair entre nous.

— Je pensais avoir été suffisamment explicite, riposta Eve. Que voulez-vous que je vous dise d'autre ?

Elle avança d'un pas, prête à prendre congé, mais Marcus la retint d'une main.

— Les choses ne sont pas aussi simples ! lança-t-il. Croyez-vous que je puisse vous laisser me dire adieu avec tant de facilité ?

— Oui..., répondit misérablement la jeune fille.

Elle tenta de lui soustraire son regard. Comment ne pas être sensible à son charme et à la virilité qu'il dégageait, alors qu'ils étaient si proches ? Tandis qu'elle luttait encore contre les larmes, elle s'efforça péniblement de se ressaisir… en vain. Elle ne songeait qu'à se fondre dans ces bras puissants, qu'à s'adonner à des baisers brûlants !

Elle allait succomber lorsque l'image d'Angela, avec son sourire narquois et son éventail, s'interposa, rompant l'enchantement et ravivant sa colère…

— Veuillez m'excuser, dit-elle en hâte avant de reculer, mais je dois aller voir si ma grand-mère n'a pas besoin de quelque chose.

De nouveau, Marcus la retint par le bras.

— Avant de vous laisser partir, Eve, j'aimerais vous entendre une dernière fois. Souhaitez-vous réellement que nous cessions toute relation ? s'enquit-il dans un murmure, le regard rivé sur les lèvres de la jeune fille.

— Oui, c'est ce que je souhaite, répondit Eve, le cœur battant à se rompre.

— Oserez-vous le répéter en me regardant droit dans les yeux ?

Eve s'exécuta à contrecœur.

— Oui, c'est bien ce que je veux.

A ces mots, elle vit le regard de son interlocuteur briller d'une fureur mêlée de désespoir.

— Sachez que je n'ai pas dit mon dernier mot, miss Somerville ! déclara-t-il. On ne se débarrasse pas de moi aussi aisément !

Cette fois, il était furieux. La jeune fille s'efforça de garder le contrôle d'elle-même.

— Il faudra pourtant vous faire une raison, murmura-t-elle d'une voix tremblante. Comme je vous l'ai dit, ma décision est prise. Je vous en prie, ne rendez pas les choses plus difficiles. Adieu, milord.

Sur ce, elle se dégagea et se mit à courir vers le manoir, soulagée d'échapper à la présence de Marcus. A présent, seule la quiétude de sa chambre lui permettrait de recouvrer un semblant de paix. Parviendrait-elle jamais à effacer cet homme de son esprit et à soulager la douleur qui habitait son cœur ?

Marcus resta à contempler la frêle silhouette qui s'éloignait, abasourdi et furieux. Quel motif avait bien pu conduire Eve à changer d'avis ? La réponse s'imposait : malgré ses dénégations, elle s'était entichée d'un autre... La jalousie et la douleur qui l'étreignirent à cette pensée furent si puissantes qu'il en demeura confondu. Jamais encore, il n'avait connu d'émotion si intense...

Renonçant à la tentation de la rattraper pour la supplier de revenir sur sa décision, il tourna les talons et se dirigea vers les écuries.

12

Lorsque, le lendemain matin, Eve confia à sa grand-mère sa décision de ne plus épouser Marcus et lui en expliqua le motif, la vieille femme se déclara grandement déçue, mais se montra compréhensive. Après tous les malheurs qui s'étaient abattus sur sa petite-fille au cours des dernières années, celle-ci ne méritait-elle pas de trouver un vrai bonheur ? Ainsi fut-il décidé que les deux femmes partiraient pour Cumbria sans plus tarder. Leur présence à Burntwood Hall n'était plus nécessaire.

Dès qu'elle reçut la missive de son amie l'informant de son départ imminent, Emma Parkinson accourut au manoir.

— Oh, Eve ! s'exclama-t-elle en pénétrant dans la chambre de son amie, jonchée de vêtements et d'accessoires en tous genres que la femme de chambre s'employait à empiler dans des malles. Faut-il que Gerald t'ait rendu la vie si difficile pour que tu aies décidé de partir ? Tu n'es pas obligée de quitter Atwood, tu sais ; ta grand-mère et toi pouvez fort bien venir vivre chez nous jusqu'à tes noces !

— La conduite de Gerald n'est pas étrangère à mon départ, en effet, expliqua Eve. Il tient tant à la mine d'Atwood qu'il m'a menacée à plusieurs reprises. Mais ce n'est pas là l'unique motif.

— Vraiment ? s'étonna Emma. Dans ce cas, si tu m'expliquais tout en détail ?

Joignant le geste à la parole, elle prit son amie par le bras et attira celle-ci vers le lit, où elles prirent place face à face. Tandis qu'elle la dévisageait d'un œil interrogateur, elle s'aperçut avec stupéfaction qu'Eve n'était plus que l'ombre d'elle-même. Comment avait-elle pu changer autant en si peu de temps ? se demanda-t-elle, choquée. Elle semblait si radieuse lors du court séjour qu'elles avaient partagé ! A présent, elle était devenue pâle et de grands cernes sombres soulignaient ses yeux violets.

— Je ne me marie plus, Emy, murmura la jeune fille en détournant la tête.

— Mais pourquoi ? Que s'est-il donc passé ?

— Je ne peux pas épouser Marcus. C'est devenu… impossible.

Emue par la détresse de sa compagne, Emma lui prit la main. Celle-ci était glacée.

— Je ne comprends pas, Eve… Explique-moi, je t'en prie. Je sens que tu souffres… Mais ce n'est pas seulement par la faute de Gerald, n'est-ce pas ?

Son amie secoua tristement la tête, puis, à contrecœur, entreprit de lui relater la conversation qu'elle avait eue avec Angela. Emma l'écouta avec incrédulité.

— C'est un scandale ! s'exclama-t-elle, outrée, lorsque Eve eut terminé. Comment Angela ose-t-elle s'en prendre de nouveau à toi ? Et quand je pense que tu l'as crue ! Oh, Eve, ne me dis pas que tu es assez naïve pour entrer dans son jeu ! Tu sais aussi bien que moi de quoi cette chipie est capable ! Je suis certaine que seule la jalousie a motivé ses propos. Il ne faut pas lui laisser le champ libre ! Si tu pars pour Cumbria, nul doute qu'elle saura tirer profit de la situation…

— Elle m'a amené la preuve de ce qu'elle avançait, l'interrompit Eve avec un soupir.

— La preuve ? De quoi s'agit-il ?

— Elle m'a montré un superbe éventail bleu et argent, incrusté de diamants. Il portait une inscription qui ne laissait planer aucun doute, une déclaration d'amour signée du nom de Marcus... Oh, Emy, j'ai vu ce nom de mes propres yeux ! N'est-ce pas suffisamment convaincant ?

Ces paroles ébranlèrent Emma dans ses certitudes : à l'évidence, lorsqu'un homme faisait à une femme un cadeau de prix comme celui-ci, c'était qu'il tenait à elle...

Cependant, le doute s'insinua aussitôt en elle. Et s'il s'agissait d'un coup monté ? Telle qu'elle connaissait Angela, la jeune femme était capable de tout. Aussi pouvait-on fort bien imaginer une mise en scène démoniaque minutieusement préparée pour dissuader Eve d'aller jusqu'au bout... Une chose était sûre, en tout cas : il fallait accorder le bénéfice du doute à l'intéressé.

Elle entendit Eve pousser un profond soupir et releva la tête. Son amie semblait en proie au plus profond découragement.

— Oh, Emy, je ne sais plus quoi penser ! déclara-t-elle. Lors de mon séjour chez toi, je t'ai raconté la scène de la fontaine, à Brooklands. Tout laissait penser alors que Marcus et Angela étaient bien plus que de simples relations mondaines ! J'ai été naïve, à tout le moins. A l'instar de Gerald, Marcus n'est-il pas prêt à tout pour obtenir la mine ?

— Pardonne-moi, Eve, mais je ne puis attribuer une telle sournoiserie à M. Fitzalan. Peut-être as-tu raison, certes, mais il faut lui laisser une chance de plaider sa défense ! Tu dois au moins lui demander des explications, au lieu de le condamner ainsi et de fuir lâchement !

— J'en suis incapable, Emy. Je n'aurai pas la force de l'entendre confirmer les propos d'Angela…

— Mais voyons, Eve ! s'exclama Emma d'un air faussement sévère. Cela vaut mille fois mieux que de demeurer dans l'ignorance, non ?

— Si…, murmura la jeune fille. Mais essaie de comprendre… Il y a trois ans, Angela et Marcus m'ont déjà humiliée… Je ne supporterai pas de souffrir de nouveau comme j'ai souffert alors…

Emma demeura silencieuse, contemplant son amie et partageant sa peine. Comment rester insensible à ce chagrin, toujours aussi vif malgré les années ? Exilée auprès de sa grand-mère à la suite de l'affront que lui avait porté M. Fitzalan, Eve parviendrait-elle un jour à vaincre la douleur et le regret de ne point avoir été présente au chevet de sa mère mourante ?

— M. Fitzalan sait-il combien tu as souffert depuis ce fameux jour où il a entaché ta réputation ? s'enquit-elle enfin. Peut-être ferait-il davantage preuve de considération à ton endroit s'il connaissait la vérité et la manière dont Angela s'y est prise pour attirer Leslie dans ses filets ?

— Je l'ignore, Emy. Dans cette histoire, je suis également à blâmer : je n'aurais jamais dû enfeindre les règles de la bienséance et suivre un gentilhomme dans les bois sans chaperon…

Emma soupira tout en contemplant avec compassion le visage pensif de sa compagne.

— Tu es amoureuse de lui, n'est-ce pas ? s'enquit-elle doucement.

— Oui…, murmura Eve.

Celle-ci cligna des paupières pour retenir ses larmes.

— Le pire, c'est que dans mon aveuglement j'ai cru

qu'il tenait à moi, et pas seulement à la mine. Comment ai-je pu me montrer si sotte ?

En apprenant le départ de sa cousine, Gerald eut toutes les peines du monde à dissimuler sa joie. Il attendit que la jeune fille eût pris congé des domestiques, puis l'aborda.

— J'espère que ce n'est pas moi qui vous chasse, chère cousine ? s'enquit-il avec un sourire narquois.

— Rassurez-vous, Gerald, mon départ n'a rien à voir avec vous.

— Dois-je en déduire, dans ce cas, qu'il faut incriminer notre sympathique voisin ? Ne me dites pas que vous avez décidé de ne plus l'épouser, si ?

Eve observa son cousin avec un dédain glacé. Elle ne voulait pas lui donner la satisfaction de connaître ses projets. Elle résolut de le laisser dans l'incertitude.

— Ne prenez pas cet air suffisant, Gerald ! Ce n'est pas parce que je pars pour Cumbria que je renonce à épouser M. Fitzalan. J'ai encore cinq mois pour passer sous le dais, ne l'oubliez pas !

Le sourire de Gerald se figea et la jeune femme se félicita. Quelques instants plus tard, elle montait dans la calèche, non sans se demander si elle reviendrait un jour à Burntwood Hall.

Après sa conversation avec Eve, Marcus mena une lutte intérieure acharnée pour se ressaisir. Malgré sa fureur et son amour-propre mis à mal, il ne songeait qu'à retourner auprès de la jeune fille, afin de lui demander une explication et la prier de reconsidérer sa position ! Ce fut toutefois son orgueil qui sortit vainqueur et il renonça à son projet.

Dès lors, il se lança à corps perdu dans le travail. Si le rythme effréné qu'il s'imposa alors eut quelque effet dans la journée sur sa colère et sa frustration, il n'en était pas de même la nuit, loin s'en fallait. Dès qu'il s'allongeait et fermait les yeux, Eve revenait hanter son esprit. Ainsi passait-il de longues heures éveillé dans l'obscurité, à souffrir du rejet de sa promise. La blessure qu'elle lui avait infligée se refermerait-elle jamais ? Sans elle, l'avenir paraissait vide de sens. La jeune femme était devenue si chère à son cœur, au fil des jours ! Hélas, elle était éprise d'un autre, à présent…

Il s'était convaincu que la situation était sans espoir lorsqu'il reçut la visite d'Emma Parkinson. La jeune femme lui apprit le départ d'Eve pour Cumbria, nouvelle qui le jeta dans un nouvel accablement. Toutefois, elle ne s'en tint pas là : avec force détails, elle lui relata la succession des événements qui, depuis l'arrivée de Gerald à Burntwood Hall, avaient convaincu Eve de renoncer au mariage.

En entendant ce récit, Marcus sentit une rage sans bornes l'étreindre, et l'espoir renaître du même coup. Comme Eve avait dû souffrir ! Maintenant que miss Parkinson lui avait ouvert les yeux, une action s'imposait : il allait rejoindre sa bien-aimée à Cumbria afin de lui déclarer son amour.

Il considéra Emma avec reconnaissance. Il devait tant à cette femme ! Grâce à elle, il savait désormais le plus important : Eve l'aimait elle aussi, et de tout son cœur…

Un dernier problème se posait toutefois : comment parviendrait-il à convaincre la jeune fille de la sincérité des sentiments qu'il lui portait ? Tant que la mine d'Atwood se dresserait entre eux, le doute subsisterait dans l'esprit de sa dulcinée… Comment résoudre ce dilemme ? Ne pouvait-il pas hériter du gisement sans pour autant décevoir la femme de sa vie ?

13

Tandis que sa jument cheminait lentement à travers les bois de Cumbria, Eve laissa son regard errer sur ces lieux familiers où elle avait coutume de flâner depuis l'enfance. Ainsi parés de leurs couleurs automnales, les chênes et les hêtres majestueux étaient un ravissement pour l'œil.

Elle parvint au sommet de la colline et descendit de cheval. Après avoir attaché l'animal à un arbre, elle s'assit sur l'herbe pour mieux se plonger dans la contemplation du paysage. Que la montagne était belle, avec ses champs à perte de vue et ses lacs d'un bleu limpide ! Peu à peu, le charme du lieu opéra comme un baume sur son cœur meurtri. Et pour la première fois depuis son arrivée chez sa grand-mère, elle s'autorisa à songer à Marcus. Bien que ce dernier l'eût doublement trahie, elle ne parvenait pas à le haïr. Elle se souvenait de sa présence, de sa voix chaude… Il lui manquait tant !

Le temps apaiserait-il ses souffrances, comme le lui avait assuré sa grand-mère ? Elle n'en croyait rien. Comment cet amour insondable qu'elle éprouvait pourrait-il jamais s'effacer ? Marcus comptait plus que tout et depuis qu'elle s'était éloignée de lui, le monde avait perdu ses couleurs. Sans lui, rien n'aurait plus le même goût !

Marcus quitta le sentier pour émerger dans la lumière

du soleil et aperçut soudain Eve. Vêtue d'une sage jupe en laine noire et d'un corsage blanc, la jeune fille était assise sur l'herbe avec sa veste et son chapeau à côté d'elle. Seule bougeait sa longue chevelure brune, qui flottait librement au gré du vent. Eve se tenait immobile, perdue dans ses pensées. Son expression était calme, sereine, au point qu'il en eut le souffle coupé. Jamais elle ne lui avait semblé plus désirable…

Fasciné, il demeura à la contempler, le cœur vibrant d'un amour plus fort de seconde en seconde. Elle était si belle, ainsi nimbée de lumière ! Soudain, Eve tourna brusquement la tête vers lui, comme attirée par l'intensité du regard posé sur elle.

Durant de longues minutes, elle le dévisagea sans bouger. Il demeura immobile lui aussi. Un seul geste, lui semblait-il, romprait l'enchantement.

Ce fut la jeune femme qui se ressaisit la première. Elle se leva et l'apostropha d'un ton peu amène :

— Marcus ! Que faites-vous ici ?

Sans tenir compte de sa froideur, il se dirigea vers elle, mû par une infinie tendresse. Une seule idée l'obsédait : étreindre cette femme, l'embrasser à en perdre le souffle !

— Pensiez-vous que je vous laisserais disparaître aussi aisément de ma vie ? répondit-il avec un sourire. Je vous avais bien dit, à Burntwood Hall, que rien n'était terminé entre nous. Votre grand-mère m'a indiqué où vous retrouver.

En dépit des battements accélérés de son cœur qui trahissaient son émoi, Eve choisit de répondre d'une voix neutre :

— Lorsque je séjourne à Cumbria, je viens toujours ici, en effet. La vue est si belle de ce promontoire !

Elle s'interrompit un instant.

— Je... je dois dire que je ne m'attendais pas à vous voir, ajouta-t-elle, plus hésitante. Maintenant que nos fiançailles sont rompues...

— C'est justement à ce propos que je tenais à vous parler.

— Pourquoi ne pas m'avoir écrit ? Vous vous seriez ainsi épargné le déplacement.

— Ce que j'ai à vous dire ne peut être écrit dans une simple lettre. Il me fallait vous voir, afin de mettre les choses au clair entre nous et de vous persuader de rentrer avec moi.

— Vous savez bien que c'est impossible, répondit Eve. J'ai choisi de vivre auprès de ma grand-mère, je ne reviendrai pas à Atwood.

— Je ne songeais pas à Atwood, mais à Netherley... et à Brooklands, où j'ai hâte de m'installer avec vous.

La jeune fille fronça les sourcils. Elle semblait à la fois abasourdie et outrée. Elle explosa soudain.

— Votre impudence dépasse l'entendement ! lança-t-elle. Me proposer le mariage, à moi, alors que vous entretenez une liaison avec une autre femme ! D'autant que cette femme n'est autre qu'Angela Stephenson ! Vous n'auriez pu plus mal choisir... Angela a toujours su me créer les pires ennuis. Lorsque j'ai eu devant les yeux la preuve évidente de vos sentiments pour elle — un superbe éventail incrusté de diamants et orné d'une touchante inscription signée de votre nom —, j'ai décidé d'en terminer une fois pour toutes avec cette mascarade. Vous voilà satisfait, maintenant que vous savez pourquoi je suis partie ? conclut-elle en détournant la tête.

Elle était au bord des larmes, malgré la colère qui perçait dans sa voix. Emu par le désarroi qui assombrissait les beaux yeux violets, Marcus s'approcha. Maintenant qu'il l'avait retrouvée, il ne la laisserait plus s'éloigner de lui. Mais pour la retenir, il fallait regagner sa confiance…

— Eve, il faut que vous m'écoutiez ! déclara-t-il d'une voix douce, mais ferme.

Pour donner plus de poids à ses paroles, il s'empara de la main de la jeune fille et la regarda droit dans les yeux.

— Pour moi, Angela n'est qu'une simple connaissance, la fille d'une amie de ma mère. Je n'ai pas et je n'ai jamais eu de liaison avec elle. Vous devez me croire !

Eve releva la tête à ces mots.

— Dans ce cas, dit-elle, comment expliquez-vous cet éventail somptueux qu'Angela a reçu de vous et l'attention dont vous l'entourez ? Je vous ai aperçus dans les jardins de Brooklands, le soir de la réception : vous paraissiez très proches, alors, tandis qu'elle marchait à votre côté, la main posée sur votre bras !

Marcus soupira.

— Je n'ai pas le sentiment de lui avoir accordé un traitement de faveur. Un gentilhomme ne se doit-il pas d'escorter une lady ? En outre, c'était vous, et non elle, que j'étais venu chercher dans le parc. Quant à ce fameux éventail, Angela l'a tout simplement subtilisé à sa mère. Cette dernière avait oublié le sien lorsqu'elle est venue chez nous, ce fameux mercredi soir, et comme elle se plaignait de la chaleur, ma mère, en parfaite hôtesse, lui a prêté celui que je lui avais offert pour son anniversaire, il y a deux ans.

A mesure qu'il parlait, il lui sembla que le visage de sa compagne se détendait. Lorsqu'il se tut, il vit un timide sourire illuminer le visage féminin.

— Je… je vois, murmura-t-elle d'une voix à peine audible. Après ce qui s'est produit à la kermesse d'Atwood, poursuivit-elle, j'aurais dû m'y attendre de la part d'Angela. Cette femme est capable de tout pour parvenir à ses fins.

Elle hésita un instant, dévisageant Marcus d'un regard scrutateur, puis reprit :

— Cependant, il faut qu'elle tienne grandement à vous pour en arriver à recourir à un tel stratagème.

— Peut-être, reconnut le jeune homme. Quoi qu'il en soit, soyez sûre que je ne partage en rien ses sentiments. Vous devez me croire, Eve.

Il s'assit sur l'herbe auprès d'elle. Plus que jamais, il désirait l'étreindre et l'embrasser. Mais il ne fallait surtout pas la brusquer. Elle était si importante à ses yeux !

— Sachez que jamais je ne pourrai épouser Angela, fût-elle la dernière femme sur Terre, assura-t-il. Les sentiments qu'elle m'inspire sont si insipides, en regard de l'amour que j'éprouve pour vous...

Comme il abaissait la tête vers elle, le regard empreint de tendresse, Eve se sentit submergée d'une joie infinie. Marcus ne venait-il point là de lui dire les mots qu'elle rêvait d'entendre ? Toutefois, pouvait-elle croire à ce bonheur ? Son bien-aimé était-il vraiment sincère ? Il ne fallait pas oublier qu'il y avait la mine d'Atwood à la clé...

— A présent que je vous ai enfin dit ce que je ressentais à votre égard, reprit le jeune homme d'une voix rauque, consentez-vous à reconsidérer votre décision ? En acceptant de m'épouser, vous ferez de moi un homme comblé. Et je vous promets, en retour, que je suis prêt à décrocher la lune pour vous...

Eve était tout près de succomber à ces douces paroles, mais elle ne parvenait pourtant pas à se défaire de la pensée, insidieuse et cruelle, qui continuait d'occuper son esprit.

Elle soupira.

— Je serais plus qu'heureuse de répondre à votre souhait, Marcus, articula-t-elle, émue aux larmes. Mais… je ne peux m'empêcher de…

Le jeune homme fronça les sourcils.

— … de douter de mes sentiments ? termina-t-il à sa place. C'est cette maudite mine, n'est-ce pas ?

— Oui, murmura Eve en évitant son regard.

— Eve, regardez-moi !

Elle s'exécuta lentement. L'expression de Marcus était devenue sérieuse.

— Je ne vous ai pas dit que miss Parkinson était venue me rendre visite après votre départ, déclara-t-il.

— Emma vous a parlé ? dit Eve, abasourdie.

— Oui, et ce qu'elle m'a appris m'a ouvert les yeux. Sans son intervention, je ne serais peut-être pas ici à l'heure qu'il est. J'étais convaincu que vous étiez tombée amoureuse d'un autre, et l'orgueil me défendait d'aller vous chercher.

Il s'interrompit. Suspendue à ses lèvres, la jeune femme attendit.

— Vous m'êtes devenue bien trop précieuse, reprit-il enfin, pour que je coure le risque de vous perdre. Aussi ai-je sérieusement réfléchi après la visite de votre amie. Ce que je vais vous suggérer vous surprendra peut-être, mais… J'ai pris la décision de mettre la mine d'Atwood sous curatelle jusqu'à ce que nos futurs enfants soient en âge de la diriger.

Eve le dévisagea, à la fois incrédule et ébahie. Pour elle, il avait décidé de renoncer au gisement !

— Qu'en pensez-vous ? reprit Marcus. Seriez-vous d'accord ?

— Eh bien… je… oui, bien sûr, balbutia la jeune fille.

Qu'eût-elle pu dire d'autre ? La suggestion de son compagnon était si inattendue…

— Mais… êtes-vous certain de le vouloir ? s'enquit-elle encore.

— On ne peut plus.

— Dans ce cas…

Marcus la contempla, les sourcils légèrement froncés.

— Vous semblez troublée. N'est-ce point une bonne idée ?

— Oh, si ! se hâta de répondre Eve. C'est simplement que je ne voudrais pas vous voir regretter ce choix par la suite. Je sais combien il était important pour vous que la mine revienne aux Fitzalan. Supporterez-vous de la voir administrer par d'autres ?

— Pourquoi le regretterai-je, puisque nos enfants finiront par en hériter ? En outre, si j'avais tenu à la diriger, vous auriez toujours douté de la sincérité de mes sentiments à votre égard. N'ai-je pas raison ?

Le cœur battant à tout rompre, Eve s'autorisa à contempler le jeune homme comme elle n'avait jamais osé le faire avant cet instant. Comment ne pas croire en son amour désormais ? Ne venait-il point de lui offrir la plus merveilleuse des preuves ? Une joie immense envahit alors la jeune femme, qui se perdit dans le regard de son bien-aimé. Celui-ci brûlait d'une passion égale à la sienne…

— Oh, Marcus ! Jamais je n'aurais cru que…

— Chut ! l'interrompit ce dernier, un doigt sur les lèvres. Une seule réponse de vous m'importe, à présent : acceptez-vous de vous unir à moi pour la vie ?

— Oui, murmura Eve. C'est même ce que je souhaite le plus au monde. Mais…

— Mais… ? répéta Marcus.

— Qu'adviendra-t-il de la mine si nous n'avons pas d'enfants ?

— Elle reviendra, dans ce cas, aux enfants de mes frères.

Il la contempla droit dans les yeux, avant de poursuivre avec un sourire :

— J'espère néanmoins que nous en aurons un grand nombre ! Je vous aime tant, mon Eve adorée ! Me permettez-vous de rattraper le temps perdu à présent ? Cela fait des heures, que dis-je ? des jours, que je rêve de vous embrasser…

Sans attendre la réponse, il lui prit ses lèvres et l'entraîna dans un tourbillon de plaisir. Jamais Eve ne s'était sentie aussi heureuse, aussi pleine de vie…

— Je vous aime si fort, Marcus, que je ne trouve pas les mots pour exprimer mon amour ! soupira-t-elle lorsque leur baiser eut pris fin.

Il resserra son étreinte autour des épaules de la jeune femme.

— A présent que nous sommes enfin réunis, accepterez-vous de vous installer à Brooklands en attendant les noces ? Je dois me rendre quelques jours à Leeds pour affaires : vous tiendriez ainsi compagnie à ma mère !

— Si vous n'y voyez pas d'inconvénient, je… je préférerais demeurer chez les Parkinson, répondit Eve.

Marcus fronça les sourcils.

— Je dois avouer que l'idée de vous savoir dans le voisinage de Burntwood Hall ne me plaît guère.

Un brusque frisson parcourut la jeune fille.

— Croyez-vous que Gerald cherchera à me nuire ?

— J'espère sincèrement que non…

Eve tressaillit. Au son de la voix masculine, il était clair que son interlocuteur n'avait aucune certitude sur ce point…

— Si vous m'accompagnez directement chez les Parkinson, mon cousin ne saura rien de mon retour à Atwood, suggéra-t-elle alors.

Marcus fronça de nouveau les sourcils, pensif.

— Fort bien, je me plie à votre souhait, déclara-t-il enfin. Mais à une condition : que vous ne sortiez sous aucun prétexte de la propriété des Parkinson jusqu'à mon retour de Leeds. Me le promettez-vous ?

— Je vous le promets, répondit solennellement Eve.

— Maintenant, assez parlé de Gerald ! J'ai en tête un sujet autrement plus important, annonça-t-il, les yeux assombris par le désir.

— Ah oui, et de quoi s'agit-il ? s'enquit sa compagne, malicieuse.

— De savoir si vous accepterez ou non un nouveau baiser.

— Il me semble ne pas y avoir été hostile, la première fois, déclara la jeune fille, un large sourire aux lèvres.

— C'est bien ce que je pensais… Vous êtes insatiable, miss Somerville ! murmura Marcus, les lèvres tout contre l'oreille de sa bien-aimée.

Quand ils parvinrent enfin à se séparer l'un de l'autre, ils regagnèrent Ruston House, où les attendait une lady Pemberton impatiente de connaître l'issue de leurs retrouvailles.

14

M. et Mme Parkinson se déclarèrent ravis d'accueillir Eve chez eux en attendant la célébration des noces. Soulagée de se savoir en sécurité, la jeune femme leur manifesta sa reconnaissance pour leur hospitalité. Tant qu'elle serait sous leur toit, leur expliqua-t-elle, Gerald n'avait aucune raison d'apprendre son retour à Atwood, et elle serait unie à Marcus avant que son cousin ne pût tenter quoi que ce fût pour l'en empêcher.

Ce que la jeune femme ignorait, en revanche, c'était qu'Angela l'avait aperçue au moment où, accompagnée de Marcus, elle traversait la route principale du village pour se rendre chez les Parkinson. Un sourire mauvais aux lèvres, sa rivale avait aussitôt rebroussé chemin en direction de Burntwood Hall…

En prenant congé de sa bien-aimée, Marcus ne put dissimuler son inquiétude.

— Promettez-moi une dernière fois de ne pas vous aventurer hors de la propriété. Dès mon retour, je viendrai vous chercher pour vous emmener à Brooklands. Ma mère est très impatiente de régler tous les détails de la cérémonie, vous savez !

Emue par la sollicitude qu'il lui témoignait, Eve sourit.

— N'ayez crainte, Marcus. Je suivrai vos recommandations à la lettre.

— Parfait.

Alors qu'il ne rêvait que d'étreindre la douce Eve, il dut se contenter d'un simple baisemain : devant les Parkinson réunis au grand complet, toute intimité était impossible !

Quelques instants plus tard, Marcus s'éloignait sur son pur-sang. Eve le suivit des yeux, pensive, les doigts encore vibrants du baiser qu'il y avait déposé. Qu'elle avait hâte de devenir l'épouse de cet homme ! Il ne devait rester absent qu'une semaine, mais le temps allait paraître bien long jusqu'à son retour...

Quelques heures après le départ de son fiancé, Eve était assise dans le salon en compagnie d'Emma lorsqu'un domestique vint apporter une missive à son intention. Etonnée, elle saisit l'enveloppe et son sang se figea. C'était l'écriture de Gerald. Comme elle hésitait à ouvrir la lettre, Emma la rejoignit.

— Tu devrais en prendre connaissance, Eve. Mieux vaut savoir ce qu'il a à te dire.

La jeune fille déglutit, en proie à l'appréhension.

— Mais comment sait-il que je suis ici ? Qui a bien pu l'informer de mon retour ? Ce n'est pas possible... Quoi qu'il en soit, il n'a pas perdu de temps pour prendre contact avec moi !

Les doigts tremblants, elle déchira l'enveloppe et parcourut le message. Son cousin lui présentait ses excuses pour sa conduite passée et pour se faire pardonner, il l'invitait à dîner le lendemain. En outre, ajoutait-il, il voulait l'entretenir d'un sujet de la plus haute importance.

Eve laissa retomber la main qui tenait la lettre, ne sachant que penser. Près d'elle, son amie s'indignait déjà.

— Cet homme ne manque pas d'impertinence ! s'exclama-t-elle. Oser te convier à Burntwood Hall après t'en avoir chassée par la peur ! Tu ne peux pas accepter cette invitation, Eve. A mon avis, tu risquerais fort de le regretter.

— Tu as raison, Emy. Je m'en vais de ce pas rédiger ma réponse. Je lui ferai savoir que ses attentions me sont désormais indifférentes.

Une heure plus tard, un domestique partait porter sa missive à Burntwood Hall et la jeune fille poussait un soupir de satisfaction.

Son répit fut toutefois de courte durée. A la première heure le lendemain, un autre pli se présenta, renouvelant l'invitation et… accroissant la colère d'Emma. Eve eut beau tenter de se rassurer quant aux desseins de son cousin, elle n'en fut pas moins terrifiée. Si seulement Marcus était près d'elle !

Cette fois, elle résolut de ne pas répondre et Gerald ne se manifesta plus. Deux jours plus tard, elle reçut une missive de Mme Fitzalan, qui la conviait à Brooklands pour le surlendemain. Au moins Marcus serait-il rentré, d'ici là… Rassurée, Eve occupa le reste de la journée à s'amuser avec les petits frères et sœurs d'Emma. Ces derniers, pleins de vie et de gaieté, eurent tôt fait de l'aider à chasser ses craintes.

La veille du retour de Marcus, les Parkinson partirent en visite chez des amis qui habitaient à l'autre extrémité du village. Seul Jonathan, leur petit dernier de huit ans, resta à la maison, car il se disait souffrant. Eve lisait dans le salon lorsque la jeune gouvernante fit son entrée, l'air affolé.

— Que se passe-t-il, Maggie ? s'enquit Eve.

— C'est monsieur Jonathan, miss Somerville ! Il y

a une heure, il dormait paisiblement et lorsque je suis revenue le voir, son lit était vide !

— Mais je croyais qu'il était malade ?

— C'est ce qu'il a prétendu ! Mais monsieur Jonathan a la fâcheuse habitude de n'en faire qu'à sa tête, miss Somerville. Il n'avait pas envie d'accompagner ses parents, sans doute. Oh, mon Dieu, où a-t-il bien pu aller, cette fois ?

— Avez-vous cherché dans toute la maison ?

— Oui, il n'est nulle part. La femme de chambre est en train de fouiller le grenier, mais sans grand espoir.

Les sourcils froncés, Eve reposa son livre.

— Il faut absolument le retrouver avant le retour de ses parents. N'avez-vous pas une idée de l'endroit où il aurait pu se réfugier, Maggie ? Réfléchissez : a-t-il des amis dans le voisinage ? Ou un lieu de prédilection pour jouer ?

— Il lui arrive de rendre visite aux enfants Fairchild, qu'il aime beaucoup, et aussi aux Simpson, qui habitent à côté, répondit la jeune femme. Sinon, il va souvent à la rivière pour pêcher. Mais il sait qu'il ne doit pas y aller seul.

Eve blêmit et un brusque frisson la parcourut.

La rivière ! Pourquoi n'y avait-elle pas songé plus tôt ? La pêche était le passe-temps favori de l'enfant…

Non, se ravisa-t-elle. Il était impossible que Jonathan se soit aventuré aussi loin, d'autant qu'un orage se préparait…

— Maggie, déclara-t-elle, dites à l'ensemble des domestiques de fouiller le parc et ses alentours, et allez voir les voisins. Moi, je vais attendre ici. Peut-être Jonathan rentrera-t-il de son plein gré ?

La gouvernante se retira et Eve demeura seule, allant d'une fenêtre à l'autre, en proie à une vive inquiétude. Au bout d'une heure, l'enfant n'avait toujours pas été retrouvé et elle commença à s'alarmer sérieusement. Se pouvait-il que le petit garçon soit tout de même allé pêcher, en dépit de l'interdiction ? Le cœur serré d'appréhension, la jeune femme n'y tint plus : plutôt que de rester confinée à l'intérieur, elle se rendrait à la rivière. Certes, elle avait promis à Marcus de ne pas sortir, mais l'enjeu était trop important... Elle se sentait un engagement moral auprès des Parkinson.

Elle quitta la maison, sous un ciel menaçant, sans remarquer qu'elle était suivie. Au sortir du bois, elle emprunta un sentier sinueux qui ralentit sa progression. Elle commençait à désespérer lorsque la rivière lui apparut enfin. Le cœur battant à se rompre, elle se mit à courir le long des berges dans l'espoir d'apercevoir le garçonnet... En vain.

Elle s'apprêtait à rebrousser chemin quand son attention fut soudain piquée par une tache claire qui contrastait avec la verdure sombre. Intriguée, elle s'approcha encore, pour découvrir une petite tête blonde qui dépassait d'un bosquet. Jonathan ! Assis sur son manteau rouge, l'enfant était en train de fixer un appât à l'hameçon de sa ligne.

D'abord incrédule, Eve sentit un soulagement sans bornes la submerger. Elle se mit alors à rire, tout en criant le nom de l'enfant à tue-tête. Jonathan releva la tête et parut heureux de la voir. Le sourire qu'il lui adressa se mua toutefois en une expression terrifiée. Se levant à la hâte, il hurla des paroles que la jeune femme ne put distinguer, tout en désignant quelque chose du doigt.

La jeune fille n'eut pas le temps de se retourner pour voir ce qui le terrorisait ainsi. Elle se sentit tout à coup happée par l'arrière avec brutalité. Tandis qu'elle tentait désespérément de se dégager de la poigne de fer qui l'enserrait, elle fut projetée en avant et sa tête vint heurter une grosse pierre. Un instant plus tard, elle sombrait dans l'inconscience…

Marcus avait promptement réglé ses affaires à Leeds et il revenait un jour plus tôt que prévu lorsque, au sortir d'un bois, il croisa la calèche des Parkinson qui se rendaient chez leurs amis. Ils le saluèrent et lui indiquèrent qu'Eve était restée à la maison, tout comme Jonathan, qui était souffrant. A ces mots, Marcus résolut de rendre visite à la jeune femme. Il se sentait incapable de patienter jusqu'au lendemain : Eve lui avait tant manqué ! En outre, il était impatient de lui offrir la bague de fiançailles qu'il lui avait achetée, un magnifique bijou orné de rubis et diamants.

Si le silence qui entourait la demeure des Parkinson ne le surprit point de prime abord — hormis le benjamin de la famille, les enfants n'étaient-ils pas tous partis avec leurs parents ? — Marcus comprit qu'un événement anormal s'était produit dès qu'il pénétra à l'intérieur et remarqua les mines sombres des domestiques.

Aussitôt mis au fait de la situation, il ne put se défendre d'un sinistre pressentiment. Eve avait quitté la maison depuis plus d'une heure et il était étonnant qu'elle ne fût pas encore de retour. A son âge, Jonathan n'avait pas pu s'éloigner beaucoup de la maison et s'il demeurait introuvable, n'y avait-il pas anguille sous roche ?

Il songea aussitôt à Gerald Somerville et à sa soif de vengeance et son sang ne fit qu'un tour. Le gentilhomme avait ouvertement menacé sa cousine : n'avait-il pas pu s'en prendre à elle et, par la même occasion, à l'enfant ? Il fallait en avoir le cœur net…

Après avoir indiqué aux domestiques qu'il se rendait à la rivière, il sortit en courant du manoir et sauta à cheval.

Si seulement il pouvait recueillir un indice susceptible de l'aider dans ses recherches !

Lorsqu'elle revint enfin à elle, raide et endolorie, Eve ne put retenir un gémissement tant sa tête la faisait souffrir. Fronçant les sourcils, elle jeta un regard circulaire autour d'elle. Où se trouvait-elle ? L'endroit ressemblait à une vieille remise emplie de bric-à-brac. Dans la semi-pénombre, elle distingua soudain une forme humaine et se redressa. Jonathan était là, recroquevillé dans un coin, les joues striées de larmes. Avait-il eu peur de l'orage, qui grondait au-dehors ? Soudain, la mémoire revint à la jeune femme et un frisson la parcourut. Ils avaient été enlevés ! Bien qu'elle n'en eût pas la moindre preuve, elle comprit aussitôt qu'il s'agissait de Gerald : ainsi, son pire cauchemar était devenu réalité...

En dépit de son corps malmené, elle se redressa et serra les dents. Il lui fallait se montrer forte, ne fût-ce que pour réconforter l'enfant. Elle s'approcha de lui et le prit dans ses bras en lui murmurant des paroles rassurantes. Peu à peu, le garçonnet cessa de trembler et, épuisé par ses pleurs, finit par s'endormir.

Transie jusqu'aux os, la jeune femme demeura à écouter le battement assourdissant de la pluie sur le toit, tandis que son esprit fonctionnait sans relâche. Gerald allait-il revenir ? Où se trouvait donc cette remise dans laquelle ils étaient enfermés ? Elle ne se souvenait de rien, hormis de deux ombres qui s'étaient penchées sur elle au moment où elle avait perdu connaissance. Ainsi, son cousin n'avait pas agi lui-même : il avait engagé des hommes de main pour l'enlever ! Et si Jonathan se trouvait avec elle en cet instant, c'était que ces derniers avaient craint de laisser un témoin gênant sur les lieux, et jugé bon de l'emmener lui aussi…

Elle s'efforça de demeurer maîtresse d'elle-même et de dominer la peur qui s'insinuait en elle, aussi sûrement que le froid. Certes, leur disparition ne manquerait point d'être remarquée et des recherches seraient menées. Mais si personne ne les trouvait ? Si Gerald avait résolu de les éliminer ?

Pendant plus d'une heure, Marcus suivit le cours de la rivière en examinant chaque parcelle du sol, mais ses investigations restèrent vaines. Il résolut donc de se rendre à Burntwood Hall, où il découvrit Gerald Somerville dans le salon, en compagnie d'Angela Stephenson. S'il semblait certes légèrement tendu, le maître des lieux se récria, offensé, lorsque Marcus lui fit part de ses soupçons et le somma de lui révéler ce qui était arrivé à Eve. Non, il ne savait rien de cette disparition, non, il n'en était en rien responsable, et il était inconcevable, ajouta-t-il, de se voir ainsi accusé, dans sa propre maison, d'un crime dont on n'avait aucune preuve !

A bout d'arguments, Marcus se vit donc contraint de prendre congé, ivre de fureur contenue. Il ne croyait pas un mot des dénégations de Gerald, mais une demi-heure de discussion enflammée n'avait servi à rien et le temps pressait. Il venait de questionner le palefrenier, afin de ne laisser aucune piste de côté, lorsqu'en ressortant des écuries, il aperçut avec étonnement Angela qui courait à sa rencontre sous une pluie battante.

— Il faut que je vous parle…, lança-t-elle d'une voix brisée.

Marcus la prit par le bras et l'emmena s'abriter sous

un auvent. Là, il attendit que la jeune femme eût repris son souffle, suspendu à ses lèvres. Lorsque Angela eut recouvré l'usage de la parole, elle lui expliqua qu'elle venait de recevoir les confidences de Gerald, qui s'était effondré juste après le départ de Marcus : Gerald avait fait enlever Eve et Jonathan et les détenait prisonniers dans l'ancienne mine de Kettlewell, située sur la route de Leeds. Angela n'était nullement impliquée dans cette affaire et avait même eu peine à en croire ses oreilles lorsqu'elle avait reçu les aveux de Gerald. Puis elle avait compris que l'affaire était grave et, désireuse de s'amender, elle avait souhaité informer Marcus sur-le-champ.

Reconnaissant de cette aide inattendue, ce dernier remercia la jeune femme et partit aussitôt dans la direction indiquée. Il ignorait que Gerald, regrettant déjà d'avoir trop parlé, avait décidé de se rendre à la mine et de transférer Eve et Jonathan en un autre lieu…

Malgré l'épuisement et la peur, Eve ne cessait d'échafauder des plans pour s'évader. L'unique fenêtre percée dans le mur de la remise était trop haute pour qu'elle puisse l'atteindre et la solide porte de bois s'ornait de trois gonds. Ceux-ci étaient toutefois aussi anciens que rouillés et la jeune femme se demanda si elle parviendrait à les faire sauter. Le cœur battant à se rompre, elle posa avec douceur l'enfant endormi sur le sol, puis se mit à chercher parmi les différents objets qui jonchaient l'endroit un outil susceptible de faire levier : par chance, elle trouva une vieille pioche cassée.

Revigorée par cette découverte, elle eut tôt fait de réveiller Jonathan et de lui expliquer son plan. Courageux et volontaire, l'enfant dépassa l'angoisse et la faim qui le tenaillaient pour adjoindre sa force à celle de la jeune femme. Lorsque le premier gond lâcha, tous deux ne purent retenir un cri de triomphe et redoublèrent leurs efforts. Quand le deuxième, puis le troisième gonds finirent par céder, ils n'eurent plus qu'à pousser le battant : ils étaient libres !

L'orage avait cessé et malgré la légère brise qui s'était levée, il faisait beaucoup plus chaud dehors qu'à l'intérieur de la remise. Eve examina les alentours et reconnut l'ancienne mine de Kettlewell, située à deux miles à vol d'oiseau de la rivière où ils avaient été enlevés.

Encore indécise sur la direction à prendre, elle s'empara de la main de Jonathan et décida sans plus attendre de suivre la voie de chemin de fer, qui servaient jadis à l'acheminement des wagons à charbon. Celle-ci les mènerait-elle vers Atwood ?

Un instant plus tard, alors que la nuit commençait à tomber, Gerald arriva à la remise. Il avait emprunté un autre chemin que Marcus et réussi à distancer ce dernier. De loin, il aperçut la porte grande ouverte et comprit que ses prisonniers avaient fui. Il entra alors dans une fureur noire et lança son cheval sur les traces des fuyards, dont les pas étaient restés imprimés dans la boue fraîche.

Dix minutes plus tard, Marcus découvrit à son tour le cabanon vide de ses occupants. Les hommes de Gerald avaient-ils transféré Eve et Jonathan ailleurs ? Plus inquiet que jamais, il descendit de monture, à la recherche d'indices, et à son grand soulagement, découvrit les empreintes de pas et de sabots. Sans aucun doute possible, elles indiquaient la direction d'Atwood... Conscient que le temps jouait contre lui, il se remit en selle et éperonna sa monture.

Eve n'en menait pas large lorsque, enfin, elle distingua au loin les champs et la rivière qui jouxtaient la maison des Parkinson. Grâce à Dieu, ils étaient sauvés ! Dans une demi-heure, tout au plus, ils se trouveraient en lieu sûr. Faisant fi de son épuisement, elle rassura le garçon et tous deux accélérèrent le pas, bravant les ombres noires qui se dressaient de toutes parts, à présent que la nuit était tombée. Un bruit de sabots les alerta soudain : monté sur un haut cheval gris, un cavalier arrivait dans leur direction, pourfendant la nuit tel un spectre menaçant…

Eve reconnut Gerald au premier coup d'œil. Le visage déformé par la haine, ce dernier n'avait plus allure humaine et semblait prêt à tout. La jeune fille resta un instant pétrifiée par la peur, mais eut tôt fait de se reprendre. Elle tira aussitôt l'enfant derrière elle afin de le protéger. Une initiative qui se révéla inutile lorsque Gerald, comme fou, lança sa monture droit sur eux. Heurtés de plein fouet, la femme et l'enfant furent propulsés ensemble sur le sol. Privés de toute échappatoire, ils regardèrent, terrorisés et impuissants, leur bourreau charger une nouvelle fois.

Un hurlement de terreur poussé par une voix féminine s'éleva soudain. Le sang de Marcus se figea. Eve ! Un instant plus tard, il distinguait les deux silhouettes dans la nuit, à l'instant même où Gerald s'apprêtait à foncer de nouveau sur elles. Il poussa un cri et le cavalier se retourna vers lui, arrêtant son cheval. Dès qu'il eut reconnu son poursuivant, Gerald lâcha un juron puis, le regard empli de haine et de frustration, lança sa monture au galop pour disparaître sans demander son reste.

Eve se remit péniblement sur pied et aida Jonathan à faire de même. Le cœur serré, Marcus vit qu'elle tenait à peine debout tant elle tremblait. Toutefois, ses magnifiques yeux violets n'en brillaient pas moins d'une étrange flamme lorsqu'elle se dirigea vers lui.

— Marcus ! s'écria-t-elle.

Comme il semblait ne pas l'entendre, tout absorbé qu'il était par sa contemplation, elle répéta son prénom d'une voix encore incrédule. Il était arrivé à temps et les avait sauvés, Jonathan et elle, du sort sinistre qui les attendait…

A l'instant où les bras de Marcus se refermèrent sur elle et le petit garçon qu'elle tenait par la main, elle fut submergée d'un tel sentiment de plénitude que les heures cauchemardesques qu'elle venait de vivre furent aussitôt balayées. Un long moment, ils demeurèrent dans les bras l'un de l'autre, silencieux.

— Eve… mon amour, déclara enfin Marcus, éperdu de soulagement de l'avoir retrouvée saine et sauve. Tout va bien, à présent. Vous n'avez plus rien à craindre.

— Oui, murmura Eve tout contre son cou, envahie d'une joie merveilleuse. Je suis libre… grâce à vous. Oh, Marcus, j'ai peine à croire que vous soyez réellement là, près de moi ! Grâce à Dieu…

— Quand je pense à ce que cette crapule s'apprêtait à faire, la rage me consume ! S'il espère s'en tirer…

Un bruit de cavalcade leur parvint à cet instant. Alertés eux aussi par le cri de la jeune femme, d'autres cavaliers partis à la recherche d'Eve et de Jonathan arrivaient à leur tour sur les lieux.

— Ramenez-les à la maison ! ordonna Marcus à deux d'entre eux. Et vite ! Je vais de ce pas rattraper Gerald avant qu'il ne fasse nuit noire.

— Soyez prudent, Marcus, l'implora la jeune femme, tandis qu'il remontait en selle.

— Je le serai, n'ayez crainte, assura-t-il en se penchant pour lui baiser les cheveux.

Pleine d'appréhension, Eve demeura à le regarder s'éloigner, impuissante.

15

Déterminé à ne pas laisser s'échapper Gerald, Marcus pressa l'allure. Le sinistre individu filait à bride abattue vers Atwood. Au sortir d'un petit bois, il franchit le ruisseau et prit sans ralentir la direction de la mine. A l'évidence, songea son poursuivant, il n'avait pas conscience du danger lié à l'instabilité du sol, rendu glissant par les fortes pluies.

Marcus le vit se retourner un court instant vers lui, puis éperonner sauvagement son étalon. Terrorisé, l'animal fit alors une embardée qui le rapprocha d'un puits en partie dissimulé aux regards par des branchages et des cailloux. Le cavalier risquait de s'y rompre les os. Conscient du danger, Marcus hurla pour l'avertir, mais le fuyard poursuivit sa course. Tout à coup, la terre se déroba sous les sabots du cheval et bête et cavalier se trouvèrent précipités au fond du gouffre. Lorsque le hennissement effrayant de l'étalon prit fin, un silence de mort s'abattit sur le paysage. Marcus descendit de sa monture et courut au bord du puits, horrifié et impuissant.

Les autres poursuivants ne tardèrent pas à arriver. A leur tour, ils mirent pied à terre et constatèrent le drame. Puis ils accompagnèrent Marcus au fond du puits, grâce à une ancienne traverse qui servait autrefois au passage des wagons et des chevaux de la mine. Une fois en bas, ils découvrirent le corps de Gerald, qui gisait sans vie sur un rocher.

Lorsqu'ils virent Eve et Jonathan rentrer sains et saufs, les Parkinson exprimèrent leur intense soulagement. Ainsi le garçonnet échappa-t-il à la bonne correction qu'il méritait pour s'être ainsi enfui de la maison sans prévenir et passa-t-il de bras en bras, penaud, mais souriant. Après l'avoir tendrement serré contre son cœur, Mme Parkinson envoya la gouvernante lui donner un bain chaud, puis le mettre au lit avec un bol de soupe. Robuste, l'enfant ne paraissait guère avoir souffert de l'enlèvement. Et il était si fier d'avoir vécu une aventure qu'il y avait fort à parier que l'événement resterait au centre des conversations de la famille pendant des jours et des jours !

En dépit de l'heure tardive et malgré son épuisement, Eve refusa de monter se coucher avant le retour de Marcus.

Elle était assise dans le salon en compagnie de Matthew lorsque l'un des cavaliers ayant participé à la poursuite s'annonça, apportant la nouvelle du décès de Gerald. Le premier choc passé, Matthew prit congé pour se rendre auprès de son frère, tandis qu'Eve demeura seule à attendre Marcus.

Ce dernier n'arriva qu'une fois le corps de Gerald remonté du puits. Chacun s'était retiré dans sa chambre, épuisé par les événements du jour, et la maison était calme et silencieuse.

A la vue de sa bien-aimée, dont les yeux ombrés de cernes étaient encore emplis de douleur et d'effroi, la rage étreignit Marcus. Gerald n'y était pas allé de main morte ! Eve se remettrait-elle jamais de cet épisode et de la terreur qu'elle avait éprouvée ?

Lentement, Marcus se dirigea vers elle et ouvrit les bras. La jeune fille courut s'y blottir, telle une enfant en mal de réconfort. Avant qu'elle ne vînt poser la tête contre son torse cependant, Marcus vit que son menton tremblait. Un instant plus tard, la jeune femme éclatait en sanglots, incapable de se contenir davantage.

— Oh, Marcus, Marcus…, bredouilla-t-elle, tandis que le trop-plein d'émotions la désertait peu à peu.

Sans cesser de la bercer, Marcus la tint contre lui, tout en lui baisant les cheveux et en lui murmurant des paroles réconfortantes à l'oreille. Bientôt, elle s'apaisa enfin. Enveloppée d'une douce torpeur, à l'abri de ces bras puissants, elle se sentit mieux. Elle sécha ses larmes avec un lourd soupir.

— Ma pauvre chérie, murmura Marcus. Comme vous avez dû souffrir…

— Je me remettrai vite, répondit-elle bravement.

— Et comment va l'enfant ?

— Bien. Il semble qu'il ait mieux résisté à l'aventure que moi, ajouta-t-elle avec un sourire.

— Dieu merci.

— Je… j'ai appris ce qui est arrivé à Gerald, reprit Eve. Où avez-vous emmené son corps ?

— A Burntwood Hall, dit doucement Marcus. Matthew le veille.

— Je sais, oui. Il a été profondément choqué par la nouvelle. Gerald a-t-il souffert ?

— Je ne crois pas, non. La chute a été si brutale que la mort a dû être instantanée.

Eve se blottit de nouveau dans les bras de son bien-aimé et leva vers lui ses yeux encore humides.

— Je sais à présent que Gerald n'aurait pas hésité à nous tuer, Jonathan et moi. Je n'ose imginer ce qui serait arrivé s'il était revenu avant notre évasion.

Marcus resserra son étreinte.

— S'il avait attenté à votre vie, je vous promets qu'il n'aurait pas échappé à ma vengeance, déclara-t-il d'une voix rauque, tremblante d'une colère contenue. Venez, ajouta-t-il en prenant sa compagne par la main et en la conduisant vers la cheminée.

Ils prirent place sur un sofa devant l'âtre, où se consumaient encore les vestiges d'une flambée.

— Comment vous sentez-vous, à présent ? s'enquit Marcus en passant un bras protecteur autour des épaules de la jeune fille.

— Epuisée. Je crois qu'aujourd'hui, j'ai expérimenté toute la palette des émotions existantes, du soulagement au bonheur, en passant par l'horreur et la surprise d'apprendre que l'homme qui voulait ma mort est lui-même décédé !

Elle s'interrompit un instant.

— J'ai eu si peur, Marcus…

Ce dernier la serra un peu plus fort contre lui.

— Et moi donc ! Si vous saviez la terreur qui a été la mienne lorsque les domestiques m'ont appris votre disparition ! En songeant au mal que Gerald était susceptible de vous faire, je me suis mordu les doigts de vous avoir laissée seule pour aller à Leeds. Je m'en voulais de ne pas avoir insisté davantage pour que vous acceptiez notre hospitalité à Brooklands !

— Ne vous jetez pas le blâme, mon ami. Vous n'êtes pas responsable. Aucun d'entre nous ne pouvait savoir que Gerald irait aussi loin.

— Je vous remercie de votre générosité, ma chérie, mais

je ne puis être pardonné aussi aisément, assura Marcus avec un léger baiser sur les cheveux de la jeune femme.

Levant les yeux vers lui, Eve plongea son regard dans celui qu'il posait sur elle. Elle fut sensible à sa douleur et au remords qui le torturaient.

— Si, vous le pouvez ! affirma-t-elle. N'est-ce point vous qui avez retrouvé notre trace, à Jonathan et moi, et fait en sorte de nous mettre à l'abri de Gerald ? Une chose m'étonne, en revanche : comment avez-vous su que nous étions retenus prisonniers à la mine de Kettlewell ? Quelqu'un vous a-t-il renseigné ?

A ces mots, il lui sourit tendrement.

— Oui, en effet. Pour cela, il vous faudra remercier Angela.

Abasourdie, Eve le dévisagea.

— Angela ? Ne me dites point qu'elle a participé à mon enlèvement !

— Je puis vous assurer qu'elle n'était au courant de rien jusqu'à ce qu'elle se rende à Burntwood Hall. Gerald lui a confié le plan qu'il avait échafaudé et elle en a été horrifiée. Elle est parvenue, par je ne sais quel moyen, à lui faire dire où il vous séquestrait, puis elle est venue me trouver et m'a tout avoué. Vous voyez, ma chérie : Angela est peut-être jalouse de vous, il n'empêche que jamais elle ne vous aurait fait de mal, physiquement du moins.

— Je suis heureuse de vous l'entendre dire, murmura Eve. Dire que, sans son intervention, nous serions peut-être morts à l'heure qu'il est, Jonathan et moi !

Marcus se pencha alors vers elle et lui baisa tendrement les lèvres.

— Heureusement qu'il n'en est rien, ma chérie, déclara-t-il. Jamais je n'aurais pu vivre sans vous. J'ai tellement hâte de faire de vous ma femme !

Il sortit alors de sa poche la bague qu'il avait acquise à Leeds et la lui passa au doigt. Saisie par la beauté du bijou, la jeune femme poussa une exclamation de plaisir. Puis elle releva la tête. Elle n'osait croire à son bonheur. Avait-elle jamais rêvé vivre un moment aussi romantique ?

Enfin remise des chocs successifs des derniers jours, Eve se rendit à Burntwood Hall le surlendemain. Elle y fut accueillie par l'ensemble des domestiques, ravis de la revoir et émus aux larmes. Bien que le prochain départ de leur maîtresse les attristât, ces derniers furent rassurés d'apprendre que Matthew Somerville s'installerait bientôt en maître au manoir et que chacun d'entre eux serait maintenu à son service.

Les funérailles de Gerald se déroulèrent de manière tout aussi intime que le mariage d'Eve et Marcus, une semaine plus tard. Seuls quelques invités prirent part à l'échange des consentements. Ayant pour l'occasion renoncé à ses vêtements de deuil, la jeune femme resplendissait dans une ravissante robe de soie crème qui mettait en valeur sa chevelure brune, sa peau claire et ses grands yeux violets. Quant à Marcus, il était lui aussi d'une grande élégance avec son complet noir et son gilet de satin blanc. Lors du déjeuner qui suivit la célébration religieuse, à Burntwood Hall, il semblait le plus heureux des hommes.

— Le blanc vous sied à ravir, madame Fitzalan, glissa-t-il à l'oreille de son épouse.

— Ne sied-il pas à toutes les jeunes mariées ? s'étonna Eve avec un sourire.

— Peut-être, mais pour moi, vous êtes unique.

Comme Eve s'éloignait pour aller voir sa grand-mère, elle croisa Emma, qui semblait radieuse. Tout excitée, celle-ci lui confia que Matthew venait enfin de lui demander sa main et qu'ils se marieraient au printemps prochain.

Eve étreignit son amie avec bonheur.

— Je suis si heureuse pour toi, Emy !

— Jamais, je n'aurais pensé que cela puisse m'arriver, répondit l'intéressée. Moi, devenir une « lady Somerville » ? Je vais avoir peine à me faire à cette idée !

— Moi, je suis convaincue au contraire que tu t'y habitueras très vite, assura Eve en riant. Aurais-je pu rêver mieux ? Ma meilleure amie, maîtresse de Burntwood Hall ! Désormais, je pourrai retourner au manoir autant que je le souhaiterai !

Emma redevint grave.

— Nous avons beaucoup de chance, toutes les deux, Eve... Vois-tu, Matthew est très inquiet à l'idée d'hériter à la place de son frère ! Il s'agit d'une énorme responsabilité et...

— Matthew n'a pas à craindre ses nouvelles fonctions, Emy. Car non seulement tu seras là pour le seconder, mais il doit savoir qu'il est mille fois plus qualifié que Gerald pour les assumer. Je lui fais confiance, tout comme mon père l'estimait.

Eve quittait son amie pour rejoindre Marcus quand M. Soames, l'homme de loi des Somerville, la prit à part. Visiblement satisfait de l'heureux dénouement, il lui présenta tous ses vœux de bonheur.

Lorsque le dernier invité eut quitté Burntwood Hall, la jeune femme partit à son tour en compagnie de son mari et de sa belle-mère. Etrangement, elle n'éprouvait pas le moindre regret en laissant derrière elle le manoir où elle avait grandi. Elle avait hâte de commencer sa nouvelle vie auprès de Marcus !

Durant le trajet en coche jusqu'à Brooklands, Ruth

Fitzalan observa le jeune couple qui lui faisait face. Ils semblaient si heureux et si épris l'un de l'autre ! Afin de préserver leur intimité, elle avait déjà décidé de séjourner quelque temps à Londres, chez son deuxième fils, William, au milieu de ses petits-enfants. Elle qui avait vu d'un si mauvais œil le retour de la mine d'Atwood dans la famille se sentait l'esprit en paix, à présent : Eve et Marcus n'eussent pu prendre meilleure décision que mettre l'exploitation du gisement sous curatelle jusqu'à la majorité de leurs futurs enfants !

Une heure plus tard, les nouveaux mariés refermaient derrière eux la porte de la chambre nuptiale. Alors, Marcus étreignit Eve, la couvrant de baisers.

— Vous ai-je déjà dit que vous étiez la plus ravissante des épouses, mon cœur ?

Eve sourit, ivre de joie.

— A de nombreuses reprises, oui, répondit-elle d'une voix altérée tout en cherchant les lèvres de son mari.

— Si cette toilette vous sied à ravir, je dois avouer que je suis impatient de vous l'ôter, afin de découvrir les trésors qu'elle renferme ! reprit Marcus sans cesser ses baisers.

La jeune femme se mit à rire.

— Vous êtes décidément incorrigible, monsieur Fitzalan !

Elle n'eut pas le loisir de poursuivre : Marcus avait déjà entrepris de défaire un à un les boutons de la robe...

— Marcus ! s'écria-t-elle. Avez-vous oublié toute bienséance ? Où se trouve donc ma suivante, pour qu'elle vienne m'aider à me dévêtir ?

— Je lui ai accordé sa soirée, répondit l'intéressé, tout sourires. Nous pouvons tout à fait nous passer d'elle, regardez !

A peine eut-il achevé ces mots que la robe blanche s'étalait en corolle autour des pieds d'Eve.

Bientôt entièrement dévêtue, Eve soutint sans ciller le regard de son époux, qui ne se lassait point de la contempler. Durant de longues minutes, ils demeurèrent ainsi, les yeux dans les yeux. Puis la force du désir l'emporta et Marcus n'eut plus qu'un souhait : porter son épouse sur le lit, afin de partager plus grands plaisirs encore.

— Je rêvais de cet instant depuis une éternité, murmura-t-il, extasié, tandis qu'il plongeait les doigts dans la magnifique chevelure de la jeune femme. Savez-vous que, depuis la kermesse d'Atwood, je n'ai pas cessé de songer à vous ? Vous étiez un tel mélange de charme et d'innocence alors, que vous m'aviez littéralement séduit !

— Et maintenant ?

— Maintenant, vous êtes plus désirable encore…

Eve sourit.

— N'êtes-vous point en train de me flatter pour parvenir à vos fins, monsieur Fitzalan ?

— Vous ne vous trompez pas, madame ! répondit Marcus, le regard empli d'amour. Y verriez-vous une objection ?

— Pas la moindre, dès lors que mon mari saura se montrer tendre et attentionné…

— Vous allez être comblée, madame…, murmura Marcus.

Sans plus parler, il sema mille baisers sur le corps délicieusement féminin de sa jeune épouse.

Tandis qu'Eve fermait les yeux et s'abandonnait à la passion, Marcus sut qu'il avait enfin trouvé le bonheur.

A paraître
le 1er février 2010

LA PRINCESSE IRLANDAISE, ***de Joanne Rock - n°465***

Irlande, 1169. Princesse d'un clan irlandais, Sorcha a été dupée par un galant qui lui a fait croire au mariage afin de la posséder. Enceinte, bannie par les siens, elle s'est refugiée dans la forêt où elle mène désormais, avec son fils, une existence tranquille. Jusqu'au jour où un certain Hugh Fitz Henry, mercenaire de son état, se présente à sa porte et lui propose un échange : sa protection, contre le gîte et le couvert. Un marché apparemment convenable, qui suscite pourtant la méfiance de Sorcha. Certes, vivre dans l'isolement est périlleux, mais habiter sous le même toit qu'un aventurier aussi séduisant l'est peut-être davantage...

LE CHOIX D'UNE HÉRITIÈRE, ***de Helen Dickson - n°466***

Londres, 1820. Malgré la fortune que lui a léguée son père, Eve Brody incarne tout ce que l'aristocratie londonienne méprise : elle est américaine et, surtout, veuve depuis trop longtemps. Elle a donc résolu d'épouser Lucas Stainton, un homme certes ruiné et d'un tempérament coléreux, mais noble. Un lord qui lui offrira un foyer pour sa fille et, plus encore, la position sociale à laquelle elle-même aspire. Un arrangement parfait, pour Eve. Parfait vraiment ? C'est compter sans la scandaleuse condition que lui impose soudain Lord Stainton : il ne l'épousera que si elle accepte de partager sa couche et de lui donner un fils !

LA FUGITIVE DES COLONIES, ***de DeLoras Scott - n°467***

Angleterre et Arizona, 1875. Mariée de force au cruel duc de Gravenworth, Ann Huntington se croit libérée lorsque ce dernier est abattu au cours d'une partie de chasse. Mais elle va vite déchanter — car l'assassin, un cousin jaloux qui convoite le titre de duc, entend bien aussi la mettre dans son lit ! Sous la menace, Ann n'a d'autre choix que de fuir, loin, en Amérique. Or, à peine arrivée dans ces contrées sauvages où elle pensait être à l'abri, voilà qu'elle tombe entre les mains d'El Diablo, un bandit de grand chemin au charme dangereux...

COMTESSE MALGRÉ ELLE, ***d'Annie Burrows - n°468***

Paris et Londres, Régence. Discrète, Héloïse Bergeron a toujours vécu dans l'ombre de sa jeune sœur Félicie — une situation qui l'arrange bien, en définitive, car elle lui permet de cultiver son jardin secret loin des mondanités. Félicie dont, au contraire, la beauté irradie, est la fiancée très enviée de Charles Fawley, l'austère comte de Walton. Hélas, la veille des noces, Félicie s'enfuit ! Pour sauver sa famille de la disgrâce et réparer l'outrage causé au comte, Héloïse sort de sa réserve et prend la décision que lui dicte le devoir : celle de remplacer sa cadette devant l'autel, et de se lier à un homme pour qui elle ne sera probablement jamais qu'une piètre consolation...

GENTLEMAN OU DÉBAUCHÉ ?, ***de Margaret Mc Phee - n°469***

Londres, 1814. Madeline Langley est au supplice : sa mère s'est mis en tête de la marier au baron Farquharson, un noble puissant qui lui répugne et qui, un soir, tente de la prendre de force. Par chance, surgi de nulle part, un séduisant inconnu la sauve in extremis. Un brun ténébreux dans les bras duquel, pour la première fois, Madeline se sent femme. Hélas, elle le découvre bientôt, son ange gardien n'est autre que Lucien Tregellas, dit le Maléfique, dont on clame partout qu'il est le pire des débauchés ! La raison voudrait que Madeline fuie aussitôt son sulfureux sauveur. Une consigne que son cœur refuse inexplicablement d'entendre...

L'ÉTRANGER DU NOUVEAU MONDE, ***d'Elizabeth Lane - n°470***

Angleterre et Etats-Unis, 1580. Rowena a toujours considéré avec indulgence les lubies de son vieux savant de père. Pourtant, lorsque celui-ci revient du Nouveau Monde avec un captif — un homme de sang indien aussi beau que rebelle —, elle ne peut cacher son indignation. Comment son père ose-t-il traiter ainsi cet homme ? Révoltée, irrésistiblement attirée par l'étranger sans oser se l'avouer, Rowena décide de le défendre envers et contre tous. Mais pour son guerrier indien, dont la tribu a été massacrée par les colons, elle n'est de toutes façons qu'une ennemie de plus. Qu'importe ! Déterminée, Rowena s'obstine...

Best-Sellers n° 406 • suspense

Dans l'ombre du bayou - Lisa Jackson

Lorsque Eve Renner accepte en pleine nuit le mystérieux rendez-vous fixé par Roy, son ami d'enfance, elle n'imagine pas qu'elle met le pied dans un véritable guet-apens. Car elle découvre son ami poignardé, le chiffre 212 tracé sur un mur en lettres de sang. Pis encore : Cole, son fiancé, se trouve sur les lieux du crime et tente de la tuer elle aussi. Trois mois se sont écoulés depuis, et Eve se remet difficilement de la trahison de Cole, mais aussi de ses blessures : devenue amnésique, elle ne parvient pas à comprendre ce qui a pu se passer lors de cette nuit de cauchemar. Jusqu'à ce qu'un mystérieux courrier l'incite à chercher dans ses souvenirs…

Best-Sellers n°407 • paranormal

Les griffes de la nuit - Rachel Vincent

En apparence, Faythe Sanders ressemble à n'importe quelle étudiante américaine. Qui pourrait croire qu'elle est tout autre et qu'à certains moments, elle se transforme en panthère noire ? Mais Faythe rêve de vivre comme tout le monde et elle refuse de se plier aux exigences de ses parents et de sa caste de félins. Pourtant, son destin est d'être une féline et d'assurer la descendance de sa lignée comme toutes les femelles de son âge. Mais peut-elle aspirer à la liberté sans renoncer à ce qu'elle est profondément ?

Best-Sellers n°408 • suspense

Passé obscur - Suzanne Forster

Au sommet de la gloire, Lane Chandler, fondatrice de *The Private Concierge*, une société de services très prisée par les célébrités de Los Angeles, est soudainement éclaboussée par le scandale : l'un de ses clients est retrouvé mort dans des circonstances suspectes. Prête à tout pour sauver sa réputation et celle de son entreprise, Lane fait face à ceux qui la montrent du doigt. En particulier Rick Bayless, un ancien officier de la police obstiné et charismatique qui connaît son passé sombre et honteux. Un passé qui la poursuit impitoyablement et qu'elle aurait préféré oublier.

Best-Sellers n°409 • suspense

L'île des ténèbres - Heather Graham

Caer Cavannaugh, une jeune infirmière, quitte son Irlande natale pour raccompagner à Rhode Island Sean O'Riley, un riche armateur frappé d'une mystérieuse maladie lors de ses vacances. La tâche se révèle plus difficile que prévu quand elle découvre la tension malsaine qui règne dans la luxueuse maison familiale où vit l'entourage de son patient. Et lorsque s'ajoute à ce climat de menace insidieuse une étrange disparition, Caer, avec la complicité du détective privé Zach Flynn, va devoir se fier à ses dons de prémonition pour protéger la vie de Sean.

Best-Sellers n°410 • roman

La maison de la baie - Sherryl Woods

Par une belle journée de printemps, Abby O'Brien reçoit un appel paniqué de Jess, sa sœur cadette : l'auberge qu'elle a presque achevé de restaurer et qui doit ouvrir ses portes quelques semaines plus tard est menacée de saisie. De retour à Chesapeake Shores pour venir en aide à sa sœur, Abby retrouve Trace Riley, son premier amour. L'homme à qui elle avait dû renoncer dix ans auparavant en fuyant sa douloureuse histoire familiale.

Best-Sellers n°411 • roman

L'écho de la rivière - Emilie Richards

Artiste peintre mariée à un avocat et mère d'une petite fille, Julia Warwick est un pur produit de l'aristocratie de Ridge's Race. Cette femme à qui tout semble sourire voit pourtant son monde s'écrouler lorsqu'elle perd la vue de manière inexpliquée. Les médecins ayant conclu à une cécité psychosomatique, Julia entreprend de fouiller son passé à la recherche d'un traumatisme qu'elle aurait pu enfouir au plus profond de sa mémoire. Ce faisant, elle ouvre peu à peu les yeux sur son mari, sa famille, et surtout sur elle-même. Faisant bientôt émerger, avec l'aide de Christian Carver, son amour de jeunesse, des secrets que beaucoup ont intérêt à ne jamais voir divulgués.

Best-Sellers n°412 • historique

L'alliance scandaleuse - Brenda Joyce

Derbyshire, 1838

A l'âge où toutes les jeunes femmes songent à fonder une famille, Ariella de Warenne ne rêve que de voyages, d'indépendance. Le mariage ne figure pas dans ses projets… et l'amour peut attendre. Du moins le croit-elle, jusqu'au jour où elle rencontre Emilian St Xavier, richissime vicomte de Woodland. Un homme ténébreux dont la bonne société anglaise se méfie en raison de ses origines bohémiennes et de ses mœurs dissolues. Qui est cet Emilian et pourquoi l'attire-t-il autant ? Fascinée, Ariella est déterminée à satisfaire sa curiosité. Au risque de traîner sa réputation et son nom dans la boue…

Composé et édité par les
éditions Harlequin
Achevé d'imprimer en décembre 2009

à Saint-Amand-Montrond (Cher)
Dépôt légal : janvier 2010
N° d'imprimeur . 91547 — N° d'éditeur . 14705

Imprimé en France